Christina Brudereck
Seidenkinder

Christina Brudereck

Seidenkinder

Roman

Brendow
VERLAG + MEDIEN

Bibliografische Information Der Deutschen Nationalbibliothek
Die Deutsche Nationalbibliothek verzeichnet diese Publikation in der Deutschen Nationalbibliografie; detaillierte bibliografische Daten sind im Internet über www.d-nb.de abrufbar.

ISBN 978-3-86506-211-6
1. Auflage 2008

Einbandgestaltung: Miriam Gamper, www.dko-design.de
Titelfoto: Getty Images
Satz: Satz & Medien Wieser, Stolberg
Druck und Bindung: Clausen & Bosse, Leck
Printed in Germany

www.brendow-verlag.de

Für die,
von denen diese Geschichte handelt.

Für Katharina und Stefan,
die mich mit ihrer Liebe zu Indien beschenkten.

Für Jaya,
der handelt, liebt und schenkt.

grace
a thought, that changed the world
(Bono)

Kapitel 1

Trockenheit und Hitze. Ihr war, als würde sie Staub atmen. Sie rieb sich gedankenverloren ihre alten Hände. Die dunkle Haut war spröde. Der Palar war jetzt seit Wochen ein Fluss ohne Wasser. Heute fühlte sie sich sehr müde. Ein Fluss ohne Wasser ist etwas sehr Trauriges, dachte sie. Wie ein Lied ohne Melodie; ein Lied, das niemand singen kann. Sinnlos. Wie ein Mensch, der nicht liebt und nichts zu schenken hat. Ohne Wasser kein Fluss.

In Gedanken wanderte sie wieder am Palar entlang. Seit ihrer Kindheit hatte der Wasserstand über Glück und Unglück entschieden. In der Regenzeit hatte der Monsun den Fluss immer über die Ufer treten lassen, im trockenen Winter dagegen konnte aus dem großen Fluss ein kleiner Bach werden. Sie konnte sich aber nicht daran erinnern, dass er früher jemals so vollkommen ausgetrocknet gewesen war wie heute. Irgendwie schien dieses Land mit seinen Flüssen, Bergen und Wäldern noch mehr aus dem Gleichgewicht geraten zu sein. Sie wusste nicht, warum. Als kleines Mädchen hatte sie Hochwasser und Trockenheit, Regen und Sonne einfach so hingenommen, irgendwie sicher von den Göttern gelenkt. Heute ahnte sie zumindest, dass es für einige dieser Phänomene, Überflutung und totale Dürre, sehr menschliche Erklärungen gab – aber das war nur eine Ahnung, sie durchschaute die Zusammenhänge nicht. Aber sie könnte ihren Sohn danach fragen.

Sie hatte hier schon als ganz junges Mädchen Wäsche gewaschen, um sie dann gleich auf den großen Wiesen trocknen zu lassen. Unter Indiens Himmel brauchte ein Sari nicht einmal eine halbe Stunde und alles Wasser war in der heißen Sonne verdampft. Sie dachte an die bunten Farben und an die flinken Hände ihrer Tante, an die anderen Kinder, mit denen sie gespielt hatte. In ihrer Erinnerung verschwammen die Kleider, die Hitze, das Wasser und die Nähe ihrer Freundinnen zu einem vagen Gefühl von Geborgenheit. Das alles war lange her. Wieder einmal wunderte sie sich, dass auch aus schweren Zeiten leichte Bilder und Eindrücke für eine Seele zurückbleiben konnten.

Sie musste wohl eingenickt sein und als sie jetzt aufwachte, war sie kurz verwirrt. Ihre Erinnerungen waren weiter bis in ihre Träume mitgegangen und hatten dort Gefühle wachgerufen, die doch eigentlich für immer schlafen sollten. Sie blieb noch für einen Moment in ihrem Schaukelstuhl sitzen, schüttelte den Kopf, um die Gedanken zu verjagen wie eine lästige Fliege. Dann stand sie für einen Moment da, sah sich um und machte sich an die Arbeit, die Reste des gestrigen Abends zu beseitigen.

Gestern Abend. Sie hatten Gäste gehabt. Vier Amerikaner. Hier in ihrem kleinen Haus. Sie arbeitete heute langsam und erlaubte den Gedanken, sie zu unterbrechen.

„Priya, dies ist dein Zuhause“, sagte sie beruhigend zu sich selbst. Wenn man bedachte, wo sie herkam und dass sie lange überhaupt kein Zuhause gehabt hatte, konnte sie nur staunen. Ihr kleines Haus war ein sauberes Haus, in dem es kühl war. Der Steinboden hatte bunte Kacheln, die sie sehr mochte. Die Wände waren weiß. Im kleinen Vorhof zur Straße stand ein Mangobaum, der sogar Früchte trug, weil er von ihrem Sohn gut gepflegt wurde. Drei Stufen führten zur Haustür – eine Hütte hatte niemals eine Treppe – und sie mochte es, dort zu sitzen, am frühen Abend, wenn die Steine noch warm waren von der Sonne und ihr Sohn gleich nach Hause kommen würde. In ihren Augen war das alles hier wunderbar.

Gestern hatte sie den Gästen ein Festessen serviert, mit Gemüse, Fisch, Fleisch und Curry und verschiedenen Sorten Nan. Sie hatte den ganzen Tag in der Küche gearbeitet und die Speisen so zubereitet, wie sie es gelernt hatte. Nicht wie andere junge Mädchen von ihrer Mutter, sondern später, als Haushälterin, mühsam und mit vielen Nachfragen. Sofort hatte sie die Küche vor Augen, in der sie so lange Jahre Stunden um Stunden gearbeitet und allmählich ihr Glück gefunden hatte.

Sie reiste in letzter Zeit oft in die Vergangenheit, hatte sie festgestellt. Erinnerungen holten sie ein. Vielleicht war das so, wenn man alt wurde? Ließen dann alle ihr Leben noch einmal an sich vorbeiziehen? Gehörte das dazu – wie eine Vorbereitung auf den nächsten Schritt? Sie stand da, in ihrer eigenen Küche jetzt, eine der Schüsseln von gestern Abend in der Hand, und wie im Traum ging sie mit ihrem Zeigefinger den Schüsselrand entlang, führte ihn zum Mund und schmeckte genussvoll die Mischung aus Linsen, Knoblauch, Safran und Öl. Ein Rezept, das der Junge, der bei ihnen lebte, Ganesh, erst kürzlich mit in ihr Leben gebracht hatte.

Noch einmal ging sie mit dem Finger durch die Schüssel. Naschen, dachte sie kurz, das war auch so eine kleine Regung, die es nur dann gab, wenn genug zu essen da war. Arme hatten nichts zu naschen, sie wusste es noch. Bevor die Erinnerung sie wieder mitreißen konnte, zwang sie sich, mit ihren Gedanken zum gestrigen Abend zurückzukehren. Es erschien ihr wichtig, zu verstehen, was in ihrem Haus geschehen war, ausgesprochen und zwischen den Zeilen.

Zufrieden hatte sie zugesehen, wie die Gäste jede ihrer Spezialitäten genossen. Ungewohnt, das wusste sie, weil man ihnen kein Besteck, nicht einmal einen Löffel gegeben hatte, sondern sie nötigte, mit der Hand zu essen. Ja, sie waren zu Gast in Indien und wurden deshalb großzügig bewirtet. Es war immer eine Ehre, einen Gast zu haben. So hatte sie es gelernt und so vermittelte sie es Ganesh. So war es richtig. Aber von Gästen wurde gleichzeitig auch erwartet, dass sie einige ihrer indischen Bräuche mitmachten. Es war wie ein kleiner Scherz, eine Art freundlicher Seitenhieb gegen die sogenannte Zivilisation. Bei dem Gedanken musste sie lächeln und das Bild von den weißen Händen, die unerfahren ihr Essen zum Mund führten und sich danach zu sehnen schienen, einen Löffel zu halten, entlockte ihr sogar kurz ein richtiges Lachen, ein Glucksen von tief innen.

Früher war sie schüchtern gewesen, wenn Gäste kamen. Geschäftsleute, Missionare, Gelehrte waren Menschen, die weit gereist waren und viel von der Welt gesehen hatten. Wer war da sie? Priya, Mutter, Haushälterin, Köchin, Inderin, lebenslang? Eine alte Frau in einem Sari. Sie zupfte den Stoff zurecht, Seide, hellgelb, von feinen Goldfäden durchzogen und mit einer aufwendig verzierten Schmuckborte am Saum. Eine Bahn feinstes Tuch, geschickt gewickelt, einmal um die Hüften gedreht, über die eine Schulter gelegt, gewickelt, über der Choli, der engen Bluse. Noch einmal strich sie mit ihren trockenen Händen über die Seide. Eine fünf Meter lange Stoffbahn, die ganz ohne Nähte, Knöpfe und Reißverschluss auskam und einfach, aber gekonnt um einen Körper gehüllt wurde. Zusammengehalten höchstens von ein paar Sicherheitsnadeln, versteckten kleinen Helferinnen. Ein Sari verlieh Würde, jede Frau wusste das. Auf geheimnisvolle Weise sagte dieses Kleidungsstück jeder, die es trug, dass sie selber einzigartig sei. Das war der Zauber der Farben, der Seide, der Stickereien. Sie atmete tief durch. Seide, sie war fein und stark gleichzeitig, so wie ein Mensch sein sollte. Indien steckte voller Schätze und es war richtig, sie zu zeigen, andere damit zu beschenken, sie selber immer wieder für sich zu entdecken.

Über die Jahre hatte sie sich immer häufiger von ihrem Sohn überreden lassen, sich nicht in der Küche zu verstecken oder sich in ihr Zimmer zurückzuziehen, sondern auf ihre Weise Teil der Gemeinschaft zu sein.

Früher hatte es diese Möglichkeit zum Rückzug gar nicht gegeben, keinen solchen Schutz der Privatsphäre. Aber hier hatte sie ein eigenes Zimmer. Sie konnte sich noch genau an die erste Nacht darin erinnern, als sie vor etwa zehn Jahren hier eingezogen waren. Am Tag hatte sie die Küche eingeräumt und war dann zwischendurch immer wieder den kleinen Flur entlang zu ihrem Zimmer gelaufen, hatte die Tür geöffnet, vorsichtig in den Raum geschaut und war dann zufrieden wieder zurück in die Küche gegangen. Über die Schwelle wollte sie erst am Abend gehen. Feierlich. Und bis dahin würde sie sicher noch ein paar Mal hinlaufen, wie um zu sehen, ob es noch da war und nicht nur ein Traum.

Damals, vor Jahren, an jenem ersten Abend hier in ihrem neuen Haus, hatte sie den Moment, schlafen zu gehen, noch eine Weile hinausgezögert, hatte dann schließlich ihrem Sohn eine gute Nacht gewünscht und war in ihren Saal getreten. Ja, so fühlte es sich immer noch an: groß und prächtig und sicher. An der einen Wand stand ein Bett mit einer Matratze, einem hellen Laken und einer gewebten grünen Decke. Darüber hingen ein Bild von Teresa und eine Ikone, die eine schwarze indische Maria mit ihrem Baby zeigte. In einer Ecke stand ein Stuhl. In einem Regal lagen ihre Kleider und ihre Habseligkeiten: einige sorgfältig gefaltete Saris, ein zweites Paar Sandalen, ein paar Bänder fürs Haar, ihre alte Brille, ein Stück Seife, eine Bibel. Unter dem Bett konnte sie ihren Koffer erkennen. Das war ihr Reich. Sie hatte es an jenem Abend nicht begreifen können und verstand es immer nicht so recht. Sie konnte jetzt eine Tür schließen und man würde anklopfen, wenn man etwas von ihr wollte. Sie würde so etwas sagen wie „Ja, bitte, gerne, herein, willkommen" und sich freuen, dass jemand zu ihr kam.

Sie hatte sich damals in der ersten Nacht zuerst einmal vor ihr Bett gekniet und ihre Gebete gesprochen. Eine ganze Weile. Dann hatte sie sich in ihr Bett gelegt, aber ihre Augen konnten nicht schlafen und waren nicht zu überreden, sich zu schließen. Sie mussten schauen und durch ihren Saal wandern, streifen, ja schreiten. Das kleine Fenster, das ein bisschen Licht und Geräusche von der Straße hereinließ, die Tür mit dem Spalt, der ihr zeigte, dass noch Licht im Wohnzimmer war und ihr Sohn also noch wach, der Kleiderhaken mit dem Bügel und ihrem Sari, den sie heute getragen hatte. Das alles war ihres. Immer wieder schüttelte sie ungläubig den Kopf. Sie hatte kaum geschlafen in dieser Nacht und am nächsten Morgen wieder gedacht: Was für ein Luxus! Ein ganzes großes Zimmer für ein paar Stunden in der Nacht und wenige kleine Momente während des Tages. Ein Schlafzimmer für eine alte Frau und dann hatte sie noch nicht einmal darin geschlafen, sondern hatte wach gelegen. Ob sie das Zimmer wirklich brauchte, war eine andere Frage, aber sie wollte es würdigen und dankbar dafür sein; zurückziehen aber würde sie sich hierhin selten, das wusste sie schon. Je älter sie wurde, desto mehr liebte sie es, mit anderen zusammen zu sein.

Gestern Abend also hatte sie sich nicht zurückgezogen, sondern war dazugekommen. Sie hatte wie selbstverständlich in ihrem Sessel Platz genommen und von hier aus den restlichen Abend über die ganze Szene beobachtet. Ihrem Sohn zuliebe, sagte sie sich zwischendurch ein paar Mal, wie zur Vergewisserung, dass es richtig war. Wenn sie ehrlich war, wusste sie aber, dass sie inzwischen selber sehr gerne Teil dieser Gastrunden war.

Ein undeutliches Bild entstand vor ihren Augen. Es war der Moment, als sie die Mangos serviert hatte. Die Gäste hatten die sorgfältig in kleine Stücke zerlegten, zuckersüßen Früchte ganz andächtig gegessen. Ein fast heiliger Moment. Voller Staunen. Sie nickte innerlich und dachte: Ja, es gibt viele Arten zu beten. Das Sprechen mit dem ganz anderen ist manchmal ein Reden, dann wieder ein mehr schweigendes Hören, es kann auch ein Aufschrei sein oder ein abgrundtiefer Seufzer. Mancher kniet sich hin, so wie sie selbst, andere liegen abends in ihrem Bett, wieder andere gehen nach draußen vor die Tür, vielleicht weil der Himmel dort nicht so versperrt wirkt. Es gibt viele Arten, zu beten, oh ja. Gestern Abend hatten ein paar Gäste sorgfältig zerlegte zuckersüße Mangos gegessen. So konzentriert, aufmerksam, genießerisch, in sich versunken, abwesend, andächtig, einige schlossen sogar für einen Moment die Augen. Sie schmunzelte. Noch einmal dachte sie, berührt von dieser kleinen Entdeckung, die ihr sofort heilig wurde: Es gibt viele Arten zu beten, aber so, Mangos genießend, hatte sie es gestern Abend zum ersten Mal gesehen.

Dem Gespräch hatte sie nicht folgen können, die schnellen englischen Wörter flogen an ihr vorbei wie bunte kleine Vögel. Gezwitscher. Sie wusste, wenn sie wollte, konnte sie sich trotzdem jederzeit in das Gespräch einmischen, überraschend, aus dem Sessel in der Ecke. Sie war alt und genoss Respekt. Schließlich, auch das durfte man nicht vergessen, war sie ja seine Mutter. Priya, wie ihr Name sagte, geliebt. Und so erzählte sie manchmal eine ihrer Lieblingsgeschichten, wohl wissend, dass ihr Sohn die Geschichte schon kannte und die Gäste ihrer Muttersprache, Tamil, so wenig folgen konnten wie sie ihren englischen Worten. Aber keiner hatte es jemals gewagt, sie zu unterbrechen. Man sah sie in diesen Momenten dann interessiert an, nickte sogar zu ihren Worten und sie plauderte eine Weile. Bis sie die Lust verließ, ihr kleines Spiel zu spielen und sie ihre Hände über dem Bauch faltete, sich zurücklehnte und wieder schweigend in ihrem Sessel saß. Sie tat es mit einem Lächeln. Und ihr Sohn hatte ihr einmal gesagt, dass man dieses Lächeln „wissend" nenne. Das hatte ihr gefallen. Denn es wirkte dann so, als würde sie ein Geheimnis kennen. Und vielleicht war das ja gar nicht so falsch.

An die Spüle gelehnt, stand sie da und sah aus dem Fenster. Sie füllte ein Glas mit Wasser und trank ein paar kleine Schlucke. Sie dachte an ihre Kinder. Sie alle waren erwachsen geworden und hatten etwas gelernt. Sie fühlte sich kurz wie eine Heldin. Ihr Ältester, Jaya, war sehr dunkel. Dunkler als sie, das war das, was wohl jeder als Erstes wahrnahm. Seine Haut war schwarzbraun und glatt. Sie sah ihn vor sich: Er war immer sorgfältig rasiert und trug sein Haar, das an den Schläfen ganz allmählich weiß wurde, kurz – ein interessanter Kontrast zu seinem Gesicht. Er wirkte schmal und klein, besonders heute im Verhältnis zu den ausländischen Gästen. Sein hellblaues Hemd ließ ihn frisch aussehen und fiel großzügig über den kleinen Bauchansatz. Aber das Auffälligste blieb sein Gesicht: Sein kräftiges Kinn zeigte seine Willensstärke, seine klugen Augen, wie wach er war. Er hatte immer viel gearbeitet, als Kind schon, und er liebte Menschen.

Als sie gestern Abend schließlich müde vor ihrem Bett kniete, ihren Knien sah man dieses Ritual nach den vielen Lebensjahren an, hatte sie den Gott, dem sie vertraute, wieder einmal darum gebeten, er möge ganz besonders gut auf das Herz ihres Sohnes aufpassen und ihm göttliches Licht und Leichtigkeit schenken.

Sie dachte an die Zeit zurück, als er zur Welt gekommen war. Wie schwierig alles war, weil ihr Mann in den ersten Jahren monatelang weit weg in Sri Lanka gearbeitet hatte und trotzdem nur sehr wenig Geld für sie zu Hause erübrigen konnte. Sie war Mutter von vier Kindern und dann Witwe und Mutter und eigentlich die ganze Zeit über immer schon vollkommen auf sich gestellt gewesen. Aber sie hatte großes Glück gehabt, hatte Arbeit gefunden und ihre Kinder hatten alle zur Schule gehen können, das Mädchen und die Jungen. Sie waren alle lebhaft und fleißig und man hatte sie unterstützt. Sie hatten ihre Chance erkannt und wahrgenommen, ja wahrhaft ausgeschöpft.

Als sie heute Morgen aufwachte, war Jaya schon weg gewesen. Sie merkte beim Aufräumen bald, dass es dabei nicht um die paar Teller und Schüsseln ging, sondern vor allem um die verschiedenen Eindrücke, die diese Gäste in ihrer Seele hinterlassen hatten.

Wieder schüttelte sie den Kopf, aber die Gedanken ließen sich nicht verjagen. Die Mischung aus Fremdheit und Dankbarkeit, die sie gegenüber dieser Art von Gästen jedes Mal empfand, brachte Unruhe in ihren Kopf. Ein irritierendes Durcheinander von Gefühlen, Erinnerungen und Verpflichtungen. Die Gewissheit, dass sie die größte Verbundenheit immer ihrem Sohn entgegenbringen würde, schenkte ihr vorläufig Frieden.

Um sich abzulenken, stellte sie den Fernseher an. Er brachte Bilder und Worte in ihr kleines Haus, er brachte die Welt zu ihr. Ein Freund kam manchmal abends vorbei, um mit Jaya die Nachrichten anzusehen, und meinte dann oft kopfschüttelnd, so ein Fernseher sei doch ein Wunder. Aber da hatte sie nur jedes Mal entschieden widersprechen können. Ein Fernseher zählte zu den Phänomenen, die dieser Freund und sie selber nicht erklären konnten, aber sie wusste, es gab Menschen, die diese Dinge sehr gut begreifen, verstehen und sogar weiterentwickeln konnten. Ein

Wunder aber war etwas vollkommen anderes. Und das sollte er eigentlich auch wissen. Ein Wunder war ein Ereignis einer ganz anderen Dimension.

Die aktuelle Sendung zeigte, dass mehrere Tausend Reisbauern in Chattisgarh verhaftet worden waren. Das weckte ihr Interesse. Die Männer, Frauen und Kinder hatten das Demonstrationsverbot missachtet, waren in den Bus der Polizei gesetzt und zur Polizeistation gebracht worden, wo man wohl ihre Namen aufgeschrieben und sie dann wieder hatte gehen lassen. So etwas kam immer mal wieder vor. „Saatgut-Satyagraha" nannten sie ihre Aktion.

Sie musste lachen, ein feines Kichern jetzt, das Einverständnis ausdrückte und Zufriedenheit, weil ihr klar wurde, dass diese mutigen Bäuerinnen und Bauern eigentlich nur taten, was sie im Geschichtsunterricht gelernt hatten, falls sie zur Schule gegangen waren. „Satyagraha", das war ziviler Ungehorsam. Satyagraha war die gewaltlose Bewegung für die Wahrheit, für die Freiheit Indiens, gegen die Fremdherrschaft durch die Kolonialmacht, gelernt aus den Büchern oder, wie man auch sagen könnte, vererbt von Gandhi, einem ihrer wirklich Großen. Und diese Methode hatte nicht nur politische Freiheit durchgesetzt, sie überzeugte bis heute als Mittel, um politische Ziele zu erreichen. Aber sie verstand nicht genug von den Zusammenhängen, um wirklich zu erkennen, wofür diese Bauern kämpften. Intuitiv aber war sie auf ihrer Seite und stimmte ihrem Anliegen innerlich zu.

Auch danach würde sie ihren Sohn heute Abend fragen. Worum ging es bei dieser Satyagraha der Reisbauern? Sie wollte es wissen. Sie mochte alt sein, aber noch lebte sie schließlich in dieser Welt.

Kapitel 2

Anne stand vor dem Spiegel und trug sorgfältig etwas Lippenstift auf, dezent, rosig. Sie lächelte sich selber zu und sagte: „Anne, sei mutig! Du schaffst das." Ein kurzer Schwindel überkam sie bei dem Gedanken, dass sie in diesem letzten Abschnitt ihres Lebens noch so scheinbar unendlich viel zu erledigen hatte. So viele Geheimnisse mussten bewahrt, andere dagegen dringend enthüllt werden. Sie warf sich einen letzten trotzigen Blick zu und ging die Treppe hinunter in die Küche.

Wie jeden Morgen nutzte sie die vierundzwanzig Stufen, um sich auf die ersten Begegnungen des Tages vorzubereiten. Ihr Sohn und ihre Schwiegertochter würden beide eine Tasse heißen Kaffee vor sich stehen haben, daneben ihren jeweiligen Lieblingsteil der Tageszeitung. Sie fragte sich, ob Matt jemals etwas anderes las als innen- und außenpolitische Neuigkeiten und ob Amys Welt nicht ohnehin nur ein einziges Feuilleton war. Die beiden würden nicht viel reden, sie mit einem kurzen Nicken begrüßen und wieder zwischen den Zeilen versinken. Anders Tom, ihr Enkel, der sich tatsächlich immer noch jeden Morgen zu freuen schien, sie zu sehen. Und das war jetzt seit seiner Geburt vor siebzehn Jahren so.

Als sie die Küche betrat, spürte sie sofort, dass etwas Wichtiges geschehen sein musste. Wenn es wohl auch noch nicht zur Sprache gekommen zu sein schien, denn alle schwiegen. Sie sah zu ihrem Sohn hinüber und ihre Blicke trafen sich. Wärme überkam sie und die Gewissheit von Verbundenheit und Verstehen. Es war wieder so weit. Er würde sie erneut für eine Weile verlassen. Sie wusste es sofort. Sie riss sich zusammen, um nicht ihren ersten Impuls laut zu äußern: Bitte, entscheide dich diesmal aber endlich für das richtige Land!

Matt wusste später nicht mehr, warum ausgerechnet dieser Zeitungsartikel ihn so berührt hatte. Vielleicht lag es an seiner eigenen Angst vor Wasser. Schwimmen hatte er eigentlich nie richtig gelernt, was für einen Jungen in Kalifornien, der wie alle seine Freunde einen großen Pool im Garten hatte, äußerst ungewöhnlich war. Die Vorstellung, nachts im Schlaf von einer nassen Flut überrascht zu werden, war einfach unerträglich. Die Bilder, die der kurze Artikel in ihm auslöste, waren schrecklich. Er sah ganze Dörfer, die weggeschwemmt wurden, weil niemand der Bevölkerung rechtzeitig Bescheid gesagt hatte. Er sah Kinder. Er sah die gigantischen Mauern eines Staudamms. Und spürte plötzlich den spontanen Wunsch, nach Indien zu reisen.

Er hatte solche Gedanken schon früher gehabt, war in Nicaragua gewesen, in Brasilien, in Israel und Palästina, in Südafrika. Er hatte sich als Wahlbeobachter engagiert und in der Entschuldungskampagne, hatte immer wieder kleine Projekte unterstützt, die ihn überzeugten, sich als Anwalt eingemischt, für amnesty gearbeitet. Aber Indien war bisher nicht in seinen Plänen vorgesehen gewesen. Er reiste gerne. Aber nicht, um Urlaub zu machen, sondern um die Welt kennenzulernen, um zu verstehen und, wenn es möglich war, um irgendwie zu helfen. Um zu tun, was er konnte. Er hatte genug Geld verdient, jetzt fragte er sich, wozu.

Er sah seine Frau an und nahm ihre Hand, drückte sie kurz, beugte sich zu ihr und gab ihr einen sanften Kuss auf die Wange. Sie dankte es ihm mit einem Lächeln, allerdings ohne sich auch nur einen Moment wirklich ablenken zu lassen. So war sie, Amy. Er sah seinen Sohn an, Tom. Die perfekte Mischung aus Amy und ihm selbst. Er hatte ihren Stolz, aber nicht ihr Misstrauen, seine Zugänglichkeit, aber nicht seine Leichtgläubigkeit. Er hatte außerdem ihren Sinn für Kunst und Logik und sein Faible für Sprachen. Lange Beine wie sie beide und seine hohe Stirn. Und er hatte die Liebe, die beide diese siebzehn Jahre lang an ihn weitergegeben hatten. Ob er eher ihren Ehrgeiz oder seinen Idealismus geerbt hatte, würde sich wohl erst in den kommenden Jahren herausstellen. Er sah ihn an und ein zweiter Gedanke überkam ihn, ebenso heiß wie der plötzliche Wunsch, nach Indien zu reisen: Er würde Tom mitnehmen. Diesmal würde ein Sohn ihn begleiten und sie beide, ein Vater und sein Kind, würden gemeinsam eine neue Welt entdecken.

Manchmal dachte er, dass seine Mutter tatsächlich Gedanken lesen konnte. Auf ihrem Gesicht lag in diesem Moment so etwas Friedliches, wie ein Schimmer von tiefer Freude, unterstützt vielleicht von dem zarten Rosa ihres Lippenstiftes. Sie sah auf die Zeitung, die vor ihm lag, und dann hoch zu ihm. Ihre Blicke trafen sich. Er wusste, sie hatte wahrgenommen, dass er den Artikel über das Narmada-Tal gelesen hatte. Sie hatte Tränen in den Augen und nickte ihm zu. „Endlich", sagte sie. „Endlich wirst du nach Indien reisen."

Amy guckte fragend Matt an, der unsicher und wie ertappt sagte: „Der Gedanke kam mir tatsächlich gerade erst, heute Morgen, als ich diesen Artikel hier las."

Amy las schnell die Überschrift und fragte leise: „Und wann? Wann wirst du dorthin reisen?"

Matt zögerte, als würde er auf eine innere Uhr hören, und meinte dann: „Im Frühjahr, wenn Tom mit der Schule fertig ist. Ich will, dass Tom diesmal mitkommt." Amy stand auf, ging zum Kaffeeautomat. Das Zermahlen der Bohnen dröhnte in der Stille wie ein feindlicher Hubschrauber im Anflug.

Mit einer Tasse frischem Espresso kam sie zurück an den Küchentisch und sah jetzt herausfordernd ihre Schwiegermutter an. „Und du? Was sagst du dazu? Wirst du deinen Sohn wieder mit deinem Segen ziehen lassen? Und wirst du auch erlauben, dass er diesmal sogar deinen Enkel mitnimmt? Dass er ihn mit hineinzieht in diesen Spleen, die Welt zu verbessern, der offensichtlich niemals enden will?"

Amy sah herausfordernd in die Runde am Tisch, sah die tiefen dunklen Augen ihrer Schwiegermutter, die unruhig suchenden Augen ihres Mannes. Dem irritierten Blick ihres Sohnes wich sie schnell aus, schüttelte den Kopf und setzte sich auf ihren Platz. In der rechten Hand hielt sie die kleine Kaffeetasse, mit der linken strich sie sich die Haare aus dem Gesicht, steckte eine Strähne hinter das linke Ohr, zuckte die Schultern, griff wieder nach der Zeitung, begann zu lesen und atmete dann, wie um das Ganze abzuschließen, hörbar aus. Wieder einmal fragte sich Anne, wie ein Mensch so viel Verachtung in so ein kleines Geräusch wie ein Schnauben legen konnte. Eine Weile sagte niemand etwas. Angespannt warteten alle darauf, wie dieses Gespräch wohl weitergehen würde. Von Amy würde sicherlich nicht der nächste Impuls ausgehen, sie las betont interessiert den Artikel.

Anne blickte ruhig vom einen zum anderen, räusperte sich, nahm einen Schluck aus ihrer Tasse und sagte dann: „Ich bitte dich, Amy, lass ihn gehen." Und dann, an ihren Sohn gewandt: „Und dich bitte ich, in Indien einen Auftrag für mich zu erfüllen. Ich wünschte, ich könnte selbst reisen, aber ich bin zu alt. Deshalb musst du jemanden für mich finden und etwas für mich erledigen."

Damit stand sie auf, nickte in die Runde, scheinbar ohne jemanden besonders zu meinen, und sagte in einem Ton, der kein Nachfragen und erst recht keine Diskussion erlaubte: „Ich habe noch eine Menge zu erledigen, bevor du abreist." Und damit verließ sie die Küche.

Sie ging und ließ die Tür leise hinter sich ins Schloss fallen. Am Fuß der Treppe blieb sie kurz stehen, als müsse sie innerlich für sich klären, ob dieses Gespräch ihr Kraft gegeben oder ob es sie Kraft gekostet hatte. Sollte sie mit dieser überraschenden neuen Aussicht, dass ihr Sohn nach Indien reisen würde, die Treppe hinauflaufen wie ein junges Mädchen und zwei Stufen auf einmal nehmen wie früher, weil diese Wende, die sich mit diesem Morgen andeutete, sie beschwingte? Sie entschied sich, der anderen Stimmung zu folgen, und ging bedächtig Stufe für Stufe nach oben, das Tempo nicht nur angemessen für eine ältere Dame, sondern sie würdigte damit auch die Aufgabe, die vor ihr lag, und den teuren Gedanken, dies könne die letzte große Tat in ihrem Leben sein.

Oben angekommen merkte sie, wie ihr Herz klopfte, und der Takt schien sich mit Hämmern in ihrem Kopf, hinter ihren Schläfen, fortzusetzen. Eine Flut von Bildern und Worten, Erinnerungen, geflüsterten Versprechen, Geräuschen, Farben und Gerüchen wollten all ihre Aufmerksamkeit, wie die Kinder einer ihrer Schulklassen früher, die sie umringten, ihr etwas zuriefen, an ihrem Rock zupften, ihre Hand nahmen. Sie war zu alt für dieses Durcheinander im Kopf. Im Herz, dachte sie. Es ist das Herz, das noch einmal gefordert ist, wenn alte Geschichten, die begraben waren, neu zum Leben erweckt werden. Mit diesem Gedanken setzte sie sich in ihren großen alten Sessel am Fenster, legte die orangefarbene Wolldecke auf ihre Knie, nahm ihr Tagebuch zur Hand und begann zu schreiben.

In der Küche war Tom der Erste, der die Stille unterbrach, allerdings nur mit einem fragenden Wort, das dann allein im Raum stand: „Indien?" In seiner Stimme lag dabei etwas Ungläubiges, ein Staunen. Und jetzt schien es, als würden sie alle drei vorsichtig um dieses eine Wort schleichen, würden sich anpirschen, um sich sehr behutsam zu nähern.

„Indien", wiederholte Tom nach einer Weile schließlich, aber bevor er noch sagen konnte, was dieses Wort in ihm auslöste, unterbrach seine Mutter ihn schon und meinte: „Seid ihr jetzt alle verrückt? Indien liegt am anderen Ende der Welt. Was haben wir mit diesem Land zu tun? Aber das hat dich ja noch nie gehindert, hier alles im Stich zu lassen. Gibt es in unserem eigenen Land nicht genug zu tun? Was ist so schlimm an Amerika, dass du ihm ständig den Rücken kehren musst? Brasilien, Israel, Südafrika – du bist fast fünfzig und immer noch auf der Reise? Findest du das nicht lächerlich? Was suchst du eigentlich? Was ist so toll daran, weit weg zu reisen? Langweile ich dich? Ist es das?"

Amys Stimme war immer schriller geworden und als Matt beruhigend sagte: „Amy, Schatz, jetzt mach doch nicht gleich wieder etwas Persönliches daraus", fing sie an zu weinen und meinte unter Tränen und mit kalter leiser Stimme: „Wie soll ich das nicht persönlich nehmen, wenn immer alles reizvoller ist als das Leben an meiner Seite?"

Anne saß oben in ihrem Sessel. Obwohl sie keines der Worte hörte, die unten in der Küche ihrer Kinder gewechselt wurden, ahnte sie, wie sich das Gespräch entwickelte. Amy würde Matt anfahren, mit lauten und scharfen Worten, ihm Vorwürfe machen, ihn zum zigsten Mal einen Weltverbesserer nennen und sich dann zurückziehen, verletzt und unerreichbar für ihn. Matt würde immer stiller werden, würde erst noch eine Weile versuchen, um sie zu werben, und es dann müde aufgeben und sich ebenfalls in seine Welt zurückziehen. Tom würde dabeisitzen und nicht verstehen, wie zwei erwachsene Menschen so aneinander vorbeireden können. Aneinander vorbeileben, dachte sie.

Es kam ihr vor, als würden ihr Sohn und seine Frau tatsächlich in zwei völlig verschiedenen Welten leben. Matt in einer Welt, die aus Nationen und Mächten, Geschichte, Wirtschaftsinteressen und Systemen, Ideologien und großen Zusammenhängen bestand. Er hatte sich nie damit abfinden können, wie diese Welt tickte. Er hatte immer versucht, zu verstehen. Zu hinterfragen. Den Konflikten auf den Grund zu gehen. Hinter die Kulissen von Wahlergebnissen und Reden zu blicken. Er hatte immer betont, dass jede Stimme zählt. Dass jeder Mensch einen Beitrag leisten konnte. Leisten musste. Dass man sich nicht gewöhnen durfte an die Gewalt. Dass Gleichgültigkeit die unmenschlichste Regung von allen war und Desinteresse eigentlich nicht zu verzeihen. Er hatte die unmöglichsten Fälle vor Gericht durchgefochten, angeklagt, verteidigt, um Gerechtigkeit gekämpft.

Amy lebte in einer Welt, die aus Tanz, Musik, Ballett und Theater bestand. Sie trainierte hart und der Erfolg gab ihr recht, zumindest innerhalb ihres Wirkungsbereichs.

Als die zwei sich kennengelernt hatten, damals an der Universität, waren sie beide rebellisch gewesen und hatten sich gegenseitig inspiriert mit Ideen, das Establishment aufzurütteln. Amy hatte die Bühne nutzen wollen, um die allzu Sesshaften mit ihren Tanz-Inszenierungen aus den Sitzen zu holen und wachzurütteln. Mit der Zeit aber, so dachte Anne, hatte sie diese Ziele und Ideale aus den Augen verloren und war selbst immer mehr Teil einer künstlichen Theaterwelt geworden. Ihre jetzige Protesthaltung wirkte zu gewollt. Und wenn sie das Publikum auch animierte, aufzustehen, konnte sie ihm doch nicht genau sagen, wofür oder wogegen eigentlich. Matt hatte ihr ihren Erfolg immer gegönnt, sie unterstützt. Aber er hatte sie gleichzeitig auch beständig dazu herausgefordert, sich treu zu bleiben. Bis er ihr irgendwann vorwarf, ihre gemeinsamen Ideale verraten zu haben. Nur um im Gegenzug von ihr zu hören, dass er nie wirklich erwachsen geworden sei und auf dem Niveau eines Träumers lebte.

Anne wurde traurig bei dem Gedanken, wie wenig sich die beiden inzwischen noch zu sagen hatten. Sie dachte an eine kleine Szene, die ihr offenbart hatte, wie es um ihren Sohn und seine Frau stand: Amy war schweißgebadet vom Training oder vom Joggen, sie konnte sich nicht mehr genau erinnern, nach Hause gekommen und war in die Küche gegangen, um sich eine Flasche Wasser zu holen. Matt hatte sie vom Treppenabsatz aus gesehen und einen kleinen Kommentar abgegeben: „Was für ein Luxus, in einer Welt zu leben, in der einen sonst nichts mehr zum Schwitzen bringt."

Ob er gewollt hatte, dass Amy diesen spitzen Satz hörte, war Anne nicht klar. Aber sie hatte ihn gehört. Und seit diesem Tag war sie immer seltener zu Hause, blieb immer häufiger im Theater, auch über Nacht, wie, um seinem Zynismus auszuweichen. Anne wusste, dass hinter den bissigen Worten eine tiefe Unruhe lag, eine Sehnsucht, wirklich etwas zu verändern. Und sie wusste, dass sie selber ihrem Sohn diese Haltung vererbt hatte, anerzogen, weitergegeben. Wenn diese Sehnsucht ihn jetzt nach Indien bringen würde, könnte er vielleicht sein Glück finden, dachte sie. Aber er musste seinen eigenen Weg dorthin finden, sie würde sich nicht zu sehr einmischen dürfen. Wie sie sich wünschte, er würde Priya sehen!

Und Priya würde ihn sehen – und sie würden das alte Versprechen einlösen können, das sie sich gegeben hatten. Sie merkte, wie unruhig sie bei dem Gedanken wurde. So war es immer schon gewesen: Wenn ihr etwas wirklich am Herzen lag, wollte sie unbedingt, dass Matt es mit ihr teilte. Aber er sollte es freiwillig tun, selbstständig.

Sie kreuzte die Arme vor dem Oberkörper, schloss die Augen und begann sich selbst hin und her zu wiegen. Dazu summte sie ein Kinderlied, aus einer anderen Welt.

Kapitel 3

Priya stand vor der Tür ihres Hauses. Gleich würde Jaya kommen und sie wollte ihn heute direkt hier empfangen. Der Himmel war den ganzen Tag über schon strahlend blau gewesen, die Sonne heiß. Die Mangos am Baum waren reif, auch heute Abend würden sie wieder eine Frucht essen können.

Ein Geräusch ließ sie aufhorchen und zum Nachbargrundstück hinüberschauen. Erst auf den zweiten Blick bemerkte sie die Tochter ihrer Nachbarin, die auf dem Boden vor dem Eingang zu ihrem Haus kniete und traditionelle Ornamente auf den Boden malte. Sie grüßten einander freundlich, die jüngere Frau verbeugte sich, aber Priya gab ihr mit einem Lachen und einem Wink zu verstehen, dass sie es nicht übertreiben solle mit diesen Gesten des Respekts, weil sie sich lieber unterhalten wollte.

Shanti war gerade einmal sechzehn Jahre alt. Sie würde wahrscheinlich demnächst verheiratet werden. Dass ihre Mutter es ihr überließ, die althergebrachten Verzierungen zu malen, sprach dafür, dass sie wie eine erwachsene Frau angesehen wurde. „Was malst du?", wollte Priya wissen. Shanti trat einen Schritt zur Seite und gab den Blick frei auf das Muster. Es zeigte eine Lotusblüte, ganz nach herkömmlichem Vorbild. Priya nickte anerkennend, die junge Frau hatte sehr sorgfältig und ebenmäßig gearbeitet. Die Blüte wirkte sehr symmetrisch; ihre Mutter würde zufrieden sein. Priya schaute noch genauer hin und musste sich dafür auf die Zehenspitzen stellen, um über die Hecke sehen zu können.

„Aber womit malst du denn da?", fragte sie und Shanti zeigte ihr ein Stück Kreide. Priya schüttelte ärgerlich den Kopf.

„Warum nimmst du nicht gemahlenen Reis?“

Aber Shanti konnte nur mit den Schultern zucken. Priya wollte gerade anheben, die junge Frau zu belehren, entschied sich dann aber dagegen. Sie behielt ihre Gedanken für sich. Aufmunternd und zum Abschied nickte Priya ihr zu, lobte sie noch einmal für die Genauigkeit, mit der sie gearbeitet hatte, und ließ einen Gruß an ihre Mutter bestellen. Sie wandte sich wieder ihrem Haus zu, drehte sich dann aber im Gehen doch noch einmal um und forderte Shanti auf, ihre Mutter danach zu fragen, seit wann die Ornamente mit Kreide gemalt wurden statt mit zermahlenem Reis.

Priya setzte sich auf die Stufen vor ihrer Haustür. Der Reis gäbe den Ameisen Futter und würde so verhindern, dass sie ins Haus kämen. Über diesen praktischen Nutzen hinaus war es aber auch eine religiöse Handlung, auf diese Weise Reis zu opfern. Priya selbst hatte sich von den hinduistischen Traditionen ihres Landes gelöst, aber sie dachte doch, dass Bräuche, wenn man sie denn ausübte, auch ihren Sinn behalten müssten und dass Eltern ihren Kindern diesen Sinn begreiflich machen sollten. Sonst sähen die Kinder eines Tages nicht mehr ein, warum sie eine Tradition bewahren sollten. Warum Rituale pflegen, deren Bedeutung man nicht mehr verstand? Von solchen Bräuchen würde man sich über kurz oder lang lösen.

Sie setzte sich auf ihren Lieblingsplatz, die Treppen vor ihrem Haus. Ornamente und gemahlenen Reis gab es hier nicht. Aber sie hatte einige Niemblätter auf den Stufen ausgebreitet, grüne und einige junge kleine Blätter, die bei diesem Baum rötlich, pink waren. Mit dem Niembaum verbanden sich viele alte Geschichten, dem Baum, seinen Blättern, seinen weißen Blüten und dem Öl seiner Früchte wurden magische Kräfte zugeschrieben, ja manche meinten auch, dass im Niembaum ein Gott wohne. Früher hatte sie gesehen, wie ihre Tante und die anderen Frauen Niemblätter in ihre Kleider nähten und sich davon eine Art übermenschlichen Schutz versprachen. Für Priya war ein Baum ein Baum, kein Gott. Aber sie wusste auch, dass hinter den alten Riten oft nicht einfach ein naiver Aberglaube steckte, sondern etwas Wahres oder eine alte Weisheit. Sie wusste, dass sie nicht wie ihre Tante mit einer unbestimmten Angst vor den Göttern leben wollte, ständig darum bemüht, Geister und Kräfte zu beruhigen oder durch bestimmte Riten für sich zu gewinnen. Dennoch, sie wollte immer gerne herausfinden, ob mit einem Ritual eine hilfreiche Erkenntnis verbunden war, und war immer bereit, zu glauben, dass hinter einer Tradition etwas zum Vorschein kam, das dem Leben diente. Und wenn diese Entdeckung ihren eigenen spirituellen Auffassungen nicht widersprach, würde sie die Erkenntnisse, ihre tiefe Weisheit, vielleicht sogar die Rituale dann auch gerne bewahren.

So hatte sie als Erstes entdeckt, dass der Niem gegen Bakterien und Viren wirkte, und sie hatte schon damals, als ihre Kinder noch klein waren, ihren Husten damit gelindert. Oder einmal hatten ihre Kinder und die des weißen Missionars auch alle miteinander Kopfläuse gehabt und sie hatte ein bestimmtes Gemisch aus den Blättern und dem Öl des Niems genommen und die kleinen Insekten damit besiegt.

Ihr Sohn Jaya war ein echter Gärtner. Hier, rund um ihr kleines Haus und auch in dem Garten hinter dem Kinderheim, erst recht aber auf dem großen Gelände in den Bergen, wo das Kinderhilfswerk ein Camp führte, hatte er schon oft bewiesen, dass er geschickt war im Umgang mit Grün, im Aufziehen von Bäumen und im Züchten von verschiedenen nützlichen Pflanzen. In den Bergen gab es Obstbäume, Orangen, Mangos, Feigen und Granatäpfel, es gab Bohnen, Erbsen, Okra, Kartoffeln, Kräuter wie Petersilie, Thymian, Salbei, Koriander, kleine Beeren, rote und schwarze Johannisbeeren, sogar Kaffee und ein Meer aus Blumen, die jeweils zu ihrer Zeit dem Camp seine Farbe verliehen. Jaya hatte ihr erklärt, dass er das Öl aus dem Niemsamen zur Schädlingsbekämpfung nutzte und als Dünger. Er hatte sie aufgefordert, die alte Tradition, Niemblätter um das Haus zu verteilen, weiter fortzusetzen.

Auf ihre ängstliche Frage, ob er glaube, dass der Niembaum göttliche Macht habe, hatte er sie kurz umarmt und dann geantwortet: „Gott hat göttliche Macht – und ist ein weiser Schöpfer aller Bäume und ein großzügiger Erfinder vieler wunderbarer Geheimnisse, die das Leben unterstützen. Und es ist sehr aufregend, wenigstens einige von ihnen zu entdecken." Sie stimmte ihm zu.

Jetzt wartete sie auf ihn. Sie nahm eins der kleinen rosafarbenen Blätter in die Hand und zupfte daran, roch den Geruch an ihren Fingern, legte es wieder aus der Hand. Sie freute sich darauf, die Gedanken dieses Tages mit Jaya zu teilen. Wie, um sich besser auf ihn vorzubereiten, überlegte sie schon einmal, was er wohl an diesem Tag erlebt hatte, welchen Menschen er begegnet und an welchen Orten er gewesen war.

Kapitel 4

Wie verabredet hatte Jaya seine Gäste an diesem Morgen direkt vor dem Eingang des großen Krankenhauses in Vellore getroffen. Die Einrichtung war keine normale Touristenattraktion, diese Klinik war ein Zeugnis wahrer Liebe und Jaya kam gerne hierhin, um Besucherinnen und Besuchern aus Europa oder Amerika die Geschichte ihrer Entstehung zu erzählen. Jaya grüßte in die Runde. Die eigentlichen Freunde und Unterstützer der Pattu-Stiftung, die das Kinderheim trug und darüber hinaus mehrere hundert andere Kinder im Süden Indiens unterstützte und soziale Projekte initiierte, kamen aus Singapur, wo er studiert hatte, und aus Deutschland, eine Verbindung, die auf ganz eigenen Wegen zustande gekommen war. Diese vier Männer waren Amerikaner, ein Arzt, ein Lehrer, ein Journalist und ein Pfarrer, eigentlich Freunde seiner Freunde aus Singapur. Er hatte sie vor drei Tagen am Flughafen in Chennai in Empfang genommen, hatte sie gestern Abend in seinem Zuhause empfangen, bot ihnen für eine Woche seine Gastfreundschaft an. Einer von ihnen, der Lehrer, war bereits vor zwei Jahren einmal hier bei ihnen zu Besuch gewesen. Für drei von ihnen war es der erste Besuch in Indien. Sie wohnten im Kinderheim, in den Gästezimmern, die genau für solche Gelegenheiten gebaut worden waren, in der zweiten Etage des Hauses, jeweils mit eigenem Bad und westlicher Toilette.

Er selber hatte keine Pläne mit diesen Besuchern, verband keine Ambitionen oder Wünsche mit ihnen, hatte sich aber seinen Freunden aus Singapur zuliebe dazu bereit erklärt, sie für eine Woche zu empfangen, ihnen die Arbeit der Stiftung vorzustellen und daneben auch etwas von Indien zu zeigen. Die vier hatten sich gestern ausgeruht, hatten versucht, sich an die Wärme zu gewöhnen, an die Zeitumstellung und das ungewohnte Essen. Heute waren sie wohl bereit, sich weiteren Herausforderungen Indiens zu stellen.

Jaya zeigte hinter sich auf das große, eindrucksvolle Gebäude und sagte: „Willkommen in einem der größten Krankenhäuser Indiens. Ich nenne diese Klinik und alles, was dazugehört, einen Ort des Segens, denn das ist sie. Es ist ein Ort des Heils und der Inspiration. Sie hat vor inzwischen mehr als hundert Jahren einmal klein begonnen, wie so manche Initiative, aber sie entwickelt sich ständig weiter, bis heute. Kommt bitte und seht selbst."

Jaya ging der Gruppe voran, um aber nach ein paar Metern direkt wieder stehen zu bleiben, vor einem Bild der Gründerin des Krankenhauses, Doktor Ida Scudder. Hier begann er zu erzählen: „Ida Scudder hatte als junge Frau eigentlich nur einen Traum. Sie wollte glücklich sein, ein schönes Leben in Amerika führen, Indien so schnell wie möglich den Rücken kehren und einen Millionär heiraten."

Jaya lächelte und fragte sich, wie viele junge Menschen auf dieser Welt, ob in Amerika oder Indien, wohl diesem Traum nachhingen, und fuhr dann fort: „Idas Eltern lebten als Missionare hier in Tamil Nadu. Ihr Vater engagierte sich als Arzt und so war sie dazu gezwungen, das indische Leben zu teilen. Sie aber war es leid, Missionarstochter zu sein. Wahrscheinlich", sagte er mit einem Grinsen, „machte ihr auch die Hitze zu schaffen."

Dieser letzte Satz war nur ein Zugeständnis an seine Gäste, die schon jetzt, am frühen Morgen, wieder schwitzten. Jaya lächelte sie an, er war die Wärme gewohnt. Die drei lächelten, solidarisch mit der jungen Ida, die die Hitze vielleicht genauso wenig hatte leiden können, wie sie selbst es offensichtlich taten.

Jaya nahm den Faden wieder auf: „Ida hatte damals wohl einfach das Gefühl, das Leben zu verpassen. Sie muss ihren Vater sehr bewundert haben, war aber davon überzeugt, niemals selber so leben zu können wie er." Jaya löste sich von dem Anblick des Bildes, ging weiter und betrat die Eingangshalle der Klinik, blieb einen Moment stehen, um die Größe, die Hektik, das Vorbeieilen der vielen Menschen auf sie alle wirken zu lassen, und ging dann geradeaus auf die Kapelle zu.

Aus den Augenwinkeln nahm er einen kleinen Jungen wahr, der die Kerzen vor der Eingangstür zur Kapelle sortierte. Er sah ihm einen Moment lang fasziniert zu, wie er die Reste flüssigen Wachses aus mehreren heruntergebrannten Teelichten in einem der kleinen Becher aus Aluminiumfolie sammelte. Wie konzentriert er arbeitete. Ob ihm jemand aufgetragen hatte, das zu tun, oder ob er von sich aus auf die Idee gekommen war? Er nahm sich vor, später im Gespräch mit jemandem vom Klinikpersonal danach zu fragen.

Jetzt zog Jaya seine Sandalen aus und bedeutete seinen Begleitern, es ihm gleichzutun. Dann betraten sie alle zusammen die Kapelle der Klinik.

Die Kapelle war in ein helles sanftes Licht getaucht, durch ein Oberlicht fiel Sonne in den Raum, und das verlieh ihm einen besonderen Charakter. Immer wieder sagten die Menschen, die hier hinkamen, um zu beten und Frieden zu finden, dass man den Eindruck habe, selber in Licht getaucht zu werden, wenn man diesen heiligen Raum betrat. Wie in vielen Kirchen auch standen hier an einem Gang entlang und in Reihen aufgestellt einige Bänke, etwa zehn, ausgerichtet auf einen schlichten Altar, vorne im etwas höheren Raum der Kapelle. Einzelne Menschen saßen da oder knieten, einige beteten flüsternd, leise, aber hörbar. Jaya bat seine Gäste, in der ersten Reihe Platz zu nehmen, und fuhr damit fort, ihnen die Lebensgeschichte von Ida Scudder zu erzählen.

„Wie gesagt – Ida wollte nicht in Indien leben, geschweige denn die Arbeit ihres Vaters tun. Ihr müsst wissen, dass aus Familie Scudder in vier Generationen zweiundvierzig Missionarinnen und Missionare nach Indien und in andere Länder gegangen waren." Jaya zögerte kurz und wagte, zu sagen: „Die Geschichte, die ich euch an diesem Morgen erzähle, ist gut, sie inspiriert mich. Aber längst nicht immer war die Geschichte der Mission so positiv; manches Mal haben die Missionare die Menschen nicht beschenkt, so wie es sein sollte, sondern sie haben sie bestohlen, betrogen, eingeengt. Ida dagegen war eine ganz große Schenkerin."

Er erzählte weiter: „Eigentlich sah Ida sich selbst überhaupt nicht in der Rolle, diese Familientradition der Mission mit ihrem Leben fortzusetzen. Wenn sie betete, sagte sie zu ihrem Gott, dass sie nicht in Indien bleiben, sondern in Amerika leben wolle, dass ihre Freunde schon auf sie warteten und mit ihr das Leben entdecken und feiern wollten. Nun – ihre Einstellung und ihre Gebete änderten sich ganz plötzlich, im Jahr 1890, innerhalb von einer Nacht.

Ida war allein zu Hause in ihrem Zimmer und las ein Buch, als ein Mann, ein Brahmane, zum Haus ihrer Eltern kam und sie bat, mitzukommen zu seiner Frau, die in Wehen lag und ein Kind zur Welt brachte. Die Hebammen hatten alles versucht, aber es gab Komplikationen und niemand wusste weiter. Ida musste dem Mann mitteilen, dass sie nur die Tochter des Arztes war und keinerlei Erfahrung mit Geburtshilfe hätte, dass sie aber ihren Vater gerne benachrichtigen würde. Der Mann lehnte das strikt ab, denn die Vorstellung, dass ein Mann seine Frau berühren würde, war für ihn undenkbar. Ida war hilflos, die schwangere Frau tat ihr leid, aber sie konnte nichts für sie tun.

So wandte sich Ida wieder ihrem Buch zu. Noch einmal hörte sie Schritte auf der Veranda. War der Brahmane etwa noch einmal zurückgekommen? Hatte er es sich anders überlegt? Diesmal stand ein Muslim vor der Tür. Er sagte: ‚Bitte, kommen Sie schnell. Bei meiner Frau haben die Wehen eingesetzt und es scheint Schwierigkeiten zu geben.' Diesmal war Idas Vater zu Hause und bot selber an, den Mann zu begleiten. Der aber lehnte das Angebot ab. Niemand außerhalb seiner Familie hatte jemals das Gesicht seiner Frau gesehen. Er würde nicht zulassen können, dass ein weißer Ausländer zu seiner Frau käme. Ida und ihr Vater konnten seine Meinung nicht ändern und Ida ging wieder zurück in ihr Zimmer. Die Lust, zu lesen, war ihr mittlerweile allerdings vergangen.

Erneut hörte sie Schritte auf der Veranda. Zu ihrem Schrecken erschien ein dritter Mann, ein Hindu, ein Angehöriger einer höheren Kaste, und auch er hatte eine junge Frau, die bei der Geburt ihres Kindes in Lebensgefahr schwebte."

Jaya legte eine Pause ein und sah aufmerksam in die Gesichter seiner Zuhörer. Sie waren seine Gäste, vom anderen Ende der Welt, aus Amerika, wie Ida Scudder. Sie waren hier, um die Arbeit seines Kinderhilfswerkes zu unterstützen. Sie würden Geld spenden, damit mehr Kinder zur Schule gehen und eine Ausbildung machen konnten, und sie würden Pateneltern suchen, die sich dann jeweils für ein Kind verantwortlich zeigen würden. Er selbst hatte von dieser einfachen Idee profitiert und sie überzeugte ihn immer noch. Er war ein Patenkind deutscher Geber, die ihn über ein großes Kinderhilfswerk, die Kindernothilfe, unterstützt hatten. So war es ihm ermöglicht worden, zur Schule zu gehen und zu studieren. Er war ihnen dankbar. Jetzt versuchte er, dieses Prinzip weiter zu verbreiten. Familie Mensch, davon war er überzeugt, musste sich insgesamt für ihre Kinder verantwortlich zeigen. Weltweit.

Nach dieser Unterbrechung, in der er seinen Zuhörern erlaubt hatte, ihren eigenen Gedanken nachzugehen, erzählte er weiter, wie die Erfahrung dieser einen Nacht, in der drei Männer Ida um Hilfe gebeten hatten, ihr Leben für immer veränderte. „Ida", so sagte er, „war in dieser Nacht nicht mehr eingeschlafen, sondern hatte nachgedacht, gegrübelt, Notizen in ihrem Tagebuch festgehalten und gebetet. Sie schrieb unter anderem: ‚Eine Frau hatte nicht helfen können und ein Mann, der hätte helfen können, der die nötige Ausbildung und das Engagement mitbrachte, hatte nicht helfen dürfen.'"

Jaya überlegte, wie er die spirituelle Dimension dieser Erfahrung vermitteln konnte, und entschied, es einfach genau so zu erzählen, wie Ida selbst es erlebt haben musste und wie er es in ihren Tagebüchern, die inzwischen veröffentlicht worden waren, nachgelesen hatte. Er wünschte sich sehr, dass Ida für sie lebendig wurde, nicht einfach ein totes Vorbild blieb, und wohl noch mehr wünschte er sich, dass seine Gäste selber auch Zugang zu dieser Kraft aus einer anderen Welt fanden. Und so erzählte er: „Ida hatte in dieser Nacht den Eindruck gehabt, als sei sie Gott begegnet, als hätte er sie berührt, wie mit einem Flügel, wie mit einem Schwung für ihr Herz, sodass sie auf einmal doch bewegt war von der Idee, Medizin zu studieren, um nach Indien zu kommen und hier insbesondere den Frauen, den Kindern und den Ärmsten zu helfen.

Am Morgen nach dieser besonderen Nacht erschrak Ida, als sie aus dem Dorf das Geräusch bestimmter Trommeln hörte. Sie wusste, das war ein Zeichen dafür, dass jemand gestorben war. Ida schickte eine der Hausangestellten, um herausfinden zu lassen, was passiert war, und auch, um sich danach zu erkundigen, was aus den drei jungen gebärenden Frauen geworden war. Sie kam zurück und musste Ida sagen, dass alle drei in der Nacht gestorben waren.

Ida schloss sich für einige Stunden in ihrem Zimmer ein. Sie dachte über die Bedingungen nach, unter denen die Frauen Indiens leben mussten, und nach vielen Gedanken und Gebeten ging sie zu ihren Eltern und teilte ihnen ihre Entscheidung mit: Sie würde nach Amerika gehen, um Medizin zu studieren, und dann zurück nach Indien kommen, um den Frauen zu helfen. Ihr Entschluss stand fest.

Als Ida im Jahr 1900 schließlich zurück nach Indien kam, war sie eine gut ausgebildete Ärztin. Ihr Vater starb nur einige Monate, nachdem Ida zurück in Indien war, sodass sie von Anfang an auf sich gestellt und allein verantwortlich für die Arbeit war. Und die Not in Indien war überwältigend. Auf zehntausend Menschen kam ein Arzt. Außerdem hatte sie keine Räumlichkeiten, in denen sie hätte arbeiten können. Sie ließ ein erstes Gebäude errichten, in dem Platz für zehn bis zwölf Patienten war. Die Veranda diente als Wartezimmer, ein kleines Zimmer als Behandlungsraum. Heute ist in diesem Krankenhaus hier Platz für mehr als zweitausend Patienten.“ Jaya konnte sehen, dass seine Gäste beeindruckt waren.

„Am Anfang hatte Ida gegen das Misstrauen der Bevölkerung anzukämpfen. Ihr erster Patient war ein Mann, der todkrank war, dem sie nicht mehr hatte helfen können und der wenig später starb, sodass das Misstrauen in der Bevölkerung nur noch zunahm.

Eines Tages aber kam ein Hindu, Angehöriger einer höheren Kaste, und ließ seine Augen von ihr untersuchen. Ida konnte ihn erfolgreich behandeln und von diesem Moment an nahm die Zahl ihrer Patientinnen und Patienten beständig zu. Aus Mitleid nahm sie immer mehr und mehr Arbeit an, sie behandelte pro Tag hundert Kranke, zweihundert, ja manchmal dreihundert. Bis heute ist es so, dass Patienten, die zu arm sind und sich keine Behandlung leisten und keine Medikamente bezahlen können, umsonst behandelt werden. Spenden von außerhalb machen es möglich, diesem Ideal nachzukommen.

Manchmal kam es vor, dass Menschen vor Ida niederknieten, denn sie hielten sie für die Inkarnation einer Göttin. Sie selbst empfand diese Huldigung als total unangemessen und furchtbar unangenehm und flüchtete jedes Mal, wenn sie in eine solche Situation kam.

Sie merkte, dass sie dringend Unterstützung brauchte, weil die Arbeit ihr über den Kopf wuchs und die Not einfach zu groß war. Denn auch wenn ein paar Dutzend Doktoren und Schwestern aus Europa und Amerika kamen, war deren Hilfe doch nur ein Tropfen auf den heißen Stein.

Da hatte Ida eines Tages die Idee, Inderinnen selbst auszubilden, um sich der speziellen Nöte indischer Frauen anzunehmen. Sie begann damit, Krankenschwestern anzulernen, um schließlich noch einen mutigen Schritt weiterzugehen und Frauen auch als Ärztinnen auszubilden. Die Ärzte, die den Medizinstudenten das Examen abnahmen, behaupteten anfänglich doch tatsächlich, dass Idas Mädchen es niemals mit den männlichen Studierenden würden aufnehmen können. Aber bei der offiziellen Verlesung der Examensergebnisse sollten alle eine Überraschung erleben. Achtzig Prozent der Studenten hatten nicht bestanden, von den vierzehn jungen Frauen aber jede einzelne. Ida sorgte dafür, dass hohe Standards in der medizinischen Ausbildung gesetzt wurden."

Jaya hielt inne. „Noch heute ist es überaus attraktiv, eine Ausbildung an diesem College zu machen. Auch die Kinder, die wir unterstützen, haben oft den eifrigen Wunsch, hier zu studieren, und sie wissen, dass sie dafür allerbeste Leistungen in der Schule nachweisen müssen. Krankenschwester zu werden oder sogar Ärztin oder Arzt, bedeutet, eine ausgezeichnete Ausbildung zu bekommen, in der man zwei Dinge großartig miteinander vereinbaren kann: ein eigenes Auskommen zu haben und anderen zu helfen."

Jaya atmete tief durch und wies mit beiden Händen auf seine Umgebung. „So entstanden hier an diesem Ort, wo wir jetzt sitzen, ein Krankenhaus und eine Ausbildungsstätte, das CMC, das Christliche Medizinische College. Es steht allen Menschen offen, sowohl unter dem Personal und erst recht selbstverständlich unter den Patienten sind Angehörige aller Religionen. Und das alles hat mit einem einzelnen Menschen begonnen. Das wollte ich euch an diesem Morgen erzählen." Sie nickten. Ob sie verstanden hatten? Ob sie bereit wären, auf ihre Art selbst eine Ida zu werden?

Um seine Geschichte abzuschließen, sagte er: „Eine Frau, die einmal den Staub Indiens von ihren Füßen hatte schütteln wollen, begann, Indien zu lieben. Eine schreckliche Nacht hat ihr Leben verändert. Der Tod von drei Frauen hatte sie tief berührt und bewegt, das zu tun, was sie konnte. Und so entstand etwas Großes. Man ehrte sie, Gandhi besuchte sie, sie kam zu internationalem Ruhm und wir ehren sie bis heute." Er blickte in die Runde. „Es ist mir wichtig, meine Freude über einen Menschen wie Ida zu teilen und meine Dankbarkeit, die ich immer empfinde, wenn ich an diesen Ort komme, denn ihre Geschichte inspiriert mich, selbst das zu tun, was ich kann. Ich denke, sie ist eine Herausforderung für uns alle."

Jaya war glücklich, weil seine Gäste ihm sehr aufmerksam zugehört hatten. Jetzt würden sie mit dem seit einigen Jahren extra dafür angestellten Public-Relations-Manager der Klinik oder mit jemand aus seinem Team eine Führung durch die wichtigsten Bereiche des Krankenhauses machen. Man würde ihnen einen Überblick geben und immer wieder staunten Gäste aus der westlichen Welt über das medizinische Know-how, modernste Operationstechnik, innovative Therapiemethoden. Man würde sie teilhaben lassen an den aktuellen Entwicklungen in der Behandlung Leprakranker. Und auch über die immer noch neue und unkontrollierbare Krankheit, über Aids, würde man sprechen.

Er selbst wollte den Rundgang nicht mitmachen, sondern die Zeit nutzen, um einige Besuche zu machen. Eine seiner Nichten arbeitete hier, er würde sie gerne kurz sehen. Und ein junger Mann, der Bruder eines der älteren Jungen aus dem Kinderheim, lag hier als Patient; auch ihn würde er besuchen.

Sie verließen alle zusammen die Kapelle, zogen ihre Sandalen wieder an und Jaya ging voran zu den Büros der Klinikleitung. Man grüßte einander und eine junge Frau nahm sich auf charmante und zielstrebige Art der Besuchergruppe an.

Jaya sah ihnen einen kleinen Augenblick lang nach und sprach ein kurzes Gebet für seine Gäste. Schon im Weitergehen fügte er dann noch ein kleines Dankgebet für Ida Scudder an und bat seinen Gott um Segen für die Menschen hier in dieser Klinik, Kranke und Gesunde, Patienten und Personal.

Er ging den Gang hinunter, der ihn zum Krankenzimmertrakt bringen würde. Plötzlich kam ihm ein kleiner Junge entgegengerannt. Er wich ihm aus und sah ihm hinterher. Nur einen kurzen Moment später kam eine Frau um die Ecke gelaufen, sie gehörte wohl zum Personal, denn sie trug einen weißen Sari, der sie irgendwie beeindruckend aussehen ließ, sie jetzt aber daran hinderte, schnell laufen zu können.

Als sie Jaya sah, blieb sie stehen, ihr Atem ging schnell. „Langsam“, sagte er freundlich. Allmählich beruhigte sie sich. Sie sah den Gang hinunter und dann zu ihm.

„Dieser kleine Dieb“, seufzte sie tief und schüttelte den Kopf. „Steht neben der Kapelle, sammelt Wachs und verkauft dann die Teelichte.“

Jaya lächelte.

„Was gibt es denn da zu lachen?", fragte sie, halb entsetzt, halb belustigt – Jaya konnte nicht so recht einschätzen, was sie wirklich dachte und empfand. Er sagte:

„Ich habe ihn am Morgen kurz beobachtet, er ist sehr geschickt."

Erstaunt fragte sie nach: „Wo? Hier? Sie waren hier in unserer Kapelle?"

Jaya nickte. Und als fühlte er sich von ihren Besitzansprüchen ausgegrenzt oder angegriffen, fügte er hinzu: „Eine Kapelle ist ein öffentlicher Ort des Gebetes und der Andacht. Eine Kirche spricht von Gnade, also von allergrößter göttlicher Zugänglichkeit, da sollte sie doch allen Menschen gehören, jedem offenstehen, meinen Sie nicht?"

Jetzt musste sie lachen. „Sie haben recht. So war es nicht gemeint. Ich habe mich nur gewundert."

Jaya erklärte: „Ich habe einige Gäste, Amerikaner, zu einer Klinikführung hierhin gebracht." Sie verdrehte die Augen. Er ahnte, warum. „Nun", fuhr er scheinbar streng fort, „auch Ida Scudder war Amerikanerin, nicht wahr? Und noch heute lebt das CMC doch von der Unterstützung aus der ganzen Welt, insbesondere von Spenden aus Amerika und Europa. Man könnte hier sonst wohl nie dem Ideal nachkommen, die ärmsten Patienten unentgeltlich zu behandeln. Aber mit ihrer Unterstützung ist es möglich."

Sie schaute jetzt interessiert: „Haben Sie noch nie den Wunsch gespürt, unabhängig zu sein? Wäre es nicht wunderbar, das CMC könnte mittlerweile ganz auf eigenen Füßen stehen? Auf indischen Füßen?" Er nickte. „Weil ausländische Füße manchmal stolzieren, trampeln, treten?"

„Ja, so in etwa", sagte sie zustimmend, nachdenklich.

Jaya überlegte kurz, ob er sagen sollte, was er wirklich dachte, und weil er das Gespräch zu genießen begann, beschloss er, ehrlich zu sein. Diese Frau – Schwester oder Ärztin? – er sah flüchtig auf ihr Namensschild und las ihren Namen, „Dr. Kala Ranjini" –, diese Frau machte den Eindruck, als wisse sie Aufrichtigkeit mehr zu schätzen als oberflächliche Zustimmung, und so sagte er: „Ich wünschte, und so habe ich es heute Morgen meinen Gästen gesagt, Familie Mensch fühlte sich insgesamt verantwortlich für ihre Kinder. Unabhängigkeit ist meiner Ansicht nach ein sehr merkwürdiges Konzept. Ich glaube, die Wahrheit liegt genau in der umgekehrten Richtung und es wäre wichtig, die Zusammenhänge zu sehen, das Ganze nicht immer weiter aufzuteilen, sich nicht immer mehr voneinander abzugrenzen und nur an sich zu denken."

Er stockte, fragte sich, ob er vermitteln könnte, was ihm wichtig war. Sie sagte etwas spöttisch: „Sie sind also ein Globalisierungsbefürworter."

Er war kurz irritiert, wollte schnell widersprechen, etwas entgegnen, aber da sah er sie lächeln, mit einem ironischen, frechen Schmunzeln, was ihn vollkommen aus dem Konzept brachte.

Mit einer wegwerfenden Handbewegung sagte er: „Ist ja auch egal." Er sah ihren Sari, nahm wahr, dass er nicht weiß war, wie er zuerst gedacht hatte, sondern von einem sehr hellen Grün, sah die passenden grünen Perlen in ihren langen schwarzen Haaren, die zu einem Zopf zusammengebunden waren, sah ihre klugen Augen, die ihn anfunkelten, und erinnerte sich nicht mehr daran, was er eigentlich hatte sagen wollen. Sie hatte es doch tatsächlich geschafft, ihn zu verwirren. Mit freundlicher Stimme sagte sie: „Es ist nicht egal, es ist wichtig, über diese Themen zu sprechen."

Bevor sie aber weitersprechen oder beide auf die Idee kommen konnten, in der Cafeteria einen Tee miteinander zu trinken, stand plötzlich der kleine Kerzenwachsdieb an einen Türpfosten gelehnt ihnen gegenüber, ganz in ihrer Nähe.

Jaya hatte Sorge, er würde direkt wieder weglaufen, deshalb ging er nicht auf ihn zu, sondern fragte ihn von dort aus, wo er stand, nach seinem Namen. „Raja", sagte der Junge. Einem inneren Impuls folgend, fragte er weiter: „Du bist allein?" Der Junge nickte. Um sicherzugehen, dass er die Frage auch richtig verstanden hatte, fragte er noch einmal anders nach: „Wo ist deine Mutter?" Der Kleine sagte leise: „Sie ist tot." Und setzte noch hinzu: „Die anderen auch." Jaya spürte, dass er die Wahrheit sagte. Wer sich hinter „die anderen“ verbarg, würde er vielleicht später herausfinden. „Und wo lebst du?“ Es war eine riskante Frage, denn der Kleine brauchte sein Versteck noch und würde es ihm sicher nicht verraten. Jaya wartete gespannt und nickte anerkennend, als Raja eine Antwort gab, die wohl gleichzeitig der Wahrheit entsprach als auch klug war: „Hier“, sagte er, „auf dem Gelände.“ Jaya nickte. Das Gelände war sehr weitläufig, die Gebäude verwinkelt und der Junge war klein, er rollte sich vermutlich nachts in einer Ecke zusammen und schlief unentdeckt hinter irgendeiner der vielen Türen. Er sah aus wie fünf oder sechs, aber Jaya wollte es genau wissen und fragte: „Wie alt bist du?“

„Ich bin neun Jahre alt“, sagte der Junge. Und etwas selbstbewusster fügte er hinzu: „Ich habe am 30. Januar Geburtstag.“

Jaya betrachtete ihn aufmerksam. Er hatte also einen Jungen vor sich, der nicht genug zu essen gehabt hatte und mit seiner körperlichen Entwicklung hinter seinem Alter zurückgeblieben war, der aber wohl wusste, dass er an einem historischen Tag geboren worden war, am Todestag Gandhis.

„Was ist mit der Schule?“, fragte er offen.

Raja sah auf den Boden und sagte traurig: „Ein Jahr. Ich bin nur ein Jahr lang hingegangen. Als meine Mutter noch da war. Danach ging es nicht mehr.“

Jaya verstand. „Bist du gerne hingegangen?“

Der Junge sah ihn an und strahlte: „Ja, sehr, sehr gerne.“

Er konnte später nicht sagen, in welchem Moment genau er gewusst hatte, dass er dem Jungen einen Platz in seinem Kinderheim anbieten würde, aber als er es tat, war er sich sicher, dass Raja das Angebot annehmen würde. Und so war es auch. Er stellte sich ihm kurz vor, erzählte ihm von dem Kinderheim und lud ihn ein, sich das Haus selber anzusehen und dort zu entscheiden, ob es ein Platz sein könnte, an dem er leben wollte. Es war jetzt Mittag und die jüngeren Kinder würden gleich aus der Schule nach Hause kommen. Er könnte sie kennenlernen, mit ihnen spielen und am Abend entscheiden, ob er länger bleiben wollte.

Doktor Ranjini dachte, dass dieser Mann absolut vertrauenswürdig wirkte und dass auch der Junge das zu merken schien. Er lehnte jetzt nicht mehr an dem Türrahmen, sondern war näher gekommen und hörte dem Leiter des Kinderheims zu. Wie oft dieser wohl schon enttäuscht worden war, weil ein Kind seine Chance nicht erkannte? Wie oft so eine Begegnung vielleicht zwar zunächst vielversprechend weiterging, dann aber doch im Leeren verlief, weil ein Kind, das einmal auf der Straße und auf sich gestellt gelebt hatte, sich schwer in so ein System wie ein Kinderheim eingliedern ließ? Wie oft dieser Mann wohl schon diese Art von Gespräch mit einem Kind geführt hatte?

Jaya selbst stellte sich in diesem Moment ganz ähnliche Fragen: Wie oft bin ich schon auf diese Weise meiner Intuition gefolgt? Warum habe ich den Kleinen heute Morgen wahrgenommen, als er bei den Kerzen vor der Kapelle stand? Und warum habe ich andere Kinder dagegen wohl übersehen? Ist es Gott, der mich leitet? Wird dieser Junge seine Chance erkennen? Wird er irgendwann sagen können, dass es Glück war, ihn heute getroffen zu haben? Wird er zu den anderen Kindern passen, wird er gerne zur Schule gehen, gut lernen, fleißig sein?

Er fragte: „Kommst du mit, um dir das Ganze anzusehen?“

Raja willigte, ohne zu zögern, ein.

Jaya merkte, dass die Zeit weggelaufen war und er es nicht mehr schaffen würde, seine geplanten Besuche zu machen. Er erklärte Raja, dass sie in wenigen Minuten einige ausländische Besucher vor dem Haupteingang treffen würden, um dann gemeinsam mit dem Auto zum Heim in der Karishma-Straße zu fahren. Raja nickte und Jaya wandte sich Doktor Ranjini zu.

Sie war jetzt nachdenklich und erklärte ihm, bevor er noch etwas sagen konnte: „Ich arbeite hier als Kinderärztin in der Kinderklinik.“ Gerade hatte sie noch den Eindruck gehabt, als habe er es eilig, aber als er jetzt nicht signalisierte, dass er sich schnell verabschieden wollte, sprach sie weiter: „Wussten Sie, dass Doktor Scudder ihrer Zeit weit voraus war, auch was die Behandlung von Kindern angeht? Als sie ihre Arbeit hier begann, starb noch jedes vierte Baby bei der Geburt. Eine ihrer ersten Taten war, ein kleines Haus zu bauen für die Neugeborenen der Ärmsten, wo sie in wohnlicher Atmosphäre besondere Pflege bekamen. Eine Kinderklinik entstand und ein besonderer Trakt für Kinder mit ansteckenden Krankheiten und für Frühgeborene kam hinzu, außerdem das Therapiezentrum für behinderte Kinder." Sie hielt inne. „Ich wollte damit eigentlich nur sagen, dass Sie sich jederzeit an mich wenden können, wenn Sie im Kinderheim medizinische Hilfe brauchen, ich eins Ihrer Kinder untersuchen soll oder Sie irgendwie spezielle Unterstützung brauchen. Ich könnte dann natürlich auch zu Ihnen kommen, in die Karishma-Straße, um Ihnen und den Kindern den Weg zu ersparen."

Sie hoffte inständig, dass dieses Angebot nicht zu gewagt war und er ihr nicht anmerkte, wie neugierig er sie gemacht hatte und wie gerne sie das Kinderheim sehen und ihn wiedertreffen würde. Sie wusste, sie hatte ihm Unrecht getan, als sie ihn als Globalisierungsbefürworter bezeichnet hatte. Warum hatte sie ihn so provozieren müssen? Sie wollte sich entschuldigen, das Gespräch fortsetzen, es wiedergutmachen. Sie wollte ihn kennenlernen.

Jaya bedankte sich bei ihr für das großzügige Angebot. Er überlegte, mit welchem Argument er sie überzeugen könnte, doch möglichst bald einmal vorbeizukommen, am liebsten gleich heute, als ihm eine Idee kam und er sagte: „Sie haben den Jungen ja gesehen, Raja. Er wirkt wie ein Fünfjähriger, höchstens wie sechs, ist aber schon neun Jahre alt. Wahrscheinlich ist er aus Mangelernährung nicht gewachsen. Ich wäre ihnen sehr dankbar, wenn Sie ihn sich einmal ansehen könnten."

„Und wäre es nicht gut, ich würde ihn mir gleich heute ansehen", fragte sie, „bevor Sie ihn aufnehmen? Nur, um zu wissen, wie es wirklich um ihn steht."

„Wenn das möglich wäre, so spontan, wäre das wunderbar."

Sie nickte. „Also abgemacht. Dann komme ich gegen Abend vorbei", sagte sie. „Auf Wiedersehen." Sie gaben sich die Hand und sie wandte sich zum Gehen.

„Karishma-Straße Nummer sieben“, rief er hinter ihr her. „Das hellblaue Haus mit dem blühenden Oleander vor dem Tor.“

Sie drehte sich zu ihm um und sagte: „Ich werde Sie finden.“ Und damit war sie um die Ecke verschwunden.

„Ich werde Sie finden“, wiederholte Jaya für sich. Was bedeutete dieser letzte Satz jetzt genau? Und was bedeutete er in Verbindung mit diesem schelmischen Funkeln? Jaya musste lachen und schüttelte den Kopf. Mit neuen leichten Schritten ging er in Richtung Eingangshalle.

Seine Gäste waren so sehr ins Gespräch vertieft, dass sie ihn zunächst gar nicht bemerkten. Das war sicher ein gutes Zeichen; der Besuch im Krankenhaus hatte ihnen Stoff zum Nachdenken gegeben. Er stellte sich zu ihnen und hörte mit halber Aufmerksamkeit zu, wie sie über Krankenversicherungen und das Gesundheitssystem Amerikas diskutierten. Die andere Hälfte war bei Raja, der mit etwas Abstand bei ihm stand und geduldig wartete, wie es weitergehen würde. Jaya merkte, dass er ihn jetzt schon in sein Herz geschlossen hatte. Er erinnerte ihn an sich selbst und er fragte sich, ob es am Ende immer wieder seine eigene Lebensgeschichte war, die ihn mit jedem neuen Jungen einholte.

Kapitel 5

Matt saß in seinem Arbeitszimmer am Schreibtisch und starrte jetzt schon seit einer halben Stunde vor sich auf die Wand. Er wusste, dass er bald nach Indien reisen würde, im Mai, wenn Tom mit der Schule fertig sein würde. Ja, er war sich sicher, dass er Tom mitnehmen würde und diese Zeit für ihre Vater-Sohn-Beziehung von großer Bedeutung sein würde. Er war sich inzwischen auch darüber im Klaren, dass seine Mutter in Verbindung mit dieser Reise irgendeine Bitte an ihn hatte und es ihr aus irgendeinem Grund sehr viel bedeutete, dass er dorthin reisen würde. Sie würde es ihm sicher bald erklären, noch aber, das spürte er, war sie nicht so weit. Sie blieb in diesen Tagen oft allein in ihrem Zimmer, saß in ihrem Sessel am Fenster und schrieb, wirkte nachdenklich, in sich gekehrt und doch alles andere als schwermütig, eher euphorisch. Blieb nur noch Amy. Er verstand nicht, warum seine Frau sich seiner Idee, zu reisen, so total versperrte, und es machte ihn traurig und hilflos, dass es scheinbar keinen Schlüssel gab, damit sie sich seinen Plänen mehr öffnen könnte. Er rieb sich mit beiden Händen über sein Gesicht, verdrängte das Gefühl der aufkommenden Kopfschmerzen und machte seinen Laptop an.

In den nächsten zwei Stunden surfte er durch das weltweite Netz. Dank verschiedener Suchmaschinen fand er auf Anhieb einige Seiten mit genau den Informationen, die er suchte. Er las gebannt. Die Berichte über die Staudammprojekte fielen sehr unterschiedlich aus, je nachdem, ob sie von Regierungskreisen, Baufirmen, Ingenieuren oder Umweltorganisationen geschrieben waren. Er las alles, bis er nach einer Weile zunehmend den Eindruck bekam, jetzt zwar eine Menge Wissen angesammelt zu haben, aber noch lange keine Weisheit, wie mit diesen Informationen umzugehen sei. Als er gerade aufgeben wollte, stieß er auf einige Berichte über Arundhati Roy, eine indische Schriftstellerin und Aktivistin, die mit ihrem Buch „Der Gott der kleinen Dinge" einen Bestseller geschrieben hatte, der inzwischen in mehrere Sprachen übersetzt worden war und internationale Beachtung erhalten hatte. Eine Frau, die für die Rechte der Armen kämpfte, sich dabei schon mit den Allergrößten angelegt hatte, die immer wieder mal im Gefängnis landete und unter Druck geriet, weil sie zum Beispiel die Methoden der Staudammfirmen entlarvte und nicht müde wurde, darauf hinzuweisen, dass weder die weggeschwemmten Dörfer im Norden noch die Trockenheit im Süden des Landes Schicksal, Karma, waren, sondern hausgemacht.

Das war, was er suchte. Ohne lange nachzudenken, bestellte er einige Bücher von ihr und fand, bevor er sich dann ausloggte, ein Zitat, das ihn sehr berührte und das gleich auf mehreren Ebenen in seine Situation hineinzusprechen schien. Er kopierte die klaren, herausfordernden Worte der jungen Aktivistin, druckte das Zitat auf einem weißen DIN-A4-Blatt aus, hängte es gut sichtbar über seinem Schreibtisch auf und las es wieder und wieder durch, bis er sich sicher war, dass er es auswendig konnte:

> *„Liebe. Und lass dich lieben. Vergiss niemals deine eigene Bedeutung. Gewöhn dich nie an die unsagbare Gewalt, die Gemeinheit und Verzweiflung um dich herum. Such Freude und Schönheit noch in den dunkelsten Orten. Vereinfache nicht, was komplex ist, und verkompliziere nicht, was einfach ist. Respektiere Stärke, aber nicht bloße Macht. Beobachte. Und versuch zu verstehen. Sieh nicht weg."*

Er surfte weiter. Bald merkte er, dass die Staudämme zwar ein großes Thema waren, dass es aber eine ganze Reihe anderer dringender

Herausforderungen gab, denen sich Indien gegenübersah oder denen es ausgeliefert war – so wirkte es manchmal. Die schlimmste Bedrohung ging vielleicht von der schnellen Verbreitung von Aids aus.

> *HIV ist in Indien außer Kontrolle. Nach Angaben von Experten hat Indien Südafrika als das Land mit den meisten Aidskranken oder HIV-positiven Patienten überholt. Die Epidemie habe sich so rasch ausgebreitet, dass Indien „aufwachen" und das Problem ernst nehmen müsse. Anderenfalls würden Millionen Menschen sterben.*

Er las, dass Indien auf Druck der Welthandelsorganisation wohl seine Gesetze zum Patentrecht für Medikamente würde ändern müssen. Tja, dachte er, ganz der Anwalt, ein Patentrecht macht natürlich Sinn, es schützt die Ansprüche derjenigen, die etwas erfinden und zum Beispiel viel Zeit und Energie in die Forschung investiert haben. Aber im Zusammenhang mit Aids kam doch die Frage auf, ob man mit der Behandlung dieser Krankheit überhaupt noch Geld verdienen durfte. Er schüttelte den Kopf: Multikonzerne wachen über ihre Patentrechte. Wer überwachte eigentlich die Wächter? Hatte der Markt seine Grenzen? Und wer dürfte die festlegen?

Matt reiste durchs Internet, vor seinen Augen entstanden Bilder, er las sich in das Land hinein, das er bald besuchen würde. Er versuchte, sich vorzubereiten, heranzutasten, und fragte sich: Was bedeutet es, wenn man als Nation größte Armut erlebt und technischen Fortschritt? Den Tsunami erlebt und Dürrekatastrophen, Hungertote? Was, wenn man das HI-Virus nicht unter Kontrolle bekommen würde? Und wer würde sich dafür eigentlich verantwortlich zeigen? Welche Rolle spielten die Religion und die Religionskonflikte, Terror und Gewalt, die Auseinandersetzungen mit Pakistan? Wie lebte eine Atommacht mit unzähligen Slums wie Kalkutta? Wie hielt man die Gegensätze aus und den täglichen

Kampf der vielen ums Überleben? Das Zitat von Arundhati Roy gab ihm irgendwie Kraft, vielleicht weil die Worte so stark waren oder die Frau, die sie sagte.

Er hatte großen Respekt vor Menschen wie ihr. Vor Frauen und Männern, die sich nicht einschüchtern ließen. Die wussten, warum sie morgens aufstanden. Die eine tiefere Ahnung von Sinn und von Frieden gefunden hatten. Die etwas Bedeutendes taten, und wenn es auch noch so anstrengend war. Die Widerstand auslösten und damit etwas schafften, was zunächst einmal das System störte und auf Dauer die Chance hatte, echte Veränderung, etwas Gutes für diese Welt, zu bewirken.

Er fragte sich, was diesen Menschen die Kraft gab, durchzuhalten? Bei dieser Frage dachte er an eine E-Mail, die er vor einigen Tagen von einer Bekannten bekommen hatte, die als Ärztin für verschiedene Hilfsorganisationen arbeitete; sie hatte viel von der Welt gesehen, meistens die kaputten, umkämpften Regionen. Er wusste, dass sie zuletzt in Afghanistan gewesen war. Ihre letzten Mails hatten aufgewühlt, traurig, überarbeitet und müde geklungen. Aber ihre letzte Nachricht hatte ganz überraschend einen vollkommen anderen, neuen Ton gehabt.

Total verzweifelt war sie in ihre Heimat nach Deutschland zurückgekommen. Afghanistan war eine Erfahrung, die sie innerlich fast ausgehöhlt hatte. Das vom Krieg zerstörte Land, die Angst auf allen Seiten, die Begegnungen mit Kindern, Soldaten, Kranken verfolgten sie bis in ihre Träume. Diesmal wollte sie aufgeben, sie konnte nicht mehr. Sie beriet sich mit ihrem Mann. Mit ihren Freunden, viele davon selbst Ärztinnen und Ärzte. Sie alle sagten: Was wir brauchen, ist ein Zeichen! Eine kleine Bestätigung, dass richtig ist, was wir tun. Einen Wink von Gott, einen Fingerzeig.

Sie trafen sich, um zu diskutieren und irgendwann, zu müde zum Reden, um zusammen zu schweigen. Und dann fingen sie an zu beten. Acht Leute, Freundinnen und Freunde. Sie beteten sich alles von der Seele, die Ohnmacht, die Wut, die vielen kleinen Geschichten. Alles. Und dann war etwas Merkwürdiges passiert. In dem Moment, als sie ihre Gebete beendet hatten und gerade ihre Köpfe hoben, sahen sie auf der Brüstung des Balkons, direkt vor ihnen, eine weiße Taube sitzen. Sie hatten wohl alle ungläubig geguckt und den Atem angehalten, um sie ja nicht verschrecken. Sie fragten sich: Wo kommt die denn her? Irgendwo in der Stadt gab es graue Tauben auf dem Marktplatz. Aber weiße?

Die Taube war das erhoffte Zeichen. Sie bedeutete alles: Frieden. Durchhalten. Kraft. Erhörte Gebete. Neue Freude. Wunder. Matt verstand, dass der neue lebensfrohe Ton, die neue Leichtigkeit von dieser Erfahrung genährt wurden. Diese Taube hatte ihr Kraft gegeben, neue Hoffnung. Für sie war das kein Zufall, es war eine Antwort auf ihr Gebet. Klein, heilig und nicht wegzudiskutieren. Es bedeutete, sie würde weitermachen. Das freute ihn sehr für sie und er spürte die Energie, über Meilen hinweg, über Kontinente, kam sie bei ihm an.

Er selbst tat sich schwer damit, zu beten und darauf zu vertrauen, dass ein Gott seine Worte hörte oder sogar irgendwie darauf reagieren sollte. Aber seine Mutter war ein zutiefst gläubiger Mensch. Vielleicht müsste man sagen, dass sie eigentlich an die Menschen glaubte und darauf vertraute, dass Gott es auch tat. Einige seiner besten Freunde waren religiös und auch viele der Weltverbesserer – das Wort hatte für ihn seinen positiven starken Klang behalten, auch wenn es über die Jahre Amys spöttischer Spitzname für ihn geworden war – waren offensichtlich motiviert von großen Ideen wie Gerechtigkeit, Frieden, Liebe und Gütekraft, Ideen, die so heilig waren, dass Gott scheinbar fast unweigerlich darin mitschwang. Er wusste, dass er mit dieser Frage noch nicht endgültig abgeschlossen hatte. Gott, dachte er, wie sollte man mit Gott fertig werden, dem Größten, was ein Mensch wohl überhaupt sagen konnte?

Kapitel 6

Sie machten sich alle gemeinsam auf den Weg zum Kinderheim. Der Wagen war voll klimatisiert, was die Gäste sehr zu schätzen wussten. Jaya aber sah, dass Raja schon nach ein paar Minuten zu frieren begann. Sie kamen nur sehr langsam vorwärts. Jaya sah aus dem Fenster. Die Straßen, in anderen Ländern den Autos vorbehalten, wurden hier mit allen geteilt und waren voller Menschen. Alte, Erwachsene, Kinder, Babys, Kranke an Krücken. Sandalen, Saris, Turbane. Rufen, Hupen, Winken, Betteln. Mittendrin immer wieder mal eine Kuh. Es roch nach Hitze, nach Schweiß, Knoblauch, reifen Mangos, die am Straßenrand verkauft wurden, frisch geschält. Indien war ein volles Land. Ihr Auto kam immer wieder zum Stehen.

Die Gespräche waren verstummt. Alle sahen jetzt aus dem Fenster und konnten sich nicht losreißen von den vielen Eindrücken. Am Rand der Straße befanden sich kleine Läden, Blechhütten, die vor die Häuserfront gesetzt waren und in denen Lebensmittel verkauft wurden und Drogerieartikel, ein buntes Gemisch aus Bananen, Avocados, Kokosnüssen, Kaugummi, Blumengirlanden, Hautcreme, Zahnpulver, Schuhputzcreme, Bonbons, Kuchen, kleinen Tüten mit Kräutermischungen oder Tabak, Kaffee und Tee. Frisch geschlachtete Hühner hingen an Haken von der Decke eines muslimischen Ladens. Die Gemüsestände führten zurzeit nur Kartoffeln, Mais und Zwiebeln und Gewürze wie Chili, Pfeffer, Ingwer, Koriander und Zimt. Dazwischen fand sich auch der ein oder andere Shop, in dem Videokassetten verkauft wurden, CDs, kleine Radios und Filme für die Kameras der Touristen. Direkt daneben Stoffe und Sandalen. Nur auf dem Bazar und dem Markt ging es noch bunter und hektischer zu.

Raja war der Einzige im Wagen, der nicht aus dem Fenster sah. Sein Blick ging von einem zum anderen und blieb dabei immer wieder an kleinen Details hängen. Interessiert betrachtete er die weißen Ausländer. Die schwarzen festen Schuhe, die auf ihn, der sein Leben lang barfuß gelaufen war, wie Särge für die Füße wirkten. Die Uhr am Arm des einen, von der er nicht so ganz genau wusste, wie man sie entziffern konnte, der aber sogar er ansehen konnte, dass sie viel Geld gekostet haben musste. Die Hosen, die sie trugen, ohne jede Bügelfalte und mit vielen kleinen Taschen besetzt, die ein komisches Geräusch machten, wenn man sie öffnete, wie ein hartes Rascheln. Ihre Haut und die Farbe ihrer Augen, ihrer Wimpern, ihrer Lippen, ihrer Fingerkuppen. Besonders der eine wirkte auf ihn, als sei die Farbe aus ihm ausgelaufen, so hell waren seine Haut und seine Haare. Raja sah sich seine eigenen Hände an, die Innenflächen waren etwas heller, ansonsten war er überall dunkel.

Er sah zu dem Mann hinüber, zu dem Inder, der ihn angesprochen und eingeladen hatte. Er hatte bemerkt, man nannte ihn Jaya, aber er wusste noch nicht, wie er ihn ansprechen sollte. Er war sehr dunkelhäutig, klein und hatte einen Bauch. Er lachte viel, und auch wenn sein Mund einmal nicht lächelte, dann strahlten doch immer noch seine Augen. Er mochte ihn. Er wusste nicht genau, was gerade mit ihm passierte, aber er ahnte, dass dieser Mann ihm Glück brachte.

Er hatte ihn am Morgen gesehen, als er mit den Weißen zusammen in die Kapelle der Klinik kam. Der Andachtsraum, sein Zuhause. Er schlief unter dem großen Tisch, über dem immer eine Decke hing, die bis auf den Boden reichte, sodass niemand sehen konnte, dass sich jemand darunter verbarg. Die Kapelle roch gut und sie war ruhig. Nachts wurde die Tür verschlossen, sodass er sich wirklich sicher wusste, wie in einem eigenen Haus.

Tagsüber sortierte er die kleinen Kerzen in ihren Aluminiumbechern, die man am Eingang der Kapelle kaufen und aufstellen konnte. Die meisten Lichter brannten aus, bevor ihr Wachs ganz verbraucht war, oder wenn er ganz viel Glück hatte, ertrank die Flamme, weil der Docht zu kurz war. Von solchen Kerzen sammelte er das Wachs, goss es, solange es noch flüssig war, in einen der leeren Becher, wartete, bis die Kerzen trocken waren, und verkaufte sie dann. Das war doch eigentlich kein Diebstahl, sagte er sich, sondern eine ganz vernünftige Verwertung von Resten, von dem, was die Schwester, die die Kapelle säuberte, sonst ohnehin nur wegwerfen würde. Er aber konnte sich mit den Kerzen ein bisschen Geld verdienen, meistens gerade genug für einen Tag. So jedenfalls hatte er die letzten Jahre irgendwie überlebt.

Sie hielten an einer Kreuzung an. Ein Polizist regelte den Verkehr und winkte jetzt eifrig, damit sich die Linksabbieger in Bewegung setzten. Er trug ein Tuch vor dem Mund, um sich vor den Abgasen zu schützen, darunter blies er immer wieder in seine Trillerpfeife, die ein schrilles Geräusch von sich gab, aber für so einen Ordnungshüter, eine Staatsautorität, zu sehr an Kindergeburtstag erinnerte. Niemand wollte mit ihm tauschen.

Rechts am Straßenrand – nur die eine Hälfte derer, die im Auto saßen, konnten die Szene sehen, aber die konnten nicht daran vorbeischauen – saß ein Mann, nur mit einem Lunghi bekleidet, der nackte Oberkörper ausgezehrt, man konnte jede einzelne seiner Rippen sehen. In seinem linken Arm hielt er ein ganz junges Baby, auf dessen Augen Fliegen saßen. Der Mann versuchte, die Fliegen mit seiner rechten, freien Hand zu verjagen, aber man sah ihm an, dass seine Muskeln zu müde waren. Die Fliegen hatten mehr Ausdauer als er, er war schwächer. Er wirkte wie betäubt, übermüdet, erschöpft. Hin und wieder hob er seine Hand hoch, mit einer bettelnden Geste, aber niemand legte eine Münze in die offene Handfläche. Dann wieder ging seine Hand zum Gesicht des Babys.

Jaya sah auf die Gesichter seiner Gäste und konnte ihre Fragen dort lesen: Was wird aus den beiden? Wer stirbt zuerst? Wie lange wird der Vater sich noch um sich selbst und das Kind kümmern können? Wo ist die Mutter? Wie viele solcher Menschen gibt es in diesem Land? Wo soll man anfangen? Wie könnte man helfen? Eingreifen in ein Rad aus Armut und Chancenlosigkeit? Den Teufelskreis unterbrechen? Wie? Da fuhr der Wagen an und sie wurden weggebracht von diesem Anblick, einem Augenblick voller Fliegen, die stärker waren als ein Vater.

Der Fahrer lenkte sie sicher und mit viel Hupen durch die Straßen, bis sie in ein Viertel kamen, in dem es ruhiger wurde. Auf der rechten Seite lag das große Gelände der Don-Bosco-Schule. Für die meisten Jungen war der Unterricht zu Ende und man sah jede Menge Kinder, die in unterschiedliche Richtungen auseinandergingen, sich Bälle zuwarfen, um die Wette liefen, sich voneinander verabschiedeten und winkten. Die unterschiedlichen Jahrgänge, je nach Alter und Klasse, waren für jeden an der jeweiligen Farbe des T-Shirts zu erkennen, Rot, Gelb, Blau und Grün, immer mit weißem Kragen, das neben der schwarzen Hose die Schuluniform ausmachte. Jetzt sah auch Raja aus dem Fenster, mit großen, neugierigen und neidischen Augen.

Jaya erklärte an seine Gäste gewandt: „Die meisten unserer Kinder besuchen diese Schule. Sie ist recht groß, aber sehr gut. Die Lehrerinnen und Lehrer sind engagiert, geleitet von der Pädagogik von Don Bosco. Ja, die Schule überzeugt mich. Unsere Kinder lernen gerne und sie bringen gute Ergebnisse mit nach Hause, nicht nur in Mathematik oder Englisch, auch in Sport und Musik. Wenn ich die Entwicklung unserer Kinder betrachte, bin ich froh, so eine renommierte Schule in der Nähe zu haben und sie hierhin schicken zu können."

Die Gäste nickten und einer, der Lehrer, meinte: „Don Bosco in allen Ehren, aber die Entwicklung der Kinder im Pattu-Heim hat ganz sicher noch viel mehr mit dir zu tun, mit deiner Art, mit der Atmosphäre, die du dort schaffst, mit der Liebe, die du schenkst, du und das ganze Team."

Jaya hörte die Anerkennung in diesen Worten und bedankte sich auf eine so einfache Art und mit der für Inder typischen kleinen Verbeugung, dass klar war, er würde die Komplimente zulassen, aber niemals irgendeine Form von Verehrung. Das aber schien den Lehrer geradezu herauszufordern, doch noch weiterzureden, und Jaya hörte in seiner Stimme diese Spur von Aggressivität, so typisch für Gäste aus dem Westen. Einer von ihnen, ein Deutscher, hatte ihm einmal erklärt, dass echte Bescheidenheit sie unglaublich provozierte.

Das Gespräch konnte nicht fortgesetzt werden, denn in diesem Moment bogen sie in die Karishma-Straße ein. Sofort öffnete sich das Tor zu Haus Nummer sieben und mehrere Kinder sprangen auf die Straße, um das ankommende Auto zu begrüßen. Jaya wusste, sie waren aufgeregt, sie mochten es, Besuch zu haben, das brachte Abwechslung in ihren Tagesablauf, neue Geschichten, erweiterte ihren Horizont, machte das Leben spannend. Die Jungen öffneten die Türen des Autos und halfen den Gästen, auszusteigen, nahmen ihnen die kleinen Taschen und Rucksäcke ab und begleiteten sie mit ihren fröhlichen Grüßen ins Haus. „Uncle! Uncle!" Überall waren ihre Stimmen, die Kinder wünschten sich Aufmerksamkeit. Sie holten Stühle und platzierten sie im Eingang, bedeuteten den Gästen, sich zu setzen, und brachten innerhalb kürzester Zeit Tassen, frischen Tee und Kekse. Dann begannen sie, den Gästen ihre Bücher und Schulhefte zu zeigen, und die hatten keine andere Wahl, wurden mitgerissen von ihrem Eifer und fanden sich ein paar Minuten später alle mitten in der konzentrierten Stimmung von Kindern, die tatsächlich gerne ihre Hausaufgaben machten.

Raja war in der Eingangstür stehen geblieben und wartete auf ein Zeichen, wie es weitergehen würde mit ihm. Er beobachtete die anderen Jungen, die ganze Szene. Alles wirkte natürlich und gleichzeitig eingespielt. Er hatte so ein Haus noch nie erlebt. Er konnte nur ahnen, dass es hier bestimmte Spielregeln gab, und er war neugierig, sie kennenzulernen, und fragte sich, ob er sie verstehen und einhalten könnte. Aber weil alle so ausgelassen wirkten, wurde er allmählich ruhiger.

„Raja!“ Die warme Stimme von Jaya riss ihn aus seinen Gedanken und er ging zu ihm, folgte ihm eine Treppe hinauf in die erste Etage in ein Büro. Jaya bot ihm einen Stuhl an, aber bevor sie anfingen, miteinander zu sprechen, kam einer der Jungen mit einem Tablett mit zwei Bechern, einer Teekanne und einem Teller mit Keksen und in Scheiben geschnittenem Apfel. Er stellte das alles auf dem Tisch ab und reichte Raja dann die Hand. „Ich bin Muthu“, sagte er und schenkte ihm ein breites Lächeln. Raja ergriff die Hand und sagte ebenfalls lächelnd: „Ich bin Raja.“

Jaya bedankte sich für den Tee und bat Muthu, später, in einer Stunde etwa, wiederzukommen und Raja dann das Haus zu zeigen. Muthu nickte und verließ das Zimmer. Raja sah ihm hinterher und musste plötzlich ganz unerwartet und heftig weinen. Er kämpfte gar nicht erst gegen die Tränen an, denn er merkte, sie überwältigten ihn. Er fragte sich auch nicht, warum er weinte oder ob er hier überhaupt weinen dürfe, er weinte einfach. Die Traurigkeit war auf einmal so groß, gleichzeitig war es hier endlich möglich, sie loszulassen. Auch Jaya fragte sich nicht, warum der Kleine weinte, es war nicht das erste Mal, dass er genau diese Reaktion erlebte. Er ließ ihn eine Weile für sich, reichte ihm dann die Pappbox mit den Papiertüchern hinüber und berührte ihn dabei kurz am Arm. Raja spürte, dass alles in Ordnung war, putzte sich die Nase und sah Jaya an. Der sagte mit ruhiger Stimme: „Weinen ist nicht schlimm, ist auch nicht peinlich, weinen ist manchmal einfach angemessen.“ Raja nickte, er verstand und er wusste sich verstanden.

Die beiden begannen, sich zu unterhalten. Diesmal aber folgten sie nicht mehr dem Frage-Antwort-Schema wie bei ihrer Unterhaltung im Krankenhaus, sondern Raja erzählte seine Geschichte. Jaya fragte sich wieder, wie viele solcher Gespräche er jetzt im Laufe der Zeit wohl schon geführt hatte? Damals bei der Kindernothilfe hatte er zunächst zugehört, wenn sein Lehrer, sein Mentor Lüder Lürs, mit den Kindern sprach. Er hatte sehr genau beobachtet, sich einiges von ihm abgeschaut und dann gemerkt, dass er selbst eine gute Art hatte, mit den Kindern umzugehen. Ja, es waren viele Kinder, aber von Routine konnte man nicht sprechen, weil sich die Geschichten zwar ähnelten, aber vor allem der Schmerz, den ein Mensch erlebte, immer seinen eigenen Respekt forderte. So sah er Raja an, ein besonderes Kind mit einer eigenen Geschichte.

Er erzählte tapfer, Satz für Satz: Seinen Vater hatte er kaum gekannt, er war die meiste Zeit des Jahres in Sri Lanka, arbeitete dort, trank aber auch sehr viel. Wenn er nach Hause kam, wurde das Leben in der kleinen Hütte anstrengender, er hatte nicht gelernt, sich seinen Kindern zuzuwenden, und auch seiner Frau gegenüber kannte er nur einen kommandierenden Ton. Als er den Unfall und den Tod seines Vaters erwähnte, kam er kurz ins Stocken.

Sie waren von Chennai aus nach Vellore gekommen, denn seine Mutter meinte, hier eine Verwandte, eine ältere Schwester, zu finden. Aber sie konnten diese Frau nicht finden. Als Raja erzählte, dass nur wenige Wochen nach dem Tod seines Vaters auch seine Mutter gestorben war, musste er wieder weinen, berichtete dann aber weiter von den näheren Umständen. Seine Mutter war seit dem Tod des Vaters nicht mehr dieselbe wie vorher, sie war verzweifelt, schlief kaum. Zunächst hatte sie ihre Hoffnung auf ihre Schwester gesetzt und hatte sich mit ihren drei Kindern auf den Weg nach Vellore gemacht, über hundert Kilometer zu Fuß. Als sie hier ankamen und sie sich hatte eingestehen müssen, dass sie seine Tante nicht finden würden und nicht wussten, wohin, war sie irgendwie ganz komisch geworden, wie verrückt, und dann ganz plötzlich schwer krank. Sie hatte sich vor Schmerzen gewunden, irgendwelche Fremden hatten sie ins Krankenhaus gebracht, ins CMC, und man hatte sich um sie gekümmert, aber nichts mehr für sie tun können. Drei Tage später war sie tot.

Da war er auf dem Gelände geblieben, sein älterer Bruder aber war schon Tage vorher weggegangen und hatte den Tod der Mutter nicht miterlebt, er wusste nicht, wo er jetzt war. Seine jüngere Schwester war bei seiner Mutter geblieben, weil sie noch so jung war, er nahm an, dass sich die Schwestern um sie gekümmert hatten und sie vielleicht in einem Kinderheim untergebracht worden war, auch sie hatte er nicht wiedergesehen, machte sich um sie aber nicht so große Sorgen. Das alles war jetzt schon über zwei Jahre her. Als er Muthu gerade hatte weggehen sehen, hatte er sich an seinen Bruder erinnert gefühlt und merkte, wie sehr er sich danach sehnte, Freunde zu haben, Geschwister, eine Familie, ein Zuhause.

Jaya ließ ihn in aller Ruhe erzählen, fragte zwischendurch ein paar Mal genauer nach, auch um zu wissen, wie Raja generell mit Erinnerungen umging, wie viel er verdrängt hatte, welche Erklärungen er für sich gefunden hatte. Dann brachte er seinerseits auch seine eigene Geschichte mit in das Gespräch ein, erzählte ebenfalls vom Tod seines Vaters.

Irgendwann kamen sie an den Punkt, wo Jaya ihm von der Idee, der Gründung und dem Bau des Kinderheims erzählte und wie ihr Zusammenleben hier organisiert war. Jetzt stellte Raja ein paar Fragen und Jaya merkte, dass er einen sehr aufgeweckten Jungen vor sich sitzen hatte. Er war zwar noch nie gefördert worden, aber sobald man einmal etwas Zeit in ihn investieren würde, er lesen lernen würde, genug zu essen bekam und sich sicher und angenommen fühlen konnte, würde er schnell große Fortschritte machen. Jaya erklärte ihm ein paar organisatorische Einzelheiten. Dass er, wenn Raja sich entscheiden würde, zu bleiben, morgen mit ihm zur Schule gehen würde, um ein paar Tests mit ihm zu machen. Dann würde Raja, je nachdem wie das Ergebnis dieser Tests ausfiel, für ein paar Wochen zusätzlichen Unterricht bekommen, Unterstützung bei seinen Hausaufgaben, und einer der älteren Jungen, vielleicht Muthu – bei dem Gedanken strahlte Raja über das ganze Gesicht – würde ihm helfen, den Alltag im Kinderheim zu verstehen und mit den anderen gemeinsam einige Aufgaben zu erledigen, Wäsche zu waschen, den Tisch zu decken, zu fegen, zu spülen, den Rasen zu schneiden, Tee zu kochen.

Was man außerdem erledigen müsste, wäre, ihn untersuchen zu lassen, um sicherzugehen, dass er gesund war, oder sich andernfalls um eine etwaige Krankheit zu kümmern. Raja schaute angespannt, fast ein bisschen ängstlich, aber als Jaya sagte: „Eine Ärztin aus dem CMC, Doktor Ranjini, du hast sie heute gesehen, wird das übernehmen“, entspannte er sich wieder.

Jaya stockte für einen Moment und sagte: „Du bist klein für dein Alter. Das kann daran liegen, dass du nicht viel zu essen hattest, aber bist du dir wirklich sicher, dass du schon neun Jahre alt bist?“ Raja nickte. Es war sich sicher. Und noch sicherer war er sich, dass er gerne größer wäre.

Jaya merkte, dass ihm das Thema unangenehm war, und fragte: „Hast du Mohankumar gesehen? Den allerkleinsten der Jungen?“ Raja nickte. Dieser Junge war wirklich auffällig klein. Jaya fuhr fort: „Mohan ist kleiner als du und gleichzeitig ist er doch ein Jahr älter. Er war total unterernährt, als er zu uns kam, und es fällt ihm immer noch schwer, zu essen, er hat oft keinen Appetit; aber er wächst, langsam, und er schreibt mit die besten Noten.“

Wie um zu beweisen, dass er dabei sein wollte, nahm Raja einen ersten Keks und eine Apfelscheibe, stopfte beides in den Mund, kaute und nahm einen großen Schluck aus seinem Teebecher. Beide mussten lachen.

Auch um das Thema zu wechseln, sagte Jaya, dass man ihn nach dem Test in der Schule und der Untersuchung durch die Ärztin ganz offiziell und mit seinem vollen Namen und Geburtstag bei der Stadtbehörde unter der Adresse des Kinderheims anmelden würde. Er wäre dann kein Straßenkind mehr, sondern sesshaft und würde später ohne Schwierigkeiten einen Pass ausgestellt bekommen. „Wenn du das möchtest, können wir versuchen, Familienangehörige von dir zu finden und Kontakt herzustellen zu Geschwistern deiner Eltern oder auch zu deinen eigenen Geschwistern. Vielleicht werden wir bei so einer Suche keinen Erfolg haben, aber wir könnten es probieren. Nun, das hat allerdings Zeit, du musst es nicht heute entscheiden.

Zum Tagesablauf hier im Haus kann dir Muthu gleich Näheres erklären. Am Morgen vor der Schule treffen wir uns zum Frühstück und zum Morgengebet. Am Nachmittag nach der Schule machen alle zuallererst ihre Hausaufgaben, erledigen ihre anderen Arbeiten im Haus, dann ist freie Zeit zum Spielen. Wenn Gäste da sind, werden sie von uns allen mit in den Tagesablauf hineingenommen. Nach dem Abendessen sehen wir zusammen die Nachrichten im Fernsehen und wenn es Fragen gibt, besprechen wir sie. Und vor dem Zubettgehen treffen wir uns noch einmal alle zum Abendgebet, ich erzähle eine Geschichte und bete um Gottes Segen. Dies ist ein christliches Kinderheim. Wir leben hier in Frieden zusammen, damit meinen wir nicht nur Waffenstillstand, sondern mehr eine Art entwaffnendes ganzes Glück. Lern es einfach kennen."

Jaya hatte jetzt alle eher formalen, äußerlichen Angelegenheiten mit ihm besprochen und hatte den Eindruck, Raja habe alles soweit verstanden. Ein letzter Punkt aber musste noch offen angesprochen werden, und der betraf die Grundregeln für ihr Zusammenleben.

„Raja, du musst wissen, dass das Kastensystem in diesem Haus nicht akzeptiert ist. Kasten haben hier keine Bedeutung. Wir fragen nicht, aus welcher Kaste jemand kommt, wir teilen niemals die Jungen in niedrigere oder höhere Kasten ein und wir wollen auch nicht, dass ihr einander einteilt. Auch die Hautfarbe macht keinen Unterschied. Es ist nicht wichtig, ob jemand hellere oder dunklere Haut hat. Alle sind gleich viel wert und alle verdienen Respekt, alle können Freunde sein. Wir haben außerdem die Verabredung, dass wir einander nicht belügen, nicht bestehlen und nicht schlagen. Und dass wir uns entschuldigen und verzeihen, wenn wir etwas falsch machen und es einsehen. Es gibt keine Strafen, bisher haben wir keine gebraucht. Mit diesen Regeln kann Vertrauen entstehen, und das bedeutet mir sehr viel."

Er sah Raja offen an und fragte: „Bist du einverstanden? Können wir verabreden, dass du dich auf diese Regeln einlässt?"

Raja nickte mehrmals ernsthaft.

Die Stunde war schnell umgegangen und Muthu klopfte an die Tür und betrat das Büro. „Wenn du erst mal keine Fragen mehr hast, zeigt dir Muthu jetzt das Haus. Guck dir alles genau an, die Küche, den Gemeinschaftsraum, die Zimmer, den Garten. Nimm am Abendessen teil und am Abendgebet und sag, wie es dir geht, frag, wenn du etwas nicht verstehst, und teil mir irgendwann heute oder morgen deine Entscheidung mit. Danke, Muthu. Viel Spaß, euch beiden."

Fröhlich zogen die beiden ab.

Jaya blieb an seinem Schreibtisch sitzen, das Gesicht in den Händen vergraben, dachte über die unglaubliche Ähnlichkeit zwischen Rajas und seiner eigenen Geschichte nach und begann, leise zu beten.

Das Telefon klingelte unten in der Halle. Sunda, einer der beiden Erzieher, rannte, um den Hörer abzunehmen und zu antworten.

„Jaya", rief er durch das ganze Haus, „es ist für dich." Jaya fragte sich, wer das sein könnte, verließ schnell sein Büro und kam zum Telefon gelaufen.

„Hallo, Jaya."

Die Stimme hätte nicht sagen müssen, zu welcher Person sie gehörte, welchen Namen sie trug, er hätte sie wiedererkannt. Jaya räusperte sich: „Danke, dass Sie anrufen, Doktor Ranjini."

„Bitte, nennen Sie mich doch Kala. Ich rufe an, um Ihnen zu sagen, dass ich es heute leider doch nicht schaffe, zu Ihnen in das Kinderheim zu kommen. Ich werde mich aber morgen im Laufe des Tages noch einmal bei Ihnen melden, um einen Termin zu vereinbaren, damit ich mir den kleinen Raja ansehen kann."

Jaya nickte und erst als er merkte, dass es am anderen Ende der Leitung still wurde, realisierte er, dass sie sein Nicken nicht sehen konnte. „Ja", sagte er. „Ja, vielen Dank. Bis morgen also."

Kala sagte: „Ja, bis morgen."

„Doktor Ranjini?" Jayas Frage kam schnell und unüberlegt. „Ist alles in Ordnung? Oder habe ich mich in irgendeiner Weise falsch benommen Ihnen gegenüber?"

Er höre ihr feines Lachen. „Nein, nichts dergleichen. Aber auf der Säuglingsstation herrscht das Chaos, ein paar unvorhergesehene Problemfälle sind eingetroffen und ein paar Engpässe im Personalplan tun ihr Übriges. Ich kann hier gerade einfach nicht weg."

Erleichtert sagte er: „Sie scheinen Ihren Beruf sehr zu lieben. Wird Ihr Mann da nicht manchmal eifersüchtig?" Er hatte es fragen müssen, um sicherzugehen, um zu erfahren, ob sie verheiratet war und nur unverheiratet wirkte, und wartete angespannt auf ihre Antwort. „Ich bin nicht verheiratet", kam es vom anderen Ende der Leitung. Ihre Gegenfrage stand unausgesprochen im Raum und er ersparte es ihr, sie formulieren zu müssen. „Ich bin selbst auch unverheiratet", sagte er von sich aus.

Sie lachte wieder und fragte scherzhaft: „Und warum hat man für einen Mann wie Sie keine Ehe arrangiert?"

Er überlegte kurz, was und wie er es sagen sollte, und entschied sich für einen kurzen Satz: „Die Menschen scheinen schon immer gedacht zu haben, dass ich ein Typ bin, der allein zurechtkommt." Jaya selbst merkte erst in der abwartenden Stille zwischen ihnen, dass seine Antwort nicht eindeutig gewesen war und in zwei Richtungen interpretiert werden konnte. Er ärgerte sich über seine Formulierung, sie kam ihm unfair vor, als wolle er ihr Rätsel aufgeben, und sagte schnell: „Ich meinte damit, dass ich mich, entgegen allen Traditionen, wohl auch um diese Frage selbst kümmern muss."

Sie spürte, dass in dieser Antwort viel Humor und gleichzeitig die Wahrheit lag, viel Einsamkeit wahrscheinlich obendrein. Sie entdeckte sich selbst in seiner Antwort wieder. Eine neue Art der Nähe zwischen ihnen war spürbar. Sie gaben beide einen zustimmenden Seufzer von sich und verabschiedeten sich voneinander.

„Bis morgen", sagte Jaya und wiederholte noch ein paar Mal, auch als sie schon längst aufgelegt hatte, ihren Namen.

„Bis morgen, Kala."

Am Abend, nach dem Essen, alle Hausaufgaben waren erledigt, das Geschirr wieder gespült und die Tische wieder sauber, der Boden gefegt, spielten die Jungen in ihren Zimmern. Die Gäste hatten ihnen mehrere Sets Mikado mitgebracht und jetzt saßen sie jeweils zu viert oder fünft auf dem Boden und übten sich in Geschicklichkeit.

Raja spielte mit und als er eine Spielrunde gewann, strahlte er über das ganze Gesicht. Das Großartige an diesem Moment des Erfolgs aber war, dass sich, wie bei jedem anderen auch, die anderen Jungen alle mitfreuten, ihm auf die Schulter schlugen, gratulierten, ihn lobten. So ging das jetzt seit über einer Stunde und einer der Gäste, der Journalist, der die Kinder beim Spielen beobachtete, traute schon die ganze Zeit über seinen Augen nicht. Er verstand nicht, wie man so eifrig spielen konnte, sich so ins Zeug legen, um zu beweisen, dass man es schaffen konnte, und dann trotzdem den anderen so von Herzen ihren Erfolg gönnte. Irgendetwas war hier völlig anders, als er es sonst kannte.

Gegen neun Uhr gingen die beiden Erzieher durch die Zimmer und riefen alle Kinder zum Abendgebet zusammen. Sie setzten sich im Gemeinschaftsraum, in dem auch gegessen wurde, in einem großen Kreis auf Matten auf den Boden, einige hatten Trommeln mitgebracht, alle ihre selbst gestalteten Liederbücher, und dann begannen sie laut zu singen. Raja setzte sich mit in den Kreis und hörte fasziniert zu. Die Gäste hatten sich außerhalb des Kreises auf Stühle gesetzt und waren auf ihre Weise ebenso begeistert von dem Gesang der Kinder.

Nach ein paar Liedern sagte Jaya: „Heute erzähle ich euch eine Geschichte, die mir eine schwarze Freundin aus Amerika einmal erzählt hat. Unsere Gäste haben weiße Haut, aber auch in ihrem Land gibt es Menschen, die dunkelhäutig sind. Ihr könnt sie gerne danach fragen, wie es dazu gekommen ist, nicht wahr?“ Er wandte sich fragend an die vier Männer, die sofort bereitwillig nickten.

Jaya sagte: „Ich bin der Dunkelste in meiner Familie, aber meine Mutter hat mir immer gesagt, dass ich schön bin und liebenswert. Und ich habe mich entschieden, ihr zu glauben. Sie hat uns Kinder immer alle gleich behandelt. Sie war darin ein großes Vorbild, finde ich. Andere würden zum Beispiel die Jungen vorziehen, aber meine kleine Schwester bekam genauso viel zu essen wie wir Brüder. Aber jetzt Schluss damit, kommen wir zur Geschichte.“

Jaya hatte für diesen Abend eine Geschichte ausgewählt, die die

Kinder verstehen würden und die die Gäste an seinen Gedanken teilhaben lassen konnte. Und so begann er zu erzählen:

„Es war zu der Zeit, als Schwarze zum allerersten Mal Land kaufen durften, ein kleines Grundstück und ein eigenes Haus bauen; leicht, aus Holzbrettern; Kälte hielt das nicht ab, aber den Regen. Joanne wohnte zusammen mit ihren Eltern und vielen Geschwistern, ihren Tanten und Onkels und vielen Cousinen und Cousins, insgesamt an die zwanzig Kinder, in der Farmgegend. Hier arbeiteten die Erwachsenen auf dem Feld.

Eines Tages spielten die Kinder zusammen, als es plötzlich anfing zu regnen. Ein Sturm zog auf, der Himmel wurde dunkel, Tante Serena war die Einzige, die da war, und sie rief die Kinder ins Haus.

Ein Gewitter krachte und blitzte. Es regnete wie aus Eimern und der Sturm rüttelte an dem kleinen Haus.

Und dann traute Joanne ihren Augen nicht. Sie saßen alle zusammen in ihrem Holzhäuschen und plötzlich wurde eine Ecke des Hauses hochgehoben; es war einfach zu leicht. Da sagte ihre Tante Serena:

‚Kinder, haltet euch an den Händen und geht mit mir zu der Ecke, wo das Haus wegfliegt, der Stelle, wo das Haus am leichtesten ist, und stellt euch mit eurem ganzen Gewicht gegen das Wetter.‘

Sie taten sofort, was sie sagte. Alle blieben, niemand rannte weg und ließ das Haus im Stich. Sie waren eine Gruppe wie wir, an die zwanzig Kinder, Verbündete, die sich an den Händen hielten und die dann mal da und mal dort in die nächste Ecke gingen, sich an die Wand lehnten und wieder zurück in die Ecke gingen. Der Sturm zog vorbei und das Haus war stehen geblieben.“

Jaya schwieg für einen Moment und sagte dann: „Ich sage euch, warum ich diese Geschichte mag und was sie mir sagt. Dieses Erlebnis von Joanne ist eine Erfahrung, die ich auch immer wieder mache. Das Leben nimmt uns an die Hand. Wir stehen zusammen auf. Jeder einzelne Mensch hat Gewicht. Wir sollen uns gegen das Wetter stellen. Wir müssen zusammen in die Ecken gehen, wo diese

Welt am schwächsten ist, wo das Lebenshaus von Familie Mensch am leichtesten auseinanderfliegen kann.“

Und damit stand er auf und sagte: „Kommt, lasst uns einen großen Kreis bilden und auch unsere Gäste und Raja mit hineinnehmen. Lasst uns einander an den Händen fassen und beten.“ Mit ein paar wenigen Worten bat Jaya seinen Gott um Segen und Schutz für die Nacht. Sie sangen ihr Gutenachtlied, ein Kinderlied, untermalt von Trommeln:

Segensreiche Nacht.
Die Engel singen.
Denn das Licht des Himmels kam zur Welt, liegt in seinem Bett, in einer Krippe.
Seine Mutter gibt ihm einen Kuss und singt ihm ein Schlaflied.
Segensreiche Nacht.

Kapitel 7

Das Geräusch des Motorrollers unterbrach Priya in ihren Gedanken. Sie lief, um das kleine Tor zu öffnen, aber als sie dort ankam, war Ganesh bereits vor ihr angekommen und ließ Jaya in den Hof fahren. Wo war der Kleine denn plötzlich hergekommen? Er war so leise und so unauffällig wie ein Chamäleon, das sich seiner Umgebung anpasste, um nicht entdeckt zu werden. Er schien jahrelange Übung darin zu haben, nicht aufzufallen, man musste das schon fast als eine besondere Fähigkeit betrachten.

Jaya war um das Haus herumgefahren, hatte geparkt und kam jetzt auf sie zugelaufen. Er grüßte mit einem Lachen und hielt eine kleine Tüte in der Hand, die er, als er näher kam, schwenkte, um sie neugierig zu machen. Sie erkannte das Papier, rosafarbene Servietten, in die der Bäcker in der Nähe des Kinderheims die köstlichen Süßigkeiten einwickelte.

Jaya hatte ihr schon früher häufiger Süßigkeiten gekauft, aber in letzter Zeit brachte er ihr immer öfter solche kleinen Aufmerksamkeiten mit. Vielleicht, weil er es sich jetzt leisten konnte, wie um die früheren Jahre des Verzichts ein wenig auszugleichen. Vielleicht, weil auch er ahnte, dass sie nicht mehr lange da sein würde, und man die Lebenden mit Aufmerksamkeiten bedenken sollte, denn die Toten zu beschenken, würde nicht viel Sinn machen.

Sie nahm die Papiertüte entgegen, öffnete sie, zog den süßen Duft von Mandeln, Kokos und Zucker ein und griff sofort mit zwei Fingern nach einer Makrone, schob sie sich in den Mund, verspielt, wie ein junges Mädchen, und kaute genussvoll auf der klebrigen Masse herum. Sie strahlte. Sie bot auch ihm davon an, aber er lehnte dankend ab, wie sie es schon vermutet hatte. Sie reichte die Papiertüte weiter an Ganesh, der sich erst nach einer weiteren Aufforderung traute, eins der leckeren Plätzchen für sich zu nehmen. Alle miteinander gingen sie ins Haus.

Kaum hatte sich Jaya in seinen Sessel gesetzt, brachte Ganesh ihm eine Tasse frischen Tee: geriebener Ingwer, Zitrone und Zucker mit ein paar Blättern Schwarztee in einer großen Kanne mit heißem Wasser aufgegossen. Jaya lehnte sich zurück und wartete, dass seine Mutter anfangen würde, zu reden. Er konnte ihr ansehen, dass sie sich kaum noch zurückhalten konnte, wusste aber auch, dass sie aus Rücksicht auf ihn noch einen Moment wartete, bis er sich etwas entspannt hatte und zu Hause angekommen war. Er nickte ihr zu.

Priya gab sich gar nicht erst die Mühe, ihre Gedanken zu ordnen, sondern überließ es Jaya, sich aus dem bunten Angebot ein Thema herauszusuchen, dem er zuerst nachgehen wollte. Und so sprach sie ohne Pause, in einem Fluss, schnappte nur hin und wieder kurz nach Luft und erzählte von ihren Beobachtungen gestern Abend, fragte nach den Gästen und ob er ihnen auch die Geschichte von Doktor Ida erzählt habe, wie er es oft mit Gästen tat, erwähnte kurz die Saatgut-Satyagraha der Reisbauern in Chattisgarh, die sie im Fernsehen gesehen hatte, brachte ganz beiläufig ins Spiel, dass sie bemerkt hatte, dass die Gäste ihn angestrengt hatten, fragte nach, ob ihm die Mango geschmeckt hatte und das Essen, sagte ein paar wohlwollende Worte über Ganesh, hielt nicht zurück, dass sie sich über Shantis Mutter ärgerte, die ihre Tochter Ornamente mit Kreide malen ließ statt mit zermahlenem Reis, warf kurz ein, dass sie wirklich froh sei über die guten Niemblätter, sagte, dass ihr wieder eingefallen war, dass der Palar früher, als sie noch ein kleines Mädchen war, nie ganz ausgetrocknet gewesen war, und fragte, ob er ihr eine Erklärung dafür liefern könnte.

Sie sprudelte nur so. Sie wollte ihre Gedanken mit ihm teilen, erwartete Antworten von ihm auf ihre Fragen und wollte ihrerseits hören, was ihn bewegte, wie sein Tag gewesen war, was er erlebt hatte. Es war wunderbar, ihm erzählen zu können, was sie bewegte, aber das Größte für sie war, wenn er sie umgekehrt mit hineinnahm in seine Welt, in seine Überlegungen und Entscheidungen. Sie lehnte sich zurück und wartete, was er sagen würde.

Jaya fing langsam und mit ausgesuchten Worten an, von seinem Tag zu erzählen, und begann mit einem Satz, der eher ungewöhnlich für ihn war: „Heute habe ich oft an dich gedacht, Ma."

Sie zog fragend die Stirn in Falten. Der kleine Satz klang ernst. Gleich würde er ihr sicher sagen, warum.

Jaya erzählte, und was er zu berichten hatte, klang zunächst nach einem ganz normalen Tag. Er erwähnte kurz, dass er mit seinen amerikanischen Gästen im CMC gewesen war und eine Klinikführung für sie organisiert hatte, beschloss, Dr. Ranjinis Namen nicht zu nennen, sondern von dem zu erzählen, was ihn tatsächlich am meisten beschäftigte, Raja. Dass ein neuer Junge in das Kinderheim aufgenommen worden war, war, wenn auch keine alltägliche Zeremonie, doch nicht so außergewöhnlich. Aber etwas war besonders an Raja, sie spürte es. Und dann, als sie die Geschichte dieses neuen Jungen hörte, wurde ihr auch schnell klar, warum Jaya an sie hatte denken müssen. Denn die Geschichte des Neuen war Jayas eigener und damit ihrer verblüffend ähnlich.

Jaya erzählte. Leiser als sonst. Während er von Raja berichtete, lief ein Film in seinem Kopf ab, der aus Bildern der Vergangenheit bestand und ihm seine eigene Entwicklung in Erinnerung rief und sehr konkret vor Augen malte. Ja, er meinte, selbst die Gerüche dieser Jahre wahrnehmen zu können, das brackige Wasser in den Pfützen auf der Straße, wo er gekniet hatte und kleine Palmkörbchen verkauft hatte, die Mischung aus Schweiß und saurer Milch, die in der Kleidung seiner Mutter hing, die staubige alte Matratze in der kleinen Hütte, in der sie wohnten. So roch der Hunger, so roch die Armut. Er führte den Becher mit Tee zum Mund, nahm einen großen Schluck und verjagte die Gerüche. Er versuchte, sich der Gegenwart zuzuwenden, dem Jungen, dem er heute ein Zuhause geschenkt hatte, und fuhr bewusst fröhlicher fort: „Raja ist ein aufgeweckter Junge." So wie du damals, dachte Priya. „Er ist in der Stadt aufgewachsen, in den Slums, in Chennai. Sein Vater hat in Sri Lanka Stoffe verkauft." Genau wie deiner, dachte Priya. Wie viele Inder es in der Vergangenheit gemacht haben, um Geld zu verdienen. „Seine Mutter hat keine Ausbildung machen können." Wie ich, dachte Priya. Jaya sah sie an; beiden war die Parallele deutlich bewusst. Er wusste nicht, ob er wirklich weitererzählen sollte.

Priya sah ihn fragend an und Jaya sah darin eine Aufforderung, weiterzumachen. „Rajas Vater verlor seine Anstellung und kam zurück nach Indien. Er hatte auch in Sri Lanka schon zu viel getrunken, wohl aus Einsamkeit, fand hier keinen neuen Job und starb, als er betrunken auf die Straße lief und auf einer viel befahrenen Kreuzung unter einen Wagen kam. Rajas Mutter starb nur ein paar Wochen später." Priya seufzte: „Der arme Kleine, das ist zu viel."

Jaya sagte nachdenklich: „Er hat nicht genau gesagt, was mit seiner Mutter geschehen ist. Aber ich denke, dass sie lebensmüde war, zu verzweifelt. Der Verlauf ihrer Krankengeschichte hört sich so an, als habe sie vielleicht Gift geschluckt. Man hat ihr nicht mehr helfen können. Ihre Jüngste war wohl die ganze Zeit bei ihr, die beiden Älteren, die Söhne, waren auf sich gestellt. Der Älteste ist weggelaufen, Raja ist in der Nähe des Krankenhauses geblieben und hat es irgendwie und mit viel Geschick geschafft, hier zu überleben. Irgendwo in der Stadt könnte es eine Tante geben, sie war der Grund, warum die Familie nach dem Tod des Vaters überhaupt nach Vellore gekommen ist. Vielleicht können wir sie ausfindig machen. Rajas kleine Schwester hat man sicher in eins der Mädchenheime gebracht und wir können ihre Spur verfolgen. Die Mutter", Jaya schüttelte den Kopf, „wie verzweifelt sie gewesen sein muss, dass sie sogar riskierte, ihre Kinder im Stich zu lassen!"

Und genau hier hört die Ähnlichkeit auf, dachte Priya und setzte sich ein bisschen aufrechter in ihren Sessel. Hatte sie jemals den

Gedanken gehabt, aufzugeben? Es hatte wohl Momente gegeben, in denen sie müde war, sehr müde. Tage, an denen schon das Aufstehen am Morgen unendlich schwerfiel. Tage, an denen sie verzweifelt zusehen musste, wie ihre Kinder sich vor Hunger den Bauch hielten, und sie einfach nicht wusste, wie sie ihnen helfen sollte. Das Gefühl, dass ihre Brüste nicht genug Milch hatten, um ihr Neugeborenes zu stillen, war herzzerreißend gewesen. Und doch hatte sie weitergelebt. Gekämpft. Gebetet. Hatte Maria ihr Kind nicht in einer Hütte zur Welt bringen müssen? Und doch war es heilig gewesen. Hatte sie nicht auch fliehen müssen? Sie hatte immer gehofft. Nein, ihre vier Kinder hatten sie Kraft gekostet und doch gleichzeitig auch immer wieder Kräfte in ihr geweckt. Sie hatte leben wollen. Alle gemeinsam hatten sie kleine Körbe aus Palmblättern geflochten und sie am Straßenrand verkauft, bis spät in die Nacht hinein. So hatten sie es irgendwie geschafft, zu überleben. Allein und völlig auf sich gestellt. Eine Witwe und vier kleine Kinder. Nein, lebensmüde war sie zum Glück nie gewesen.

Jaya sah seine Mutter an. Sie hatte nie viel über diese Jahre gesprochen. Aber er hatte Fragen. Und in letzter Zeit drängte es ihn, sie zu stellen. Aber er war dabei immer unsicher, ob er ihr zumuten dürfe, sich mit den dunklen schweren Bildern von gestern auseinanderzusetzen. Er wusste, sie war stark und zäh, und deshalb wagte er es, eine erste, sehr direkte Frage zu stellen, von der er nicht wusste, wie man sie umschreiben sollte: Wie ist Papa gestorben?

Priya atmete langsam weiter. Sie kniff den Mund zusammen und für einen Moment dachte Jaya, sie wolle ihm signalisieren, dass die Antwort verschlossen sei und nicht über ihre Lippen käme. Aber dann redete sie doch.

„Deine Geschichte ist der von Raja sehr ähnlich. Auch dein Vater hat getrunken. Der Alkohol hat ihm wohl geholfen, seinen Misserfolg zu vergessen. Als er krank wurde – eigentlich war es eine einfache Grippe –, hatte er keine Abwehrkräfte und wurde nicht wieder gesund. Ich habe ihn am Morgen gefunden. Vor der Tür unserer Hütte, mit einer Flasche in der Hand, tot.“

Jaya spürte, dass er wohl nicht mehr Einzelheiten erfahren würde, zumindest nicht heute, und gab sich zufrieden. Stattdessen erzählte er, wie er Raja kennengelernt hatte.

„Ich habe ihn eingeladen, sich das Haus anzusehen und die anderen Jungen kennenzulernen. Er ist ohne zu zögern mitgekommen."

Priya nickte: „Du hast das Richtige getan. Wir müssen teilen, was wir haben."

„Ja", sagte Jaya, „das stimmt. Und weißt du, das ist immer das Beste, was passieren kann. Es gibt mir das untrügliche Gefühl, dass hier ein Kind ist, das seine Chance erkennt und deshalb nicht wegwerfen wird. Raja wird uns nicht enttäuschen."

Priya nickte zustimmend und sagte: „So wie du damals den weißen Missionar nicht enttäuscht hast. Erinnerst du dich noch?"

Oh ja, das tat er. Er schob die Gedanken an den kleinen Raja beiseite, hoffte, dass sein Besuch in den Gästezimmern des Kinderheims gut versorgt war, sah für einen Moment die funkelnden Augen von Dr. Kala Ranjini vor sich und tauchte dann vollkommen ein in die Erinnerung an den Tag, der zum ersten Mal alles in seinem Leben wirklich zum Guten verändern sollte. Nicht, dass er an Einzelheiten zurückdenken konnte, dafür war er wohl noch zu jung gewesen, gerade erst fünf. Die konkreten Bilder stammten aus den Erzählungen seiner Mutter, er selber verband mit dem Tag der wunderbaren Wendung, wie Priya ihn nannte, nur ein unbestimmtes, aber starkes Gefühl von Glück.

Kapitel 8

Madras/Chennai 1958

Es war Ende September. Der Sommermonsun hatte eine volle Regenzeit lang das Land mit Wasser versorgt. Alles war grün. Die warme Feuchtigkeit steckte in den Kleidern, auch die Matratze, auf der sie jede Nacht zu fünft nebeneinanderlagen, war ganz klamm. Priya stillte ihr Neugeborenes, ihr viertes Kind, Parveen, ihre erste Tochter. Gleich würden sie alle zusammen wie jeden Tag zur Arbeit gehen, versuchen, etwas Geld zu verdienen. Sie setzte Jaya, Kumar und Sajan nebeneinander auf die Matratze und las ihnen wie jeden Morgen aus ihrer alten Bibel vor, eine Geschichte und einen Psalm, ein uraltes Gebet. Jaya war jetzt fünf Jahre alt und sie dachte, es wäre gut für ihn, einige der Verse auswendig zu lernen. Sie selber hatte Tamil zu lesen und zu schreiben gelernt, besaß aber nur ein einziges Buch, eben ihre Bibel, aber sie würde versuchen, ihren Kindern wenigstens das beizubringen, was sie selber wusste; auch wenn das nicht gerade viel war.

Priya hatte noch etwas Reis gekocht und jetzt gingen sie alle fünf zusammen weg von ihrer Hütte hin zu der Stelle an der Straße, wo sie jeden Tag saßen und die Palmkörbchen verkauften. Priya sorgte immer dafür, dass sie vorher eine Kleinigkeit aßen, damit sie nicht mit leerem Magen an den Gerüchen der Straße vorbeigehen mussten. Die drei Brüder hielten sich an den Händen, gingen eng nebeneinander in einer Reihe, Priya trug die kleine Parveen in einem Tuch vor ihrem Bauch. Es war ein Tag wie jeder andere, aber es lag Hoffnung in der Luft, denn man spürte, dass die Regenzeit bald vorbei sein würde, und sah das Land aufblühen. In der Linken hielt Priya zwei große Palmblätter. Eins, um ihre Waren, die verschiedenen Körbe, darauf auszubreiten. Das andere, um sich selbst daraufzusetzen und nicht direkt auf der Straße, dem dreckigen Asphalt zu knien und, falls es doch noch dazu käme, einen Schutz vor dem nächsten Regenschauer zu haben. Mit der Rechten balancierte sie einen Karton mit den geflochtenen Palmkörbchen auf der Schulter.

Priya war tapfer und ihr Lebenswille war ungebrochen. Aber ihr Herz war schwer. Ihr Mann war von ein paar Monaten gestorben, als sie noch schwanger mit ihrem vierten Kind war. Er war in den letzten Jahren nicht viel bei ihnen gewesen, aber jetzt waren sie keine ganze Familie mehr, jemand fehlte und die Lücke tat weh. Ihre größte Sorge galt der Zukunft der Kinder. Mit ihrem Mann zusammen hatte sie manchmal noch träumen können, aber so, allein, als Witwe, hatte sie aufgehört, Pläne zu schmieden. Sie hatte kein Geld, keine Möglichkeiten, keine Alternativen. Sie musste um ihr Überleben kämpfen. Der größte Wunsch, wenigstens eines von ihnen, wenn nicht alle, zur Schule schicken zu können, war reinste Fantasie. Die Aussicht, in einem Haus zu leben statt in einer Hütte, gab es nicht. Und die Hoffnung, irgendwann einmal etwas anderes zu tun, als selbst geflochtene Palmkörbchen zu verkaufen, war ganz weit weg.

Aber an diesem Tag sollte sich das alles mit einem Mal ändern.

Sie hatten drei kleine und einen größeren Korb verkauft, als ein Mann vor ihnen stehen blieb und die Körbe aufmerksam betrachtete. Er war ein Weißer und sprach Tamil mit einem eigenartigen Akzent und fragte, ob er die Körbe einmal genauer ansehen dürfe. Priya nickte. Er ging jetzt in die Knie, um nicht so von oben herab mit ihr zu sprechen, sein Blick glitt von ihr zu dem Baby, das an ihren Bauch gedrückt schlief, und zu ihren anderen Kindern und wieder zu ihr. Die Kinder saßen ruhig da und blickten ihm offen ins Gesicht. Er lächelte freundlich und kaufte zwei Körbe, einen großen und einen kleinen. Ob sie mehr erhofft hatte? Sie wusste, dass die meisten Weißen, die in Indien lebten, Geld hatten, aber sie hatte sich abgewöhnt, Hoffnungen in einzelne Käufer zu setzen, sie wünschte sich nur, dass ein Tag insgesamt genug Umsatz mit sich brachte.

Der Weiße stand wieder auf, bedankte sich und sagte schon im Weitergehen: „Gott segne Sie."

Jaya hörte die vertrauten Worte, die er noch am Morgen von seiner Mutter vorgesagt bekommen hatte, und sagte mit Kinderstimme, aber sicher und stolz darüber, dass er den Vers behalten hatte: „Es segne uns Gott, unser Gott."

Der Weiße blieb stehen und drehte sich zu ihnen um. Was Jaya sagte, musste sich in seinen Ohren wie eine Antwort angehört haben, die sich an ihn richtete. Er kam zurück und kniete sich noch einmal vor Priya hin und fragte: „Haben Sie das gehört? Ihr Sohn hat soeben ein Bibelwort zitiert, den siebenundsechzigsten Psalm. Woher hat er das? Geht er sonst zur Schule?"

Hätte er diese letzte Frage nicht auch noch gestellt, wäre Priyas Antwort vielleicht nüchterner ausgefallen, aber so kamen ihre Worte mit Leidenschaft heraus: „Zur Schule? Es ist mein größter Wunsch, wenigstens eins von ihnen zur Schule schicken zu können, aber davon kann keine Rede sein. Ich habe das Geld nicht. Ich habe nichts außer diesen Palmkörbchen und den vier Kindern." In diesem Moment begann das Baby zu weinen und Priya war für einen Moment abgelenkt.

Sie dachte schon, der Weiße habe genug gehört und würde weitergehen, aber er blieb und wartete geduldig, bis Parveen sich wieder beruhigt hatte. Dann fragte er: „Und Sie bringen Ihren Kindern Bibelworte bei?"

Priya nickte jetzt eifrig, überzeugt von ihrem Konzept: „Es ist das einzige Buch, das ich habe, ich erzähle ihnen die Geschichten und lese ihnen die Texte vor. So werde ich meinen Kindern auch ohne Schule etwas beibringen, das Lesen, vielleicht auch etwas das Schreiben. Und ihnen etwas weitergeben, das tröstet", setzte sie noch hinzu.

Der Weiße hörte das alles, er sah die fünf und ihm kam eine Idee. Er stellte sich vor: „Ich bin Benjamin Franz und ich arbeite bei einem deutschen Kinderhilfswerk. Wir haben mehrere Kinderheime hier in der Stadt und in ganz Indien."

Priya legte automatisch den Arm um ihre drei Jungen und drückte mit dem anderen Parveen enger an sich.

„Nein", sagt sie. „Es ist nett, dass Sie helfen wollen, aber Sie werden mich nicht von meinen Kindern trennen."

Der Weiße versuchte, sie zu beruhigen, und sagte: „Nein, nein. Mir kam eine ganz andere Idee. Mein Chef, ebenfalls ein Deutscher, sucht eine Hausangestellte, ein Kindermädchen für seine Familie. Könnten Sie sich vorstellen, ihn kennenzulernen? Gleich dortzubleiben? Sie müssten dazu aber in eine ganz andere Gegend der Stadt mitkommen."

Priya sah ihn an, merkte, dass er überzeugt war, mit ihr genau die richtige Person gefunden zu haben. Wie konnte das sein? Sie sah ihre Kinder an. Die drei waren abgelenkt, spielten zusammen Fingerknoten. Für sie müsste sie es riskieren und diese Chance wahrnehmen, oder? Sie dachte an den Psalmvers. Es segne uns Gott, unser Gott. Ja, warum nicht? Vielleicht war dieser Mann ja ein Segen. Eine Antwort auf ihre Gebete. Vielleicht hatte ihn Gott in ihr Leben geschickt. Warum nicht?

Sie verabredeten miteinander, sich in zwei Stunden an derselben Stelle wieder zu treffen. Priya würde in ihre Unterkunft eilen und ihre Sachen zusammenpacken, er würde mit einem Auto wiederkommen und sie abholen.

Und so kam es. Priya packte ihre zwei Decken, ihre Bibel, zwei Töpfe, eine Öllampe, eine alte Postkarte mit dem Bild von Mutter Teresa und die andere, die eine schwarze Ikone zeigte, eine Maria, die ihr neugeborenes Kind auf die Stirn küsste, zusammen in einen Karton, packte ihren zweiten Sari, die paar Windeln, Kleidungsstücke der Kinder und ein paar restliche Palmblätter und ein kleines Päckchen Reis in eine Leinentasche und entfernte das Schloss von ihrer Tür aus Wellblech. Sie verschenkte die Matratze an eine Nachbarin, die sich unermesslich freute und gar nicht aufhören wollte, ihr zu danken. Dann ging sie zurück zur Straße.

Hattest du keine Zweifel, ob er sein Versprechen wirklich wahr machen würde? Immer wieder wurde sie das später gefragt. Aber sie hatte dem Weißen vertraut. Wohl wegen des Bibelwortes, das sie verband. Wenn er sie betrügen sollte, dann würde der Segensvers sich zu einem Fluch umdrehen. Aber ganz sicher nicht nur für sie, sondern für sie beide.

Kapitel 9

Jaya sah seine Mutter an. Er musste sich an jenem Tag damals so gefühlt haben wie der kleine Raja heute. Denn Benjamin Franz hielt sein Versprechen und holte sie ab. Ja, er wartete schon auf sie, als sie mit ihrem Karton und der einen Tasche um die Ecke kamen, und brachte sie nach Tenampet, einem ruhigen Stadtteil von Chennai, stellte sie seinem Chef Lüder Lürs vor und von diesem Moment an wurde das Leben leichter.

Jaya war überglücklich, weil er nur wenige Wochen später, noch vor Weihnachten, zur Schule gehen und endlich lernen konnte. Er tat es mit großem Eifer, schnell und überaus gerne. Familie Lürs schenkte ihnen ein Zuhause und Priya tat das Ihre, um sich als Kindermädchen, Köchin und Haushälterin nicht nur nützlich zu machen, sondern das Haus, ihre eigenen und die deutschen Kinder, das Missionarsehepaar selbst und dessen Gäste mit Liebe und Mütterlichkeit zu beschenken.

Jaya stand auf, ging in sein Zimmer und kam einen Moment später mit einem alten Brief zurück. Priya sagte: „Du hast ihn aufbewahrt, natürlich hast du das."

Sie erkannte sofort den Brief, den ersten, den Jaya von seinen deutschen Pateneltern bekommen hatte, weil er jetzt von dem Kinderhilfswerk, für das Benjamin Franz und Lüder Lürs arbeiteten, der Kindernothilfe, unterstützt wurde. Wie ihre drei anderen Kinder auch alle.

Am Ende hatten sie tatsächlich alle zur Schule gehen und studieren können. Sie bekamen weitere Stipendien und Empfehlungen aufgrund ihrer guten Noten. Und Jaya bekam, schon als er dreizehn war, einen allerersten kleinen Ferienjob im Büro von Lüder Lürs. So hatte er sich nicht nur ein eigenes Taschengeld verdienen können, von dem er sich meistens Bücher kaufte und süßen Kuchen für Priya, sondern hatte auch schon sehr früh Einblick bekommen in die Leitung des großen Kinderhilfswerkes. Anfänglich hatte er einfache Jobs erledigt, den Papierkorb geleert, die Post sortiert, Unterlagen abgeheftet. Er war als Hilfskraft eingearbeitet worden, hatte aber schnell eigene Ideen mit eingebracht, die dankbar aufgenommen wurden. Immer wieder sagte Lüder Lürs: „Der Junge hat sehr originelle Vorschläge."

Jaya merkte selbst, dass sein neu erworbenes Wissen aus dem Studium, seine indische Art, zu denken, seine Lebenserfahrung eine Mischung ergaben, die seinen Mentor veranlasste, ihm mehr Verantwortung zu übertragen. Er hatte gelernt, Briefe zu schreiben und Menschen außerhalb von Indien die besonderen Nöte und Herausforderungen seines Landes zu vermitteln. Er hatte eine Leidenschaft entwickelt dafür, dass Kinder eine Chance bekommen und die Ärmsten echte Hilfe. Er hatte über die Jahre die Organisation einer Vision kennengelernt.

Er hatte Bücher gelesen über die Geschichte Indiens, über die Kolonialzeit, über Gandhi und den Weg zur Unabhängigkeit. Zu seinen besten Lehrern gehörten Hindus, Muslime, Buddhisten, Sikhs und Christen.

Er hatte immer wieder das Gespräch mit seiner Mutter gesucht, die ihm über die Jahre zunehmend wie eine wirklich weise Frau erschien, wenn sie auch nie eine Ausbildung im eigentlichen Sinne gemacht hatte. Das Leben hatte sie klug gemacht, ihre heiligen Texte ließen sie träumen, formten in ihr sehr konkrete Vorstellungen davon, was wichtig war. Seine Liebe an Kinder zu verschenken, war für sie das Größte. Und der Wunsch, dass diese Kinder stark wurden und sanft, teilen konnten und spielen, kühne Ideen entwickeln, selbstbewusst und sich im Klaren darüber, dass sie nicht allein auf dieser Welt waren. Dass andere Menschen sie brauchten und dass es einen Gott gab, der an sie glaubte. Jaya wusste, dass seine Mutter sich mit einer amerikanischen Freundin über diese Themen austauschte. Er übersetzte ihr die Briefe, die sie regelmäßig schrieb. Die beiden mochten dieselbe Idee, die sie „die Seidenkinder" nannten. Diese Werte seiner Mutter hatten ihn begleitet und er hatte sich gerne von ihnen umwerben und beschenken lassen.

Und er hatte sich in diesen Jahren mit Lüder Lürs unterhalten, nächtelang, ihm seine vielen unruhigen Fragen gestellt. Er wusste es wirklich zu schätzen, dass sich der Missionar so viel Zeit für ihn genommen hatte und auch den kritischen Fragen nie ausgewichen war. Er war ein Mentor, der sein, Jayas, Potenzial gesehen und ihn gefordert und gefördert hatte, ihm Vertrauen geschenkt und Verantwortung übertragen hatte. Er hatte viel von ihm gelernt und er wollte das Prinzip, das er hier erlebt, von dem er so profitiert hatte, jetzt auch selber umsetzen. Ja, er merkte, wie glücklich er war, wenn es ihm gelang, andere zu unterstützen, und wie sehr er sich freute, wenn zum Beispiel ein Junge das Vertrauen, das man in ihn setzte, zu schätzen wusste und dann Fortschritte machte, lernte, erwachsen wurde und dabei manchmal sogar über sich hinauswuchs.

Er hatte damals erst überlegt, Arzt zu werden, diese Art zu helfen schien so direkt anzukommen, das erschien ihm sehr attraktiv. Aber dann hatte er sich doch dafür entschieden, Lehrer zu werden, und er hatte es nie bereut – obwohl er heute nicht an einer Schule Unterricht erteilte, sondern sein Weg sich dann anders entwickelt hatte. Es war die Faszination am Lernen und der Wunsch, Kindern, wie er eins gewesen war, etwas beizubringen, sie zu entdecken und zu fördern. Er hatte eine leitende Position in dem großen Kinderhilfswerk ausgefüllt, Seite an Seite mit Lüder Lürs, und war glücklich gewesen. Bis es dann eine weitere Wende in seinem Leben gab, die ihn auf den Weg führte, auf dem er heute ging.

Am Anfang hatte er noch, gespeist von den Bildern einer anderen Generation von Leitern, die Haltung gehabt, dass es in dieser Welt eben arme und reiche Nationen gab und dass es zu seinen Aufgaben gehörte, die Reichen zu bitten, den Armen etwas abzugeben. Naiv hätte er als Zwanzigjähriger sicherlich gesagt, dass Sonne und Regen und damit Armut und Reichtum eben leider einfach ungleich verteilt waren, man mit einigen Tricks und ein paar zumutbaren kleinen Projekten aber wenigstens ein bisschen Ausgleich schaffen könnte. Mit der Zeit war er misstrauisch geworden und hatte gemerkt, dass es so einfach nicht war.

Den entscheidenden Impuls, umzudenken, es noch einmal neu zu betrachten, hatten ihm die Leute auf der Straße gegeben. Er war durch die überfüllten Straßen Chennais gegangen, hatte die Gerüche und den Lärm wahrgenommen, die vielen Gesichter, die unendlich vielen bettelnden, hungrigen Hände, die sich ihm an diesem Tag entgegenstreckten. Er hatte dabei, mehr unterbewusst als schon wirklich reflektiert, wahrgenommen, dass die Kinder noch Energie ausstrahlten, die Älteren aber aufgegeben hatten. Da hatte er verstanden, dass sie niemals kämpfen würden, weil sie ihr Schicksal akzeptierten, und diese Erkenntnis hatte eine unglaublich große Wut in ihm ausgelöst. Er hätte sie am liebsten alle geschüttelt und angeschrien: Steht auf! Findet euch nicht ab mit dem, wie es ist! Tut was!

Aber diese Welt gab einem so schnell das Gefühl, dass man sowieso nichts ändern könne, und so gewöhnte man sich schnell an die Ungerechtigkeit, das Elend und die Gewalt; das war wohl überall so. In Indien aber konnte diese Haltung noch von der Religion unterstützt werden: Das Leben war ein festgeschriebenes Schicksal. Zu erdulden war im Hinduismus eine Tugend, die im nächsten Leben belohnt wurde. Gegen sein Karma anzukämpfen aber würde bestraft werden. Und so fand er sich umgeben von Menschen, die sich in den Lauf ihrer Geschichte fügten, deren Ende jetzt schon feststand.

An diesem Tag war er unendlich müde nach Hause gekommen und hatte sich für ein paar Tage in sein Zimmer zurückgezogen. Er hatte gezweifelt, gesucht, gebetet und gefastet. Und dann hatte er still für sich eine Art Gelübde getan: Auch wenn ich selber kein unbeschriebenes Blatt bin und meine Lebensgeschichte davon erzählt, dass ich als Halbwaise in einem Slum gelebt habe – es gibt noch weiße Stellen auf dem Papier meiner Geschichte und ich habe schreiben gelernt, ich kann sie weiterschreiben, ich werde sie mitgestalten. Wenn es stimmte – und dieses Bild war niemals ein Beweis, hatte sich aber in diesem Moment doch irgendwie in seine Seele gelegt –, dass der arme Jesus der Liebe der auferstandene Christus von Ostern war, dann war es möglich, aufzustehen, dazwischenzutreten, die tödliche Geschichte, die Routine, die Gewohnheit zu unterbrechen, mit dem Leben selbst. Dann war alles möglich. Danach hatte er eine neue Gewissheit gehabt und wusste, dass er die Energie der Kinder suchen würde.

Er rief nach Ganesh und weckte damit seine Mutter. „Und", fragte er, „haben uns die Gäste von gestern Abend noch etwas übrig gelassen, das wir heute essen können?" Priya lachte ihn an: „Reis, es ist noch jede Menge Reis da." Auch er musste lachen. „Dann essen wir Reis", sagte er. „Und beim Essen werden wir uns über Reis unterhalten, über den ausgetrockneten Palar und die Satyagraha der Reisbauern. Was hältst du davon?" Priya strahlte.

Sie aßen für eine Weile schweigend, alle drei einen großen Berg Reis vor sich auf dem Teller, dazu etwas scharfe Sauce mit Okra und Chilischoten, und genossen das einfache, sättigende Essen. Zwischen den einzelnen Happen, die sie zum Mund führten, blickten sie sich immer wieder lachend an, verschwörerisch.

Irgendwann lehnte sich Jaya zurück und begann mit ein paar Erläuterungen: „Unsere Regierung möchte, dass Indien genug Getreide anbauen kann, um nie mehr hungern zu müssen. Das ist ja eigentlich ein sehr ehrenwertes Ziel, nicht wahr?" Priya nickte, auch Ganesh gab ihm recht. Jaya überlegte, wie er seiner Mutter dieses sehr komplexe Problem erklären könnte, und beschloss, es einfach zu versuchen: „Weißt du, unsere traditionellen Reissorten sind in den letzten Jahren immer mehr verdrängt worden. Dafür wurden neuere Sorten bevorzugt, die ergiebiger sein sollen. Man nennt sie auch Hybridsorten. Ihr Anbau wurde vom Staat bezuschusst. Zunächst waren die Erfolge dieser Maßnahmen dann tatsächlich sehr beeindruckend. Indien konnte nach langen Jahren, in denen wir immer Reis importieren mussten, sogar einen Vorrat an Reis anlegen."

Priya nickte. „Das hört sich gut an, was unsere Regierung da gemacht hat. Aber du klingst, als würde es ein Problem geben?"

Jaya musste schmunzeln. „Ja, Ma. Ein erstes Problem ist, dass das in staatlichen Speichern gelagerte Getreide zum Teil nicht verkauft wurde und die Speicher so schlecht und unpassend waren, dass am Ende immer wieder Reis vernichtet werden musste." Leiser, mit Bitterkeit in der Stimme, fügte er hinzu: „Weil die Ratten kamen." Er wollte nicht zynisch werden, aber er merkte, dass sein Ton spöttisch wurde, wenn er sich die Katastrophe in ihrem Ausmaß vor Augen malte: „Also, Indien hat einen ganzen Katalog an Maßnahmen, schafft Bewässerungssysteme, baut riesige Staudämme, holzt dafür Wälder ab und überflutet ganze Dörfer, subventioniert Dünger und Hybridsorten und am Ende geht das Ergebnis an die Ratten. Während fast vierhundert Millionen Menschen unter der Armutsgrenze leben." Er schüttelte den Kopf. „Das darf man gar nicht laut sagen, so peinlich ist das."

„Das muss man laut sagen, so schlimm ist das", sagte Priya. Jaya sah sie an und nickte. „Ja, sicher, du hast natürlich recht. Denn das ist ja noch nicht alles."

„Was noch?", fragte Priya überrascht. „Was kann noch schlimmer sein, als dass unser Reis an die Ratten geht?"

„Na ja", sagte Jaya langsam, „manche Auswirkungen zeigen sich erst nach einer Weile. Allmählich werden noch ganz andere Nachteile dieser Politik deutlich. Nach einer ersten Phase, in der die Erträge der Reisernten stark zugenommen hatten, nehmen sie jetzt deutlich ab. Und zwar, weil man zum Beispiel die ökologischen Folgen des einseitigen Reisanbaus, Wasserhaushalt und Bodenbeschaffenheit nicht bedacht hatte. Und, auch das kommt noch hinzu, diese Reispolitik hat soziale Konflikte zwischen moderneren Groß- und traditionelleren Kleinbauern ausgelöst. Chattisgarh ist ja ein sehr fruchtbarer Bundesstaat."

Er sah Ganesh an und dann wieder seine Mutter: „Ihr wisst doch, früher nannte man ihn eine der ‚Reisschüsseln des Landes'. Aber heutzutage muss die Region wieder Reis importieren und die Ergiebigkeit ihrer Landwirtschaft ist erschreckend schnell gesunken."

„Ach", seufzte Priya. „Was für große Herausforderungen und wie viel Leid dahintersteckt. Aber", fragte sie dann mit mehr Energie in ihrer Stimme, „was hat es denn jetzt mit der Satyagraha auf sich?"

„Bei dem Konflikt", sagte Jaya langsam, „geht es noch einmal um einen ganz anderen Gesichtspunkt. Stell dir vor, dass es große internationale Agrarkonzerne gibt, die ein Interesse an der genetischen Vielfalt indischer Kulturpflanzen haben. Sie entwickeln neue Sorten und lassen sich die dann patentieren. Und da werden die Bauern nervös, ihre Sorge ist, dass sie am Ende nicht nur kein Geld für ihr Saatgut mehr bekommen, sondern sogar noch selber dafür zahlen müssten. Eine berechtigte Sorge, glaube ich. Und deshalb kämpfen sie mit der Saatgut-Satyagraha darum, sich vor der Plünderung ihrer Artenvielfalt zu schützen. Vor dem Diebstahl ihres Erbes, könnte man auch sagen."

„Das sind große, große Sorgen", sagte Priya.

Jaya lächelte sie an. „Ja, da hast du recht. Klein sind sie nicht."

Sie schauten sich an, sehr nachdenklich, warfen einen Blick auf ihre leeren Teller und sahen sich wieder in die Augen. Ganesh hatte aufmerksam zugehört und besann sich jetzt auf seine Rolle im Haus und fragte: „Möchte noch jemand ein Stück Mango? Am Baum ist eine reife, die euch sicher gut schmecken würde."

Priya winkte ab und erklärte, sie würde sie morgen essen und jetzt zu Bett gehen, die Gespräche hatten sie angestrengt. Jaya lehnte ebenfalls dankend ab und sagte, er werde noch etwas lesen und dann ebenfalls zu Bett gehen. Morgen früh würde er schon sehr früh ins Kinderheim fahren und dann Raja zur Schule begleiten.

Kapitel 10

Juli 2003. Der riesige Staudamm Sardar Sarovar hat zu verheerenden Überflutungen geführt. Zahlreiche Dörfer der einheimischen Bevölkerung wurden überflutet, Ernten vernichtet, Tiere ersäuft. Umweltschutz- und Menschenrechtsorganisationen wehren sich seit mehr als fünfzehn Jahren gegen die zerstörerischen Staudammprojekte.

Matt las und konnte nicht mehr aufhören. Er versuchte zu verstehen. Nur dieses eine Beispiel durchdenken, vielleicht stellvertretend für andere. Eine Regierung beschließt also, Staudämme zu bauen. Sie tut es in der Überzeugung, das wollte er ihr mit einem Vorschuss an Vertrauen unterstellen, dass mit diesen Dämmen Menschen geholfen werden kann, Energie zu schaffen, Land besser zu bewässern als bisher, die Lebensqualität zu steigern, Leben zu retten. Um diese Dämme bauen zu können, müssen Flüsse gestaut und Landstriche geflutet werden. Das bedeutet, dass ganze Dörfer umgesiedelt werden.

Hier beginnt das erste Problem. Diese Menschen wollen ihr Land nicht verlassen. Wer könnte das nicht verstehen? Wer sollte sie zwingen dürfen? Nun, aber vielleicht würden sie sich bereitwillig opfern, wenn mit ihrem Umzug anderen, vielen anderen Menschen geholfen werden kann. Sie sind vielleicht bereit dazu. Aber man gibt ihnen im Austausch zu ihrem bisher besiedelten Land nicht etwa gleichwertiges Land anderswo, niemand entschädigt sie, man zahlt ihnen ein paar lächerliche Rupien und dann kommt man mit Planierraupen und Sprengungen, Wälder werden abgeholzt, Ernten vernichtet und die Menschen werden verjagt. Kinder, Erwachsene, Mütter, Väter, Großeltern. Menschen, die ihr Leben lang in den Urwäldern gelebt haben, sind plötzlich gezwungen, in der Großstadt zurechtzukommen. Es ist unmöglich. Sie schaffen es nicht. Und andere, die sich nicht verjagen lassen oder nicht rechtzeitig gewarnt werden, um fliehen zu können, müssen erleben, wie das Wasser ihr Land überschwemmt, ihre Hütten mitnimmt, ihre Tiere, ihre Kinder, sie selbst. Und hier ging es nicht um ein paar Einzelfälle, sondern um Tausende, Zehntausende, ja, wenn er es richtig sah, inzwischen Hunderttausende.

In allen offiziellen Berichten, die Matt bisher wahrgenommen hatte, wurden diese Menschen als Paps bezeichnet, er hatte zunächst gar nicht verstanden, dass es sich dabei um Menschen handelte, Paps, „programme affected persons", vom Projekt betroffene Personen. Eintausend Paps sind ertrunken – das klingt tatsächlich ganz anders als eintausend Menschen tot, merkte er. Aber so war es, auch Hungertote und Aidsinfizierte und die Opfer einer Flutkatastrophe waren am Ende Zahlen, Nummern, eine Statistik. Matt schüttelte den Kopf, spürte Schmerzen im Nacken. Er las weiter. In keinem einzigen der bisher verwirklichten Staudammprojekte stimmten die Prognosen, weder die kalkulierten Sachkosten noch die Zahl der Betroffenen, mit den tatsächlichen Zahlen überein. Die Kosten waren am Ende oft doppelt so hoch und die Zahl der überschwemmten Dörfer ebenfalls. In allen Fällen.

Weiter. War das Paps-Problem dann einmal gelöst – Matt musste sich selber die Warnung aussprechen, nicht bissig zu werden, denn er wusste, Zynismus ist immer kalt, würde ihm die Herzenswärme nehmen und ihn damit denen ähnlich machen, über die er den Kopf schüttelte, gegen die er protestierte –, waren die Menschen also umgesiedelt, konnte das Wasser dann also helfen. Aber hier trat ein nächstes Problem auf. Ein geregelter, in Bahnen aus Zement verlaufender Fluss benimmt sich anders als ein natürlich fließender. Und so geht zum Beispiel die Artenvielfalt der Fische drastisch zurück. Was auch bedeutet, dass die Lebensgrundlage der

Fischer bedroht ist. Ein Boden, der es bisher gewohnt war, einmal im Jahr vom Monsunregen gespeist zu werden und je nach Jahreszeit feucht oder trocken, schlammig oder ausgedorrt zu sein, benimmt sich anders als ein Boden, der jetzt ganzjährig dauerbewässert wird.

Und noch ein Problem ergibt sich mit der Zeit für die Bauern, die das kostbar gestaute und in sorgfältig bemessenen Rationen zugänglich gemachte Wasser nutzen. Denn derjenige, der das Wasser besitzt, darf auf einmal auch bestimmen, wofür. Gerade freuten sich noch alle, dass statt einer schlechten Ernte im Jahr dank des Wassers mehrere gute Ernten im Jahr eingebracht werden können, da werden die Abhängigkeiten klar: Der Bauer, der bisher für sich und seine Familie Mais und Hirse angebaut hatte, wird gezwungen, landwirtschaftliche Produkte anzupflanzen, die sich für den Export lohnen: Baumwolle, Soja und vor allem Zuckerrohr. Und so ist der Boden zwar fruchtbar, aber die ihn bestellen, können sich nicht mehr leisten, was auf ihm wächst. Ihr Land bringt keine Nahrung für sie, sondern für andere.

Nach einigen Jahren kann dann der Boden nicht mehr mithalten, er ist überfordert, wenn er so behandelt wird. Und ist erst einmal eine Verschlammung oder eine Versalzung der Böden eingetreten, sind die Ernten schlechter als vorher.

Matt zwang sich, weiterzulesen, weiterzudenken. Allmählich tauchten hinter diesen Fakten ein paar sehr tiefe, grundlegende Fragen auf: Wem gehört der Boden, das Wasser, die Wälder? Wem gehört Indien? Wem gehört eine Demokratie? Wem gehört eigentlich das Land? Wer darf bestimmen, was mit ihm passiert? Anders gefragt: Wer bestimmt und wem nutzen die Staudämme am Ende wirklich? Warum baut man sie weiter, wenn die Konsequenzen doch so offensichtlich verheerend sind? Wer profitiert eigentlich?

Matt seufzte. Wer immer und überall profitiert. Kreditgeber, Berater, die Weltbank, Ingenieure, internationale Firmen, Baufirmen, Schleusenhersteller. Wer leiht Indien teures Geld, damit Staudämme gebaut werden können? Dieselben, die ihnen ein paar Jahre später weitere Kredite geben, um die Böden zu entsalzen. Er war müde. Matt, sagte er zu sich selbst, mach dir keine Illusionen, das ist erst ein Thema. Das Land hat ein paar solcher Baustellen. Lern es kennen und schau, ob du dich irgendwo einbringen kannst. Er merkte, dass ihn die Hoffnung manchmal verließ. Er würde niemals so weit gehen, zu behaupten, dass Armut und Hunger, Elend, Trockenheit oder Überflutung Karma seien, Schicksal, denn der Gedanke, unfrei, festgelegt und wie von äußeren Kräften gelenkt, passiv, einer Bestimmung ausgeliefert zu sein, missfiel ihm aufs Äußerste. Aber er war heute fast so weit, nur noch mit den Schultern zu zucken. Weil man doch offensichtlich nichts tun konnte.

Er merkte, wie die Verzweiflung sich wie eine große Leere anfühlte. Als sei er mühsam eine Treppe hochgestiegen, nur um am Ende, oben angekommen, festzustellen, dass sie ins Nichts führte. Er ging zu seiner Stereoanlage. Musik würde ihm guttun. Er würde sich neue Hoffnung ins Herz singen lassen, Widerstandskraft für die Arbeit, Gnade gegen den kalten Zynismus. Er hörte, wie Bono laut sang: Grace, she travels outside of karma… Gnade, sie steigt aus dem ewigen Rad des Schicksals aus…

Kapitel 11

„Ist das nicht der kleine Junge, den wir erst neulich am Krankenhaus getroffen haben?“

Der Lehrer hatte die Frage gestellt, erstaunt, weil Raja so fröhlich mit den anderen Jungen im Hof spielte und jetzt gerade als Erster loslief, um das Tor zu öffnen und Sunda auf seinem Motorroller einzulassen. Und als Jaya nickte, fügte er mit einem anerkennenden Satz hinzu: „Er lernt schnell und er scheint sich wirklich wohlzufühlen.“ Jaya nickte noch einmal bestätigend und sagte: „Er hat sich entschieden, zu bleiben, hat die ersten Tests in der Schule ganz erstaunlich gut bestanden und zeigt sehr überzeugend, dass er seine Chance nutzen will. Nur auf die Ergebnisse der medizinischen Untersuchung warten wir noch.“

„Ach“, fragte der Lehrer nach, „aber was soll dabei denn schon herauskommen? Bist du etwa beunruhigt?“ Jaya konnte diese Frage weder verneinen noch bejahen. In diesem Land gab es zu viele Menschen, die krank waren, und immer wieder steckten sie andere an.

Er sah in die Runde. Die vier Gäste aus Amerika würden heute weiterreisen und hatten darum gebeten, noch ein bisschen mehr über die Geschichte des Kinderheims zu erfahren. Sie saßen zusammen in der Eingangshalle, über ihnen sorgte ein Propeller an der Decke für kühle Luft. Von hier aus konnten sie die Kinder im Hof spielen sehen und in diesem Moment blicken alle sehr erfreut, weil Sunda aus dem Haus kam, eine Plastiktüte an der Hand mit mehreren Flaschen Cola.

Jaya begann zu erzählen: „Vor mittlerweile über zehn Jahren

gründete ich eine erste Wohngruppe für Kinder. Ich mietete ein kleines Haus hier in Vellore, nahm meine alte Mutter zu mir und innerhalb einiger Wochen lebten wir wie eine Familie zusammen mit vier, später mit sieben Kindern, alles Jungen, die ich auf der Straße aufgelesen hatte, alle vollkommen ohne Familie. Etwas später ermutigten mich meine Freunde, fast alle selbst auch Menschen, die als Kinder von der Kindernothilfe unterstützt worden waren, studieren konnten und es inzwischen zu etwas gebracht hatten, eine Stiftung zu gründen." Jaya lachte. „Wir machten den Reichsten von uns zum Schatzmeister, denn er würde nicht in Versuchung kommen, sich an der Kasse zu bedienen, und auch alle anderen fanden ihre Rolle und bringen sich seither mit ihren speziellen Begabungen, Verbindungen und Ideen ein.

Wir entschieden, dass das Heim an die zwanzig Kinder beheimaten solle. Nicht mehr, damit die familiäre Atmosphäre erhalten blieb. Eine Weile lang war es kompliziert, weil wir Streit mit den Nachbarn hatten. Sie sagten immer wieder: Kinder machen Krach. Über die Jahre bekamen wir andauernd Schwierigkeiten mit den Besitzern der Häuser, die wir mieteten, weil sie Verbote aufstellten, die an dem Leben und den Bedürfnissen von Kindern total vorbeigingen. Ihr könnt euch vorstellen, wie oft ich als Leiter eines Kinderhilfswerkes in den letzten Jahren den Satz gehört habe, dass Kinder die Zukunft sind, und ich finde, dass dieser Satz auf jeden Fall stimmt. Aber Kinder sind auch die Gegenwart, sie leben jetzt, sie brauchen uns jetzt – und dabei benehmen sie sich nicht immer wie Erwachsene, ja, so ist das."

Sunda kam jetzt mit ein paar Bechern und einer großen Flasche kalter Cola, goss jedem von ihnen ein und verschwand wieder. Jaya freute sich, zu sehen, wie sehr seine Gäste das kühle süße Getränk genießen konnten. Er erzählte weiter: „Meine Freunde und ich haben eines Tages entschieden, selbst ein Haus zu bauen. Mit genug Platz und einem Garten, mit Abstand zu den Nachbarn, damit die Kinder auch mal laut singen können, trommeln, Instrumente lernen, tanzen und draußen Rugby und Tennis spielen. Es war gar nicht so einfach, einen passenden Ort zu finden." Die Erinnerungen nahmen ihn mit und vertieft in die Bilder einer anderen Zeit sagte er: „Eines Tages ging ich durch Vellore, ich ging in diesen Tagen oft zu Fuß, immer auf der Suche nach einem geeigneten Grundstück, und zwar ging ich betend durch die Straßen, als ich an diesem Platz hier vorbeikam. Er war voller Dornenbüsche und Gestrüpp und wirkte auf den ersten Blick überhaupt nicht attraktiv. Aber in meiner Fantasie entstand sofort ein Traum von einem Zuhause. Da habe ich die anderen benachrichtigt und wir haben ziemlich schnell entschieden, dass wir dieses Stückchen Land gerne kaufen würden. Wir mochten dieses Gelände. Was uns auch ermutigte, war die Tatsache, dass die Don-Bosco-Schule ganz in der Nähe ist. Das ist eine sehr gute Wahl gewesen, eine erstklassige Schule. Nun, wir konnten uns dieses Gelände leisten und kauften es.

Ein Freund, der uns sehr wohlgesonnen ist und mit einigen von uns studiert hat, ist Architekt, sehr dynamisch und sehr engagiert. Er machte ein paar Pläne und er wollte kein Geld dafür nehmen, sondern seinen Teil zu unserer Arbeit mit den Kindern beitragen. Und dann lernten wir Herrn Shumugam kennen, einen alten Mann, der hier in Vellore eine kleine Baufirma besitzt. Er ist Atheist, aber er liebt die Arbeit, die wir für arme Kinder tun. Er sagt immer: ‚Das Allerbeste, was du den Kindern Indiens schenken kannst, ist eine gute Ausbildung!'" Jaya schmunzelte. Der alte zahnlose Shumugam, er hatte einen ganz besonderen Platz in seinem Herzen.

„Er sah sich unsere Pläne an und sagte zu, das Haus zu bauen. Wir sagten, dass wir das Geld noch nicht zusammenhätten, aber er versprach, uns zu unterstützen und das Ganze vorzufinanzieren. Wir zahlten ihn immer, sobald wir wieder Geld gesammelt hatten, und er lieferte eine wirklich sehr gute Qualität. Er ist übrigens auch Politiker, der Leiter einer kleinen sozialen Partei, und hat inzwischen schon einige Male ‚Asyl' bei uns beantragt und sich in den politisch engen, schwierigen Zeiten bei uns versteckt. In dem Haus, das er selbst gebaut hat. Die Kinder lieben ihn sehr. Er bringt ihnen

Eiscreme mit und ermutigt sie dazu, Nachrichten zu sehen und anschließend Fragen zu stellen.

Herr Shumugam war eine sehr große Hilfe, er hat den ganzen Bau gemanagt. Über ihn lernten wir dann auch noch einen Landschaftsarchitekten und seine Frau kennen, die uns anboten, einen neuen Garten für uns anzulegen. Sie brachten Bäume, Setzlinge, Blumen, und auch diese beiden haben ohne Bezahlung für uns gearbeitet, einfach, weil sie so glücklich waren, uns unterstützen zu können."

Einer der vier Männer, diesmal war es der Pfarrer, der sich zu Wort meldete, sagte: „Man sieht dem Haus an, dass es eine sehr gute Bausubstanz hat, und es ist in gewisser Weise ausgesprochen originell gebaut. Ich möchte nicht falsch verstanden werden, denn ich wohne zu Hause ja selber in einem großen hübschen Bungalow, aber ist es nicht auch eine Art Verschwendung, für Straßenkinder so ein schönes Haus zu bauen?"

Jaya hörte diese Frage nicht zum ersten Mal und wieder spürte er die Beleidigung, die Wut. Warum sollte Schönheit für ein reiches Kind selbstverständlich und für ein armes Verschwendung sein? Gott hatte eine Welt geschaffen, die allen gefallen durfte. Aber wohl weil er auf diese Art von Kommentar irgendwie vorbereitet war, konnte er gelassen reagieren und erklärte in aller Ruhe: „Unsere Kinder kommen aus Slums. Sie sind mitten im Dreck aufgewachsen, zwischen Pfützen, Urin und Abfällen. Sie sind jung, aber sie haben Tote gesehen, sie wissen, was Aids ist, sie haben neben Ratten gelebt. Als Christ sage ich ihnen, dass ich glaube, dass wir eines Tages im Himmel sein werden und dass dort alles wunderschön sein wird, golden, kristallklar und sauber. Ich könnte sie mit dieser Aussicht einfach vertrösten, aber ich persönlich glaube nicht, dass es so sein soll. Stattdessen bin ich tief davon überzeugt, dass diese Kinder, schon bevor sie in den Himmel kommen, eine Ahnung davon bekommen sollen, was ein schönes Zuhause ist. Es gibt ein Lied aus der Arbeiterbewegung, das mir eine Widerstandskämpferin aus Südafrika einmal geschickt hat, es hängt oben in meinem Büro an der Wand, es heißt: ‚Yes, it is bread we fight for, but we fight for roses, too'. Ja, wir kämpfen für Brot, aber wir kämpfen auch für Rosen. Dahinter steckt die Frage, was ein Mensch zum Leben braucht. Reicht es, wenn er Brot hat? Oder braucht er auch Blumen?"

„Außerdem", er forderte sie mit einer Handbewegung auf, sich einmal aufmerksam umzuschauen, „könnt ihr alle sehr gut beobachten, wie die Schönheit dieses Hauses die Kinder dazu anspornt, sich Mühe zu geben, Ordnung zu halten, ihr Zuhause zu pflegen. Wir müssen ihnen nie sagen, dass sie ihre Zimmer aufräumen sollen, nie! Ihr müsst mir nicht erzählen, wie das bei euren Kindern zu Hause ist, keine Sorge. Wir müssen ihnen nie sagen, dass sie den Rasen schneiden sollen, nie. Sie haben Lust dazu, dieses Zuhause schön zu erhalten und mitzugestalten. Sie malen Bilder und hängen sie an die Wände. Und malen eine Woche später neue, schönere. Wie gesagt: Der Platz hier war voller Dornen, man wollte nur schnell daran vorbeigehen. Aber jetzt bleiben die Leute stehen, weil alles so schön und so grün aussieht. Man muss einfach ein zweites Mal hinsehen."

Der Pfarrer sah sich um und nickte.

Jaya erzählte: „Einer der Jungen sagte neulich zu mir, als wir gemeinsam die Rhododendrenbüsche beschnitten: ‚Gott hat diese Welt sehr schön gemacht und bevor man geht, sollte jeder Mensch sie noch ein bisschen schöner gemacht haben.' Ich weiß nicht, ob das in deinen Augen eine Aussage ist, die theologisch richtig ist, aber mich hat sie sehr überzeugt.

Das gilt auch fürs Helfen. Wenn ich einen Jungen rufe, ob er mir mal kurz helfen kann, kommen zehn von ihnen angelaufen. Das ist regelrecht zur Tradition geworden. Es ist für uns alle hier einfach etwas Wunderschönes, freiwillig zu helfen. Ich könnte auch sagen: Diese Kinder wollen etwas zurückgeben, etwas beitragen. Deshalb sucht jedes von ihnen nach Gelegenheiten, etwas Gutes zu tun. Vorher haben sie Schönheit in ihrem Leben vermisst, jetzt wissen sie sie zu schätzen und merken, dass sie selbst etwas tun können, um die Schönheit am Leben zu halten oder sogar zu vergrößern." Ganz passend kam in diesem Moment Mohankumar, der kleinste Junge des Heims, mit einer vollen Gießkanne an ihnen vorbei.

Der Pfarrer holte seine Brieftasche heraus und zeigte Jaya einige Bilder, auf denen seine Frau und seine drei Kinder zu sehen waren, zwei Töchter und ein Sohn. Sie sahen alle sehr nett aus, sportlich, hübsch anzusehen. Bei einem Foto, das den Ältesten zeigte, mit Rastalocken und einem abgewetzten Sweatshirt, musste Jaya schmunzeln.

„Ja", sein Vater lächelte nachsichtig. „Dieser Lotter-Look ist jetzt gerade in, aber auch diese Mode wird irgendwann wieder gehen. Halb so schlimm." Tja, dachte Jaya, so kann man das auch sehen. Oder man dachte: Was für eine verrückte Welt ist das eigentlich, in der kaputte Kleidung bei den Reichen in ist? Wo der Armseligkeitsstil teuer mitbezahlt wird? Wo leben wir, wenn die Teenager im Westen Klamotten tragen, die in Billiglohnländern produziert werden, unter meist extrem harten Arbeitsbedingungen, vielleicht sogar von Kindern? Klar würde diese Mode vorbeigehen, das war nicht Jayas Sorge. Und dann würden neue Sachen gekauft. Aber in dieser Saison trug ein fünfzehnjähriger Amerikaner ein extra schäbiges Sweatshirt, auf dem „protest" stand. Wogegen wohl? Jaya merkte, dass er allmählich zynisch wurde. Diese Gäste ermüdeten ihn.

Jetzt meldete sich noch einmal der Lehrer zu Wort und fragte: „Kommen die Kinder alle aus einer Kaste, alle aus der niedrigsten oder so? Verzeih, ich kenne mich damit nicht so aus."

Jaya antwortete geduldig: „Wir haben ein sehr ernstes Kastenproblem in Indien. Das erst einmal ganz grundsätzlich. Indien ist ein Land, das sich schnell verändert, es ist westlichen Einflüssen ausgesetzt und die Ideen und Produkte aus anderen Ländern bringen große Neuerungen mit sich. Aber das Kastensystem aufzuweichen, scheint nicht möglich, es ist so alt, eine strenge gesellschaftliche Ordnung, eine zutiefst rassistische Hierarchie. Die Details sind eigentlich nicht so wichtig, das Prinzip an sich macht es so menschenverachtend.

Eine Kaste jedenfalls ist jeweils für sich streng abgeschlossen, das bedeutet, dass die Mitglieder dieser Kaste keine Beziehungen zu den Mitgliedern anderer Kasten haben dürfen, sondern nur untereinander Kontakt pflegen. Ganz darunter stehen die Unberührbaren, die als unrein gelten, als kastenlos, und die deshalb die niedrigsten Arbeiten verrichten müssen. Es ist ein menschenverachtendes System und wir lehnen es hier total ab.

Hier, in diesem Heim, haben wir Kinder aus verschiedenen, aber nur aus untersten Kasten. Aber wir sagen ihnen, dass alle Menschen gleich sind. Wir reden hier nie über Kasten. Wir leben als Familie, als die göttliche Familie Mensch. Auch die Geschwister aus anderen Ländern sind so wie wir, Europäer oder ihr, Amerikaner. In Gottes Augen sind wir alle wertvoll. Allen Gefühlen von Hochmut oder Minderwertigkeit wird damit der Boden entzogen.

Ich betone das immer wieder: Kein Kind redet hier über seine Kaste. Keiner ist überlegen oder besser, weil seine Haut zum Beispiel heller ist. Wann immer sich eine Gelegenheit ergibt, werde ich das betonen. Ich weiß, dass es in anderen Kinderheimen Kastenprobleme gibt und sich die Kinder in Cliquen je nach ihren Kasten zusammentun. Aber wir praktizieren hier Gleichheit. Wo es keine Gleichberechtigung gibt, gibt es keinen Shalom. Rassisten und Kastisten sind Hindernisse für Frieden. Aber das hier ist ein Zuhause. Eine Familie."

Jaya war nicht laut geworden, aber die vier spürten seine Leidenschaft und den Ernst seiner Überzeugungen. Die Gäste nickten, nachdenklich. Das Klingeln des Telefons unterbrach die Stille. Sunda rief: „Jaya, es ist noch einmal die Ärztin." Jaya entschuldigte sich und hoffte, dass man seinen schnell wegeilenden Schritten nicht ansah, wie sehr viel lieber er mit Kala sprechen wollte als mit den Amerikanern. Er dachte kurz, dass er sie getrost für einen Moment sich selbst überlassen konnte, und widmete sich dann mit ganzer Aufmerksamkeit dem Gespräch mit Doktor Ranjini.

Die vier Männer waren auf ihre Zimmer gegangen und hatten ihre Taschen und Rucksäcke geholt und nach unten in den Flur gebracht. In einigen Minuten würde ihr Auto kommen und ein Fahrer würde sie zum Flughafen nach Chennai bringen.

Die Jungen hatten das Spielen unterbrochen und waren zum Abschied zu ihnen gekommen. Jeder von ihnen gab jedem der Gäste zum Abschied die Hand. Dann, bevor einer der Erwachsenen überhaupt irgendetwas gehört hatte, rannten sie zum Tor und öffneten es für das Auto.

In diesem Moment trat Jaya vor das Haus. Man verabschiedete, bedankte sich, versprach, in Kontakt zu bleiben, und wünschte sich gegenseitig Gutes. Der Fahrer hatte mithilfe eifriger flinker Kinderhände schnell das Gepäck verstaut, die vier stiegen ins Auto und alle winkten zum Abschied. Die Kinder schlossen das große hellblaue Tor hinter ihnen und waren sofort wieder in ihr Spiel vertieft. Jaya blieb eine Weile bei ihnen. Ihre Gegenwart tröstete ihn, obwohl er nicht genau hätte sagen können, warum er gerade jetzt eigentlich Trost brauchte. Seine Gedanken gingen zu Doktor Ranjini. Wo war sie eigentlich so plötzlich hergekommen? Und wie konnte es sein, dass er sich wünschte, sie würde nie wieder gehen?

Kapitel 12

Anne hörte Matts Schritte auf der Treppe, bevor sie sein Klopfen an der Tür hörte, und rief ihm zu, er möge hereinkommen. Sie saß am Fenster in ihrem großen alten Sessel und Matt wusste, dass er dieses Möbelstück und die Art, wie sie hier saß, für immer mit ihr in Verbindung bringen würde. Diese Mischung aus Stolz und Gemütlichkeit. Thronte sie oder suchte sie Halt, ragte sie aus den Kissen hervor oder versank sie in ihnen? Er wusste es nicht zu sagen. Seine Mutter war stark und sanft gleichzeitig, so war sie immer schon gewesen.

„Setz dich zu mir", bat sie ihn und er nahm einen der Lederhocker, stellte ihn ihr gegenüber und sah sie aufmerksam an. Auf ihren Knien lagen ein bunter Schal und ein Tagebuch. Sie legte das Buch zur Seite und strich mehrmals über den auffälligen Stoff. Er hatte ihn noch nie vorher bei ihr gesehen. Anne fing nicht unmittelbar an, zu erzählen, warum sie ihn gebeten hatte, sie zu besuchen und sich einen Abend lang Zeit für sie zu nehmen.

Er wusste, dass es mit seiner Reise nach Indien zu tun hatte. In wenigen Tagen schon würden er und Tom fliegen, aber sie fragte zunächst einmal: „Wo ist Amy, muss sie heute Abend arbeiten?" Matt antwortete: „Sie spielen diesen Monat Dornröschen." Er gab sich keine Mühe, in seine Worte mehr Anerkennung zu legen, als er empfand, denn er wusste, dass er seiner Mutter nichts vormachen konnte, sie auch gar nicht täuschen wollte. Anne wiederholte: „Dornröschen." Sie setzte hinzu: „Sie ist in eine Märchenwelt abgetaucht."

Matt erwiderte müde: „Aber ich scheine nicht der Prinz zu sein, der sie mit seinem Kuss rettet. Manchmal denke ich, dass sie am liebsten weiterschlafen möchte, eine Prinzessin, die ein Jahrhundert hinter Rosen und Dornen verpasst." Und dann sagte er leiser: „Sie macht mich auch schon ganz müde."

Anne nickte. Sie würde ihn so gern ermutigen, seinen Weg zu gehen, sich nicht müde machen zu lassen. Vielleicht würde die Reise seine Leidenschaft neu wecken? Sie hoffte es.

Sanft strich sie über das bunte Tuch auf ihren Knien. „Dieser Schal ist aus Indien. Er gehört zu einem Baumwollkleid, das ich fast jeden Tag getragen habe, als ich dort war. In einem Sari konnte ich mich einfach nicht bewegen und in meinen amerikanischen Kleidern kam ich mir nur auffällig, westlich und fehl am Platz vor. Da hat mir Priya ein Kleid besorgt. Ein einfaches Baumwollkleid, in Grüntönen wie dieser Schal. Wie eine Tunika. Es reicht bis an die Waden und man trägt es über einer passenden Baumwollhose. Den Schal hängt man sich dazu über die Schulter, aber das war mir eigentlich immer zu warm und ich habe darauf verzichtet. Ich weiß", sagte sie jetzt schneller, „ich habe dir nie erzählt, dass ich in Indien war. Ich kann dir gar nicht genau erklären, warum ich es immer für mich behalten habe. Irgendwie ergab sich nie die Gelegenheit, angemessen davon zu erzählen. Die Erinnerungen daran sind so besonders und bedeuten mir so viel, dass ich immer Angst hatte vor dem Moment, wo alle mich ansehen würden und fragen: Echt, Anne, du warst schon mal in Indien? Und mich dann auffordern würden, zu erzählen. Aber was ich zu erzählen habe, eignet sich nicht für einen Grillabend mit Freunden oder einen Sektempfang."

Sie blickte auf ihre Hände, die sie wie zum Beten gefaltet auf das bunte Tuch gelegt hatte, und sah Matt dann direkt in die Augen. Ich war ein Hipster, du weißt ja. Von der Hippie-Bewegung, die danach kam, habe ich mich dann abgegrenzt, aber damals, Ende der Fünfziger, war ich eine verrückte, sehnsüchtige Frau, die eigentlich vor allem ein Ziel verfolgte: nicht erwachsen zu werden. Ich schrieb schrille Essays, na ja, das weißt du ja auch, probierte ein paar steile

Thesen aus und tat alles, um mich nicht festlegen zu müssen. Die asiatische Welt interessierte mich, sie versprach so viel Neues. Und in diese Zeit fällt meine Reise nach Indien. Wenn wir die Muße dazu haben, werde ich dir später in aller Ausführlichkeit davon erzählen, es ist ein unglaublich beeindruckendes Land und ich bin froh, dass du es nun bald selber sehen wirst. Das Wichtigste aber an Indien ist für mich ein Mensch, eine einzelne Frau, Priya."

„Die, die dir das Kleid gekauft hat", sagte Matt.

„Ja, sie hat es besorgt. Sie selbst hatte wohl nicht viel Geld, wobei, damals als wir uns trafen, ging es ihr allmählich besser. Sie ist Inderin, eine Mutter von vier Kindern, ungefähr so alt wie ich. Eine sehr schöne Frau. Sehr willensstark und von Herzen gütig, eine seltene Mischung, hm?"

Matt unterbrach sie ein weiteres Mal: „Du warst also Ende zwanzig?" Anne sagte langsam: „Ich war einunddreißig am Jahresende 1958." Sie sah die kurze Irritation auf Matts Gesicht und nickte: „Ja, du ahnst es und du hast recht. In gewisser Weise warst du doch schon einmal selbst in Indien. Ich war schwanger mit dir."

Matt sah jetzt wirklich erstaunt aus. „Du warst schwanger und bist trotzdem nach Indien gereist?"

„Ja", meinte Anne nur kurz bestätigend. Sie holte tief Luft und wusste, dass man über diese Informationen, die sie ihm gerade zumutete, noch weiter hätte sprechen können, aber sie wollte vor allem eins mit ihm teilen: die Begegnung mit Priya.

„Wir trafen uns und lernten uns kennen. Ihre Kinder, eins davon war sehr klein und wurde noch gestillt, waren die meiste Zeit bei uns. Sie sah aus wie eine schwarze Maria mit Jesuskind." Anne hatte diesen Eindruck offensichtlich sehr lebendig vor Augen, ihr Blick ging in die Vergangenheit. Leise sagte sie: „Wir verständigten uns mit dem bisschen Englisch, das sie verstand – ihren tamilischen Worten zu folgen, musste ich gar nicht erst versuchen –, mit Händen und Füßen und Zeichnungen, die wir mit Bleistiften auf einem großen Block Papier malten, und mithilfe von Jaya."

Matt sah sie fragend an. „Jaya ist Priyas Sohn, ihr ältestes Kind, er war damals gerade sechs geworden und ging gerade seit Kurzem in die Schule, worauf er unglaublich stolz war." Matt fragte nach: „Und der Kleine konnte Englisch, obwohl seine Mutter doch Tamil mit ihm sprach?"

Anne lachte bei der Erinnerung an diesen kleinen eifrigen Schüler, der für jeden Lehrer eine Freude und eine Qual gleichzeitig gewesen sein musste. „Dieses Kind freute sich so, dass es endlich lernen durfte, dass es alles Wissen aufsaugte, mit allen Sinnen, wirklich wie ein trockener Schwamm. Es schien gar nicht mehr aufzuhören, zu fragen, zu entdecken, zu rätseln und zu ergründen. Wenn wir heute sagen, dass Bildung der Ausweg aus der Armut ist – Jaya benahm sich schon als Sechsjähriger so, als wüsste er hundertprozentig, dass diese These stimmte. Jedenfalls machte es ihm großen Spaß, für uns zu übersetzen, und so konnten wir uns unterhalten. Dabei sind wir natürlich oft an unsere Grenzen gekommen. Ich erinnere mich noch, wie ich Jaya versucht habe zu erklären, was Kalter Krieg bedeutet. Er kannte zwar die Wörter, die beiden Vokabeln ‚kalt' und ‚Krieg', verstand aber ihren Sinn nicht."

Matt nickte und schmunzelte tiefsinnig: „Dieser Jaya muss ein sehr kluges Kind gewesen sein." Es wäre spannend, ihn kennenzulernen. Kalter Krieg, dachte er selbst kurz, diese Welt war so wahnsinnig. Er konnte nur ahnen, was für eine Zeit das gewesen war. Das Gefühl der Bedrohung aber kannte er jedenfalls, spätestens seit jenem 11. September war es in Amerika wieder überall spürbar. Ja, die Feinde seines Landes waren nicht weniger geworden.

Er seufzte und hatte kurz den Eindruck, als hätte er soeben irgendetwas Wichtiges übersehen, einen Gedanken, der es wert wäre, genauer betrachtet zu werden, aber er konnte ihn nicht mehr aufspüren. Also fragte er, um seine Mutter zum Weiterreden zu bringen: „Aber worüber habt ihr beide denn gesprochen?" Matt hatte immer noch keine Ahnung, was seine Mutter ihm eigentlich sagen wollte. Oder um welchen Gefallen sie ihn wohl bitten wollen könnte. Anne bat ihn, geduldig zu sein und zu versuchen, zu verstehen, und er versprach es ihr schnell, versprach es gerne.

„Uns verband irgendwie eine besondere Nähe. Obwohl wir so unterschiedlich waren. Ich hatte diese große Sehnsucht nach Unabhängigkeit, wollte reisen, mich nicht festlegen. Sie war das genaue Gegenteil. Ich war gebildet, hatte Literatur studiert, sprach Spanisch und Französisch. Sie hatte ein einziges Buch, eine alte Bibel, und hatte mit ihrer Hilfe irgendwie lesen gelernt. Ich hatte einige Beziehungen zu Männern gehabt, mich aber nicht wirklich für einen entscheiden können, sie war Witwe. Ich hatte Eltern, die mir mit ihrem vielen Geld und ihrer Besorgtheit auf die Nerven gingen, sie war allein, schon sehr früh Waise gewesen, es gab nur eine Tante, die sich aber auch nicht um sie kümmerte. Matt, wir waren unterschiedlich wie zwei Menschen nicht unterschiedlicher sein können." Sie holte tief Luft. „Aber der größte Gegensatz zwischen uns war, dass sie glücklich war." Anne schwieg für einen Moment. Dann sprach sie weiter, sann den Gefühlen und Gedanken von damals nach: „Ja, sie war glücklich. Weißt du, Matt, trotz allem, was sie erlebt hatte, strahlte sie einen Frieden aus, den ich überhaupt nicht kannte, nach dem ich mich aber so unendlich sehnte. Sie war nicht unruhig, sie schien zu wissen, wofür sie morgens aufstand und wie das Leben einen Sinn bekam. Ich hatte davon wirklich keine Ahnung, obwohl ich ja sonst fast alles im Leben hatte."

Matt fragte: „Hat sie dich verändert? Bist du anders nach Hause zurückgekommen? Hat sie deine Überzeugungen beeinflusst?"

Anne war nicht bereit, auf diese direkten Fragen zu antworten. Am liebsten hätte sie ihren Sohn zurückgefragt: Was meinst du denn? Du kennst mich doch? Was wird man denn über mich sagen, wenn ich tot bin? Wofür bin ich denn bekannt? Wofür stehe ich, wofür habe ich gelebt? Ja, wie habe ich dich denn erzogen? Was werde ich dir als Erbe mitgeben? Weißt du das denn nicht? Woher kommt es denn wohl, dass ich dich ermutigt habe, immer deine Stimme einzusetzen für die Stummen? Als Anwalt zu kämpfen für die Rechtlosen? Sieh dir doch deinen eigenen Sohn an, wie er dasselbe Erbe angenommen hat, fällt dir da nichts auf? Alle diese Fragen hätte sie ihm am liebsten gestellt. Um ihn geworben, ihn darauf hingewiesen. Aber sie wusste, er musste seine eigenen Entdeckungen machen. Was würde Priya sagen, wenn sie ihn sähe? Sie malte sich aus, es möge passieren, was sie sich wünschte: Priya säße Matt gegenüber und würde über ihren bunten Sari streichen, über die sanfte, starke, glänzende Seide, und dabei zustimmend nicken.

Wieder an Matt gewandt, sagte sie: „Wir teilten nicht sehr viel Zeit, ich war nur für ein paar Wochen in dem Haus, in dem sie arbeitete. An dem Tag, als wir uns voneinander verabschiedeten, ich war gerade dabei, meine Tasche zu packen, kam sie in mein Zimmer und überreichte mir ein Geschenk. Es war in Zeitungspapier eingewickelt und sie bedeutete mir, es nicht direkt anzusehen, sondern es in meine Tasche zu tun und mitzunehmen."

Anne stand auf, zuerst etwas wacklig auf den Beinen ging sie in ihr Schlafzimmer und kam einen Moment später mit einem Bild in der Hand wieder. „Hier!"

Sie reichte es Matt. Anne hatte die Postkarte mit der Ikone in einen kostbaren Rahmen getan, sodass die dunkle Maria mit dem Kind umringt war von zarten goldenen Rosen.

„Du hast es früher schon gesehen. Als Kind hast du es oft angeschaut und ich konnte merken, dass du es magst. Ich habe dann immer gedacht, dass ich dir erzählen muss, wo es herkommt und wer es mir geschenkt hat."

„Priya?" Matt fragte, obwohl es ja keine andere Möglichkeit gab.

„Ja, Priya. Es war ihr Abschiedsgeschenk an mich. An uns."

In diesem Moment kam der Gedanke wieder, der Matt vor ein paar Minuten abhandengekommen war, und diesmal sprach er ihn aus: „Es wäre interessant, diesen Jaya einmal näher kennenzulernen." Anne sah ihren Sohn an. Ihr kamen die Tränen und sie versuchte gar nicht erst, es vor Matt zu verbergen. „Ja", sagte sie mit dumpfer Stimme, „ja. Bitte, such Priya für mich. Und Jaya – Jaya such für dich."

Matt spürte den Ernst ihrer Bitte. Er verstand wohl nicht alles, aber er merkte, wie er diese Bitte annehmen konnte, wie sie ihm heilig wurde. Dass er ihr nachgehen wollte. Er würde diesen Sohn gerne kennenlernen. Er konnte nicht beschreiben, was sich in ihm abspielte. Es war, als käme eine Ahnung in ihm auf, wie eine Blume, die sich öffnete, weil das Licht sie lockte.

Er wagte eine Frage: „Gibt es so eine Art offene Rechnung zwischen euch? Oder ein Versprechen, das du gegeben hast und nicht eingelöst? Oder hast du es eingelöst und es ist trotzdem noch etwas offen?" Bei seiner letzten Frage waren ihre Augen größer geworden.

„Ja", sagt sie, „so ähnlich. Ich habe mein Versprechen, so gut es ging, eingelöst. Aber es ist an dir, die offene Geschichte weiterzuschreiben. Mit *deinem* Leben."

„Und", fragte Matt, „wie kann ich sie finden? Hast du eine Adresse? Wann habt ihr euch denn zuletzt geschrieben?"

Anne zögerte kurz: „Ich habe nicht viel, das ich dir mitgeben kann", formulierte sie vorsichtig, „ihren Namen und den ihres Sohnes, Priya und Jaya, den Namen des Kinderhilfswerkes, für das er eine ganze Weile gearbeitet hat. Alles, was ich dir soeben erzählt habe. Und eben dieses Bild – die schwarze Maria mit dem Jesuskind."

„Großmutter? Pa?" Mit lauten Rufen kam Tom die Treppen heraufgelaufen. „Ach, hier seid ihr." Er blieb in der Tür stehen, beschloss spontan, die Szene ruhig zu stören, und fragte: „Was haltet ihr davon, wenn ich uns allen Pizza bestelle?"

Sie sahen ihn an, wie er fröhlich und schlaksig dastand, und beide dachten unabhängig voneinander: Die Geschichte geht schon weiter, sagten aber laut: „Ja, Tom!" Und Anne setzte betont gelassen hinzu: „Das ist eine großartige Idee. Und wir essen hier, bei mir. Und anschließend zeige ich euch ein paar Bilder aus dem Land, in das ihr beide bald reisen werdet. Wie ich euch beneide!"

Kapitel 13

Madras/Chennai 1958

Auf nackten Füßen schlich Anne durch das Haus. Sie hatte den ganzen Nachmittag verschlafen und war jetzt auf der Suche nach ein bisschen Gesellschaft oder einer Gelegenheit, sich nützlich zu machen. Ihr war schwindelig und sie musste langsam gehen. Das Gefühl von Übelkeit war nicht vergangen.

Noch immer war sie merkwürdig berührt von der Selbstverständlichkeit, mit der man sie aufgenommen und ihr geholfen hatte. Das ganze Land schien getränkt von der Haltung der Gastfreundschaft, einer selbstverständlich freundlichen und hilfsbereiten Einstellung Fremden gegenüber. Als würde sich jeder hier als Gastgeber verantwortlich fühlen, auch Unbekannten gegenüber. Damit hatte sie einen ersten großen Unterschied zu ihrer Heimat ausgemacht. Ja, Amerika war in jedem Fall sehr viel kälter als Indien. Nicht nur, dass sie bei zehn Grad und Regen in New York abgereist war und sich sehnlichst Sonne gewünscht hatte. Es ging um mehr, sie suchte eine andere, innere Wärme. Der sogenannte Kalte Krieg überzog ihre Heimat mit einer eisigen Decke aus Misstrauen wie ein Nebel aus Angst und Aggression. Selbst in die kleinen familiären Gespräche zu Hause hatte das neue Lebensgefühl Einzug gehalten und schien sich einzunisten wie ein ständiger Mitbewohner.

An der Universität hatte diese Stimmung noch nicht Einzug gehalten, aber sie war die Diskussionen müde, die Theorie. Sie wollte leben. Ein anderes Leben als das ihrer Eltern, das von Arbeit,

Familie und Kirche geregelt und geordnet wurde. Ein anderes Leben auch als das ihrer Freundinnen und Freunde, mit denen sie in den letzten Jahren in den Clubs von Manhattan gelebt hatte. Die Boheme, ihre Szene, ihr Zuhause. Sie hatte sich hier sehr wohlgefühlt. Es war ihre Nische, in der sie ihre kleinen philosophischen Essays vortragen konnte, ihre gewagten Thesen zur Debatte stellen, ihre verrückten Ideen zur Veränderung der Gesellschaft teilen. Die Gesetze der Rassentrennung galten hier nicht, sie waren alle Künstler, Schöpfer, Schwestern und Brüder. Sie waren Außenseiter, aber das war die einzige annehmbare Position für sie. Sie fühlte sich hier verstanden, irgendwie zum ersten Mal in ihrem Leben.

Und trotzdem war sie nicht glücklich gewesen, sondern ewig unruhig geblieben. Einer ihrer Professoren hatte in einem Nebensatz bemerkt, dass Gewöhnlichkeit etwas mit Gewohnheit, mit vertrauter Umgebung, mit Wohnung zu tun habe und dass Veränderung dann am ehesten passiere, wenn man sich in eine neue Lage bringe, neu in Position. Da war ihr der Gedanke gekommen, zu reisen und noch einmal in einer vollkommen anderen Gegend der Welt nach Antworten auf ihre Fragen zu suchen.

Die Erfahrung der Gastfreundschaft war eine erste Entdeckung gewesen, die sie sehr zum Nachdenken brachte. Aber sich so als Gast zu erleben, war auch beunruhigend. Sie war angespannt, weil sie sich selbst nicht als hilfsbedürftig sehen wollte. Sie mochte die Vorstellung, dass sie als unabhängige und unternehmungslustige junge Frau durch ein Land reiste, irgendwie auf der Suche und irgendwie bereit, zu helfen. Jetzt war alles so ganz anders gekommen.

Trotzig hatte sie vor einigen Wochen am Flughafen gestanden und sich von den Abschiedstränen ihrer Eltern nicht beeindrucken lassen, sondern hatte ihren Mut gespürt und sich auf die Reise in ein vollkommen fremdes Land gefreut. Sich von Joshua, ihrem Freund, zu verabschieden, war ihr nicht so schwergefallen, wie sie im ersten Moment gedacht hatte, denn er schien ihre Sehnsucht nicht zu teilen und einiges deutete darauf hin, dass er mit zunehmendem Alter seinen und ihren Eltern doch ähnlicher werden würde, als er es jetzt wollte. Verständnislos hatte er sie angesehen, irritiert von der Idee, dass sie eine größere Weite, eine andere Sorte Herausforderung suchte, um nicht das Gefühl zu bekommen, das Leben zu verpassen. Auch wenn sie ihn inzwischen so oft vermisst hatte, dass sie keine Zahlen mehr dafür kannte, und sie eingesehen hatte, dass sie damals zu hart und wohl auch falsch über ihn geurteilt hatte, war es damals leicht gewesen, sich zu entlieben, weil es nicht den kleinsten Moment des Verstehens gegeben hatte. Und so war sie gegangen.

Fast ein wenig beleidigt hatte sie im Flugzeug festgestellt, dass sie längst nicht die Einzige war, die sich mit leichtem Gepäck und einer unbestimmten Neugier auf den Weg nach Indien gemacht hatte, und sie hatte alle Angebote, gemeinsam weiterzureisen, ausgeschlagen. Das Besondere dieser Reise würde sie sich nicht dadurch beeinträchtigen lassen, dass sie es mit jemand anderem teilte. Dies waren allein ihre Zeit und ihr Plan. Sie träumte davon, ein ganzes Land für sich zu erobern. Neue Gedanken zu denken, inspiriert zu werden. Euphorisch.

Die Hitze hatte sie überwältigt. Diese staubige, heiße Luft, die sich nicht zum Atmen zu eignen schien. Schon nach einer kurzen Weile war ihr übel geworden und sie hatte sich gefühlt, als habe sie Fieber. Sie hatte den ganzen Tag großen Durst, aber es war ihr kaum gelungen, etwas mit Appetit zu essen. Die unglaubliche Enge, die vielen Menschen, die exotischen Gerüche und der Lärm in den Straßen von Madras hatten Ekel bei ihr ausgelöst und über diese Reaktion ihres Körpers – es war doch eine rein körperliche Reaktion? – war sie zutiefst erschrocken gewesen.

Wie im Traum war sie in den ersten Tagen durch die Straßen gelaufen. Plötzlich hatte ein Kind seine Hand in ihre geschoben und sie hatte heftig reagiert und die kleine Hand wie rasend abgeschüttelt, als bringe diese Nähe sie in Gefahr. Das Kind war sofort weggesprungen und schnell gelaufen, hatte sich aber an der Straßenecke noch einmal zu ihr umgedreht, als wolle es sagen: „Du bist arm dran!" Da war sie in Tränen ausgebrochen, gegangen und gegangen, bis sie vollkommen außer Atem und durstig in eine Gegend kam, in der es schattiger und ruhig war. Sie hatte sich in eine der ruhigeren Seitenstraßen geflüchtet und hier, in Tenampet, hatte man sie gefunden. Eine junge Frau, die neben ihrem Erbrochenen auf dem Gehweg lag.

Als sie aufgewacht war, hatte Priya sie mit wachen Augen angesehen und ihr dann ein Glas frisches Wasser an die Lippen gehalten, das sie in einem Zug ausgetrunken hatte. Nicht in ihren tiefsten Träumen hätte sie sich jemals vorstellen können, in Indien in dem Haus einer Missionarsfamilie zu landen. Das waren nicht die Menschen, deren Nähe sie suchte, Weite suchte sie und Freiheit. Aber sie war zu schwach gewesen, um weiterzureisen, zu hilflos. In den letzten Tagen hatte sie sich eingestehen müssen, dass zuallererst sie diejenige war, der es an Weite fehlte, und hatte immer wieder überrascht merken müssen, wie festgelegt und befangen sie war und wie großzügig ihre Gastgeber. Ihr wurde klar, dass sie echtes Glück gehabt hatte, von ihnen gefunden und aufgenommen worden zu sein, und allmählich gab sie einem neuen Gedanken Raum: Vielleicht war es kein Zufall, dass sie hier war. Wie ein Funke kam ihr zwischendurch der Gedanke, dass dieses Haus vielleicht sogar eine Botschaft für sie bereithielt. Sie wunderte sich, woher dieser Gedanke kam.

Ihre Gastgeber hatten ihr zu verstehen gegeben, dass ihre Reaktion nichts Ungewöhnliches war und schon mancher Besucher aus dem Westen nicht mit der Wucht der Eindrücke und der Hitze dieses Landes hatte umgehen können. So schob sie ihren Zusammenbruch auf den Stress, ausgelöst durch die vielen fremden Eindrücke, und stellte sich darauf ein, zu bleiben, bis es ihr wieder wirklich besser ging, und erst dann weiterzureisen. Das allerdings dauerte jetzt schon über zwei Wochen und sie wurde langsam ungeduldig.

Das Leben in diesem Haus bot so viele Anregungen. Ganz unterschiedliche Menschen gingen hier ein und aus. Lehrer von der Universität, Kirchenleute, Ärztinnen und Ärzte, immer wieder auch Gäste aus Deutschland, aus Norwegen, aus Amerika, jeden Tag auch Arme, Bittsteller, Bettlerinnen, Kinder. Lüder Lürs und seine Frau schienen nie die Geduld zu verlieren, sie hörten sich jedes Anliegen an und versuchten, weiterzuhelfen. Anne hegte schon nach einigen Tagen große Bewunderung für sie. Sie sprachen Englisch mit deutschem Akzent und hatten beide Tamil gelernt, die Hauptsprache in diesem Teil Indiens. Sie hatte nicht gewusst, dass es neben Hindi noch eine andere so große Bevölkerungsgruppe gab, die ihre eigene Kultur und Sprache tradiert hatte. Die Arbeit der Kindernothilfe beeindruckte sie sehr. Aber am meisten fasziniert war sie von der jungen Frau, die sich um den Haushalt und die Kinder der Familie Lürs kümmerte, Priya.

Und die suchte sie, als sie jetzt den Flur mit den Schlafzimmern entlangging. Vor der angelehnten Tür am Ende des Flurs blieb sie stehen, öffnete sie vorsichtig ein bisschen mehr und sah in das kleine sonnige Zimmer. Priya kniete auf dem Boden. Anne blieb unsicher auf der Schwelle des Zimmers stehen und wagte es nicht, sich zu bewegen, um die irgendwie heilige Atmosphäre des Zimmers bloß nicht zu stören.

Priya kniete vor einem Bild, das eine dunkelhäutige Frau mit einem Säugling auf dem Arm zeigte. Eine Ikone, eine indische Darstellung von Maria und dem neugeborenen Jesus. Daneben eine Postkarte mit dem Bild von Teresa, der anderen Heiligen der Armen. Priya selbst hielt ganz wie Maria ihr Baby in den Armen, ihre kleine Tochter, und schien versunken zu sein, in ihre Gebete oder in die Innigkeit dieses Moments, der für Anne von einer besonderen, irgendwie göttlichen Mutterliebe zu sprechen schien. Immer wieder sah Anne von dem Marienbild zu Priya. Die Ähnlichkeit schien so groß und vor ihrem inneren Auge verschwammen die Eindrücke zu einer lebendigen Ikone, in ein einziges Bild, das ihrer Seele die sanfte Kraft von Verbundenheit und den feinen Schutz des Prinzips der Gnade einzuprägen schien.

Priya musste gemerkt haben, dass jemand in der Tür stand, denn sie drehte sich jetzt um und forderte Anne mit einem scheuen Lächeln auf, näher zu kommen. Anne zögerte, aber als Priya ein paar Mal nickte, fühlte sie sich plötzlich so hingezogen zu der jungen Frau, dass sie doch über die Schwelle getreten war.

So saßen sich die beiden unterschiedlichen Frauen an diesem Abend gegenüber. Anne und Priya. Eine amerikanische Sucherin und eine indische Gläubige. Ein Hipster aus Manhattan und eine Witwe aus Madras. Beide etwa gleich alt, Ende zwanzig. Parveen schlief in Priyas Armen und gab nur manchmal einen kleinen Seufzer von sich. Die beiden hatten keine gemeinsame Sprache, die ihnen hätte helfen können, sich ihre Geschichten zu erzählen. Mit ein bisschen Englisch und kleinen Gesten gelang es ihnen trotzdem, sich mitzuteilen. Ja, Priya war es, die Anne am Ende etwas offenbarte, was allen anderen verborgen geblieben war, auch Anne selbst. Mit einem kleinen behutsamen, aber glücklich klingenden Kichern hatte Priya auf Annes Bauch gezeigt, dabei mehrmals das Wort „Baby" gesagt und mit weiteren Zeichen und Gesten zu verstehen gegeben, dass sie den Grund für Annes Übelkeit wohl darin sah, dass diese ein Kind erwartete. Anne war fassungslos und hatte doch gleichzeitig im selben Moment gewusst, dass Priya nur ihre eigene Ahnung bestätigte, die sie aber bisher gut verborgen mit sich getragen hatte – ganz wie das Ungeborene unter ihrem Herzen. Sie spürte, wie ihr die Tränen kamen, und schluckte ein paar Mal. Ein Kind, dachte sie und schüttelte den Kopf, legte die rechte Hand auf ihren Bauch und blickte durch den Schleier von Tränen vor ihren Augen abwechselnd zu Priya und zu der dunkelhäutigen Maria an der Wand. Priya strahlte sie an und nickte ihr aufmunternd zu. „Baby", sagte sie noch einmal und Anne wusste, dass es stimmte.

Die Gewissheit war überwältigend. Sie würde Mutter werden. Priya beobachtete sie aufmerksam, als würde sie überlegen, was als Nächstes zu tun sei. Und dann, wie einem inneren Impuls folgend, nahm sie Parveen und legte sie Anne in die Arme. So, als wollte sie ihr in diesem Moment das Schönste geben, was sie hatte. Anne nahm das kleine Kind mit zittrigen Händen entgegen, sah in das kleine schlafende friedliche Gesicht und konnte nur den Kopf schütteln. Priya begann zu singen. Zuerst summte sie nur eine Melodie, dann sang sie ein paar Worte auf Tamil, unverständlich, aber beruhigend.

Die Maria an der Wand schien sie anzusehen. Anne dachte, dass es, wenn sie Mutter würde, mit ihrer heiß geliebten Freiheit bald vorbei sein würde, aber zu ihrem Erstaunen hatte der Gedanke, für etwas, für jemanden verantwortlich zu sein, zum ersten Mal nichts Bedrohliches mehr. Sie spürte dem nach und merkte, dass es tatsächlich stimmte und sie glücklich war bei dem Gedanken, mit jemandem so eng verbunden zu sein. Sie schüttelte den Kopf, sie würde eine neue Seite an sich entdecken und sie war überzeugt, dass sie diese Seite mögen würde.

Sie sah Priya an, die der Maria so ähnlich schien, und dachte: Auch mit ihr weiß ich mich verbunden. Warum sollten eine reiche Amerikanerin und eine arme Inderin keine Freundinnen sein können? Warum sollten Verbundenheit, Zusammenhalt und das Prinzip der Gnade nicht lebbar sein?

Anne hätte später nicht sagen können, wie lange sie so dort gesessen hatten, sie wollte nicht, dass der Moment jemals aufhörte, da war Jaya ins Zimmer gekommen. Er war auf seine Mutter zugelaufen und hatte seine kleinen Arme um ihren Hals geschlungen und hatte sich dann eng an sie gekuschelt auf ihren Schoß gesetzt und Anne von da aus mit seinen wachen lachenden Augen angesehen.

In dem Moment hatte sie gedacht, und auch dieser Gedanke war so plötzlich, aber so gewinnend über sie gekommen und hatte sich so richtig angefühlt, dass Priyas Sohn und ihr Kind, von dem sie aus irgendeinem Grund überzeugt war, dass es auch ein Junge werden würde, sich eines Tages treffen sollten. Jaya und die Frau, die eher gewusst hatte als sie selber, dass sie ein Kind bekam, die ihr unter den Augen von Maria und ihrem Sohn Jesus irgendeine besondere Art von Geborgenheit und Gütekraft geschenkt hatte, die beiden sollten irgendwann einmal ihr Kind sehen. Und bis dahin würde sie alles dafür tun, ihren Sohn auch in ihrem Sinne zu erziehen. Sodass es eines Tages zu einer würdigen Begegnung zwischen ihnen kommen könnte. Priya hatte über ihren Sari gestrichen, über die edle Seide, und hatte dabei ein paar Worte gemurmelt. Jaya hatte für sie übersetzt: Stark und dabei fein, fein und dabei stark. Und Anne hatte nicht gewusst, ob sie tatsächlich ihr Kleid meinte oder über irgendeinen Menschen sprach.

Als sie später allein in ihrem Zimmer war, einem kleinen einfach eingerichteten Gästezimmer, das sie an die karge klare Schönheit einer Klosterzelle erinnerte, dachte sie: Ich möchte nicht, dass mein Sohn ein kalter Krieger wird. Ich möchte ihn ohne diese Feindbilder aufwachsen sehen. Ich wünsche ihm, dass er sich als Teil von einer großen weltweiten Familie erlebt. Als Menschenfreund. Einer, der sich für andere hingibt. Der beseelt ist von großen Ideen. Der von Gnade weiß. Ich werde ihm das Zeitungslesen beibringen, Weltoffenheit und Verantwortung. Er soll sich für die Zusammenhänge interessieren und nicht nur für sich leben. Und ich werde um ihn werben, dass er diesen Glauben von Priya, diese Gütekraft, dieses Gottvertrauen kennenlernt. Ja, sie wollte das alles mit ihm teilen, ihn lieb haben, ihn herausfordern und ihn beschenken. Mit diesen kostbaren Gedanken war sie eingeschlafen, eine letzte Nacht mit Priya und Jaya unter einem Dach.

Kapitel 14

Als Priya ihren Sohn am Morgen hatte husten hören, war sie sofort hellwach gewesen, war aufgestanden und hatte Ganesh geweckt und zum Markt geschickt. Kurze Zeit später war er zurückgekommen und hatte einen Büschel Niemblätter und -öl mitgebracht, genau so, wie sie es haben wollte. Sie hatte die Blätter in heißem Wasser gekocht, in eine große Schüssel gegossen und ein paar Tropfen des Niemöls dazugegeben. Der Duft zog durch das ganze Haus und sie war sich der heilsamen Wirkung bewusst. Stolz erfüllte sie auf das ayurvedische Wissen ihrer Leute, das seit Jahrtausenden die Extrakte des Niembaums als Medizin nutzte, gegen Bakterien, Pilze und Viren. Sie würde Jaya auffordern, das heiße Wasser einzuatmen, und wusste, dass es ihm dann innerhalb kurzer Zeit besser gehen würde. Vorsichtig klopfte sie an die Tür zu seinem Schlafzimmer.

Kapitel 15

Nach dem Inlandflug von Los Angeles nach Chicago hatten sie auf dem Flughafengelände nach einem Restaurant gesucht und das Abendessen dann beide wie eine kleine Feier erlebt, ihr eigenes Abschiedsfest von allem, was sie gewohnt waren, von zu Hause, Amy, Anne und Amerika, gleichzeitig ein Eröffnungsabend für diese besondere Reise zu zweit, eine Feier auf Vater und Sohn. Matt hatte einen großen Teller Spaghetti gegessen und ein Glas kalifornischen Rotwein getrunken und Tom, wohl weil er insgeheim befürchtete, in den kommenden Wochen kein Essen zu bekommen, das ihm wirklich schmeckte, hatte zwei riesige Portionen Kartoffelecken mit Sauerrahm verschlungen, dazu einen großen Burger und zwei Becher Cola. Sie hatten während des Essens kaum miteinander gesprochen, hatten sich über ihre Teller hergemacht und sich dann beide zur selben Zeit den Mund an ihrer Serviette abgewischt, sich über den Rand in die Augen geschaut, die Serviette auf die leeren Teller gelegt, beide die langen Beine von sich gestreckt und sich zufrieden und satt angelacht. Matt hatte wieder einmal eine warme Welle von Stolz und Dankbarkeit gespürt, die Tom auszulösen seit seiner Geburt die Macht hatte, und fragte sich mit einem Anflug von plötzlicher neuer Nervosität, was diese gemeinsame Reise wohl für ihre Beziehung bedeuten würde. Ein Vater und sein Kind – ein Sohn, ein junger Mann.

Als sie etwas später zu ihrem Gate gegangen waren, hatte er seine Nähe neben sich auf einmal so sehr genossen und doch nicht gewusst, was er sagen sollte, und ihm stattdessen ein paar Mal mit der

Faust auf den linken Oberarm geboxt. In dieser Geste lag, was er empfand, und Tom war stehen geblieben, hatte ihn, statt zurückzuboxen, umarmt, ihm beide Arme um den Hals geschlungen, ihn kurz an sich gedrückt und sich wieder gelöst, um neben ihm weiter Richtung Gate zu gehen. So einen Moment gab es wohl nicht oft. Vielleicht nur einmal in achtzehn Jahren, dachte Matt.

Hier warteten sie jetzt auf den Anschlussflug nach Mumbai, wie die Stadt Bombay jetzt seit über zehn Jahren offiziell hieß. Tom setzte die Ohrhörer seines iPods auf, hörte Musik und blätterte nebenbei in einem kleinen Reiseführer. Er wirkte ausgesprochen gut gelaunt. Matt hatte sich im Vorbeigehen ein Exemplar der New York Times mitgenommen, konnte sich aber nur schlecht konzentrieren und legte sie immer wieder zur Seite. Selbst die Überschriften verschwammen vor seinen Augen. Er war müde und angespannt, mit seinen Gedanken abwechselnd bei Amy, bei seiner Mutter und bei einer alten indischen Frau, die er nicht kannte, die zu finden seine Mutter ihn aber beauftragt hatte. Er fragte sich wieder einmal, ob er Annes Wunsch würde erfüllen können und was passierte, wenn es ihm nicht gelänge. Seine Mutter war 1958 nach Indien gereist und die Inderin, der sie begegnet war, hatte sie auf damals Ende zwanzig geschätzt, was bedeutete, dass sie jetzt allmählich auf die achtzig zuging. Er hatte es mehrmals ausgerechnet und fragte sich, ob diese Priya wohl überhaupt noch lebte und wie er sie mit den wenigen Anhaltspunkten, die er hatte, finden sollte.

Tom schien etwas entdeckt zu haben, nahm die Kopfhörer ab und sagte: „Wir reisen in die größte Stadt der Welt, hast du das gewusst? Hier", er zeigte auf den Reiseführer, „gibt es eine Liste der bevölkerungsreichsten Städte und Metropolregionen. Mumbai steht bei den Städten, ohne Vorortgürtel und Randgebiete gerechnet, an allererster Stelle."

Matt nickte abwesend und Tom, der erwartet hatte, dass seine Entdeckung mehr Begeisterung auslösen würde, sah ihn fragend an, wartete, ob noch mehr kommen würde, zuckte dann mit den Schultern und überließ sich wieder seinem Buch und seiner Musik.

Für Tom war diese Reise eine Mischung aus Urlaub und Abenteuer, dazu ein besonderes Geschenk eines Vaters an seinen Sohn und eine Art Belohnung für seinen guten Schulabschluss, eine Zwischenzeit vor dem College, vor dem nächsten wichtigen Abschnitt seines Lebens.

Für Matt war diese Reise eine Auszeit. Wenders und Cohen, seine Kanzlei, würde einige Wochen auf ihn verzichten und er würde mit neuen Ideen zurückkommen. Außerdem, so spürte er, diese Reise bedeutete eine Art von Auftrag. Er hatte ein paar Fragen im Gepäck und wünschte sich, sie auf dem Rückflug nicht mehr dabeizuhaben. Er freute sich auf die Zeit mit Tom, wusste aber nicht genau, was von ihm erwartet wurde. Außerdem sah er, sobald er die Augen schloss, das ungefähre Bild einer alten Inderin vor sich, die Statistik der Aidsinfizierten, die Mauern hoher Staudämme und eine ganze Horde Straßenkinder.

Was er über Indien gelesen und gehört hatte, hatte ihn als Anwalt herausgefordert, und er wünschte sich sehr, dass er den Moment, in dem er gebraucht würde, nicht verpasste.

Er musste sich eingestehen, dass er müde war, nicht nur körperlich, sondern auch innerlich. Nicht wirklich lebensmüde, aber seine Seele war erschöpft. Er sehnte sich nach einem Ort, an dem er Frieden finden würde, und bei dem Gedanken, dass es diesen Ort vielleicht tatsächlich geben könnte, musste er die Tränen unterdrücken. Ja, mehr konnte er nicht sagen, in gleich mehrfacher Hinsicht war seine Reise eine Suche.

Der Flug nach Mumbai ließ sie beide in eine andere Welt abtauchen. Schon beim Betreten des Flugzeugs nahmen sie beide sehr bewusst wahr, dass die Musik, die leise über die Lautsprecher zu den Fluggästen drang, ihren Ohren fremd war und sie noch nie zuvor solche Töne und Melodien gehört hatten. Tom fragte, mit welchen Instrumenten diese Musik gespielt wurde und ob Amerikaner derartige Tonfolgen würden singen können. Sie waren sich einig, dass es wohl noch sehr viel mehr Neues zu entdecken gab, als sie gedacht hatten, und dass das Fremde sich in alle Lebensbereiche einmischen konnte.

Bei einem Blick über die schon besetzten Reihen bemerkten sie deutlicher als vorher in der Wartehalle, dass weiße Reisende auf diesem Flug nicht nur eine Minderheit bildeten, sondern die absolute Ausnahme darstellten. Allein das war eine Erfahrung, die Matt zwar schon auf anderen Reisen, Tom aber vorher noch nie in seinem Leben gemacht hatte.

Die allermeisten Fluggäste waren als Inder zu erkennen, viele der Frauen trugen Saris, die meisten der Männer zwar Hosen, darüber aber ein Hemd in dem typischen Schnitt vieler tropischer Länder, mit Kragen, aber locker fallend über der Hose zu tragen. Zu den Reisenden gehörten ganze Familien, viele Kleinkinder und eine ganze Reihe Säuglinge. Viele der Frauen und auch die Mädchen, sogar die allerjüngsten, trugen einen roten Punkt auf der Stirn. Matt meinte, gelesen zu haben, der Punkt sei ein Symbol für die Verheiratung einer Frau, und nahm sich vor, noch einmal nachzuforschen, was dieses Symbol nun wirklich bedeutete.

Nach dem üblichen Hin und Her, wobei er sich beim Verstauen ihres Gepäcks gleich mehrmals den Kopf stieß, nahmen sie ihre Plätze ein. Matt überließ Tom den Fensterplatz, setzte sich selbst auf den mittleren Platz der Sitzreihe und beneidete den Inder, der sich jetzt rechts neben ihn hinsetzte, um seine kurzen Beine. Er würde hoffentlich schlafen können oder sich von Tom und seinen Fragen ablenken lassen, damit der Flug schneller verging. Sie würden fast zweiundzwanzig Stunden brauchen, bis sie in Mumbai landeten, und dann, nach einem sechsstündigen Aufenthalt in der Nacht, bei dem sie das Flughafengelände leider nicht verlassen und deshalb nichts von der Stadt sehen würden, weiter nach Cochin im südindischen Kerala fliegen. Eine lange Reise lag noch vor ihnen. Freitag am frühen Nachmittag waren sie zu Hause aufgebrochen und würden Sonntagnachmittag ihr erstes Reiseziel erreichen.

Der Geruch indischen Essens lag schon vor dem Take-off in der Luft und die Speisekarte stellte zwar neben einem vegetarischen und einem anderen indischen Gericht auch ein westliches zur Auswahl, aber als die Stewardess sie nach ihrem Wunsch für das Abendessen fragte, wurden sie sich nach einem kurzen Austausch schnell einig, dass ihre Reise jetzt begonnen hatte und sie sich auf die indischen Gepflogenheiten und damit auch auf die indische Küche einlassen wollten. Air India ließ seine Stewardessen blaue und rote Saris tragen und Matt musste grinsen, als er aus den Augenwinkeln sah, wie sein Sohn neben ihm beim Lächeln der Stewardess rot angelaufen war. Oh ja, Inderinnen mit ihren langen schwarzen Haaren und den großen dunklen Augen waren wunderschöne Frauen.

Ihr Essen wurde in einer Aluschale serviert und schmeckte köstlich. Eine Portion Reis, ein paar Zucchinischeiben, ein Stück gegrilltes Hühnerfilet, dazu ein Becher mit Joghurt und ein Becher mit in Essig und Chili eingelegtem Blumenkohl. Letzteres war scharf und der Inder, der mit ihnen in der Reihe saß, bedeutete ihnen lächelnd, den Joghurt unter das Essen zu mischen, um den Geschmack abzumildern. Beide genossen das ungewöhnliche Essen, sie hatten gar nicht bemerkt, wie viel Appetit sie hatten. Der Nachtisch bestand aus einer süßen Milchsuppe mit Cashewkernen und Rosinen, die Matt köstlich fand, Tom aber überhaupt nicht mochte. Aber alles in allem hatten sie ihre erste indische Mahlzeit genossen, bejahten die Frage der Stewardess, ob es ihnen denn geschmeckt habe, mit energischem, fröhlichem Nicken und ließen die leeren Tabletts abräumen. Müdigkeit überkam sie und sie begannen, die Programmzeitschrift durchzublättern.

Zur Unterhaltung nach dem Abendessen stand ein indischer Film auf dem Programm: „Veer-Zaara – eine legendäre Liebe". Tom sagte mit einem Lachen: „Das klingt nach Bollywood."

Matt aber erwiderte nur sehr nüchtern: „Indien produziert weltweit die meisten Filme, bis an die neunhundert jedes Jahr."

Tom merkte, dass es seinem Vater ernst war, sagte aber trotzdem: „Bollywood, das klingt in meinen Ohren wirklich nach übertriebener Schnulze, vollgepackt mit komischer Musik und Tänzen, die mich eher zum Lachen bringen."

Matt sagte ruhig: „Weißt du, Bollywood ist kein Genre, auch wenn diese Annahme weit verbreitet ist, sondern einfach eine Herkunftsbezeichnung. Bollywood, das ist doch eigentlich sehr lustig, eine kreative Wortschöpfung aus Bombay und Hollywood. Man nimmt uns in Amerika ein bisschen auf den Arm."

Tom kannte diesen Ton seines Vaters aus anderen Diskussionen, verstand, was er sagen wollte, und meinte einlenkend: „Tut mir leid, ich wollte nicht arrogant klingen. Aber sollen wir uns wirklich die Legende einer Liebe ansehen? In Hindi, mit englischen Untertiteln?" Matt zögerte kurz und schlug dann vor, es wenigstens zu versuchen, auch wenn er sich nicht sicher sei, ob sie genug Verständnis mitbrächten. Tom willigte ein.

Also ließen sie sich von den Bildern, der Musik und einer Handlung mitnehmen, die sie an Orte und in Konflikte entführte, die sie beide so nicht kannten. Tom versuchte, sich in die Rolle der männlichen Hauptfigur hineinzudenken, Veer, ein Inder, der bei der Luftwaffe arbeitet und bei einem Rettungseinsatz die schöne Zaara kennenlernt. Er fragte sich im Laufe der zwei Stunden mehrmals, wie er dieses große Land mit seinen jahrhundertealten Traditionen und heiligen Orten wohl jemals verstehen sollte, wenn schon ein einziger Film lauter neue Fragen aufwarf. Warum zum Beispiel reist jemand wie die Pakistani Zaara nach Indien, um die Asche ihrer Ziehmutter dem Wasser zu übergeben? Sicher würde er so etwas auch tun, wenn man ihm von Kindheit an erklärt hätte, wie bedeutend diese Tat war. Was hatte man ihm beigebracht? Was würde er tun, wenn Amy sterben würde? Hätte er ein Ritual, das ihn tröstete? Und was würde Matt wohl tun, wenn Anne sterben würde? Er würde Geld erben und die Verantwortung für eine Menge sozialer Projekte. Er würde sich sicher irgendwie verpflichtet fühlen, Annes Lebensgeschichte und ihren Glauben, ihre Ideale, weiterzuleben. Und er selbst? Er war noch jung. Aber er merkte, dass er seine Lebensberufung suchte.

Fasziniert begleitete er jetzt Veer und Zaara in Veers Dorf, zu Veers Zieheltern. Wo waren die wahren Eltern? Waren sie denn alle tot? Er feierte das Lodifest mit ihnen und merkte, wie das ganze Dorf allmählich die schöne kluge Zaara ins Herz schloss. Dass sie dann den Grundstein zu einer Mädchenschule legen durfte und damit eine ihrer Ideen Wirklichkeit werden sah, erschien ihm irgendwie übertrieben, aber er sah seinen Vater neben sich anerkennend nicken und beschloss, dass er selbst auch ruhig einmal ein bisschen Romantik und Idealismus zulassen dürfe.

In der nächsten halben Stunde lag Tom kopfschüttelnd in seinem Sitz, weil der Film sich so entwickelte, wie er beim Lesen des Titels schon vermutet hatte: Es kommt zum Konflikt, als Veer und Zaara beim Abschied am Bahnhof Zaaras Verlobten treffen. Raza ist der von den Eltern ausgewählte Mann für Zaara. Obwohl es für alle Zuschauenden offensichtlich ist, dass Veer und Zaara sich lieben, und die beiden sich diese Liebe auch eingestehen, bereitet sich Zaara darauf vor, Raza zu heiraten. Einfach, weil die Tradition es so will.

Tom gab an dieser Stelle ein entrüstetes Schnauben von sich und murmelte: „Das ist doch total unfair. Soll sie doch heiraten, wen sie liebt. Was hat die Familie denn davon, wenn sie die Tochter unglücklich macht?"

Matt nickte zustimmend: „Dein Sinn für Gerechtigkeit und Freiheit trifft auf den Sinn einer anderen Kultur."

Spätestens jetzt wollte Tom wissen, ob der Regisseur des Films nur seine eigene Kultur erklären oder sogar verteidigen wollte oder ob der Film sich noch eine andere Botschaft erlauben würde? Er merkte, dass er mitfieberte und dass er erleichtert war, als es Zaaras Freundin Shaboo kurz vor der Verlobungsfeier gelingt, Veer zu erreichen und ihn zu bitten, nach Pakistan zu kommen, um Zaara mit nach Indien zu nehmen. Tom identifizierte sich mittlerweile ganz mit Veer, feuerte ihn mehrmals leise an: „Tu es. Zögere nicht. Verpass nicht die Frau deines Lebens." Ganz beruhigt sah er, dass Veer tatsächlich nach Pakistan reiste. Aber damit war das Drama noch nicht zu Ende.

An diesem Punkt wurde Tom erst klar, dass nicht nur zwei Nationen, sondern zwei Weltreligionen mitspielten. Als Veer die Moschee betritt und Zaara umarmt, bekommt ihr Vater einen Herzinfarkt, so geschockt ist er von dem Anblick seiner Tochter in den Armen eines Fremden. Nach vielen Tränen und Bitten von Zaaras Mutter willigen die beiden Verliebten am Ende tatsächlich in die arrangierte Ehe ein und verabschieden sich voneinander. Als Tom sah, wie Veer tatsächlich zustimmte, schlug er ein paar Mal wütend mit der Faust auf sein Bein. Das kann doch wohl nicht wahr sein!

Aber da kam eine erneute, noch schlimmere Wende: Veer wird am Bahnhof verhaftet und beschuldigt, ein Spion zu sein. Diese Aktion ist eine Intrige von Raza, der in seiner Eitelkeit gekränkt ist und den Gedanken nicht erträgt, dass Zaara einen anderen Mann liebt.

Die Stewardess brachte ihnen weitere Getränke. Sie entschieden sich beide für Cola statt für Wein, um noch eine Weile wach bleiben zu können.

„Dieser Film dauert zweieinhalb Stunden", sagte Tom ungläubig. „Was wird denn noch kommen? Wie lange brauchen die, um dem Drama ein Ende zu machen? In Hollywood würde jetzt langsam das Happy End eingeläutet."

Lakonisch meinte Matt: „Vielleicht hat Indien ja mehr zu erzählen als Hollywood und die Geschichte offenbart noch ein paar andere Konflikte?"

Tom ärgerte sich, die letzten Minuten verpasst zu haben, und verstand nicht, wie es sein konnte, dass Veer zu lebenslanger Haft verurteilt und unter falschem Namen in einem Gefängnis in Pakistan saß. Er fragte sich, wo Zaara war und ob sie Raza geheiratet hatte, und hoffte, den Anschluss zu bekommen, als eine neue Person ins Geschehen eingreift, eine Anwältin. Nach mittlerweile zweiundzwanzig Jahren wird Veers Fall wieder neu aufgerollt. Kein Wunder, dass der Film so lange dauerte, dachte Tom. Die Anwältin ist eine mutige junge Frau, der man im Kollegenkreis nicht zutraut, einen Fall zu gewinnen. Sie selber spürt aber nicht nur den Druck der anderen Anwälte, die sie schon scheitern sehen, sondern auch das Erbe ihres Vaters, der sein Leben lang für die Gleichstellung von

Männern und Frauen gekämpft hat und große Hoffnungen in seine Tochter setzt. Sie macht Veers Fall zu ihrer Sache und es gelingt ihr, Veer, der zunächst nicht reden will, zu gewinnen. Es kommt zur Wiederaufnahme der Verhandlung.

Matt dachte an Amy. Er war fasziniert gewesen, als er sie das erste Mal hatte tanzen sehen. Er hatte immer große Achtung vor ihrer Begabung, hatte sie ermutigt, Ballett zu tanzen, ans Theater zu gehen, weiterzustudieren, eigenständig Stücke zu inszenieren. Er war ehrlich stolz auf ihre Erfolge gewesen und hatte applaudiert, sie bestärkt. Sie hatten sich beide ein Kind gewünscht und hatten Tom gemeinsam erzogen, sich immer zu zweit um ihn gekümmert. Warum also war er heute so unzufrieden und wollte, dass sie sich mehr seinen Ideen und Idealen anpasste? Er dachte, dass er großes Glück hatte, mit einer Frau verheiratet zu sein, die leidenschaftlich gerne arbeitete, die Ideen hatte und für sie kämpfen konnte, die etwas zu sagen hatte. Wenn er diese Anwältin im Film sah, Saamiya, dann wurde er dankbar, in einem Land zu leben, in dem eine Frau ihren eigenen Beitrag leisten konnte. Und er wurde nachdenklich, weil er nicht dahinterkam, was ihn nun eigentlich störte.

Tom war gefesselt. Saamiya, die Anwältin mit Sinn für Gerechtigkeit und scharfem Verstand, war so überzeugend, so anmutig und so entschlossen, dass er sich fast sofort in sie verlieben wollte. „Dad“, sagte er, „das ist eine Frau!“ Und mit einem Kopfnicken, das tiefe Anerkennung ausdrückte, wies er in Richtung Leinwand. Matt blickte irritiert. Beide aber nahmen das Gespräch nicht auf, sondern verfolgten die angespannte Begegnung zwischen Saamiya und ihrem alten Lehrer, dem Staatsanwalt Zakir.

Saamiya reist nach Indien und nach vielen ausweglosen Situationen gelingt es ihr, nicht nur mit den nötigen Unterlagen, sondern auch mit Zaara nach Pakistan zurückzukommen. Veer wird aus der Haft entlassen und entschädigt. Veer und Zaara reisen gemeinsam und endlich glücklich nach Indien. Zakir tritt als Staatsanwalt zurück. Saamiya hat ihr Erbe angenommen und kann eine Blume auf das Grab ihres Vaters legen.

Matt blätterte in dem Programmheft und der Name des Regisseurs, Yash Chopra, weckte irgendeine Erinnerung in ihm. Als er die Namen der weiteren Beteiligten las, wurde ihm klar, was der Name in ihm auslöste. Er wünschte sich, er könne mit Tom darüber sprechen. Aber der sah aufmerksam zu, wie der Abspann über die Leinwand lief, und sagte: „Ein Happy End, mit vielen offenen Fragen."

Matt stimmte ihm zu: „Und mit einer Menge Hausaufgaben." Tom erwiderte: „Bevor ich die machen kann, muss ich erst mal ein paar Dinge besser verstehen: Warum liegen die beiden Länder miteinander im Konflikt, und seit wann?"

Matt sagte langsam: „Wenn zwei getrennt sind wie Veer und Zaara, ist etwas nicht im Gleichgewicht, wir leiden mit, wir wünschen uns, dass sie umeinander kämpfen, und wir hoffen, dass sie rechtzeitig die richtigen Entscheidungen treffen, damit sie zueinanderfinden. Wenn zwei Nationen wie Indien und Pakistan sich bekämpfen, wird es gefährlich. Man könnte das ganze Problem in einem Satz zusammenfassen und einfach sagen, beide Länder erheben Anspruch auf Kaschmir. Das stimmt so auch, aber hinzukommt, dass sich in diesem Konflikt nicht nur zwei Nationen, sondern auch zwei Weltreligionen gegenüberstehen. Und das macht es wirklich schwierig. Bei der Gründung Indiens wurde das unabhängige Kaschmir aufgeteilt. Indien glaubt, das gesamte Kaschmir gehöre zu Indien, also zum Hindustaat, weil der letzte amtierende Maharadscha sich 1947 für den Anschluss Kaschmirs an Indien aussprach. Der Maharadscha war aber selber Hindu und die Regierung des muslimischen Pakistan meint, dass das mehrheitlich muslimische Kaschmir zu Pakistan gehört. Die Folge war ein Krieg zwischen beiden Ländern, bei dem sich dann auch noch China einen Teil Kaschmirs nahm, sodass Kaschmir zwischen drei Staaten aufgeteilt ist. Irgendwie kam keine Ruhe in die Angelegenheit, trotz vieler Verhandlungsversuche, und es gab zwei weitere Kriege, 65 und 71, meine ich. Die Widerstandsbewegung der Bevölkerung in Kaschmir wird von Indien aus mit Gewalt unterdrückt und von

Pakistan aus mit Waffen beliefert. Und das Ganze wird noch dadurch besonders riskant, dass sowohl Indien als auch Pakistan Atommächte sind. Ich glaube, Frieden kann es nur geben, wenn es Vertrauen gibt; aber ob eine Generation, die mehrere Kriege erlebt hat, lernen kann, dieses Vertrauen aufzubringen, bezweifle ich."

Tom sagte aufgeregt: „Deshalb ist auch der alte Staatsanwalt, dieser Zakir, am Ende zurückgetreten. Ich habe nicht verstanden, was daran wichtig ist, aber jetzt ahne ich es." „Ja", Matt unterstützte seine These, „ich glaube auch, der Regisseur lässt ihn diesen Schritt tun, um zu zeigen, dass die junge Generation die Zukunft von Indien und Pakistan ist, weil sie unbelastet ist und ihr Sinn für Gerechtigkeit nicht überschattet wird von den Kriegen."

Tom lachte: „Ich nehme alles zurück, was ich über Bollywood gesagt habe. Mindestens in diesem Film geht es nicht nur um eine schnulzige Liebesgeschichte."

„Und", fragte Matt, „was sagst du zu dem dritten großen Thema, das der Film neben dem Kaschmirproblem und dem Religionskonflikt angesprochen hat?"

Matt wollte es wirklich wissen und hatte keine Ahnung, wie die Antwort seines Sohnes lauten würde. Aber der fragte zunächst einmal irritiert zurück: „Was meinst du? Welches dritte Thema? Den Konflikt zwischen Tradition und Fortschritt?"

Matt war überrascht: „Ja, das wäre dann in gewisser Weise noch ein viertes Feld und das dritte Thema gehört wohl irgendwie in seinen Rahmen. Ich meinte die Rolle der Frauen."

Tom sagte nachdenklich: „Ich finde, dass sowohl Zaara als auch Saamiya großartig dargestellt wurden. Die Mädchenschule, die Zaara am Anfang des Films gründet – ich meine, der Gedanke, dass Mädchen nicht zur Schule gehen dürften, kommt mir total absurd vor. Dann wäre die Schule ja noch langweiliger gewesen!" Beide lachten. „Dad, jetzt mal ehrlich. Ich kann mir gar nicht vorstellen, dass man das ernst meinen kann und eine Tochter schlechter bewertet oder anders behandelt als einen Sohn. Ich denke, dass Mädchen und Jungen wohl irgendwie unterschiedlich sind, aber ..."

Matt unterbrach ihn mit einer kleinen Bemerkung: „Ich bin froh, dass du das schon bemerkt hast“, und grinste seinen Sohn an. Aber Tom ließ sich nicht bremsen und fragte: „Hätten sich du und Ma nicht auch gefreut, wenn ich eine Tochter geworden wäre?“

Matt nickte: „Ja, das hätten wir.“ Tom sprach energisch weiter: „Und die Vorstellung, dass ein Mädchen seinen Eltern gehört und dann später seinem Ehemann, kommt mir auch nicht richtig vor. Ich meine: Ma gehört *zu* dir, aber sie gehört dir nicht. Man kann einen anderen Menschen nicht besitzen, dann wäre er ja ein Sklave oder eine Sklavin. Und“, er hatte sich in Rage geredet, „diese ganze Idee von arrangierten Ehen, die leuchtet mir auch nicht ein.“ Aber dann lehnte er sich zurück und wurde wieder ruhiger.

„Dad, darf ich dich etwas fragen?“ Und von dieser harmlosen Frage eingeleitet, kam es, hoch über den Wolken, zwischen den Welten, zu einem ersten jener Momente, die Matt sich so sehr für sich und seinen Sohn erhofft hatte und die er doch gleichzeitig fürchtete. Tom fragte leise: „Dad, was für eine Frau würdest du für mich aussuchen, wenn es diese Idee von einer arrangierten Ehe bei uns in Amerika gäbe? Wie müsste sie sein? Welche Bedingungen müsste sie denn erfüllen?“ Er lachte dabei ein kurzes heiseres Lachen, aber beide wussten, dass die Frage durchaus ernst gemeint war.

Matt rief sich kurz die Mädchen vor Augen, die als mögliche Kandidatinnen schon einmal bei ihnen zu Hause aufgetaucht waren, und beschloss, wie Tom es offensichtlich auch getan hatte, dass keine von ihnen infrage kam. Er dachte an Amy und wie sie gewesen war, als sie beide sich kennengelernt hatten, und antwortete, ohne noch lange weiter nachzudenken: „Ich wünsche dir eine Frau wie Amy.“ Und setzte dann doch, wie eine Erklärung, hinzu: „Wie Amy, als sie jung war.“

„Wie war Mama denn, als sie jung war?“, fragte Tom zurück. Und auch er ließ es nicht bei einem Satz, sondern fügte etwas irritiert hinzu: „Und wieso betonst du das so? Mama ist eine tolle Frau, auch jetzt, wo sie Mitte vierzig ist.“

Matt entschied, dass er zu diesem Zeitpunkt nicht mit seinem Sohn über Amy sprechen wollte. Er wusste, dass es ihm und seiner Frau nicht gelungen war, ihre Konflikte der letzten Monate und das zunehmende Gefühl von Entfremdung vor Tom zu verbergen. Aber jetzt über ihre Schwierigkeiten zu sprechen, würde bedeuten, die Krise in gewisser Weise offizieller zu machen, als sie es war, und dagegen wehrte er sich.

Ja, ihm wurde klar, dass er diese Reise auch dazu nutzen würde, um über Wege nachzudenken, wie er um Amy kämpfen und sie zurückgewinnen könnte. Er hatte sie noch nicht eine Minute lang vermisst, und das gab ihm zu denken. Wie sollte es mit ihnen beiden weitergehen? Wie würde sich das Leben in ihrem Haus gestalten, wenn Tom und Anne nicht mehr bei ihnen sein würden? Tom würde schon bald ausziehen, zum College gehen und nur noch ab und zu an den Wochenenden zu Besuch zu ihnen kommen. Und seine Mutter war alt und würde irgendwann sterben. Amy und er allein unter einem Dach, die Bilder, die diese Aussicht in ihm wachriefen, machten ihn noch müder und legten sich schwer auf sein Herz.

Er verjagte diese Gedanken und versuchte sich durchzukämpfen zu den Anfängen ihrer Liebe. Durch den Dschungel der Jahre. Und da merkte er, dass er sich tatsächlich anstrengen wollte, um zurückzufinden an den Punkt, wo seine Liebe begonnen hatte, merkte, dass er kämpfen konnte, und ahnte, dass sich dieser Kampf wohl lohnen könnte.

An seinen Sohn gewandt, sagte Matt: „Ich wünsche dir eine Frau, die einmalig für dich ist. Jemand ganz Besonderes. Die, wie Amy damals bei mir, alles auf den Kopf stellt. Eine, die deine Bilder von der Liebe gründlich durcheinanderbringt, die deine Erwartungen übertrifft, deine Vorstellungen davon, wie eine Frau ist."

Matt wusste, dass er kein bisschen so klang wie ein Lehrer, nicht distanziert, nicht von oben herab, mehr wie ein Freund als wie ein Vater, und wie ein Verliebter – er war glücklich, dass es tatsächlich so war. Die Erinnerungen hatten Macht, sie nahmen ihn jetzt mit und führten ihn mit erstaunlicher Wucht zum ersten Mal seit Langem wieder zu den Ursprüngen seiner Empfindungen und seiner Liebe für Amy. Hinter dem Dickicht aus Enttäuschungen war es so, als könne er einen freien Blick tun auf den schönen Beginn ihrer Beziehung. Und dann suchte er nach Worten, wollte Toms Frage wirklich sorgfältig beantworten und wurde dabei selbst mitgenommen in eine für seine Verhältnisse ungewöhnlich eingehende Betrachtung.

Leiser sprach er weiter: „Du wünschst dir, sie zu berühren, und du merkst, ihre Haut ist anders als deine. Weicher. Alles in dir sehnt sich auf einmal nach dieser Weichheit. Du denkst, dass du sie beschützen musst. Sie wirkt so verletzlich. Aber da entdeckst du plötzlich eine unbändige Kraft hinter der Weichheit. Du könntest weinen, so schön ist der Gedanke, dass du ebenfalls beschützt wirst, weil sie auch stark ist und du auch verletzlich bist.

Du hast sie gesehen, mit ihr gesprochen, sie gefällt dir, aber auf einmal ist etwas vollkommen anders geworden. Du merkst, dass du sie gerne beschenken möchtest, und deine Fantasie geht mir dir durch alle Läden, um sie mit kleinen Aufmerksamkeiten zu überschütten, und durch alle deine Lieblingslieder, um ihr die schönsten Zeilen zu widmen. Und da wirst du wieder überrascht, denn du merkst, du selber wirst auch beschenkt. Sie gibt sich Mühe, nur für dich. Sie denkt sich etwas aus, um dir zu gefallen oder um dich zu verblüffen.

Du freust dich, wenn sie sich freut, und sie zum Lachen zu bringen, ist mit das Größte. Du merkst, dass sie ein Mensch ist wie du, schwach, sanft und stark. Sie hat Wünsche und sie kann Wünsche erfüllen. Sie stellt dich infrage und sie ist deine Antwort.

Du beginnst zu vertrauen und du genießt diese Erfahrung. Du entdeckst ein Gegenüber. Jemand, der dir sagt, wer du bist. Und es ist so, als hättest du es vorher nicht wirklich gewusst, nicht so. Sie sagt dir Sachen über dich, die dich wirklich aus dem Konzept bringen. Du merkst, sie bewundert dich, sie glaubt dir, was du sagst, sie interessiert sich für deine Meinung, sie sucht deine Nähe, sie will dich. Du erlebst dich als begehrenswert, als schön und originell. Eine Leidenschaft wird in dir geweckt, die dich überwältigt.

Du tust Dinge, die du früher nie getan hast, und entdeckst nicht nur sie immer mehr, sondern auch neue Seiten an dir selbst. Du siehst die Welt jetzt nicht mehr nur mit deinen Augen und es fallen dir Dinge auf, die du vorher nicht wahrgenommen hast. Sie weiß jede Menge Sachen, die du nicht weißt. Sie erzählt dir Geschichten in dein Herz und bringt dich auf die verrücktesten Ideen.

Du machst ihr Komplimente und du stellst dabei fest, dass du sie ernst meinst. Du merkst, dass du Macht über sie hast, das ist eine zwiespältige Erfahrung, und du hoffst aus tiefstem Herzen, dass du diese Macht niemals gegen sie verwenden wirst. Du bekommst riesigen Respekt vor der Liebe. Sie weckt dein Interesse, immer wieder und immer mehr, du denkst, dass es sogar interessant wäre, zu erfahren, wie sie ist, wenn sie langweilig ist.

Zwischendurch ist sie dir fremd, und das macht dich wütend, und deine Sehnsucht, sie zu verstehen, macht dich fast wahnsinnig. Du willst begreifen, wer sie ist, und du merkst, du hast sie nicht verstanden, heute nicht, morgen immer noch nicht. Umgekehrt geht es dir genauso, manchmal versteht sie dich, ohne dass du überhaupt irgendetwas gesagt hast, dann wieder verpasst sie dich. Sie irritiert dich, sie lockt dich, sie reizt dich. Du verehrst sie, das Fremde an ihr und das Vertraute.

Und da merkst du, dass du liebst. Du vertraust dich dieser Erfahrung immer mehr an und du lässt dich lieben. Du lachst und weinst. Du sehnst dich nach ihr. Du merkst, dass du sie brauchst. Manchmal macht dir das Angst, dann wieder merkst du, dass es die schönste Angst der Welt ist. Du bist glücklich, wenn sie in deiner Nähe ist. Und ihr Fehlen ist ein Fehlen, das niemand sonst in dir auslöst, es ist ein Gefühl, als seiest du krank. Du merkst, dass das Essen zu zweit besser schmeckt, und du umarmst dein Kopfkissen, weil dir nicht nur das Bett leer vorkommt, sondern du selber. Du merkst, du hast eine Entdeckung gemacht. Du möchtest sie allen zeigen und weißt, sie bleibt doch dein Geheimnis. Du willst nicht mehr ohne sie sein, du möchtest alles mit ihr teilen. Du kannst dir vorstellen, ein Kind mit ihr zu haben. Du ahnst, dass das alles umgekehrt genauso gilt.

Du siehst sie an, du umarmst sie, du verlierst dich in ihr und du findest sie und du findest dich. Und dann passiert etwas Unglaubliches: Ihr findet euch. Und auf einmal gibt es ein Wir. Es ist tatsächlich so, als seiest du geschmolzen. Und sie ist es auch. Und ihr seht euch an und ihr gehört zusammen. So eine Frau wünsche ich dir."

Er griff mit seiner linken nach Toms rechter Hand und hielt sie fest. Tom löste seine Hand als Erster, aber nur, um mit seinem Zeigefinger den dünnen goldenen Ehering von Matt zu berühren und ein paar Mal darüberzustreichen. So blieben sie eine Weile nebeneinander sitzen und hörten jeder für sich den Worten nach.

Als das Flugzeug aufsetzte, waren sie beide aus dem Schlaf hochgeschreckt. Die Entdeckung, dass ihre Hände immer noch aufeinanderlagen, hatte sie beide schmunzeln lassen und jeder für sich war erleichtert und wohl auch etwas überrascht, dass dieser Moment nichts Peinliches hatte.

„Wir sind in Indien", sagte Matt. „Wir sind auf indischem Boden. Wie es deiner Großmutter wohl ging, als sie damals diesen Moment erlebte?" Tom sah aus dem Fenster. Aber er sah nur dunkle Nacht. Matt fragte sich, ob er ihn überhaupt gehört hatte, als Tom fragte: „Ist sie denn auch in Bombay gelandet?" Matt überlegte kurz und erwiderte: „Nein, du hast recht, ihr Flug ging nach Madras, nach Chennai, wie man heute sagt."

Der Pilot machte ein paar aktuelle Angaben über den Flughafen, die Temperatur und die Uhrzeit, aber das alles gab ihnen nicht die erwünschte Sicherheit, sondern sie fühlten sich kurz verloren. Sie hatten also den Chhatrapati Shivaji International Airport von Mumbai erreicht, es herrschten fast vierzig Grad und die Uhr zeigte drei Uhr früh am Sonntagmorgen an. Die Zahlen und Worte erinnerten an nichts Vertrautes. Ihr Zeitgefühl war vollkommen durcheinander, die indischen Namen unaussprechlich. Sie nahmen ihr

Handgepäck und verließen das Flugzeug. Es tat gut, sich bewegen zu können, aber die Hitze war auch mitten in der Nacht überwältigend, die Luftfeuchtigkeit wirkte wie ein schweres, warmes, nasses Tuch. Die Ventilatoren an der Decke des Flughafengebäudes schienen nur die Wärme über den Raum zu verteilen, brachten aber keinerlei Erfrischung.

Die Einreise zog sich hin und sie mussten fast eine Stunde lang warten, bevor sie endlich an einen freien Schalter gerufen wurden. Der Beamte warf einen strengen Blick in ihre Pässe und auf ihre Touristenvisa, von der viel gerühmten indischen Gastfreundschaft an dieser Stelle keine Spur. Für einen Moment überlegte Matt, wie sich ein Gast von irgendwo aus der Welt wohl bei der Einreise nach Amerika fühlte. Und er dachte, dass jeder, vor allem aber Araber und andere dunkelhäutige oder irgendwie fremd aussehende Reisende mit Misstrauen begrüßt wurden und sie alle die Mischung aus vielleicht verständlicher Angst und oft ungerechtfertigter Ablehnung zu spüren bekamen.

Ein Stempel wurde in ihren Pass gedrückt und mit einem Nicken wurden sie weitergeschickt. Sie fanden sich wieder in einer großen Wartehalle voller Bänke und Sessel, die nach hinten gekippt und als Schlafgelegenheit benutzt werden konnten. Matt sehnte sich nach einem Bett. Tom schien jeden Moment zu genießen und machte einen unglaublich wachen Eindruck.

Matt legte seinem Sohn kurz den Arm um die Schulter und sagte: „Was hältst du davon, wenn du das Flughafengebäude erkunden und dich dabei auf die Suche nach einem Kaffee für mich machen würdest?“ Tom nickte begeistert, etwas tun zu können, gab Matt seinen kleinen Rucksack mit und zog los. Matt legte sich müde auf einen der Schlafsessel und beobachtete von hier aus die anderen Reisenden. Sein Blick blieb an einer Gruppe Weißer hängen, eher keine Amerikaner, sondern Europäer, Engländer vielleicht oder Deutsche. Sie waren die Einzigen, die rauchten und laut diskutierten. In seiner Nähe begann ein Baby zu weinen, der Vater wiegte es in seinen Armen und sang leise ein Lied. Er war wohl

Inder, aber Matt erkannte die Melodie. Ja, dachte Matt, auf diesem Flug waren natürlich nicht nur Inder, die in Indien lebten. Die indische Community in Amerika war in den vergangenen Jahren stark gewachsen. Sicher waren unter den Passagieren viele, die nur für einen Urlaub oder um ihre Familie zu besuchen nach Indien reisten. Er dachte an neue Nachbarn, an das „Chutneys", das neue indische Restaurant mit Schnellimbiss in ihrer Stadt, an die Schulklassen und die Rugbymannschaft seines Sohnes, an Kollegen, ja, in den vergangenen zehn Jahren waren eine ganze Reihe Inder in ihre Nähe gekommen.

Plötzlich spürte er, dass die Ruhe in der Wartezone gestört wurde. Eine Inderin hatte die Halle betreten und weckte die Aufmerksamkeit der anderen Passagiere. Man hörte es tuscheln, verschiedene Leute zeigten auf sie. Matt hatte keine Ahnung, wer sie sein könnte. Er blickte sich um, auf den Gesichtern der indischen Passagiere lag ein Erkennen, die wenigen Weißen, Amerikaner, Europäer, blieben unbewegt. Er wurde neugierig. Fragend wandte er sich an den jungen Mann neben sich. „Wer ist sie denn?", fragte er einfach. Der junge Mann verstand sofort. „Vandana Shiva", sagte er mit einem gewissen Ehrgefühl in der Stimme. Als der junge Inder merkte, dass der Name noch kein Begreifen bei Matt auslöste, erzählte er mehr: „Sie ist eine bekannte indische Umweltschützerin. Eine Bürgerrechtlerin. Vor einigen Jahren hat man ihr den Alternativen Nobelpreis verliehen. Sie gehört zur Chipko-Bewegung." Auch dieser Name löste kein Wiedererkennen bei Matt aus und der junge Inder sprach weiter. „Vielleicht haben Sie von der Niembaum-Kampagne gehört. Mrs. Shiva kämpft für die Rechte der indischen Bauern, die seit vielen Jahrhunderten ihr medizinisches Wissen pflegen und befürchten, sich gegen die Interessen westlicher Pharmakonzerne nicht durchsetzen zu können."

Matt bedankte sich für die Informationen und der junge Inder wandte sich wieder dem Laptop auf seinen Knien zu. Er selber suchte den Raum nach Vandana Shiva ab und war überrascht, wie sehr er sich freute, sie ganz in seiner Nähe zu entdecken. Er ertappte sich bei dem Gedanken, dass er diese Frau Shiva gerne kennenlernen würde. Werd nicht albern, sagte er sich. Und erlaubte sich doch, sie noch ein wenig anzusehen. Was für eine Frau. Eine Aktivistin, die für ihre Überzeugungen kämpfte und dabei doch einen charmanten Eindruck machte. Nicht im Film, sondern echt. Wie sie so dasaß, in einem dunkelroten Sari und mit einem Handy am Ohr, diese Mischung aus alter Tradition und moderner Technik, ganz typisch für eine neue Generation gebildeter Inderinnen und Inder.

Sie war bildschön. Eine reife Frau, ein bisschen rund, mit einer stolzen Haltung. Ihre Blicke trafen sich kurz, aber er wich ihrem schnell aus und blickte zu Boden. Sie trug an beiden Füßen goldene Fußkettchen mit kleinen Glöckchen. Er musste an einen seiner Lieblingssongs, Grace von U2, denken. And when she walks on the street, you can hear the strings. Grace finds beauty in everything. Er sang die Zeilen leise vor sich hin. Wenn sie auf der Straße geht, hörst du ihr Fußkettchen. Gnade entdeckt in allem etwas Schönes. Ob es Gnade war, dass er sie hier gesehen hatte, ihren Namen gehört?

Bevor er diesem Gedanken noch irgendwie weiter nachgehen konnte, kam Tom wieder und hielt ihm eine große Tafel Schweizer Schokolade unter die Nase, dazu einen Becher stark duftenden süßen Kaffee. Er sah seinen Sohn an, dankbar für die willkommene Ablenkung, und spürte gleichzeitig ein leichtes Ziehen durch seinen Körper gehen, schlichte ergreifende Sehnsucht. Tom lenkte ihn ab. Er hatte den Flughafen erkundet und der Kaffee und die Schokolade waren seine Beute. Er erzählte, dass er mit Dollar bezahlt hatte und wie sehr sich sowohl die Frauen, die die Klos säuberten, als auch der Kaffeeverkäufer und der Besitzer des Duty-free-Shops über die amerikanische Währung gefreut hatten. Er war aufgeregt, sah sich immer wieder um und schien ständig irgendetwas zu entdecken.

Matt bemerkte, dass Tom sich dabei auch selbst beobachtete und versuchte, wirklich zu verstehen, was um ihn herum vorging.

Als versuchte er, sich alles zu merken, und als sei er damit beschäftigt, Ordner in seinem Kopf anzulegen, in denen er die vielen neuen Erfahrungen ablegen konnte, um sie später weiter anzusehen und verarbeiten zu können.

Dann plötzlich, ganz so wie früher, als er noch ein kleiner Junge war, sagte er, dass er jetzt müde sei. Er nahm sein Sweatshirt aus dem Rucksack, faltete es zu einem Kissen, legte sich hin, streckte sich aus und war schon nach einem kurzen Moment in dem Sessel neben ihm eingeschlafen. Im Schlaf wirkte er jünger und Matt dachte, dass man über die Liebe zu einem Kind manches sagen konnte, was er vorhin über die Liebe zu einer Frau gesagt hatte. Auch Tom hatte die verrücktesten Gefühle in ihm wachgerufen und er hatte ihn immer, sein Leben lang, beschützen wollen und dabei dann mehr und mehr die Entdeckung gemacht, dass sein Kind zu einem echten Gegenüber mit eigenen Gedanken und Stärken geworden war. Trotzdem würde er jetzt nicht mehr schlafen können, sondern für sie beide wach bleiben, damit sie den Anschlussflug nicht verpassten.

Die Tafel mit den Flugzeiten zeigte, dass um zehn Uhr morgens ein Flug von Mumbai nach Cochin und eine halbe Stunde später ein weiterer Flug nach Chennai ging. Jetzt war es neun Uhr und allmählich ergriff Unruhe den Saal. Schlafende wurden wach, blickten sich verwirrt um, griffen nach ihren Taschen, falteten ihre Decken zusammen, gingen zur Toilette, holten sich Tee oder Kaffee. Matt beugte sich zu Tom und weckte ihn vorsichtig. Mit zerknautschtem Gesicht sah der ihn an und war sofort wach. „Geht es weiter? Mensch, Dad, in drei Stunden sind wir da und dann kann es richtig losgehen!"

Matt merkte, dass die Begeisterung seines Sohnes ihn jetzt ansteckte und er sich auf die erste Station ihrer Reise freute.

Ihr dritter Flug. Sie tranken Kaffee und Cola und wurden allmählich wacher. „Dad, darf ich dich etwas fragen?"

Matt nickte und Tom sprach weiter: „Warum sind wir hier? Was genau haben wir vor? Machen wir Urlaub oder worauf muss ich mich einstellen? Ich weiß, dass du nicht der Typ für das normale Touristenprogramm bist. Also, sag schon. Was hast du vor? Oder hätte ich dich das besser vor drei Tagen gefragt, bevor wir losgeflogen sind? Oder vor drei Wochen oder drei Monaten?"

Matt schüttelte ein paar Mal den Kopf, bevor er antwortete, und entschied sich für die kürzere Version einer Antwort: „Wir werden in Cochin landen, uns die Stadt ansehen und die Gegend von Kerala erkunden. Ich glaube, das ist tatsächlich eher eine Art Touristenprogramm. So gewöhnen wir uns an das Klima, das Essen, die Leute. Ich habe für die erste Woche ein Hotel gebucht, aber für die Zeit danach ist noch alles offen. Ich selbst würde gerne in das Narmada-Tal reisen, aber noch bin ich mir nicht sicher, ob das überhaupt irgendeinen Sinn macht. Vielleicht werde ich es im Gespräch mit den Einheimischen herausfinden. Und dann gibt es da noch einen kleinen Auftrag, den Anne uns mitgegeben hat."

Tom blickte überrascht. „Großmutter?"

„Ja. Wir sollen jemanden für sie ausfindig machen. Aber die Geschichte erzähle ich dir erst, wenn ich geduscht und mindestens zwei Tassen Kaffee und einen Liter Wasser getrunken habe."

Die zwei Stunden gingen schnell vorbei. Das Flugzeug hatte nach dem Abflug anscheinend kaum an Höhe zugelegt und sie konnten aus dem Fenster die Landschaft sehen, die vielen verschiedenen Sorten Grün, Wasserkanäle, Felder. Noch wirkte das alles wie Fernsehen, ein Blick aus einem Sessel, durch ein Fenster auf eine fremde Welt.

Sie landeten und diesmal dauerten die Formalitäten nicht so lange. Dann warteten sie auf ihr Gepäck, das, weil sie zuerst eingecheckt hatten, als Letztes kommen würde. Mit ihren beiden großen Rucksäcken verließen sie schließlich das Flughafengelände. Draußen wurden sie von der Helligkeit der Sonne und der Hitze voll erwischt und gleichzeitig von den vielen Angeboten, ihr Gepäck zu tragen oder sie mit dem Taxi zu einem Hotel zu fahren. Matt, in diesem Moment dankbar für seine Größe, wies alle Angebote ab, kämpfte nahezu um seinen Rucksack und ging dann zielstrebig auf ein Taxi zu. Er bedeutete Tom, sich auf die Rückbank zu setzen, nahm selbst vorne neben dem Fahrer Platz, nannte die Adresse des Hotels und fragte nach dem Fahrpreis.

„Dad, ich wusste nicht, dass man in Indien links fährt", rief Tom von hinten.

„Ja", sagte Matt, „die Engländer haben als Kolonialmacht so ihre Spuren hinterlassen."

Der Taxifahrer nahm das Stichwort England auf und fragte sie mit wenigen Vokabeln und für Matt und Tom ungewöhnlichem Akzent, ob sie aus England kämen. Den Rest der Fahrt unterhielten sich Tom und der Fahrer über Amerika. Matt sah aus dem Fenster. Das also war Indien. Oder zumindest ein Stück davon.

Kapitel 16

Doktor Ranjini hatte sich heute von einer der Schwestern zu dem kleinen Kinderheim „Pattu-Heim“ in der Karishma-Straße fahren lassen. Wieder hatte sich ein Strahlen auf ihr Gesicht gelegt, als sie in die Straße eingebogen war. „Karishma“, sagte sie leise vor sich hin, „Wunder, und ‚Pattu‘, ein geheimnisvoller Name, ‚Seide‘.“ Ja, es war wunderbar für sie, an diesen Ort zu kommen.

Sie wartete in der Halle darauf, dass man sie zu Jaya führen würde. Es war Nachmittag, die Kinder waren in der Schule und die Erzieher mit der Vorbereitung des Abendessens beschäftigt. Aber man hatte sie freundlich begrüßt und Jaya sofort Bescheid gesagt. Der kam jetzt mit einem Lachen auf sie zu.

„Doktor, es ist gut, Sie zu sehen“, sagte er.

„Oh“, antwortete Kala, „Sie sind ja selbst krank, ich höre es an Ihrer Stimme. Haben Sie sich etwa gestern bei Ihrem Besuch im Krankenhaus angesteckt?“

Sie war schon wieder frech. Wieso nur hatte er immer den Eindruck, als würden ihre Augen über ihn lachen. Jaya erzählte, dass er in der Nacht angefangen hatte zu husten, seine Mutter ihm aber ein altes Rezept verordnet hatte und er sich tatsächlich schon viel besser fühlen würde. Interessiert fragte Kala nach dem Hausrezept und Jaya erklärte, dass seine Mutter Niemblätter und -öl in heißem Wasser gekocht und er die Dämpfe inhaliert hatte. Kala nickte anerkennend: „Ihre Mutter ist eine kluge Frau. Ist sie Ärztin?“

Jaya lachte. „Oh nein, sie ist nie auch nur zur Schule gegangen. Aber sie ist auf ihre Weise sehr klug, da haben Sie recht.“

Jaya bat Kala, ihm in sein Büro zu folgen, und rief auf dem Weg dorthin die Bitte in die Küche, ihnen frischen Tee zu bringen. So saßen die beiden ein paar Minuten später vor einer Tasse Tee, Schwarztee mit Ingwer und Zitrone, und schwiegen für einen Moment, bis Jaya das Wort ergriff und sanft sagte: „Sie sehen müde aus und angespannt, als stünden Sie sehr unter Druck."

Kala nickte, seine sanfte Stimme und die einfühlsame Frage taten ihr gut. Sie sah ihn schweigend an, als überlege sie immer noch, wie ehrlich sie ihm gegenüber sein konnte oder wollte, und entschied sich, wie bei ihren ersten beiden Besuchen im Kinderheim, mit ihm zu teilen, was ihr auf dem Herzen lag, und sagte: „Ich muss übermorgen nach Delhi fliegen, um an einer wichtigen Konsultation teilzunehmen. Das indische Parlament berät zurzeit über den Patentschutz für Medikamente. Eine ganze Reihe Hilfsorganisationen, Ärzteverbände und medizinische Institutionen, darunter auch das CMC, fordern das Parlament auf, bei dieser Patentrechts-Änderung den weltweiten Zugang zu Medikamenten zu berücksichtigen."

Kala rieb sich die Schläfen und seufzte. „Ich weiß nicht, ob wir überhaupt gehört werden und ob unsere Argumente die Regierung überzeugen können und falls ja, ob die indische Regierung etwas ausrichten kann. Ich bin keine Anwältin, sondern Ärztin, aber ich weiß, dass an diesem Gesetz unzählige Menschenleben hängen."

Jaya sah sie fragend an und Kala fühlte sich aufgefordert, mehr zu sagen: „Von vielen Medikamenten werden heutzutage preiswertere Nachahmer hergestellt, die wir Generika nennen. Indien spielt eine Schlüsselrolle bei der weltweiten Versorgung mit diesen preiswerteren Medikamenten und hat sich immer dafür eingesetzt, dass das internationale Patentrecht Regeln zum Schutz der öffentlichen Gesundheit beinhaltet. Aber seit Beginn letzten Jahres gibt es die rechtliche Verpflichtung, pharmazeutische Produkte für die Dauer von zwanzig Jahren patentrechtlich zu schützen." Kala schüttelte den Kopf. „Wissen Sie, Jaya, hier kämpfen große Pharmakonzerne um ihre Interessen, und das ist ja auch irgendwie verständlich. Aber nebenbei geht es dabei auch um das Leben von Millionen von Menschen, die auf preisgünstige indische Generika angewiesen sind. Diese Menschen können nicht für ihre Interessen kämpfen, weil sie nicht nur arm sind und ungebildet, sondern auch noch krank. Wenn die Gesetzesänderung durchkommt, würde das die Versorgung mit lebenswichtigen Medikamenten weltweit drastisch einschränken, an einigen Stellen vielleicht sogar ganz ausschalten." Sie seufzte noch einmal. „Ich bete wirklich, dass unsere Politikerinnen und Politiker ihren Einfluss geltend machen."

Jaya nickte. „Ich verstehe, glaube ich. Aber erklären Sie mir doch bitte am Beispiel dieses Kinderheims, wie sich so eine Gesetzesänderung auswirken würde."

Kala schaute ihn unverwandt an und hatte Tränen in den Augen. „Ja", sagte sie, „das wollte ich sowieso tun. Ich habe jetzt alle Kinder Ihres Heims hier untersucht und heute sind die letzten Ergebnisse aus dem Labor gekommen." Sie atmete tief durch, unsicher, wie sie es ihm beibringen sollte, und sagte dann knapp: „Zwei der Jungen sind HIV-positiv."

Jaya hielt ihren Blick einen Moment lang aus und senkte dann den Kopf. Seine Hände lagen hilflos auf dem Tisch und er faltete sie, als wolle er beten.

„Jaya, es tut mir so leid." Kala hatte ihre Hand auf seine gelegt. „Ich weiß nicht, was ich sagen soll, und ich wünschte, ich könnte Sie trösten, oder ich wüsste, wie ich sie wieder gesund machen könnte." Sie nahm ihre Hand langsam zurück von Jayas und die beiden sahen sich an.

Jaya sprach langsam und mit schwerer Stimme, als er sagte: „Ich danke Ihnen sehr dafür, dass Sie die Kinder untersucht haben und auch für die Art, wie Sie mir die Ergebnisse mitgeteilt haben. Sagen Sie mir bitte, welche beiden betroffen sind."

Kala musste nicht in ihre Unterlagen sehen, sie hatte die Namen den ganzen Tag schon, seit sie aus dem Labor gekommen war, vor sich gesehen und nannte sie: „Raja, der Neue, und einer der Älteren, Vishnu."

Jaya nickte und sah aus dem Fenster seines Büros. In weniger als einer Stunde würden die Jungen nach Hause kommen, lachend und verspielt, zwei von ihnen unheilbar krank. Er wusste nicht genau, was diese Information bedeutete, was sie an Veränderung für die beiden Kinder und für sie alle mit sich bringen würde. Aber ihm war klar, dass er Weisheit brauchen würde, um mit diesen schlechten Nachrichten richtig umzugehen.

Er fühlte sich plötzlich alt und müde, wandte sich wieder Kala zu und sagte: „Lassen Sie uns bitte ein kurzes Gebet sprechen." Kala nickte und Jaya begann: „Gott, Ursprung des Lebens, Vater aller Kinder, Gnade …"

Er schluckte und fand in diesem Moment auf einmal keine Worte mehr, um weiterzusprechen. Kala kam ihm zu Hilfe. Was ihm so kompliziert und schwer war, formulierte sie in einfachen Sätzen, unverstellt und ehrlich: „Gott des Lebens, unsere Herzen sind schwer für Raja und Vishnu. Und für die vielen Tausend anderen, die krank sind und leiden. Wir sind wütend. Und wir fühlen uns so machtlos. Wir wissen nicht einmal so recht, was wir beten sollen. Aber um Kraft bitten wir dich, um Geistesgegenwart. Und ich bete, dass du Jaya leitest mit göttlicher Weisheit. Amen."

Jaya hatte seine Fassung wiedergefunden und sagte: „Gott des Lebens, beschütze Doktor Kala auf ihrer Reise nach Delhi. Lass sie Gehör finden. Schenk Aufmerksamkeit und Einsehen bei den Mächtigen für die Nöte der Ärmsten. Wir vertrauen uns dir an. Amen."

Die beiden saßen sich noch für einen weiteren Moment schweigend gegenüber. Die Stille war wohltuend. Jaya merkte, dass Kalas Gegenwart ihm Kraft verlieh. Ihre so leise gesprochenen Worte an Gott hatten ihn sehr berührt. Er fragte sich, wann zuletzt jemand so menschlich für ihn gebetet hatte.

Kala fühlte sich beseelt und dachte, dass sie diesen Moment als heilig bezeichnen würde und sie Jaya unendlich dankbar dafür war.

Jaya räusperte sich und nahm einen Schluck von dem Tee, der inzwischen kalt geworden war. Bevor er wieder auf die beiden Jungen zu sprechen kam, wollte er zunächst noch einmal anknüpfen an das Thema, das Kala so beschäftigte, und deshalb fragte er: „Und was bedeutet die Patentrechtsänderung im Zusammenhang mit Aids?“

Kala holte tief Luft und sagte mit eindringlicher Stimme und gar nicht mehr leise jetzt: „Nirgends wird die Brisanz dieser möglichen Gesetzesänderung deutlicher als im Kampf gegen das HI-Virus. Wir sprechen hier von unglaublichen Zahlen. Bestimmt die Hälfte der circa siebenhunderttausend Menschen in ärmeren Ländern, die momentan behandelt werden, sind auf generische Medikamente aus Indien angewiesen.“

Jaya fragte: „Darf ich noch einmal nach konkreten Zahlen fragen, sodass ich mir die Summen vorstellen kann, um die es geht?“

„Eine HIV-Therapie kostet mehr als zehntausend Dollar pro Patient pro Jahr, im CMC zum Beispiel liegt der derzeitige Durchschnittspreis einer solchen Behandlung bei zweihundertfünfzig Dollar.“

Jaya überschlug die Zahlen im Kopf: „Dann sind die normalen Kosten vierzigmal so hoch!“

Kala erklärte weiter: „Außerdem haben wir in Indien ein paar neue Präparate entwickelt, bei denen drei verschiedene Wirkstoffe in einer Pille vereint sind. Wir sehen ziemliche Erfolge mit diesen Präparaten in der Behandlung, die allerdings ebenfalls nur deshalb möglich ist, weil es in Indien auch keine patentrechtlichen Einschränkungen für die Kombination verschiedener Wirkstoffe gibt. Ach, Jaya, ich weiß nicht, was ich tue, wenn die Produktion von generischen Versionen neuer Medikamente verboten würde. Aber jetzt lassen Sie uns über die beiden Kinder sprechen. Sie sind eindeutig mit dem Virus infiziert, aber bei beiden ist die Krankheit noch nicht ausgebrochen. Das heißt, dass sich zunächst einmal kaum etwas für sie ändert. Sie können weiterleben wie vorher. Ich würde allerdings dringend dazu raten, sie mit bestimmten Präparaten und Vitaminen zu unterstützen. Das kann eine ganze Weile durchaus ausreichend sein und ich werde mich darum kümmern, dass die beiden ohne großen Aufwand versorgt werden. Aids ist eine Immunschwächekrankheit und beide müssen einfach mehr als bisher darauf achten, möglichst nicht krank zu werden, eine Grippe zum Beispiel kann für diese beiden schlimme Folgen haben."

„Und sind wir dazu verpflichtet, es ihnen zu sagen?", fragte Jaya.

Kala überlegte einen Moment, bevor sie antwortete. „Die Frage habe ich mir auf dem Weg hierhin auch gestellt und ich bin zu der Überzeugung gekommen, dass wir es ihnen jeweils persönlich sagen, aber die anderen Kinder nicht darüber informieren sollten. Was die beiden am meisten brauchen werden, ist ein Leben, das ihnen das Gefühl von Alltäglichkeit gibt – oder, umgekehrt gesagt, einen Alltag mit dem Gefühl von Lebendigkeit."

Jaya stimmte innerlich zu und sagte: „Ich danke Ihnen für Ihren Rat und ebenso für Ihre praktische Hilfe. Wirklich, ich danke Ihnen sehr." Er hoffte, nicht gezwungen zu klingen, sondern so herzlich, wie er es meinte, als er fragte: „Gibt es auch etwas, das ich für Sie tun kann?"

Kala lächelte ihn an und sie hatte jetzt wieder ihr schelmisches Zwinkern im Gesicht. „Ja, das können Sie. Bieten Sie mir das Du an und nennen Sie mich endlich Kala."

Jaya lachte: „Einverstanden, Kala." Sie legte den Kopf etwas schief, als sie ihm zum Abschied die Hand reichte, und sagte: „Auf Wiedersehen, Jaya." Und damit ging sie aus dem Raum.

Kapitel 17

In ihrem Hotelzimmer angekommen, hatte sich Matt zunächst auf das große Bett gelegt, während Tom als Erstes die Doppeltür öffnete und auf die Terrasse trat, um von hier aus auf die Stadt herunterzuschauen. Tom war fasziniert von dem, was er sah. Cochin erstreckte sich über mehrere Inseln und nur die beiden Hauptinseln, Willigdon Island, wo der Flughafen und auch ihr Hotel sich befanden, und Mattancherry waren mit dem Festland durch Straßen verbunden, alle anderen nur mit Fähren erreichbar. Er bekam Lust, diese Stadt kennenzulernen.

Nach ein paar Minuten kam er wieder herein, ließ die Tür offen stehen und drehte die Klimaanlage neben der Zimmertür ab.

„Dad, in diesem Zimmer merkt man nicht einmal, dass man überhaupt in Indien ist." Mit diesem Satz ging er in das große weiß gekachelte Badezimmer, nur um sofort wieder zurückzukommen: „Müssen wir hier wohnen? Es ist westlich, es ist wie zu Hause, es ist teuer und luxuriös."

Matt meinte: „Für die ersten paar Tage nur, dann reisen wir weiter. Zum Eingewöhnen ist dieses Hotel genau richtig." Aber Tom wollte sich nicht damit abfinden und widersprach noch einmal: „Aber von der Terrasse aus siehst du diese ganze Menge von Menschen, die wahrscheinlich alle kein Haus bewohnen, sondern in irgendwelchen Hütten leben, die kleiner sind als dieses Zimmer. Wie soll man das aushalten? Sollten wir da nicht lieber in ein kleineres Hotel ziehen, mit ein, zwei Sternen weniger?" Er wurde leise. Matt setzte sich auf, saß für einen Moment auf der Bettkante und ging dann zu Tom, nahm in die Arme und hielt ihn für einen Moment fest. „Was würde es helfen, selbst wenn wir auf der Straße schlafen würden?", sagte er nachdenklich. Und dann: „Aber ich will deine Unruhe nicht wegwischen und ich verspreche dir, wir werden während unserer Reise nicht nur in teuren Hotels wohnen. Für die erste Woche ist dies unser Zuhause, eine Zwischenstation. Deine Fragen sind gute Fragen und sie beschäftigen mich schon mein ganzes Leben lang, glaub mir. Ich bin selbst erpicht auf eine Antwort und ich weiß auch, dass sie außerhalb dieses Luxushotels liegt. Ja, ganz sicher, weit außerhalb."

Sie lösten sich voneinander. „Wollen wir eine erste Tour durch die Stadt machen, um zu sehen, wo wir hier gelandet sind?" Matts Tonfall war aufmunternd und klang weit wacher, als er sich tatsächlich fühlte. Tom nickte, sagte, er werde vorher noch duschen, und verschwand für die nächste halbe Stunde im Bad.

Nachdem auch Matt kurz geduscht hatte und sie beide in der Hotelbar noch eine Cola getrunken hatten, traten sie vor das Hotel auf die Straße. Beide trugen helle Leinenhosen, darüber leichte Baumwollhemden. Tom hatte erst nicht einsehen wollen, dass ein langärmliges Hemd wirklich das Richtige war, und war jetzt froh, auf seinen Vater gehört zu haben. Die Sonne brannte, wie er es noch nie erlebt hatte. Die trockene Hitze und die enorme Helligkeit waren so ungewohnt, dass er einen Moment brauchte, um überhaupt richtig losgehen zu können. Seine Augen mussten sich erst an das Licht gewöhnen und sein ganzer Körper schien anders zu reagieren als sonst, langsamer, träger.

Sie gingen nebeneinander die Straße entlang und ließen sich eine Weile ohne bestimmtes Ziel treiben, indem sie sich einfach dem Strom der Menschen anvertrauten. Beide waren zu sehr damit beschäftigt, die vielen Eindrücke aufzunehmen: Gerüche, die sie nicht kannten, Geräusche, Stimmen und Worte einer Sprache, die ihnen fremd war, die Farben der Saris, die vielen dunkelhäutigen Menschen, Männer mit Turban, junge und alte Frauen, die unglaublich vielen Kinder, hin und wieder eine Kuh oder auch eine

Autorikscha, die sich ihren Weg durch die Menge der Fußgänger bahnten.

Nach einer Weile kamen sie an eine Kreuzung, wo eine lange Reihe mit Autorikschas wartete. Die roten, blauen und gelben Fahrzeuge sahen für Tom aus wie die etwas zu klein geratenen Kabinen eines Skilifts auf drei Rädern. Er fragte sich, wie es sich wohl anfühlen würde, damit zu fahren, als Matt auch schon sagte: „Komm, lass uns ein Taxi nehmen und dann zu einer der Inseln übersetzen."

Er ging auf den Taxifahrer zu und handelte einen Preis für zwei Personen für den Weg bis zur Anlegestelle aus. Dann stiegen sie ein. Auf der Sitzbank hinten konnten Matt und Tom nur mit großer Mühe ihre langen Beine unterbringen und aus einem Seitenblick merkte Matt, dass die anderen Fahrer interessiert zusahen, wie die beiden Weißen Platz in dem kleinen Gefährt suchten. Aber da fuhr ihr Fahrer auch schon los.

Der Fahrtwind brachte eine angenehme Erfrischung, als sie durch die Straßen rasten. Um sie herum waren viele andere der kleinen Taxis, Autos, hin und wieder eine Kuh, die einen Wagen zog und alles zum Stocken brachte, auch ein paar einzelne Motorroller. Mit Hupen warnte man sich gegenseitig und verhinderte so offensichtlich, gewohnt an die warnenden Geräusche, Zusammenstöße. Matt und Tom sahen jeweils zur linken und zur rechten Seite aus der Rikscha auf die Straße, kniffen zwischendurch die Augen zu, weil sie erschraken und dann erleichtert merkten, dass der Unfall, den sie schon kommen gesehen hatten, doch noch verhindert worden war. Tom lehnte sich zurück und suchte in seinem kleinen Rucksack nach seinem Reiseführer. Er las laut vor und musste Matt dazu ins Ohr schreien: „Cochin ist das kulturelle Zentrum Keralas und war früher weltberühmter Handelsplatz für Gewürze." Er las leise für sich weiter und sagte nach einer Weile: „Hier haben nacheinander Portugiesen, Niederländer und Briten residiert. Und es gibt sogar ein Fort. Dad, wollen wir uns das ansehen?"

Bevor Matt antworten konnte, kam die Rikscha mit scharfem Bremsen zum Stehen. Der Fahrer wandte sich um und hielt die

Hand auf, Matt bezahlte ihn und sie stiegen nacheinander aus, beide froh, sicher angekommen zu sein und die Beine ausstrecken zu können. Matt winkte dem Fahrer zum Abschied zu und der fuhr unter dem typischen lauten Zweitakter-Geknatter schnell weiter.

Matt schlug vor: „Spannender als das Fort ist eine andere Besonderheit dieser Stadt. Sie findet sich ebenfalls auf Mattancherry. Lass uns übersetzen und dann sehen wir, wie weit wir kommen."

Tom willigte gerne ein. Schon ein paar Minuten später legte die nächste Fähre an, sie kauften zwei Karten und gingen an Bord. Immer wieder, seit ihrer Ankunft, spürten sie die neugierigen Blicke, die ihnen zuflogen. Sie fielen auf, so viel war sicher. Zwei weiße hochgewachsene Männer. Kerala war Touristen zwar gewohnt, aber trotzdem wirkte das Fremde wohl immer wie eine Attraktion. Umgekehrt konnten sich Matt und Tom nicht sattsehen an den vielen Bildern, die sich ihnen offenbarten. Sie schauten über das Wasser und zurück auf das Land, rochen das Meer, sahen die kleinen Boote der Fischer, die Schneise, die die Fähre in das Wasser pflügte; sie sahen um sich herum dunkle Gesichter oder Hinterköpfe mit tiefschwarzen Haaren.

Ein paar Meter von ihnen entfernt lehnte eine Gruppe Weißer an der Reling, zwei Männer und zwei Frauen. Matt registrierte, dass sie Englisch sprachen, amerikanisches Englisch, eher aus den Südstaaten. Er verspürte nicht die geringste Lust, seine Landsleute anzusprechen, sondern vielmehr im Gegenteil den Wunsch, unentdeckt zu bleiben. Einer der vier zeigte mit der rechten Hand, den Arm weit ausgestreckt, auf die vor ihnen liegende Insel und las dabei laut aus dem Reiseführer vor, den er in der linken Hand hielt.

Tom fragte sich, was für eine Sehenswürdigkeit Matt wohl ausgewählt hatte. Er ahnte, dass er diese erste Station ihrer Reise nicht dem Zufall überlassen, sondern sie sorgfältig geplant hatte. Er kannte seinen Vater inzwischen gut genug und wusste, er konnte ein Meister der Inszenierung sein. Tom war neugierig und merkte, dass er bisher jeden Moment der Reise genossen hatte. Bis auf den kleinen irritierenden Moment vorhin, als er sich in dem überaus großzügigen Zimmer eines Luxushotels wiedergefunden hatte und die Gegensätze, die sich um ihn herum breitmachten, einen Moment lang nicht hatte zusammenbringen können.

Als sie wenig später anlegten, ging Matt voraus und Tom folgte ihm. Die nächsten Minuten liefen sie staunend durch die Altstadt, durch schmale Gassen, vorbei an kolonialen Gebäuden. Hätte man sie gefilmt, würde man zwei Männer sehen, die mit großen Augen, die Nase nach oben, den Kopf eilig von links nach rechts wendend, durch die Straßen gingen und dabei die sorgfältig und aufwendig renovierten Häuser musterten, erstaunt über Farben und Formen. In dieser Straße fanden sich eine ganze Reihe von Antiquitätenläden und Schmuckgeschäften, daneben Obststände und große Holzkisten, die aufgetürmt waren, um den Vorbeilaufenden Gewürze und Blumen darzubieten. In einer Tür saß ein Mann auf dem Boden und rauchte eine Wasserpfeife. Er sah hoch zu ihnen und schenkte ihnen ein breites zahnloses Lachen. Matt und Tom konnten nicht anders, als die freundliche Geste mit einem Lachen zu erwidern. Ein dicker Verkäufer pries Souvenirs an und wies auf eine Sammlung von bunten Blechvögeln, die er auf einer Art Tablett vor dem Bauch vor sich her trug. Das laute Hupen einer Rikscha ließ sie zusammenzucken und weil in der engen Gasse nicht viel Platz war, sprangen sie schnell zur Seite. Matt stolperte und stützte sich an der Hauswand neben sich ab. Tom hatte den Vorfall nicht bemerkt und war weitergegangen, Matt aber blieb für einen Moment stehen. Das Muster, das er in Brusthöhe auf der Hauswand neben sich sah, zeigte einen Stern, einen Davidstern. Matt strich mit seiner rechten Hand vorsichtig, fast zärtlich über die typische Form der zwei sich überlappenden Dreiecke, das bekannte Symbol des Judentums. Ja, dachte er, sie waren unverkennbar in Jewtown angekommen, dem jüdischen Viertel von Cochin. Dann ging er weiter.

Tom hatte ein Schild entdeckt, das die Richtung zum Mattancherry-Palast wies, und erinnerte sich an eine kleine Notiz in seinem Reiseführer, nach der dies eine von den Portugiesen im sechzehnten Jahrhundert erbaute Residenz für den Herrscher von Cochin war, bevor es von den Niederländern umgebaut wurde und schließlich zum Museum geworden war. Er dachte gerade, dass Matt ihn sicher zu diesem Palast bringen wollte, als er ein anderes Gebäude sah, das seine Aufmerksamkeit erregte. Und da blieb auch Matt plötzlich stehen.

„Da“, sagte er und zeigte mit einem Nicken tatsächlich genau in Richtung des auffälligen Gebäudes. Hinter einer Mauer nur halb zu sehen, zeigte ein Schild an, dass es hier zur Paradesi Synagoge gehe. Tom war überrascht, er hatte nicht mit einem jüdischen Bethaus gerechnet. Sie gingen beide vorsichtig näher, irgendwie mit tastenden Schritten jetzt, als erwarte sie etwas Heiliges. Ein Schild neben dem Gebäude besagte, dass die Synagoge im Jahr 1567 erbaut worden war. Abwartend sahen sie sich um, verständigten sich mit einem Blick und wagten einvernehmlich, die Synagoge zu betreten. Matt öffnete die Tür und sie gingen hinein.

Innen war es kühler als draußen und das Licht war sanfter, gedämpft vom Milchglas der Fenster. Der Boden war mit weißblauen Fliesen belegt. Aber am auffälligsten waren die vielen Leuchter, die von der Decke hingen und die, wenn es dunkel wurde und man sie anzündete, diesen Raum sicherlich in einzigartiges Licht tauchen würden. Sie waren die einzigen Besucher und genossen es, allein zu sein und diesen Raum einen Moment lang wenigstens für sich zu haben. Schweigend sahen sich Matt und Tom um und setzten sich schließlich auf eine der Bänke, die einmal rund um den ganzen Raum führten.

Tom sah Matt an und sagte flüsternd, als verlange die geweihte Atmosphäre, dass er die Stimme senkte: „Ich hatte nicht erwartet, dass wir zuallererst auf eine Synagoge treffen würden. Ich hatte mehr an einen Hindutempel gedacht oder so etwas Ähnliches.“ Matt nickte. Bevor er etwas erwidern konnte, ließ das Knarren der Tür sie aufmerken. Die vier Amerikaner, die Matt schon auf der Fähre bemerkt hatte, betraten laut diskutierend den Raum. Matt schüttelte den Kopf und musste dann schmunzeln, weil die vier offensichtlich merkten, dass sie sich unangemessen verhielten, und nach einem Moment tatsächlich ihre Stimmen senkten. Was übte so ein Raum für eine Macht aus? Dass Menschen, die ihn betraten, spürten, dass er Respekt von ihnen verlangen konnte? War es die besondere Architektur? War es die Achtung vor den Empfindungen der Gläubigen, für die dieser Raum ihr persönlicher Ort des Gebetes und der Gotteskontemplation war? Oder war es die Ahnung, dass die Glaubensgeschichte, zu der diese Synagoge gehörte, weit über das eigene Schicksal hinausging und es nur angemessen war, zu verstummen angesichts ihrer Größe und ihres Alters? Nach einem kurzen Moment hatten die vier Touristen die Synagoge auch schon wieder verlassen. Erneut hörten sie ein Türknarren, aber als Matt und Tom zur Eingangstür hinüberblickten, sahen sie niemanden, nahmen dann aber eine Bewegung an der anderen Seite des Raumes wahr. Ein alter Mann kam auf sie zu und intuitiv standen beide auf, als er sich ihnen näherte.

Mit einem kurzen Wippen verneigte sich der Ältere vor ihnen und hieß sie mit klarem Englisch willkommen. Er trug eine lange dunkelblaue Tunika, die einen schönen Kontrast zu seinen weißen Haaren bildete. Sein langer Bart ließ ihn wie einen Guru oder einen Propheten aussehen. Seine Stimme war warm: „Herzlich willkommen in der ältesten Synagoge Indiens. Wenn Sie Fragen haben, wenden Sie sich an mich, ich werde mich bemühen, Ihnen Antworten zu geben."

Tom legte sofort los: „Sind Sie ein Rabbi? Und ist das hier Ihre Gemeinde? Ich hatte nicht damit gerechnet, in Indien Juden anzutreffen, ich dachte, es wäre das Land der Hindus oder so. Wie ist es denn, als Jude in Indien zu leben?"

Tom stellte eine Frage nach der anderen, seine Gedanken überschlugen sich fast. Matt bedeutete ihm mit ein paar knappen Worten, langsamer zu sprechen oder besser noch, ihnen allen eine Pause zu gönnen. Ihr Gastgeber aber lachte Tom offen ins Gesicht und schien sich über seinen Eifer zu freuen. „Setzen wir uns?" Mit einer einladenden Handbewegung deutete er auf die breite Holzbank und sie nahmen nebeneinander Platz.

„Darf ich mich Ihnen vorstellen? Ich bin Benjamin Amichai. Aber nennen Sie mich doch bitte einfach Ben.“ Sie reichten einander die Hand und Matt und Tom stellten sich ihm ebenfalls vor.

„Dies hier“, er drehte sich kurz nach links und nach rechts, „ist, wie gesagt, die älteste Synagoge Indiens und die einzige in Cochin, in der noch Gottesdienste gefeiert werden. Die jüdische Gemeinde vor Ort ist sehr klein. Es lebten einmal mehrere hundert jüdische Familien hier, heute sind wir ein Rest von vielleicht vierzig, meist sehr alten Leuten. Viele unserer Familien sind Anfang der Fünfziger, kurz nach der Gründung des Staates Israel, in das Gelobte Land ausgewandert. Und eine weitere Welle des Abschieds kam in den Achtzigern, als viele in den Norden gingen, um dort Arbeit zu finden. Cochin kann besonders den Qualifizierten keine angemessene Arbeit bieten. Oft ist es deshalb schwer, die notwendigen zehn Männer zusammenzubekommen, die wir eigentlich brauchen, um Gottesdienst feiern zu können. Früher war das anders. Da gab es sieben Synagogen in Cochin. Heute erleben wir gut besuchte Feiern nur noch an den hohen Festtagen.“ Er lachte: „Da kommen sie dann, aus Bombay, aus Delhi, aus Israel oder sogar aus Europa. Das ist jedes Mal wahrhaftig ein Fest!“

Er nickte ein paar Mal vor sich hin und die Erinnerung an die Feierlichkeiten oder die Aussicht auf weitere Feste schien ihn zu freuen.

Tom fragte: „Aber wie sind die Juden überhaupt nach Indien gekommen? Seit wann gab es hier denn überhaupt eine Gemeinde?“

Ben sah ihn an, legte die Stirn in Falten und sagte: „Ich weiß es nicht genau. Ich glaube, niemand weiß es wirklich. Es gibt eine Legende, die sagt, dass schon seit der Zeit von König Salomo Jüdinnen und Juden in Indien leben. Das würde also bedeuten, schon seit der Zeit um 900 vor Christus. Aber dafür lassen sich heute keine Beweise mehr finden. Obwohl es tatsächlich Handelsbeziehungen zwischen Salomos Reich und den Häfen an dieser Küste hier gegeben hat, das zumindest gilt wohl als gesichert.

Wahrscheinlich ist, dass es mehrere Einwanderungswellen gab, jeweils ausgelöst durch einschneidende Erfahrungen in der Geschichte des jüdischen Volkes. Vielleicht kamen erste Juden nach der Eroberung Judäas durch die Babylonier 586 vor Christus oder nach der Zerstörung des Tempels in Jerusalem 70 nach Christus. Ganz sicher wanderte irgendwann im frühen Mittelalter eine Gruppe von jüdischen Gläubigen aus dem Jemen und dem Irak nach Indien ein. Genauer kann man es nicht sagen."

Mit diesem letzten Satz erhob er sich, bat sie, ihm zu folgen, und führte sie zu einer Vitrine, in der wie in einem Schrein zwei Platten lagen.

Ben erläuterte, was sie vor sich sahen: „Diese zwei Kupferplatten sind in alttamilischer Sprache verfasst und bestätigen, dass einem jüdischen Kaufmann mit Namen Joseph Rabban das Dorf Anjuvannam mitsamt den Steuereinnahmen überlassen wurde, was der Erlaubnis für eine Gründung eines jüdischen Kleinststaates gleichkommt. Die Platten sind der erste Beleg für die Existenz einer jüdischen Gemeinde. Die Historiker sind sich über die Entstehungszeit der Platten zwar nicht ganz einig, aber die meisten halten wohl Bhaskara Ravi Varma für ihren Verfasser, einen Hinduherrscher, der um 1000 herum regierte. Außen an der Synagoge findet ihr ein Schild, auf dem in Hebräisch und Englisch steht, dass an dieser Stelle eine Synagoge stand, die 1344 gebaut wurde."

Benjamin zwinkerte Tom zu und sagte: „Entschuldige bitte, eine kürzere oder einfachere Antwort auf die Frage, seit wann es jüdisches Leben in Cochin gibt, habe ich leider nicht."

Tom strahlte ihn an und bedankte sich für die Antwort. Er fühlte sich ernst genommen und war fasziniert von allem, was er gerade gehört hatte. Es würde ihn sicher noch eine Weile beschäftigen. Anne hatte ihm vor der Abreise ein Tagebuch geschenkt, mit dem Hinweis, er wolle doch sicher ein paar Reisenotizen machen. Jetzt hatte er zum ersten Mal das Gefühl, dass er tatsächlich einige Beobachtungen festhalten sollte, ein paar Fragen und einige Antworten.

Ben räusperte sich und sagte: „Da im Moment scheinbar keine Frage mehr von Ihrer Seite aus kommt, darf ich Sie vielleicht fragen, welcher Religion Sie sich zugehörig fühlen?"

Matt und Tom sahen sich an und als keiner von ihnen antwortete, lenkte Benjamin schnell ein: „Wenn Ihnen die Frage zu persönlich ist, ziehe ich sie selbstverständlich sofort zurück." Und damit wandte er sich dem Altar mit den Thorarollen zu, als wolle er das Thema wechseln.

Da antwortete Matt mit ein paar knappen Sätzen, zwischen denen er jeweils eine Pause einlegte und die ihm nicht leicht über die Lippen kamen. Als seien die Worte zu ungewohnt: „Mein Vater Joshua kam aus einer jüdischen Familie. Aber ich habe ihn nie persönlich kennengelernt. Nach allem, was ich von ihm weiß, und das ist, ehrlich gesagt, nicht besonders viel, kann er wohl nicht sehr orthodox gewesen sein. Meine Mutter hat zwar immer sehr gut über ihn gesprochen, aber das Bild, das ich von ihm habe, ist, wenn auch durchaus sympathisch, doch sehr ungenau geblieben."

Benjamin sah ihn aufmerksam an und fragte: „Ihre Mutter hat sie demnach allein aufgezogen? Was ist denn passiert?" Matt wunderte sich, dass er die Fragen nicht als zu persönlich und daher als unangemessen empfand, sondern im Gegenteil sie sogar sehr gerne beantworten wollte.

„Meine Eltern waren nie verheiratet. Und sie haben sich getrennt, bevor ich überhaupt zur Welt gekommen war. Sie waren Hipster. Damals in den Fünfzigern in New York, als alles etwas drunter und drüber ging. Noch nicht so verrückt wie in der Hippie-Zeit, aber es waren die Vorläufer." Nach einer kleinen Pause fügte er noch hinzu: „Meine Mutter ist eine großartige Person. Sie hat viel geleistet. Es war wohl nicht immer leicht, als alleinstehende Mutter zu leben. Aber sie ist wirklich beeindruckend."

Benjamin sah, dass Tom eifrig nickte und seine Großmutter demnach wohl ebenfalls sehr zu schätzen schien, und fragte: „Und Ihre Mutter ist aber keine Jüdin?" Matt schmunzelte und entschied sich, wenn auch keine sehr klare, doch die Antwort zu geben, die ihm selber am nächsten kam: „Meine Mutter ist ein zutiefst spirituеller Mensch." Benjamin nickte und sein Blick wie seine ganze Haltung drückten Respekt aus.

Matt merkte, wie wohltuend es für ihn war, mit dem völlig Fremden, mit einem Älteren, über diese Dinge zu sprechen, und entschied sich, noch eine Runde weiterzugehen. „Ben", sagte er, „erklären Sie mir doch bitte Ihre Sicht der Religion. Ich weiß nicht, ob ich am Ende wirklich etwas suche, aber ich habe sehr viele Fragen. Was ist Ihnen persönlich das Wichtigste?"

Ben setzte sich wieder auf die Bank, genau auf den Platz, an dem er vorher schon gesessen hatte, und Matt und Tom taten es ihm gleich.

„Es gibt eine alte jüdische Geschichte von einem Skeptiker, der zu einem Rabbi kam und ihm eine Aufgabe stellte, von der er dachte, dass es unmöglich sei, sie zu lösen. Er sagte: ‚Ich möchte, dass Sie mir die gesamte Thora erklären, das ganze Erste Testament der Bibel, während ich hier vor Ihrer Tür auf einem Bein stehe und warte.' Nach einem Moment antwortete der Rabbi: ‚Liebe Gott und deinen Nächsten wie dich selbst, das ist die gesamte Thora, alles andere sind nur Kommentare und Ausführungen.'" Ben lachte: „Denken Sie mal, wie radikal diese Antwort ist! Die Thora, das sind unsere Gebote und Regeln, unsere Geschichte und Bekenntnisse, unsere Weisheit, von der wir denken, dass sie ewig ist. Und trotzdem zögerte der weise Rabbi nicht mit seiner Antwort und war davon überzeugt, dass, wenn wir einander nicht als Nächste akzeptieren, die uns gleich sind, wir den entscheidenden Punkt verpassen in den heiligen Schriften.

Wenn Sie mich nach Religion im Allgemeinen fragen, kann ich nur sagen, dass alle großen Traditionen von Gerechtigkeit und Barmherzigkeit wissen. Aber das Problem ist, dass wir, die Anhänger dieser jeweiligen Traditionen, nur sehr schlecht darin sind, diesen Ideen nachzukommen. Deshalb wohl ermahnen uns alle Lehrenden, von Mose angefangen, beständig, dass wir selber Sklaven waren, dass wir den Gast willkommen heißen sollen und dem

Fremden so begegnen sollen, als begegne uns Gott selbst in ihm. Ich bin überzeugt, dass die Lehre der Gastfreundschaft sich aber eben nicht nur im Judentum findet, sondern auch im Hinduismus, im Islam, im Buddhismus und im Christentum.

Als mein Volk, meine Leute, die Israeliten, eine Nation wurden, bauten die Könige, um ihre Anbetung auszudrücken, einen großen Tempel. Wir brachten Opfergaben und feierten Feste, zum Beispiel zum Dank für die Ernte. Und dann standen unsere Propheten auf und sagten uns, dass wir zu viel Wert auf die Zeremonie legten, dass Gott aber von uns wollte, dass wir uns um die Armen, die Hungernden, die Witwen und die Waisenkinder kümmern. Wir haben unseren Tempel verloren und unser Land und unsere Großen haben deshalb Rituale entwickelt, die man überall, an jedem Ort auf der Welt, ausüben kann.

Wir beten ein tägliches Gebet um Frieden. Und unsere Mystiker, die Kabbalisten, haben uns gelehrt, dass Gott oder die göttliche Gegenwart überall ist. Und sie haben immer betont, dass jeder Mensch heilig ist in dem Sinne, dass er einen Funken des göttlichen Lichtes in sich trage, und dass die Shekina, der Heilige Geist, auf jedem Berg ruht, in jeder Pflanze, jedem Tier, genauso wie in jedem Menschen. Für mich sind die heiligen Schriften eine Quelle der Einsicht in die Zusammenhänge des Lebens. Unglücklicherweise wurde und wird die Religion immer wieder missbraucht. Aber für mich ist die große Herausforderung, das Gebot der Thora, die Liebe zum Nächsten, zu leben. Und die Liebe zu Gott – denn ohne inneren Halt können wir die Lehre der Tora nicht erhalten und die Menschen gehen auf in der materiellen Welt.

Ich sehe mich gerufen, danach zu suchen, wie die Religion den Kreislauf der Gewalt und des Hasses unterbrechen kann. Wie der Glaube das Herz dieser Welt werden kann, sodass wir zusammen leben als Menschen, die Gott lieben, die für das Heil unserer Erde beten und handeln. Ich habe zwei Kinder und mein Wunsch ist, dass ich das jüdische Erbe an sie weitergeben kann, so wie es mein Vater und mein Großvater mit mir gemacht haben. Aber der andere

Wunsch, den ich habe, ist mindestens genauso groß: Ich bete, dass meine Kinder gute Menschen sind, die Barmherzigkeit üben und Boten des Friedens sind. Mein Sohn lebt hier in Cochin, aber meine Tochter ist einen anderen Weg gegangen und lebt in Israel. Sie ist in der Armee, sodass der Schmerz und die Angst, die die Menschen in Israel und Palästina immer wieder erleben, durch meine eigene Familie gehen. Ich fühle mich zerrissen und ich möchte ihnen dieses Erbe, das Gebet um Frieden, beiden gerne mitgeben.

Einer der Gründe, warum ich selber nie auch nur erwägt habe, nach Israel auszuwandern, ist, dass es mich umtreibt, dass wir keinen Frieden in das Gelobte Land zu bringen scheinen. Ich weiß, dass diese ganze Angelegenheit sehr komplex ist und sich nicht mit ein paar Schlagworten beurteilen lassen kann. Die Geschichte meines Volkes ist in vielem eine wahrhaft schwere Geschichte. Ich frage mich, was Gott denkt, was er empfindet, wenn er diese Welt sieht.

Ich habe damals, als es zum ersten Krieg kam, andere religiöse Leiter eingeladen, mit mir zu beten und zu fasten. Für den Frieden. Einige meiner engsten Freunde schimpften mich einen Verräter. Einigen ist es unmöglich gewesen, die Grenzen zu überwinden und dem Misstrauen, den Traditionen und den Erfahrungen etwas Neues entgegenzusetzen. Aber andere haben sich beteiligt. Wir haben für den Frieden gebetet. Und ich selber habe immer wieder gesagt, dass Cochin ein Beispiel des versöhnlichen Miteinanders sein könne, hier in Indien und für die Welt. Denn diese Stadt hat seit Jahrhunderten alle willkommen geheißen, Juden, Hindus, Buddhisten, Muslime und Christen. Seit mehreren Hundert Jahren leben wir hier in Frieden zusammen. Wir loben Gott und die göttliche Macht der Liebe in verschiedenen Sprachen und nennen Gott mit verschiedenen Namen. Seit so langer Zeit und immer noch beten wir dasselbe Gebet um Frieden."

Ben neigte seinen Kopf und sagte etwas leiser: „Mögen alle Menschen erkennen, dass wir nicht geboren wurden, um zu zerstören, um zu neiden, zu hassen und zu töten, sondern um Gott zu erkennen und ein Segen zu sein für diese Welt. So sei es."

Er hob den Kopf wieder und sah sie an. Matt und Tom hatten ihm fasziniert zugehört und spürten den Ernst und die Leidenschaft für seine Überzeugungen. Was er sagte, berührte Gedanken, die ihnen vertraut waren, und formulierte sie doch so, dass sie ihnen gleichzeitig fremd waren. Tom fragte sich, was seine Großmutter dem alten Rabbi zu sagen gehabt hätte. Sie hatten das kleine Gebet mitgesprochen, mit dem er seine Gedanken beendet und abgerundet hatte, und wunderten sich über dieses Erlebnis, das sie so gar nicht geplant hatten.

Ben nickte ihnen zu und sagte im Aufstehen: „Meine Frau wartet sicher schon auf mich mit dem Essen. Ich danke Ihnen für Ihre Zeit und Ihr Interesse. Es war eine Ehre, Sie zu Gast in diesem Haus zu haben. Shalom! Der göttliche Friede sei mit Ihnen." Und damit reichte er ihnen die Hand.

Matt bedankte sich für die Zeit, die er ihnen gewidmet hatte, und besonders dafür, dass er ihn auf so eigene Weise an seinen Vater erinnert hatte. Tom bedankte sich dafür, dass er ihm so geduldig seine Fragen beantwortet und ein paar neue interessante Fragen aufgeworfen hatte. Noch einmal nickten sich alle freundlich zu und dann verschwand Ben durch die Seitentür, durch die er vorhin gekommen war.

Matt und Tom blickten ihm hinterher und sahen sich dann an. Matt machte den Vorschlag, weiterzugehen und einen schönen Ort zu suchen, an dem sie essen konnten.

„Oh ja", sagte Tom, „ich habe schon wieder Hunger!"

Sie verließen die Synagoge. Beide waren nachdenklich und gingen den Worten nach, die sie jeweils am meisten bewegt hatten. Eine Weile gingen sie so wie im Traum nebeneinander her, vorbei an dem Schild, das den Weg zum Fort wies. Beide waren sich unausgesprochen einig, dass das Fort und die anderen Sehenswürdigkeiten würden warten müssen. Sie hatten genug erlebt für einen Tag.

Auf dem Weg zur Fähre kamen sie an einem kleinen Thai-Restaurant vorbei, das sehr einladend wirkte. „Magst du?“, fragte Matt seinen Sohn. Und Tom nickte eifrig. „Ja, gerne.“ Matt fragte nach: „Ist es in Ordnung, wenn wir mitten in Indien einmal nichts Indisches essen?“

Tom erwiderte: „So sehr, wie es in Ordnung ist, mitten in Amerika italienische Pizza zu essen. Ich hatte heute zwar Lust gehabt, ein koscheres Abendessen zu probieren, aber Thai hört sich super an. Und ich habe jetzt wirklich Hunger und überhaupt keine Lust dazu, noch lange nach etwas anderem zu suchen.“

Sie nahmen Platz an einem der kleinen Tische im Schatten unter einem großen Nadelbaum. Ein Kellner brachte ihnen sofort zwei Speisekarten und fragte, was sie trinken wollten. Sie wählten frischen Ananassaft und begannen, die Karte zu lesen. Tom entschied, Hühnchen in Kokossahne zu essen, Matt wählte Gambas mit Zitronengras. Der Kellner brachte ihnen zwei große Gläser eisgekühlten Saft. Sie bestellten und lehnten sich zurück und genossen das süße Getränk, indem sie beide mit dem Strohhalm ihr Glas leer tranken.

Tom eröffnete das Gespräch: „Eigentlich verwirklichen wir in diesem Moment ein kleines Stück von Benjamins Traum.“ Matt verstand nicht, was er meinte, und sah ihn fragend und neugierig an.

„Ein Restaurant ist doch ein Ort, an dem Gastfreundschaft nahezu professionell ausgeübt wird. Mitten in Indien essen wir Spezialitäten aus der Thaiküche. Und denk mal, wie es zu Hause wäre, wenn es das ‚Chutneys‘ nicht gäbe, unseren Asien-Imbiss.“

Matt stimmte ihm zu: „Ja, da sind wir im Durchschnitt bestimmt einmal pro Woche, um schnell etwas zu essen zu holen. Stell dir vor, es gäbe keine Pizza, keine mexikanischen Tacos, kein Fladenbrot mit Zaziki.“

Tom ergänzte: „Und keine Tappas.“

Matt fuhr fort: „Keine süß-saure Sauce, kein Hummus und nie wieder Döner.“

Und Tom seufzte: „Stell dir vor, keine Pfannkuchen mit Ahornsirup im ‚Schmoozers‘.“ Er verdrehte verzückt die Augen und sie mussten beide lachen. „Siehst du, Dad, die Gastfreundschaft hat sich über die Welt ausgebreitet." Und etwas nachdenklicher fügte er hinzu: „Nach dieser Reise werde ich anders ins ‚Chutneys' gehen als bisher. Und ich werde dem Koch erst einmal erzählen, wo ich war."

In diesem Moment brachte der Kellner ihnen ihr Essen. Für die nächsten Minuten waren sie beide damit beschäftigt, Hühnchen und Gambas zu verzehren, jeder probierte einmal beim anderen, sie beide genossen das scharfe leckere Essen und ließen wieder einmal nichts auf ihrem Teller übrig. Der Kellner kam, um abzuräumen, und brachte ihnen beiden als kleine Aufmerksamkeit des Hauses ein Glas dunklen süßen Tee. Sie bedankten sich, probierten und fanden den Geschmack köstlich.

Matt gähnte. „Ich bin müde und freue mich auf ein Bett. Aber vorher muss ich dir noch etwas erzählen."

Intuitiv rückten die beiden ein bisschen näher zusammen, als solle niemand hören, was es jetzt zu besprechen gab. Matt griff nach seiner Brieftasche und holte ein Stück Papier heraus. Er faltete es auseinander und zeigte es Tom.

„Hier", sagte er, „das ist eine Kopie von einem Bild, das deine Großmutter hier in Indien geschenkt bekommen hat. Eine Frau, die heute ungefähr achtzig Jahre alt sein muss, hat es ihr zum Abschied mitgegeben. Anne hat es immer aufbewahrt und sie verbindet gute, bedeutende Erinnerungen damit. Ich kann mich erinnern, dass ich als Kind oft davorgestanden habe und wissen wollte, wer die Frau und das Kind auf dem Bild sind."

Tom sagte: „Das ist doch Maria, mit Jesus auf dem Arm."

„Ja", nickte Matt, „das stimmt wohl, die beiden sollen hier dargestellt werden, aber Anne sah in den beiden immer auch noch etwas anderes, nämlich Priya, so heißt die alte Frau, und ihren Sohn Jaya. Ich habe es nicht ganz verstanden, wenn ich ehrlich bin. Jedenfalls hat sie mich gebeten, die beiden für sie zu finden. Um es ganz genau zu sagen, lautete ihre Bitte, Priya für sie zu finden und Jaya für mich."

Tom sah seinen Vater fragend an. „Was meint sie denn damit?"

Matt zuckte mit den Schultern. „Ich weiß es nicht." Aber dann korrigierte er sich selbst: „Na ja, vielleicht habe ich inzwischen eine Ahnung, die mir sagt, dass ich, wenn ich die beiden tatsächlich ausfindig mache, in dem Moment auch weiß, warum ich sie finden sollte."

Tom nickte. „Okay, das klingt irgendwie einleuchtend, wenn auch noch ein bisschen vage. Haben wir eine Adresse?"

Matt musste kurz lachen. „Nein, dann wäre es einfach. Die beiden haben sich wohl eine Weile geschrieben, aber dann scheint der Kontakt abgebrochen zu sein. Oder vielmehr ist das meine Vermutung, so genau hat Anne es mir nicht erklärt. Ich habe ein paar Anhaltspunkte: Jaya hat früher bei einem großen Kinderhilfswerk gearbeitet und dann vor einigen Jahren eine eigene Einrichtung gegründet. Wahrscheinlich irgendwo eher Richtung Südosten, Chennai, Pondicherry, Bangalore, Vellore, irgendwo in dieser Gegend, höchstwahrscheinlich in einer Stadt."

Tom sagte begeistert: „Wann brechen wir auf? Wie weit ist das von hier aus? Wie werden wir reisen? Mit dem Flieger, mit dem Bus? Was, wenn wir sie finden? Und was, wenn wir es nicht schaffen?"

Matt legte seine Hand auf Toms Unterarm. „Hey, bitte, nicht immer so viele Fragen auf einmal. Jetzt weißt du schon mal, warum Anne unbedingt wollte, dass wir nach Indien reisen. Morgen treten wir, wie geplant, unsere Tour durch die Backwaters an, und dabei entwickeln wir dann einen Plan und eine Route. Einverstanden?"

Tom nickte: „Sehr einverstanden. Mensch, Dad, keiner meiner Freunde hat jemals so eine coole Reise gemacht. Danke, dass du mich mitgenommen hast." Er stockte kurz und hakte nach: „Warum eigentlich?"

Matt rief sich den Morgen in Erinnerung, an dem er den Artikel über die Staudämme an der Narmada gelesen und mit einem Mal gewusst hatte, dass er nach Indien reisen würde. Er sah Tom an, suchte seinen Blick und sagte dann, fast feierlich: „Vielleicht war mir irgendwie klar, vage, aber doch irgendwie präsent, dass diese Reise etwas mit unserer Familie zu tun hat, mit einer Geschichte, die nicht in einer Generation zu Ende erzählt ist. Meine Mutter, deine Großmutter, hat sie begonnen und sie möchte, dass ihr Sohn sie mit seinem Leben fortsetzt. Intuitiv habe ich wohl denselben Wunsch gespürt, dass auch mein Kind, ihr Enkel, weiterträgt, was so bedeutend ist für Anne." Sie sahen einander an und spürten, dass diese Reise bedeutsam werden konnte. Für diesen Moment war alles gesagt.

Sie zahlten ihre Rechnung und gingen zur Fähre. Wieder hatten sie Glück und schon bald konnten sie übersetzen. Auch diesmal nahmen sie wieder eine Autorikscha, ließen sich vor ihrem Hotel absetzen, sich an der Rezeption ihren Schlüssel geben und nahmen den Fahrstuhl hoch in den zehnten Stock. Sie schwiegen immer noch, aber die Stille hatte nichts Unangenehmes. Sie wussten, dass sie das Gespräch fortsetzen würden, wenn sie beide bereit dazu waren. Jetzt aber würden sie erst einmal schlafen gehen.

Matt war glücklich, endlich in einem Bett zu liegen. Die weißen Laken und die große Matratze gaben ihm das Gefühl von Zuhause und für einen Moment spürte er der merkwürdigen Erfahrung nach, sich am anderen Ende der Welt nur mithilfe einer Plastikkarte in ein Hotel einmieten zu können.

Tom hatte entschieden, die erste Nacht in einer der Hängematten auf der Terrasse zu schlafen. Und obwohl sie beide müde waren, stand Tom doch noch einmal auf, blieb für einen Moment in der Terrassentür stehen und kam dann auf Matts Bett zu. Er legte sich vorsichtig an den Rand der freien Seite des großen Doppelbetts auf den Rücken und sagte: „Dad, ich schreibe gerade ein paar Sachen in das Tagebuch, das mir Großmutter geschenkt hat. Ich habe versucht, alles festzuhalten, wenigstens in Stichpunkten, was mir wichtig war, aber es ist einfach zu viel. Ich habe auch ein paar Zeichnungen gemacht, na ja. Du musst mir versprechen, mir noch mehr von deinem Vater, von Joshua, zu erzählen, wenigstens das, was du weißt. Und dann ist da noch eine Frage, die mich beschäftigt. Dieser Film, weißt du noch, die Legende von Veer und Zaara. Was hast du gedacht, als du den Film gesehen hast?"

Matt sah ihn an, im Dunkeln konnte er nur die Umrisse von Toms Gesicht ahnen, und fragte: „Warum fragst du? Und warum fragst du es jetzt?"

„Weil irgendetwas zurückgeblieben ist, ein Gefühl, als gäbe es noch etwas zu sagen."

Matt bewunderte seinen Sohn in diesem Moment sehr und sagte: „Ja, da hast du tatsächlich recht. Ich wollte dir etwas sagen, aber dann kamst du mir zuvor mit deiner Frage nach einer Frau für dich."

Tom hakte nach: „Und, was wolltest du mir sagen? Ist es etwas mit Ma?"

„Nein", sagte Matt, „nein, über Ma können wir auch irgendwann sprechen, aber das war es nicht." Er machte eine kleine Pause und fuhr dann fort: „Es ging um dich und mich."

Tom sah ihn überrascht an, wach, aufmerksam für das, was als Nächstes kommen würde. Matt versuchte, ihm zu erläutern, was er gedacht und empfunden hatte: „Der Regisseur des Films, er heißt Yash Chopra, ist einer der bekanntesten indischen Regisseure und Produzenten. Auf unserem Flug habe ich im Programmheft seinen Namen entdeckt und mich daran erinnert, neulich ein Interview mit ihm gesehen zu haben und irgendwann kurze Zeit später dann auch einen Film von ihm."

Tom blickte fragend, aber Matt fuhr fort: „Ich kann mich nicht mehr erinnern, wie der Film eigentlich hieß oder worum es ging. Aber jetzt, als ich im Flugzeug seinen Namen entdeckte, sah ich auch, dass er den Film nicht allein produziert hatte, sondern zusammen mit Aditya Chopra. Das muss sein Sohn sein, denn ich weiß noch, dass er in diesem Interview davon sprach, sein Wissen an seinen Sohn weitergeben zu wollen. Dieser Aditya hat auch das Drehbuch geschrieben."

Matt wusste nicht, wie er ausdrücken sollte, was er sagen wollte, ihm fehlten die Worte.

Tom wollte ihm helfen und fragte ungläubig lachend: „Du willst, dass wir beide einen Film zusammen drehen?"

Matt schüttelte belustigt den Kopf: „Oh nein, das nicht. Aber ich frage mich, was ich dir beibringe. Was ich an dich weitergebe. Welches Wissen es wert ist, es an dich zu vererben."

Er sprach jetzt ruhig, nachdenklich, und breitete seine wirren Gedanken vor seinem Sohn aus: „Auch Ben hat das heute erwähnt. Er hat eine tiefe Überzeugung, die er seinen Kindern unbedingt weitergeben will. Er hat ein Gebet, das er als wert empfindet, es über die Generationen weiterzugeben. Er wünscht sich, sein jüdisches Erbe, das ihm selber auch vererbt wurde, weiterzugeben. Und ich? Ich glaube, ich muss dir einiges erzählen von dem, was Anne mir beigebracht hat. Und ich hoffe, Priya wird mir helfen, es noch einmal besser zu begreifen. Und dann werde ich vielleicht wissen, was mein Erbe ist." Er seufzte. Matt spürte, wie sein Herz schlug, und wartete in der dunklen Stille des Zimmers auf eine Reaktion von Tom.

Als er nichts hörte, sagte er leise fragend seinen Namen: „Tom?"

Aber er hörte nur das regelmäßige Atmen seines Sohnes. Eine Mischung aus Erleichterung und Enttäuschung machte sich in ihm breit. Wann war Tom eingeschlafen? Was hatte er noch gehört und was nicht mehr?

Matt entschied, sich abzulenken, und begann, sich einen Plan für den kommenden Tag zurechtzulegen. Sie würden eine Bootstour durch die Backwaters machen. Und dabei würde er Tom endlich einweihen in den Auftrag, den Anne ihnen mitgegeben hatte. Gemeinsam würden sie Ideen entwickeln und Pläne machen, wie sie Priya finden könnten. Diese Vorstellung machte ihn glücklich und ließ dann auch ihn endlich einschlafen.

Kapitel 18

Jaya stand am Fenster seines Büros und blickte hinunter in den Innenhof. Der Baum, den sie zur Eröffnung des Kinderheims dort in der Mitte gepflanzt hatten, war schnell gewachsen, schneller als er gedacht hatte. Aber das traf eigentlich auf das ganze Projekt zu. Er war größer geworden als erwartet. Er sah nach oben. Noch hatten die obersten Zweige des Baums das Ende des Hauses nicht erreicht. Immer, wenn er hier stand, um nachzudenken oder auszuruhen, war er froh, dass das Haus an dieser Stelle kein Dach hatte, sondern eine große, kreisrunde Öffnung mit mehreren Metern Durchmesser, direkt über dem Beet im Innenhof.

Jaya blinzelte, als er in den strahlend blauen Himmel sah. Der Amla, der Baum, würde seinen Weg dorthin finden. Die federartigen dünnen Blätter rochen ein wenig nach Zitrone. Er musste an Jones denken, einen seiner engsten Freunde, der den Baum bei der Eröffnung des Kinderheims eingesetzt hatte und der vor einigen Jahren eine Art Gelübde getan hatte, als er bei einer Familienfeier versprach, jedes Jahr bis zum Ende seines Lebens mindestens zehn neue Bäume zu pflanzen. Jaya schmunzelte bei dem Gedanken an ihn, nahm sich vor, ihm heute noch eine E-Mail zu schreiben und ihm zu erzählen, wie gut der Amla im Hof in diesem Jahr weiter gediehen war.

Er dachte an Kala. Sie müsste jetzt eigentlich bereits seit einigen Tagen wieder aus Delhi zurück sein, aber sie hatte sich noch nicht wieder bei ihm gemeldet, und er merkte, wie er allmählich unruhig wurde und sich wünschte, sie möglichst bald wiederzusehen. Es interessierte ihn außerdem wirklich, was aus der Anhörung im Parlament geworden war und ob das neue Patentgesetz für Medikamente und Generika verabschiedet werden würde oder nicht.

Vielleicht würde er ihr morgen einen kurzen Besuch abstatten. In seinen Gedanken begann er zu planen. Er könnte es ja so aussehen lassen, als habe sein Weg ihn ohnehin in das Krankenhaus geführt, als würde er eben seine Termine wahrnehmen und dabei dann, wie nebenbei, die Gelegenheit nutzen, Kala zu sehen. Sie nicht zu sehen, würde dann in so einem Fall ja unglaublich unhöflich wirken.

Jaya schüttelte den Kopf und lachte über sich selbst. Ihm wurde in diesem Moment klar, dass Doktor Kala zu schlau war, um sich etwas vormachen zu lassen. Sie würde ihn freundlich begrüßen und an ihren frechen Augen würde er merken, dass sie ihn schon längst durchschaut hatte. Wie hatte er bloß in diese komplizierte Situation geraten können? Was tat man denn, wenn man es plötzlich mit einer klugen Frau zu tun bekam und sich völlig überraschend zu ihr hingezogen fühlte? Was, wenn ihn seine Gefühle überwältigen würden? Und auch seine Gedanken und seine Seele nicht mehr ohne sie auskommen wollten? Er war hilflos. Vielleicht würde er in der Mail an Jones nicht nur von dem Amla schreiben, sondern ihm gleich noch ein paar andere Fragen stellen. In Gedanken begann er, einen Brief zu formulieren. *Jones, mein lieber Freund. Ich grüße dich aus Vellore und ich freue mich, dir mitteilen zu können, dass der Amla in der Mitte unseres Kinderheims, dein Amla, in diesem Jahr besonders schön gewachsen ist …*

Er sah zu dem Baum hin. Die kleinen runden Früchte des Amla hatten sich in den letzten Tagen hellgelb gefärbt und würden bald reif sein. Jaya freute sich jetzt schon bei der Vorstellung, dass die Jungen die Früchte bald ernten und versuchen würden, jede einzelne der kleinen Nüsse zu pflücken, indem sie auf Stühle kletterten oder sich weit über das Geländer lehnten, um die höher gelegenen Zweige zu erreichen.

Eine alte hinduistische Legende sagte, dass zu der Zeit, als die

Welt noch im Entstehen war, der Gott Brahma so bewegt war in seiner Meditation, dass er weinen musste. Die Tränen, die aus seinen Augen rollten, fielen hinunter auf die Erde und etwas später keimte der Amla auf. Er bekam viele Äste und Zweige und war voller Früchte. Und weil der Amla also der erste Baum war, der auf der Erde wuchs, wurde er von Hindus auch Adiroha, Baum aller Bäume, genannt. Jaya wusste, dass die Früchte sehr nahrhaft waren und in der ayurvedischen Medizin verwandt wurden. Frauen verwendeten die Essenzen der Früchte auch zum Baden.

Lieber Jones, setzte er den Brief fort, *ich habe eine Frage, die nichts mit Bäumen zu tun hat, sondern mit einer Frau.* Jaya schüttelte wieder und wieder den Kopf. So ginge das nicht. Jones würde laut lachen, wenn er sein Postfach öffnen und diesen Gruß von ihm lesen würde. Aber wie, um Gottes Willen, formulierte man so eine Frage? Seine Unbeholfenheit verwirrte ihn und er war froh, als Sunda ihn jetzt in seinen Gedanken unterbrach und von unten rief, es sei Besuch für ihn da.

Die Art, wie Sunda das Wort Besuch betont hatte, hatten Jaya signalisiert, dass Sunda den Gast, der gekommen war, nicht kannte und er Jaya vorwarnen wollte. So hatte er es mit den Mitarbeitern des Hauses abgesprochen und war jetzt vorbereitet darauf, einen Fremden, im schlimmsten Fall jemanden von den Behörden oder der Polizei vor sich zu sehen. Auf dem kurzen Weg von seinem Büro die Treppe hinunter in die Halle sprach er ein kurzes Gebet um Frieden und die Fähigkeit, einander als Mitmenschen anzusehen, und wappnete sich innerlich für die Begegnung. Sein Besucher hatte es noch nicht gewagt, das Haus zu betreten, und stand, der Haustür den Rücken zugewandt, in der Sonne und wartete. Es war ganz offensichtlich kein Polizist, sondern ein sehr scheuer Mensch. Jaya meinte, etwas Bekanntes an ihm zu entdecken, und als er näher kam, erkannte er seinen Nachbarn.

Die beiden begrüßten einander höflich, verbeugten sich kurz voreinander.

„Rujul, ich heiße Sie herzlich willkommen." Mit diesen Worten führte Jaya seinen Gast ins Haus und lud ihn ein, einen Tee mit ihm zu trinken. Rujul zog seine Schuhe aus und folgte ihm zögerlich. Die beiden nahmen an dem kleinen Tisch in der Halle Platz, direkt unter dem Ventilator, der ihnen Erfrischung brachte, und Jaya wartete, was sein Nachbar ihm wohl zu sagen hätte.

Es war das erste Mal, dass er ihn hier aufsuchte, und die Art, wie er sich benahm, deutete an, dass er mit einem Problem zu ihm gekommen war und Rat oder Hilfe brauchte. Und so wartete Jaya, bis Sunda den Tee gebracht und ihnen einen Becher eingeschenkt hatte, wieder gegangen war und sie sich allein gegenübersaßen, und ergriff erst dann das Wort. „Sie sind herzlich willkommen in unserem Haus. Ihr Besuch kommt überraschend, aber die Tür steht Ihnen immer offen. Darf ich fragen, was Sie zu mir führt?"

Rujul hielt verkrampft den Becher mit Tee in der Hand, nahm einen Schluck, räusperte sich und rückte dann Wort für Wort, sehr zögerlich und als sei er immer noch unschlüssig, ob er sich wirklich mitteilen wollte, mit dem heraus, was ihm zu schaffen machte.

„Shanti", sagte er. Jaya nickte ihm aufmunternd zu. Es ging also um die Tochter seiner Nachbarn. Um ihn aufzumuntern, weiterzusprechen, sagt Jaya: „Sie war immer schon ein sehr liebenswertes Mädchen. Meine Mutter erzählte mir erst neulich, wie gut es ihr gelungen ist, eine Lotusblüte auf die Steine vor ihrem Haus zu malen."

„Ja, Ihre Mutter ist eine sehr freundliche Frau. Shanti war sehr stolz auf ihr Lob. Richten Sie ihr meine herzlichen Grüße aus. Ich bin in letzter Zeit immer sehr spät von der Arbeit nach Hause gekommen, sodass ich sie nur sehr selten gesehen habe."

Jaya versuchte sich zu erinnern, was Rujul arbeitete, und fragte sich, ob sein Besuch damit zu tun haben könnte, als dieser aber fortfuhr: „Shanti soll heiraten." Die Sorgen in Rujuls Gesicht hielten Jaya davon ab, ihm zu gratulieren und die üblichen Glückwünsche zu äußern, und Rujuls nächste Worte bestätigten ihn darin. „Sie ist weggelaufen."

Nach diesem Satz kippten Rujuls Schultern nach vorne und er

begann, hemmungslos zu weinen. Dabei hielt er seinen Kopf zwischen den Händen und nur ab und zu war ein eindringlicher Klageton zu hören. Jaya ließ ihn eine Weile mit seiner Traurigkeit für sich allein, dann berührte er ihn vorsichtig am Arm und reichte ihm sein Taschentuch. Rujul nahm es dankend entgegen, wischte sich über sein Gesicht, putzte sich die Nase und sah Jaya jetzt mit offenem Blick an: „Ich bin froh, dass ich es jemandem gesagt habe, denn ich weiß nicht, was ich tun soll."

Jaya nickte ihm wieder zu und forderte ihn auf, ihm doch die ganze Geschichte zu erzählen. Rujul begann: „Shanti ist unser einziges Kind und meine Frau Vimala und ich lieben sie sehr. Wir haben uns gewünscht, noch mehr Kinder zu haben, aber wir wurden nur mit einem beschenkt. Dennoch – Shanti hat uns immer so viel Freude gemacht. Wie Sie selber gesagt haben, ist sie ein sehr liebes Mädchen mit einem sehr freundlichen Wesen. Sie hat uns nie Kummer gemacht, sondern war aufmerksam und fleißig. In der Schule hat sie nur allerbeste Noten bekommen. Aber jetzt soll sie heiraten. Sie ist sechzehn Jahre alt und wir haben einen geeigneten Mann für sie ausgesucht.

Jaya, ich hätte niemals gedacht, dass diese Heirat zu einem Problem werden könnte. Aber von dem Moment an, wo ich es ausgesprochen habe, erkenne ich mein eigenes Kind nicht wieder. Sie ist sehr wütend und uneinsichtig. Sie ist allem guten Zureden gegenüber verschlossen. Sie weigert sich, zu essen, und hilft nicht mehr im Haushalt. Vimala ist verzweifelt. Wir lieben unsere Tochter doch und wollen das Beste für sie. Was sollen wir tun?"

Jaya wollte noch den Rest der Geschichte hören, bevor er antwortete, und fragte: „Und jetzt ist sie weggelaufen? Ist denn etwas passiert?"

Rujul sank wieder in sich zusammen, raffte sich aber wieder auf und sagte: „Vor ein paar Tagen hat Vimala ein Gespräch mit ihr gehabt und versucht, sehr verständnisvoll zu sein. Sie hat Shanti gegenüber versprochen, dass sie sich den Mann zunächst einmal ansehen dürfe und sich mit ihm treffen, um ihn etwas näher kennenzulernen, und sie hat ihr auch zugestanden, dass sie ihn ablehnen dürfe, wenn er ihr wirklich überhaupt nicht zusage. Wir handeln nach unseren Traditionen, aber wir sehen, dass die alten Bräuche in der Vergangenheit oft sehr rigoros gehandhabt wurden. Wir selber wollen offener sein und sind ehrlich am Glück unseres Kindes interessiert."

Jaya sah die Ernsthaftigkeit dieses Vaters und fragte trotzdem noch einmal nach: „Aber offenbar wusste sich Shanti nicht anders zu helfen, als wegzugehen. Warum denn?"

Rujul zuckte mehrmals mit den Schultern und antwortete: „Wir hatten befürchtet, sie habe sich vielleicht eigenständig einen Mann ausgesucht und wolle uns überreden, einer Liebesheirat statt einer arrangierten Ehe zuzustimmen. Aber sie hat Vimala gesagt, sie wolle überhaupt nicht heiraten, sondern studieren. Ihre Noten seien so gut, dass sie ein Stipendium am CMC bekommen und Ärztin werden könne. Vimala war tief erschrocken, weil ihr die Idee so fremd ist. Wir haben so ganz andere Pläne für unser Kind, ganz andere Vorstellungen davon, wie man glücklich wird. Ich war nicht zu Hause, als es passierte, und weiß deshalb nicht ganz genau, was zwischen meiner Frau und meiner Tochter vorgefallen ist und welche Worte genau gesagt wurden, aber als ich von der Arbeit kam, saß Vimala allein auf Shantis Bett und weinte. Das war Anfang der Woche und jetzt ist sie seit mehreren Tagen nicht nach Hause gekommen. Auch nachts nicht. Wo kann sie denn nur sein? Und wie könnten wir sie finden? Was sollen wir denn nur tun?"

Die Fragen kamen erneut mit klagendem Weinen, sodass Jaya wieder einen Moment wartete, bis er etwas sagte.

„Rujul, ich danke Ihnen für Ihr Vertrauen und hoffe, dass ich es nicht enttäuschen werde. Ich werde als Erstes meine Mutter bitten, Ihre Frau zu besuchen. Sie wird ihr ein paar frische Mangos mitbringen und sie ein wenig beruhigen und trösten. Meine Mutter versteht es, anderen Menschen nah zu sein und ihnen Verständnis zu schenken, besonders, wenn diese in schwierigen Situationen sind."

„Ja", Rujul nickte, „Ihre Mutter hat den Ruf, dass sie sehr feinsinnig ist und auch Unausgesprochenes und Unsichtbares erfassen kann."

Jaya wusste, es war eine gute Idee, seine Mutter um den Besuch zu bitten, aber ihm war auch klar, dass er noch mehr tun musste, und deshalb sagte er: „Rujul, darf ich Sie etwas fragen?"

Rujul sah ihn sofort aufmerksam an und sagte: „Ja, bitte. Was denken Sie denn, warum ich zu Ihnen gekommen bin? Ich suche Ihren Rat. Sagen Sie mir bitte, was Sie zu sagen haben!"

Jaya begann: „Manchmal ist der Rat, den man sich einholt, nicht das Wort, das man wirklich hören möchte."

Rujul schüttelte den Kopf. „Ich weiß, was Sie meinen, aber ich bin überzeugt, dass man sich den Rat, der einem weiterhilft, meistens nicht selber geben kann."

Jaya sah wieder die große Ernsthaftigkeit in seinem Gesicht und sagte trotzdem: „Manche Menschen behaupten, dass sie Rat suchen, aber sie wollen am Ende eigentlich nur bestätigt werden und suchen, dass man ihnen recht gibt in dem, was sie bisher immer für richtig hielten. Sie wollen nicht unterbrochen werden in den Vorstellungen, an die sie gewöhnt sind, weil ihnen die Gewohnheit Sicherheit verleiht. Das ist sehr verständlich."

Zum ersten Mal musste Rujul jetzt lächeln: „Jaya, ich bin ein einfacher Mann, aber ich verstehe, dass Sie mir offensichtlich irgendetwas sagen wollen, das unbequem für mich ist. Darf ich Sie bitten, mir einfach mitzuteilen, was Sie denken? Ich selber muss ja dann immer noch entscheiden, ob ich Ihren Rat bejahe und umsetzen werde."

Jaya war erstaunt über die große Offenheit, mit der Rujul mit ihm sprach, und freute sich über das Vertrauen, das er ihm entgegenbrachte. Ihm war nicht bewusst gewesen, dass er für seinen Nachbar ein Mensch war, bei dem er sich Rat holte, aber er akzeptierte diese Bitte und sagte sich, dass er es wohl riskieren könne, ebenso ehrlich zu sein.

„In diesem Haus hier leben zwanzig Kinder. Sie wachsen in Gemeinschaft auf und in Freiheit. Das bedeutet, dass es ein paar Regeln gibt, die wir gemeinsam vereinbart haben und an die wir uns halten. Und es bedeutet, dass es einen große Raum zur Entfaltung gibt und viele Gelegenheiten, die Welt zu entdecken, Fähigkeiten, Geschichten und den eigenen Weg. Ich helfe den Kindern dabei, dass sie herausfinden, wer sie sind, was ihr Beitrag ist, wie sie ihr Leben gestalten wollen. Ich zeige ihnen den Wert der Gemeinschaft und den Wert der Freiheit. Beide sind kostbar, beide nicht selbstverständlich, beide müssen behütet werden. Wenn wir unseren Kindern nur den Wert der Freiheit vermitteln, werden sie auch alles nur an dem Wert ihrer eigenen Freiheit messen und werden zu Menschen, die vor allem an sich denken. Alles, was ihre eigenen Möglichkeiten einschränkt oder sie zu viel kostet, wird dann schnell zu einer Zumutung. Wenn wir ihnen nur die Regeln der Gemeinschaft beibringen, werden sie dagegen schnell zu Menschen, sie sich anpassen und es nur selten wagen, herauszuragen. Mit dem Sinn für Gemeinschaft und Freiheit aber erziehen wir sie zur Verantwortung und zum Mitgestalten. Sie werden einen Blick für das Ganze haben und gleichzeitig einen Blick für sich selbst. Sie werden Zusammenhänge begreifen und die Bedeutung des Wortes Gegenseitigkeit."

Jaya fürchtete schon, Rujul könnte unruhig werden, aber er hörte ihm aufmerksam zu und nickte dabei hin und wieder zustimmend.

„Es gibt drei große Fragen, die die Kinder auf ihrem Weg zum Erwachsenwerden klären müssen: was sie arbeiten, mit wem sie leben und wem sie vertrauen. Ich glaube, die Frage nach dem Lebensunterhalt ist auch eine Frage der Berufung. Die zweite Frage, die die Jungen stellen, ist die Frage nach einer Partnerin, der Wunsch nach einer Familie, einem Zuhause, auch der Wunsch, selber Vater zu werden. Die dritte Frage ist eine spirituelle, eine Frage der Religion. Erwachsen zu werden bedeutet dann, nicht einfach nachzubeten, was einem vorgebetet wurde, sondern eine eigene Position zu finden und Antworten auf die heiligen Fragen, die einen persönlich überzeugen. Ich rede sehr offen mit den Kindern über diese Fragen und ich bin dankbar, wenn es gelingt, dass sie auf diesem Weg ihre Lebensberufung finden."

Rujul wiederholte fasziniert das große Wort und flüsterte vor sich hin: „Lebensberufung."

Jaya machte eine kurze Pause, um dem Wort selbst auch nachzulauschen und fuhr dann fort, indem er erläuterte: „Hier im Kinderheim und in unserer Stiftung arbeiten Menschen, die mich gebeten haben, eine Ehe für sie zu arrangieren, und ich empfinde diese Bitte jedes Mal als eine große Bürde und Ehre zugleich. Ich versuche, dem mit allerhöchster Sorgfalt nachzukommen. Ich kann sagen, dass die Ehen, die so entstanden sind, einen glücklichen Eindruck auf mich machen, sodass ich selbst mich manchmal wundere, wie gut dieses Konzept tatsächlich aufgeht. Aber gleichzeitig arbeitet hier auch ein Paar, das eine Liebesheirat gefeiert hat, und auch die beiden sind glücklich miteinander. Ich weiß, dass meine Freunde aus den USA und aus Deutschland die Idee einer arrangierten Ehe kaum nachvollziehen können, die meisten von ihnen allerdings zugeben müssen, dass die Scheidungsrate in ihren Kulturkreisen sehr hoch ist und es trotz der üblichen Liebesheirat auch eine ganze Reihe unglücklich Verheirateter gibt. Ach", Jaya seufzte, „wir könnten noch stundenlang über dieses Thema philosophieren. Am Ende aber würden wir wieder landen bei Verantwortung und Freiheit und bei Berufung."

Rujul nickte und sagte dann: „Ich habe mich nie mit meiner Tochter über ihre Lebensberufung unterhalten. Ich dachte einfach, es sei das Beste für Shanti, wenn sie möglichst bald heiraten würde."

Jaya lenkte ein: „Es ist ja noch nicht gesagt, dass sie niemals heiraten wird, nur weil sie jetzt erst einmal studieren möchte."

Rujul schüttelte den Kopf: „Ich kann mir nicht vorstellen, welcher Mann Interesse daran haben sollte, eine so gut ausgebildete Frau zu heiraten. Die meisten Männer mögen es nicht, wenn ihre Frauen schlauer sind als sie selber."

Jaya musste nun wirklich lachen und versuchte erst gar nicht, es vor Rujul zu verstecken. Ganz für sich dachte er kurz, aber plötzlich voller Klarheit, dass er selbst wohl gerne eine gewisse Ärztin heiraten würde, aber dem Thema würde er später nachgehen. Laut sagte er: „Ich denke, dass Sie uns Männern damit wirklich Unrecht tun, und wir sollten beide davon ausgehen, dass es viele gibt, die die Klugheit einer Frau zu schätzen wissen."

Rujul entschuldigte sich für seine Äußerung, die ihm jetzt selbst albern vorkam, aber Jaya winkte ab: „In gewisser Weise haben Sie ja sogar recht. Auch die Regeln, nach denen wir Ehen arrangieren, sind ja geprägt vom Kastenwesen. Und eine Gesellschaft, in der es streng untersagt ist, kastenübergreifend zu heiraten, hat unsere Vorstellungen natürlich nachhaltig geprägt. Es würde allerhöchstens einmal eine Frau aus einer niedrigeren Kaste mit einem Mann aus einer höheren verheiratet werden, umgekehrt aber gilt es als unmöglich."

Rujul wirkte jetzt sehr nachdenklich, aber nicht mehr so verzweifelt wie noch zu Beginn ihres Gesprächs und er meinte: „Ich weiß noch nicht, wie ich meine Frau überzeuge, aber ich denke, dass ich selber mich dem Gedanken öffnen kann, dass Shanti zunächst einmal studiert und wir später noch einmal mit ihr über eine Heirat nachdenken werden. Vielleicht hat sie dann ja auch selbst den Wunsch entwickelt, nicht allein zu sein, sondern eine Familie zu gründen. Eigentlich gehe ich davon aus, dass letztlich jeder gesunde Mensch so denkt."

Erst in dem Moment, als er diese Worte bereits ausgesprochen hatte, wurde ihm klar, wen er vor sich sitzen hatte, und er entschuldigte sich diesmal hektisch und mit vielen kleinen Gesten: „Verzeihen Sie mir bitte meine unbedachte Äußerung. Glauben Sie mir, dass ich Sie nicht verletzen wollte und großen Respekt vor Ihrem Lebensstil habe. Ich bin wohl heute etwas durcheinander und dann greift man wohl fast automatisch zurück auf die gewohnten Einsichten. Ist Ihnen auch schon einmal aufgefallen", fragte er, „dass man immer, wenn man besonders aufgewühlt ist, auch besonders dankbar ist für schnelle Lösungen und empfänglich für einfache bekannte Muster? Es tut mir wirklich leid."

Jaya beruhigte ihn und kam ihm gerne entgegen: „Ich hatte leider keinen Vater wie Shanti einen hat, der sich um meine Zukunft gekümmert hätte. Meine Mutter hat ihr Bestes gegeben und ich hatte schon früh in meinem Leben Menschen, die mich gefördert und unterstützt haben. Aber um eine Frau für mich hat sich nie jemand gekümmert. Wer weiß, vielleicht würde ich sonst heute auch anders leben."

Rujul hatte Jayas letzten Sätzen erstaunt zugehört und konnte wohl nicht anders, als seiner Verwunderung auch Ausdruck zu verleihen: „Ich dachte immer, Sie hätten eine Art Gelübde getan, wie ein Priester, und Sie hätten die Ehelosigkeit als Ihre Lebensberufung, wie Sie es nennen würden, angenommen."

Jaya legte den Kopf ein wenig schräg und dachte einen Augenblick lang über die Worte seines Nachbarn nach, bevor er erwiderte: „Ich denke, dass ich es lange Zeit so gesehen habe. Ich habe die Freiheit, die mir meine persönliche Ungebundenheit verleiht, als große Gabe empfunden und sie auch so eingesetzt. In letzter Zeit aber zweifele ich, ob ich tatsächlich auch den Rest meines Lebens so gestalten werde. Aber das wird sich zeigen. Jetzt lassen sie uns noch einmal über Shanti sprechen."

Er nahm eine irgendwie offiziellere Haltung ein und bot Rujul an, Shanti mit einer Ärztin im CMC zusammenzubringen, die sie ein wenig betreuen könnte und ihr sicher bei den ersten Schritten im Studium helfen würde. Jetzt war es Rujul, der lachen musste, und er fragte, sich der Forschheit seiner Frage durchaus bewusst, denn er duckte sich gleichzeitig ein wenig: „Und hat diese Ärztin zufällig auch etwas mit den Zweifeln an Ihrem Familienstand zu tun?"

Jaya geriet für einen Moment aus der Fassung, schüttelte den Kopf über sich selber, überlegte, was ihn verraten haben könnte, und sagte: „Jetzt sind wir zwei Männer, die jeweils ein Geheimnis miteinander teilen. Und die beiden beteiligten Frauen, Ihre Tochter und eine andere kluge Frau, eine bemerkenswert engagierte Ärztin aus dem CMC, Doktor Ranjini, werden sich vielleicht treffen und diese Verbindung könnte für Shanti überaus hilfreich sein."

Rujul wurde auf einmal sehr nüchtern und sagte: „Haben Sie vielen Dank für Ihre freundliche Hilfe und die Idee, meine Shanti mit dieser Doktorin zusammenzubringen. Aber zuerst einmal müssen wir Shanti überhaupt wiederfinden. Ich habe keine Ahnung, wo sie sein könnte."

Gemeinsam überlegten sie eine Weile, bei welcher Verwandten oder Freundin Shanti Unterschlupf gefunden haben könnte, und sie verabredeten, dass Rujul und Vimala sich in den nächsten zwei Tagen in ihrer Familie umhören würden und sie jetzt, auch wenn ihnen dadurch manche unangenehme Frage zugemutet werden würde, ganz aktiv nach Shanti suchen würden.

Wenn das nicht zu dem erhofften Ergebnis führen und sie Shanti weiterhin vermissen sollten und es auch kein Lebenszeichen von ihr gäbe, müsse man irgendwie nach weiteren Möglichkeiten suchen und wohl auch ernsthaft überlegen, die Polizei einzuschalten.

„Ach", seufzte Rujul, „im Moment ist mir ganz egal, ob sie jemals heiratet und uns Enkelkinder schenkt, ich möchte sie nur in meine Arme nehmen und hören, dass es ihr gut geht."

„Ja", stimmte Jaya ihm zu, „das ist das Wichtigste. Ich habe großen Respekt davor, dass Ihnen das Glück Ihres Kindes so sehr am Herzen liegt und Sie die Liebe und nicht Ihre eigene Erziehung zum letzten Maß aller Dinge machen."

Rujul bedankte sich für die ermutigenden Worte und wollte gerade aufstehen, als er es sich anders überlegte und sich noch einmal Jaya zuwandte: „Sie haben vorhin gesagt, dass es drei große Fragen gibt, die Kinder auf dem Weg zum Erwachsenwerden für sich beantworten lernen müssen. Die nach Lebensunterhalt und Beruf, die nach Partnerwahl und Lebensstil – aber welches war noch einmal die dritte?"

Jaya wusste, dass er jetzt wirklich vorsichtig sein musste. Hatte er seinem Gegenüber bisher schon einiges zugemutet, auch weil er ihn als einen Menschen einschätzte, der nicht fanatisch, sondern zugänglich war, so wusste er doch, dass sein Nachbar ein gläubiger

Hindu war und ihre religiösen Überzeugungen sie beide voneinander trennten. Bedächtig antwortete er daher: „Die dritte Frage ist, wem ein Mensch vertraut. Wem er im Letzten glaubt. Wo er sich birgt. In welcher Hoffnung er zu Hause ist und wie er sie begründet. Was er denkt über die Zeit, die dem irdischen Leben folgt. Woher er seine Werte letztlich bezieht. Man könnte auch sagen, wem er sich verantwortet oder wem er gehört. Oder, wer sein Herr ist."

Rujul reagierte gelassen und fragte nur einfach: „Und jeder Mensch hat diese Fragen?"

Jaya nickte und sagte: „Ich persönlich denke, dass diese heiligen Fragen tatsächlich zum Menschsein gehören. Wir haben unterschiedliche Worte für diese Fragen, verschiedene Methoden, wie wir sie äußern, und unsere Antworten sehen ebenfalls anders aus, aber fragen tun wir wohl alle."

Rujul hakte nach: „Und Sie meinen, dass jeder Mensch einen Herrn hat oder – wie haben Sie gesagt? – jemandem gehört?"

Jaya bejahte auch diese Frage: „Nach meinen Beobachtungen gehört auch der freieste Mensch einer Idee, und sei es seiner Idee von Freiheit oder eben sich selbst mit seinen Grenzen. Man kann sich aber entscheiden, wer oder was einen beherrschen soll."

„Sie meinen, welcher Gott?"

„Welcher Gott, ja, aber man kann auch einer Ideologie angehören oder eigenen Idealen oder einem Menschen oder einem Projekt."

Rujul fragte jetzt forscher: „Brahma, Shiva, Vishnu oder Buddha, Allah, Jahwe, Jesus, egal?"

Jaya antwortete ruhig: „Das sind zunächst einmal Namen. Für Götter oder Religionsstifter. Ein Mensch sollte sich vielleicht tatsächlich fragen, wie er sich zu diesen Namen verhält – und dann wird er vielleicht einen von ihnen auswählen, der ihn überzeugt, der ihn gewinnt. Und wird dann sagen, dass er ihm gehört oder auch zu ihm gehört. Und in dieser Zugehörigkeit, in dieser Verbundenheit wird er seine Freiheit und seine Verantwortung leben. Geprägt von dem, der ihn leitet."

„Geben Sie mir etwas Zeit, über Ihre Worte nachzudenken", bat Rujul, „Sie wissen, dass ich Hindu bin. Ich weiß, dass Sie ein weiser Mensch sind, und ich würde Sie gerne zu einem anderen Zeitpunkt weiter zu diesem Thema hören. Es fällt mir nicht leicht, mich den Gedanken des christlichen Glaubens zu öffnen. Aber ich denke, dass ich gerne mehr erfahren und versuchen würde, es mit meinen eigenen Überzeugungen aufzunehmen. Vielleicht wird es dabei aber immer Dinge geben, die mir fremd bleiben, das müssen Sie verstehen. Das Kreuz zum Beispiel, dieses sehr zentrale Symbol Ihres Glaubens, stößt mich sehr ab. Ihm fehlt die Schönheit der Lotusblüte. Und wie es zum Beispiel hier in Vellore hoch oben auf dem großen katholischen Kirchturm steht, weithin sichtbar und aus Gold, macht es für mich keinen Sinn. Verzeihen Sie, aber so ist es. Mir hat auch nie jemand erklären können, was es damit auf sich hat."

Jaya erwiderte: „Ich erinnere mich, dass meine Mutter mir erzählte, Shanti habe die Lotusblüte mit Kreide gemalt statt mit gemahlenem Reis. Sie hat alles richtig gemacht, sehr sorgfältig sogar, aber der tiefere Sinn ihrer Handlung war ihr nicht bewusst. Sie beherrscht die Hülle der religiösen Zeremonie, aber ihren Inhalt kennt sie gar nicht. Solche Traditionen sind vielleicht so schön wie auf Stein gemalte Lotusblüten oder so imposant wie goldene Kreuze. Und um ihrer Schönheit willen werden sie aufrechterhalten und weitervererbt.

Aber auf Dauer wird so eine Tradition leer, sie ist ohne ihren Inhalt die Mühe nicht mehr wert und dann wird sie irgendwann aufgegeben. Alle großen Religionen machen diese Erfahrung mit ihren Ritualen und Festen. Symbole, ob eine Blüte oder ein Kreuz, sind am Ende bloßer Kult, wenn ihnen der Sinn entzogen wird."

Rujul stimmte ihm zu und sagte zum Abschied: „Ja, Sie haben recht, das bloße Zeichen ist es nicht." Und dann fügte er noch sehr ernst hinzu: „Es erfüllt mich jedes Mal mit großem Schrecken, wenn ich sehe, dass extreme Angehörige meiner Religion in unserem Land Muslime oder Christen bedrohen oder sogar umbringen.

Ich weiß nicht, was ich dazu sagen soll, meine eigenen Leute sind mir dann fremd, aber ich spüre doch auch trotzdem den Wunsch, ihnen treu zu sein."

Jaya verstand, was er sagte, und meinte wieder sehr entgegenkommend: „In anderen Ländern und zu anderen Zeiten haben Angehörige meines Glaubens ebenfalls mit Aggression reagiert und im Namen von Gott getötet, und sie tun es noch. Zum Abschluss sage ich Ihnen nur das noch: Was mich an Jesus wirklich überzeugt, ist eben das: dass er keine Opfer machte. Dafür steht das Kreuz. Er hat niemanden mit sich in den Tod gerissen, keine Opfer gefordert, nicht das Opfer gespielt, nicht die Täter ausgeschlossen oder verachtet, sondern sich selbst für alle geopfert."

Rujul nickte anerkennend und nachdenklich und versprach, das Gespräch bald fortzusetzen und dass er sich auf jeden Fall melden würde, sobald er etwas Neues von Shanti erfuhr: „Ich danke Ihnen, Nachbar Jaya, für Ihre Zeit und Ihren Rat." Er stand auf: „Segen diesem Hause."

„Shalom", erwiderte Jaya. Die beiden verbeugten sich voreinander und verabschiedeten sich.

Jaya sah seinem Nachbarn hinterher, wie er durch das blaue Tor auf die Straße ging. Er drehte sich noch einmal um und die beiden winkten sich mit einem Lachen zu. Wenn er bedachte, wie verzweifelt Rujul zu Beginn ihres Gesprächs gewirkt hatte, war er dankbar, dass ihre Begegnung ihm offensichtlich Rat und neue Leichtigkeit geschenkt hatte. Jaya sprach ein kurzes Gebet für ihn, für Shanti und Vimala. Dann beschloss er, kurz nach Hause zu fahren, um seiner Mutter von dem Gespräch zu erzählen und sie zu bitten, ihre Nachbarin zu besuchen.

Kapitel 19

Anne saß im Garten in ihrem Korbsessel, im Schatten unter dem Oleanderbusch mit einem Fotoalbum auf den Knien und einem großen Karton mit weiteren Alben neben sich. Ab und zu nahm sie einen Schluck aus einem großen Glas Wasser. Der Teller mit den grünen Apfelscheiben stand unberührt daneben.

In der vergangenen Nacht hatte sie nicht gut geschlafen und war dreimal aus dem Schlaf hochgeschreckt, ohne sich jeweils erinnern zu können, was sie geträumt oder was sie so beunruhigt hatte. Sie war jedes Mal kurz aufgestanden, an das große Fenster ihres Schlafzimmers getreten, nur um zu sehen, dass der Himmel immer noch dunkel war, hatte das Fenster geöffnet, sich hinausgelehnt und die frische Luft eingeatmet. Dann hatte sie sich jedes Mal wieder hingelegt, um weiterzuschlafen. Als der Wecker schließlich um acht Uhr geklingelt hatte, hatte sie eine ganze Weile gebraucht, um wach zu werden, und dann im ersten Moment nicht gewusst, wo sie war. So weit weg hatten die Träume dieser Nacht sie mit sich genommen, dass sie, obwohl sie doch in ihrem eigenen Haus erwachte, sich für einen Moment ganz verloren vorgekommen war.

In ihren leichten Morgenmantel gehüllt, war sie die Treppe hinuntergehuscht, immer noch müde und verwirrt von den Bildern der Nacht. Als sie die Küche betreten wollte, war sie in der Tür mit einem jungen Mann zusammengeprallt, der ihr daraufhin ein charmantes Lächeln geschenkt, das Badetuch etwas enger um die Hüften gezogen hatte und in Richtung Gartentür verschwunden war. Sie hatte hinter ihm hergesehen und bevor sie etwas hatte sagen können oder ihn fragen, wer er eigentlich sei, hatte Amy die Küche betreten, die Szene mit einem Blick erfasst und gesagt: „Es ist nicht, was du denkst." Und damit war sie ebenfalls in Richtung Garten verschwunden.

Wen interessiert schon, was ich denke, hatte Anne gedacht, und was für einen Unterschied würde das machen?

Sie hatte sich eilig eine Tasse Kaffee genommen und war mit leisen schnellen Schritten wieder nach oben gegangen. Hier hatte sie sich ein Bad eingelassen und mehr von dem teuren Kokosnussöl dazugegeben, als es sonst ihre Art war. Erst im warmen Wasser hatte sie sich entspannt und war wirklich zu sich gekommen. Ihr Blick ruhte auf ihren Zehenspitzen, die aus dem Schaum ragten, und den rosa bemalten Nägeln. Sie nahm ein Stück Seife, die Lavendelseife, die Tom ihr zu Weihnachten geschenkt hatte, wunderte sich kurz über den interessanten Duft, den die Mischung aus Kokos und der lilafarbenen Kräuterblume ergab, und glitt mit den eingeseiften Händen langsam über ihre Unter- und Oberarme. Ihrer Haut voller Sommersprossen und Altersflecken sah man an, dass sie viele Jahre in der Sonne Kaliforniens gelebt hatte. Ihre Hände glitten unter ihre Achseln, über ihr Dekolleté und kurz über ihre kleinen Brüste. Sie war immer eine schlanke sportliche Frau gewesen mit einer fast jungenhaften Figur, hatte sich ihr Leben lang viel bewegt und an jedem Tag, an dem das Wetter es auch nur irgendwie zuließ, mehrere Bahnen im Swimmingpool zurückgelegt und so oft wie möglich ihre Spaziergänge am Strand gemacht, bei denen sie betete und ihr inneres Gleichgewicht fand.

Sie hatte sich gestreckt, bemerkt, dass sie sich wohlfühlte in ihrer Haut, und war dann plötzlich unterbrochen worden von einem kurzen, aber lauten und vergnügten Lachen, das aus dem Garten zu ihr hochgetragen wurde, in Wellen, die sie zu verspotten schienen. Sie hatte einen kurzen wehen Stich gespürt bei dem Gedanken, dass ihre Schwiegertochter sich mit einem jungen Mann am Pool in ihrem Garten amüsierte. Aber bevor sie sich hatte einreden können, dass sie wütend war, stellvertretend für ihren Sohn, weil Amy in der

Zeit von Matts Abwesenheit Besuch empfing, hatte sie sich selbst gestoppt und sich eingestehen müssen, dass sie im Grunde vor allem neidisch war.

Ihre Liebe zu Joshua war jung und leidenschaftlich gewesen und hatte einen Sommer und einen Winter lang gehalten. Sie selbst hatte die Beziehung beendet, damals, bevor sie ihre Reise nach Indien angetreten war. Ob sie anders gehandelt hätte, wenn ihr zu dem Zeitpunkt klar gewesen wäre, dass sie schwanger war und ein Kind von Josh erwartete? Sie hatte sich diese Frage immer wieder gestellt und über die langen Jahre keine Antwort darauf gefunden.

Sie hatte Matt allein zur Welt gebracht. Besonders in den letzten Wochen vor der Geburt hatte sie sich so einsam gefühlt, gestärkt eigentlich wirklich nur durch den Gedanken an Priya, die ja ebenfalls eine Mutter war, die es schaffte, ihr Leben zu gestalten. Die Nähe von Priya, die sie über alle Entfernung hin empfunden hatte, hatte sie getröstet wie nichts anderes. Vielleicht, so hatte sie damals gedacht, weil Priya ihrerseits so überzeugt von der Nähe ihres Gottes war, dass diese Verbundenheit irgendwie für Anne mitgereicht hatte.

Priya hatte den größeren Glauben und die Erreichbarkeit eines unsichtbaren himmlischen Gottes war ein fester Bestandteil ihres Lebens; sie selbst aber hatte nicht einmal Glauben gehabt, der die Entfernung von Kalifornien nach Tamilnadu zu überbrücken vermocht hatte.

Ihre schon sehr alten Eltern hatten sie damals unterstützt, waren dabei finanziell immer überaus großzügig gewesen, hatten mit Zuwendung und Herzenswärme aber, auch gegenüber ihrem Enkel, immer gespart. Als sie schließlich ein paar Jahre später plötzlich ganz allein gewesen war, hatte sie das Familienunternehmen verkauft, dabei, wie sich im Nachhinein herausstellte, ein überaus gutes Geschäft gemacht und sich dann ganz Matt und ihrem sozialen Engagement gewidmet.

Einen Mann, die zärtliche Liebe eines Mannes, hatte es nie wieder in ihrem Leben gegeben. Sie hatte auch nicht danach gesucht und war, so widersprüchlich es vielleicht für andere nach außen aussah, Joshua immer treu geblieben. Sie hatte Matt immer gerne von seinem Vater erzählt und hatte ihm, so gut sie es konnte, die jüdischen Wurzeln seiner Familie väterlicherseits lieb gemacht. Matt hatte viel von Josh, äußerlich, aber auch was einige andere Eigenschaften betraf.

Wie sein Vater war er Jurist geworden und hatte neben einem stark ausgeprägten Sinn für Gerechtigkeit gleichzeitig eine leichte Art, das Leben anzugehen, die aber anders als bei Josh damals nicht ins Leichtfertige ging. Aber sie sah Josh in ihm, sah ihn in seinen Augen, und sie hatte ihn von Anfang an geliebt. Als dann irgendwann Amy und etwas später Tom in ihr Leben gekommen waren, hatte sie sich geschworen, anders als ihre Eltern weder mit Geld noch mit Gefühlen ihnen gegenüber zu geizen, hatte das Leben mit ihnen sehr genossen und es erfüllte sie bis heute mit tiefer ehrlicher Dankbarkeit, dass es ihr doch noch vergönnt worden war, eine Familie zu haben.

Das Lachen vom Pool eben hatte ihr vielleicht die Lücke offenbart, diesen feinen Riss, der durch ihre Seele ging, die Sehnsucht nach einem Gegenüber, wohl auch nach Zärtlichkeit und einer Sorte Schutz, von dem sie wusste, dass glücklich verheiratete Frauen ihn hatten. Sie war noch eine Weile, unter dem Schaum verborgen, liegen geblieben und erst als sie gehört hatte, dass die Haustür ins Schloss gefallen war, war sie wie aus einem Versteck hervorgekommen. Sie hatte sich sorgfältig mit Sonnenmilch eingecremt, ein sommerlich leichtes türkisfarbenes Polokleid übergezogen und war barfuß in den Garten gegangen.

Um die schweren Gedanken zu vertreiben, hatte sie die Rosenschere aus dem Keller geholt, hatte ein paar Ceanothus-Zweige, kalifornischen Flieder, der in dieser Gegend besonders üppig gedieh, abgeschnitten, in Vasen gestellt und im Haus verteilt. Dann erst hatte sie sich hingesetzt, so wie sie es sich für diesen Tag vorgenommen hatte, mit einem Karton voller Fotoalben, und hatte sich auf ihre persönliche Reise in die Vergangenheit gemacht.

Am Ende war so ein Durcheinander von Bildern in ihrem Kopf entstanden: Das waren Fotos von ihren Eltern und die Ähnlichkeit, die sie mit ihrer Mutter hatte, verblüffte sie. Ihr Vater vor seiner Firma. Er hatte Zelte hergestellt, Festzelte und Lagerzelte, und dann mit der Zeit auch Leichtbauhallen und Fertighallen und war damit wohlhabend geworden.

Sie sah Joshua, wie er als junger Student mit einer Zigarette im Mund und einer Baskenmütze auf dem Kopf auf den Treppen zum Hörsaal saß. Bilder von sich selbst. Wie sie einen Vortrag hielt, aber auch nach längerem Nachdenken war ihr nicht eingefallen, über was sie damals wohl geredet hatte. Andere Bilder, die sie als Studentin zeigten. Ein Bild von ihr im Bikini am Strand von Jamaika, der letzte Urlaub, den sie gemeinsam mit ihren Eltern verbracht hatte. Es gab kein einziges Bild, auf dem man gesehen hätte, dass sie schwanger war, wohl einfach deshalb, weil ihre Eltern es als unangemessen empfunden hatten, diesen Skandal auf einem Foto festzuhalten, und weil es in dieser Zeit sonst niemand in ihrer Nähe gegeben hatte, der ein Foto hätte machen können.

Dafür gab es eine ganze Menge Bilder von Matt, und Anne sah dankbar, wie sich Matt als Baby, als Kind, als Teenager entwickelt hatte. Da gab es Bilder am Strand, auch wenn Matt Wasser noch nie leiden konnte. Ein gestelltes Foto von der Einschulung. Ein dreckiges glückliches Gesicht, aufgenommen nach einem Rugbyturnier. Dann, und hier sah er Josh inzwischen sehr ähnlich, das offizielle Bild vom College-Abschluss. Matt in Robe, auf dem Kopf den quadratischen Hut mit Kordel, die typische Schulabgängerkleidung. Die Universität von San Francisco und die Law School. Ein ganzes Album voller Zeitungsausschnitte dokumentierte Matts berufliche Laufbahn, zeigte, wie er seinen ersten Fall vor Gericht gewann, seine Kanzlei, eine Preisverleihung bei amnesty, eine Cocktailparty anlässlich eines Sieges. Ein Zeitungsausschnitt, der zeigte, wie Matt bei einer Demonstration verhaftet worden war. Matt zusammen mit seinem Partner, Jonathan Cohen, einem exzellenten Anwalt und engen Freund, einem Schwarzen. Jonathan und Matt mit

Tom und Jonathans Sohn Jonathan junior. Hochzeitsfotos von Amy und Matt. Die Braut ganz als Tänzerin zu erkennen, egal, in welchem Moment sie festgehalten worden war, immer leicht, grazil, schwungvoll. Bilder von Tom, denen von Matt so ähnlich. Anne fand kein einziges Foto von Priya, obwohl sie überzeugt gewesen war, eins zu haben. „Was für ein reiches Leben“, sagte sie.

Und jetzt nahm sie den dicken Packen Briefe auf den Schoß. Abgeschickt in Indien, gesandt an sie, Anne, die amerikanische Freundin. Sie freute sich, in ihnen zu lesen, und schickte ein Gebet in Priyas Richtung. Sie hoffte, dass Matt und Tom bald in ihre Nähe kämen.

Kapitel 20

Am Morgen waren sie aus ihrem Hotel ausgecheckt, hatten ihre Rucksäcke geschultert und sich auf den Weg zum Hafen gemacht, zu der Stelle, an der die Hausboote lagen. Vor mehr als einer Woche waren sie angekommen, hatten sich etwas eingelebt, gewöhnten sich allmählich an die Wärme, und das Essen kam ihnen, nachdem sie jetzt jeden Abend irgendeine andere indische Spezialität probiert hatten, gar nicht mehr so scharf vor wie am Anfang. Sie hatten zwei Tage am Strand verbracht, hatten in den Wellen getobt und dabei beide schnell Farbe bekommen. Mit Appetit hatten sie abends jeweils ein anderes Restaurant am Strand aufgesucht, hatten frischen Fisch, Krabben und Hummer gegessen, scharf gewürzt nach Tikka-Art, mit Chili oder frischem Pfeffer. Tagsüber hatten sie nur von Obst gelebt, das einem am Strand direkt serviert wurde.

Einer bot frische Ananas an, entfernte die Schale und zerteilte sie gekonnt in mundgerechte Happen, der Nächste schälte Mangos, ein anderer brachte süße Trauben. Als sie gestern von einem Ausflug in die Teeplantagen in den Bergen in der Nähe wieder in ihr Hotel gekommen waren, hatten sie beide gewusst, dass es Zeit war, weiterzuziehen. Aber Tom hatte Matt gegenüber auch eingestanden, dass er diese gemeinsame erste Woche sehr genossen hatte und dass er sich sehr über den großartigen Urlaub freute.

Mithilfe von Toms Reiseführer, einer Indienkarte und den wenigen Informationen, die sie von Anne hatten, hatten sie eine vorläufige Reiseroute entwickelt und wussten jetzt zumindest, wohin sie ihr Weg in den kommenden zwei Wochen führen sollte. Matt merkte, dass der Wunsch, an die Narmada zu reisen, zurücktrat hinter die Sehnsucht, Priya zu finden, und gestand sich ein, dass die Staudammgeschichte wohl der entscheidende Auslöser, aber vielleicht nicht die Geschichte sein würde, die dieser Reise ihre Bedeutung verlieh. Sie hatten beschlossen, ein paar Tage mit einem Boot in die Backwaters zu fahren, hatten mit dem Hausbootbesitzer einen Preis ausgehandelt und waren jetzt auf dem Weg zu ihm.

Sie gingen an Bord und fanden sich sofort in einer anderen, unbekannten Welt wieder. Ihre Rucksäcke verstauten sie unter Deck, überrascht, wie geräumig so ein Boot war, das ihnen Platz für ein großes Bett und ein Bad bot. Die kommenden Stunden kreuzten sie auf den von Kokospalmen gesäumten Kanälen, ließen sich treiben auf dem grünen Wasser, das auf sie wirkte wie ein weicher Teppich, auf dem sie langsam dahinschwebten. Die glatte Wasserfläche zeigte zauberhafte Bilder vom gespiegelten Himmel und von Palmenwäldern.

Der Kapitän ließ ihnen als Mittagessen frisches Butter-Nan servieren, dazu ein paar gekochte Kartoffeln und Linsen mit Kräutern sowie einen von ihm selbst geangelten Fisch, den er auf offenem Feuer am Bug des Schiffes grillte. Der Geruch war köstlich und sie aßen ihre ganze Portion auf, die ihnen der Schiffsjunge, Satish, auf einem großen Bananenblatt vorgelegt hatte. Er hatte den Fisch für sie filetiert und ihnen dazu verschiedene Gemüse und Reis serviert. Satt und zufrieden saßen Matt und Tom auf ein paar dicken Kissen im Schatten in der Mitte des Bootes und ließen ihre Blicke über die Landschaft gleiten.

Hin und wieder hob ihr Kapitän den Arm und machte sie auf seine Entdeckungen aufmerksam, von denen er dachte, dass sie von Interesse für seine Gäste sein könnten: eine kleine Elefantenherde am Ufer, ein Kind, das barfuß und mit unglaublicher Geschwindigkeit einen Baumstamm hochkletterte, einige Frauen, die auf einem Steg saßen, die Füße ins Wasser hielten und Fische ausnahmen, etwas weiter entfernt ein Blick auf die Seiler und Kokosspinnereien.

Sie fuhren dicht ans Ufer und Satish war plötzlich mit einem Sprung auf dem Steg gelandet. Er rannte zu einer Gruppe von Frauen, die dort zusammenstand, und kam nur einen Moment später mit frischen Kokosnüssen auf dem Arm wieder. Tom wunderte sich zum wiederholten Mal, wie geschickt, schnell und wendig er auf nackten Füßen lief. Satish strahlte sie an und brachte ihnen je eine Kokosnuss mit einem Strohhalm und bedeutete ihnen, die Flüssigkeit aus dem Inneren zu trinken. Matt und Tom kosteten die leckere frische Kokosmilch und tranken sie leer. Da nahm Satish die Früchte, zerteilte sie geschickt mit einem großen Messer und gab ihnen jetzt auch noch die Stücke zu essen. Die Frucht war hellgelb bis grünlich und sah ganz anders aus, als sie erwartet hatten. Tom versuchte Satish zu erklären, dass er schon ein paar Mal Kokosnuss gegessen habe, die aber trocken und hart war und nicht so fleischig und fruchtig wie diese hier. Satish hörte ihm zu und nickte eifrig, aber Tom war sich nicht sicher, wie viel von dem, was er gesagt hatte, er wirklich verstanden hatte. Aber die Tatsache, dass er am Ende seine ganze Kokosnuss aufgegessen hatte, sprach für sich. Eine Sprache zwischen Gastgeber und Gast, die verstanden wurde.

Die Fahrt ging ruhig dahin und eigentlich passierte nicht viel. Sie begegneten Fischerbooten und Transportkanus, die oft so überladen wirkten, dass man fürchtete, sie würden gleich sinken. Der Kapitän machte sie auf große Wasservögel aufmerksam und auf besonders beeindruckende Blüten.

Immer wieder winkten die Menschen am Ufer fröhlich zu ihnen hinüber. Tom sagte nachdenklich: „Wenn ich mir überlege, dass diese Menschen hier aufgewachsen sind und wohl ihr Leben lang hier leben werden …“ Er beendete den Gedanken nicht, sondern schüttelte den Kopf. „Ihr Leben ist so anders. Eine Hütte am Fluss, ein Boot, Palmen. Es wirkt alles so einfach. Und dabei schwerer und gleichzeitig leichter als unser Leben.“

Matt nickte: „Ja, ich verstehe, was du meinst. Die Vorstellung, ich müsste ohne Internet und Tageszeitung leben, fällt mir schwer und übt doch große Faszination auf mich aus.“

„Ich stelle mir vor, dass es ganz schön hart ist, wenn man so eng verbunden mit der Natur leben muss, aber dass es auch sehr erfüllend sein kann. Auf den ersten Blick sieht es hier aus wie im Paradies. Guck mal", Tom wies auf eine Gruppe von Kindern, die am Ufer spielten, „die sehen doch total glücklich aus."

Wieder schüttelte er den Kopf, als wisse er, dass dieser Satz genau so stimmte, wie er ihn sagte, und die Wahrheit trotzdem noch andere Seiten hatte.

„Look!" Der Kapitän riss sie mit einem kurzen Ruf aus ihren Gedanken und deutete auf einen Vogel hin, einen Fish-Eagle, wie er ihnen erklärte, der gerade einen beeindruckenden Fisch aus dem Wasser geangelt hatte und jetzt mit seiner Beute im Schnabel und die weißbraunen Schwingen weit ausgebreitet weiterflog.

„Es ist komisch", meinte Tom. „Wir haben hier alles, was wir brauchen. Ich vermisse mein Zimmer nicht oder die Dusche oder das Autofahren. Aber ich würde gerne eine Mail an Ma und an Großmutter schreiben."

Matt fragte: „Hast du ein bisschen Heimweh?"

Tom wehrte ab: „Nein, das ist es nicht. Aber ich finde es großartig, dass sie uns so reisen lassen. Und ich würde ihnen gerne ein bisschen von dem, was wir sehen, schreiben. Und ihnen mein Versprechen geben, dass ich Tagebuch schreibe und wir ausführlich erzählen werden, wenn wir wieder bei ihnen zu Hause sind."

Matt stimmte ihm zu und schlug vor, ein Internetcafé zu suchen, sobald sie von ihrer Bootstour zurückgekehrt seien.

„Wenn ich über das grüne Wasser sehe, werde ich ruhig. Alles wirkt so entspannt und als sei das Leben hier in Ordnung. Ich weiß, dass das nur ein sehr oberflächlicher Blick auf die Gesichter und die Fassaden der Hütten am Ufer ist, aber trotzdem." Tom sprach langsam weiter, in kurzen knappen Sätzen, die wie Momentaufnahmen auf Matt wirkten: „Wenn ich an die Stadt zurückdenke, die vielen Bettler, die vielen Kinder, die uns ihre kleinen Hände entgegengestreckt haben. Der Lärm, die Hektik, die Autorikschas, das ständige Hupen. Der Staub, die Verkäufer am Straßenrand. Diese Hütten aus Blech, Ästen, Blättern. Das alles wirkte so gar nicht in Ordnung. Das alles ist ja nur ein paar Kilometer weit entfernt von hier, aber so weit weg von der Ursprünglichkeit, so künstlich."

Er setzte sich mit einem Ruck aufrecht hin und sagte: „Vielleicht werde ich Städteplaner und entwickle ein ganz neues Konzept, etwas wirklich Radikales, für die Metropolen der Welt. Ein Konzept mit Grün und Wasser in den Städten, nicht außerhalb. Ich entwerfe einen Plan, wie der Verkehr umgeleitet werden kann, wie mehr öffentliche Busse eingesetzt werden, so was in der Art. Was denkst du?"

Matt waren die Tränen in die Augen geschossen, als er den begeisterten Worten seines Sohnes zuhörte, und sagte: „Das klingt wunderbar. Ehrlich. Respekt! Eine wirklich gute Idee. Schon nach zehn Tagen in Indien bist du inspiriert und weißt, was du aus deinem Leben machen willst. Ich bin beeindruckt."

Tom lächelte glücklich über die Ermutigung und sagte: „Wer weiß, was noch kommt. Du hast recht, das hier sind erst die ersten zehn Tage. Mal sehen. Aber danke für dein Feedback. Du bist super."

Sie lachten sich an. Und wieder einmal boxte Matt seinem Sohn ein paar Mal auf den Oberarm, ein Zeichen von Anerkennung und seine Form von Zärtlichkeit gegenüber seinem erwachsenen Sohn.

Der Kapitän hielt kurz an, als sie ein paar Sandgondeln passierten, um ihnen zu erklären, was sie sahen: Vollbeladen ragten die kleinen Boote nur einige Zentimeter über die Wasseroberfläche. Taucher, etwa zwanzig oder dreißig, schwammen und tauchten auf den Grund, füllten dort ihre Eimer auf und ließen sie dann ins Boot ziehen.

„Dad? Oder hast du dir gewünscht, dass ich deine Kanzlei übernehme? Ist es dir wichtig, dass ‚Wenders und Cohen' bestehen bleibt?"

Matt musste schmunzeln. „Nein. Es wäre möglich, wenn du es willst. Und es wäre sicherlich auch ein schöner Gedanke, dass ich dir etwas vererbe, das ich vorbereitet habe für dich, aber, nein. Ich hänge nicht an diesem Gedanken und nicht an der Kanzlei. Ich wünsche mir wirklich, dass du einen Beruf ausübst, der zu dir passt, dich erfüllt. Ich würde mich freuen, wenn du etwas tust, das sinnvoll ist, aber ansonsten – ich stehe hinter dir, das weißt du."

Tom nickte. „Ja. Danke. Ich weiß. Was sind denn Onkel Jonathans Pläne? Mensch, Dad, wir müssen uns mal wieder mit ihnen treffen. Ich weiß nur, dass Jonjunior Anwalt wird."

Matt zuckte mit den Schultern: „Ich kann mir vorstellen, dass der Junior ins Geschäft seines Vaters einsteigt, ja. Er ist drei Jahre älter als du, bald fertig mit seinem Studium und er wird sich bald sicher einen Partner suchen. Wahrscheinlich auch einen weißen, diese Mischung war immer das Besondere. Ich habe kurz vor der Abreise noch mit ihm telefoniert. Wenn wir wieder zurück sind, organisieren wir ein Wochenende nur für uns vier Männer, okay?"

Tom sagte, das höre sich richtig gut an, und fragte: „Bist du gerne Anwalt?"

Matt überlegte einen Moment. „Ich war in einer sehr privilegierten Position, weil deine Großmutter sehr viel Geld geerbt hat. Jonathan und ich haben uns unsere Fälle aussuchen können. Mit denen, die wirklich medienwirksam waren und erfolgreich, haben wir eigentlich kein Geld verdient. Die Klienten hätten sich zwei Anwälte wie uns gar nicht leisten können. Aber Anne hat mich ermutigt, zu helfen. Sie hat mein Studium finanziert, sie hat mich reisen lassen und sie hat stundenlang mit mir über Gerechtigkeit und Justiz, Strafe und Gnade, Recht und Macht diskutiert.

Sie hat mir schon als Kind jeden Tag aus der Zeitung vorgelesen. So hat sie manchmal sogar selber Fälle für uns entdeckt, weil sie sich so aufregte, wenn jemand ungerecht behandelt wurde. Dann konnte sie völlig überraschend mit einem Zeitungsausschnitt in meinem Büro auftauchen und sagen: ‚Matt, hier braucht jemand unsere Unterstützung!' Sie hat mich fast jedes Mal überzeugt, und ich bin froh darüber. Sie gab das Geld, ich die Arbeitszeit."

Tom lachte: „Das wusste ich alles gar nicht. Ich wusste nur, dass sie Geld hat und dass sie viel davon für alle möglichen sozialen Projekte ausgibt. Hast du deshalb auch so aufmerksam auf den Artikel über die Narmada-Staudämme reagiert? War das so eine Situation? Werden wir hinreisen?" Matt musste selber kurz nachdenken und rief sich den Morgen noch einmal in Erinnerung. Seine Antwort hatte etwas Unsicheres, Tastendes: „Ich glaube, der Konflikt um die Staudämme ist nur ein Beispiel für viele andere, ähnliche Fälle von Recht und Unrecht. Ich denke, wir werden nach unserer Bootstour erst einmal Richtung Ostküste reisen und Priya und Jaya suchen. Für mich hat sich nach diesen ersten zehn Tagen nur so eine Ahnung entwickelt, dass ich als Anwalt irgendwie aufmerksam sein muss. Ich kann ja nicht alle Armen vertreten. Aber vielleicht gibt es einen Fall, einen Klienten, ein Thema, wo ich tatsächlich gefragt bin. Warten wir es ab."

Tom bemerkte: „Ein Gerichtsprozess mit allen Armen, denen Unrecht getan wurde, was für eine Vorstellung."

„Deine Großmutter sagt immer, dass der Gedanke eines Jüngsten Gerichts, wie ihn verschiedene Glaubensrichtungen lehren, etwas sehr Starkes hat. Weil die Vorstellung, dass sich am Ende alle verantworten müssen für das, was sie getan haben oder was sie zuließen, so etwas wie eine letzte Sicherung der Ethik oder der Gerechtigkeit ist. Du solltest sie einmal danach fragen.

Sie mag diese Idee und kann sie dir schön vor Augen malen: Die Menschen in einem Gerichtsprozess und der Richter und der Anwalt beide göttlich. Nichts wird mehr unter den Tisch gekehrt, sie werden alles beim Namen nennen, auch das namenlose Unrecht. Und dabei ist Gott vollkommen gerecht und gleichzeitig voller Barmherzigkeit. Eine starke Vorstellung."

Tom verstand nicht alles, was Matt sagte, und nahm sich vor, Anne zu fragen, aber er verstand so viel, dass er sagen konnte: „Großmutter ist wirklich eine bemerkenswerte Frau."

„Oh ja, da hast du recht", bestätigte Matt. „Sie wirkt so klein, aber sie ist zäh und sie weiß genau, was sie will. Sie hat einen ganz besonderen Blick auf die Welt."

Auf dem Fluss war es ruhiger geworden. Wie um das Gespräch für heute abzuschließen, sagte Tom: „Und eben genau dieser Blick auf die Welt ist ihr Erbe, finde ich. Ich verstehe nicht, warum diese ganzen Fragen nach deinem Erbe an mich dich so umtreiben. Der Regisseur und sein Sohn, Benjamin in Cochin und seine Kinder bringen dich ins Zweifeln. Warum? Es ist doch offensichtlich, dass du den besonderen Blick von Großmutter geerbt hast und mir gerade dasselbe beibringst. Du lehrst mich, die Welt anders zu sehen, merkst du das nicht?"

Das Gefühl von Vertrautheit zwischen ihnen war fast zu stark, um es aushalten zu können. Sie suchten beide Ablenkung und wollten den Moment doch nicht vertreiben. Es war Abend geworden und Satish zündete eine ganze Reihe von Lampen und Kerzen rund um das Boot an und überall auf dem Wasser sah man die vielen Fischerboote, die mit ihren Lampen zur Mückenabwehr leuchteten. Je dunkler es wurde, desto faszinierender wirkten die kleinen Lichter, die langsam über das Wasser wanderten. Sie schwiegen, ließen ihre Worte nachklingen und nahmen die Eindrücke des Flusses in sich auf.

Satish begann wieder, zu kochen, und der Duft von Curry und Koriander machte ihnen sofort Appetit. Ob es die besondere Luft auf dem Wasser war oder ihr angeregtes Gespräch, sie hatten beide Hunger. Wieder aßen sie gerne und probierten alles, was Satish ihnen vorsetzte. Wieder gab es frischen Fisch und verschiedene Gemüse, die Satish in Kokosmilch gegart hatte, und Matt sagte: „Ob uns zu Hause jemals wieder etwas richtig schmecken wird? Ich habe lange nicht mehr so gut gegessen."

Satish und der Kapitän freuten sich, dass ihre Gäste ihren Aufenthalt an Bord offensichtlich genossen, und bereiteten das Schiff allmählich für die Nacht vor. Die Sonne stand jetzt niedrig am Himmel und tauchte alles in roten Glanz. Streifen von Blau und Lila wirkten wie sauber gesetzte Pinselstriche. Die glatte Wasseroberfläche spiegelte den Sonnenball wie einen Zwilling.

„Göttlich", flüsterte Tom.

„Ja“, sagte Matt leise. „Sie wandert weiter, gibt alles, eine große Schenkerin, die Sonne. Vielleicht, ganz unabhängig von allem, was die Physik dazu sagen würde, wird sie rot, weil sie sich so hingibt und versenkt.“

Beide lachten leise. Tom gähnte und meinte: „Und sie grüßt uns Amy und Anne, hm?“

Sie stiegen die paar Stufen zum unteren Deck hinunter und gingen in ihre Kajüte, in der zwei Betten mit weißen Kissen und Laken standen. Ein kleines abgetrenntes Bad stand ihnen ebenfalls zur Verfügung. Müde fielen sie ins Bett. Die besonderen Geräusche der Nacht, wie ein Lied aus den Wellen des Flusses, den Rufen von Tieren, die sie in der Dunkelheit nicht mehr einordnen konnten, und dem Rauschen der Palmblätter, umgaben sie und beruhigten sie. Das leichte Schwanken des Bootes, das sanfte Hin und Her, unterstützte noch das Gefühl, ein Wiegenlied zu hören, und sie schliefen ein.

Am nächsten Morgen wurden sie von einem Klopfen an der Tür ihrer Kajüte geweckt und einen Moment später trat Satish mit zwei Bechern mit heißem süßen Kaffee ein. Matt und Tom setzten sich aufrecht in ihre Betten und genossen das dampfende leckere Getränk, das so anders schmeckte als der Kaffee, den sie von zu Hause gewohnt waren, und der jetzt aber genau das Richtige war, um wach zu werden.

Nach einem leichten Frühstück mit viel Obst und etwas Milchreis legten sie im Laufe des Vormittags in Coconut Lagoon an. Sie verließen das Schiff und folgten Satish in einen Park mit einigen Bungalows und einem Swimmingpool. Der Kapitän würde beim Schiff bleiben, Satish ein paar Einkäufe erledigen, bevor sie dann am späten Nachmittag alle zusammen weiterfahren wollten. Tom war innerhalb weniger Minuten im Pool verschwunden und schwamm zügig seine Bahnen. Matt entschied sich, das Angebot einer ayurvedischen Massage anzunehmen, und genoss es, die nächsten anderthalb Stunden mit Kräuterölen eingerieben und massiert zu werden.

Kapitel 21

Beim Ticketkauf hatten sie erst nur mit Mühe die komplizierten Tarifstufen der indischen Bahn verstanden, sich am Ende für zwei Karten in der „Sleeper Class“ entschieden und würden jetzt im Schlafwagen der zweiten Klasse zwanzig Stunden lang durch die Nacht nach Bangalore reisen. Am nächsten Morgen gegen halb zehn sollten sie in Bangalore ankommen. Schon am Bahnhof fielen sie auf und sie merkten einmal mehr, wie man sie beobachtete, über sie sprach, auf sie zeigte. Ein kleines Mädchen versteckte sich halb hinter seiner Mutter und konnte nicht anders, als immer wieder in ihre Richtung zu schauen, sie hielt sich kichernd die Hand vor den Mund.

Matt und Tom hatten selbst den Eindruck, dass sie einen merkwürdigen Anblick boten. Als sie gestern, nach über einer Woche auf dem Hausboot, in ihrem Hotel in Trivandrum angekommen waren, hatten sie beide beim Anblick ihres Spiegelbildes laut lachen müssen. Toms blonde Haare wirkten ausgeblichen und die Sonne hatte seine Haut braun gebrannt. Matt hatte darauf verzichtet, sich zu rasieren, und musste sich von Tom sagen lassen, dass er mit seinem grauen Bart bald wie ein Guru aussähe, durch seine vielen Sommersprossen allerdings auch etwas von einem Vagabunden oder Clown habe. Etwas unbeholfen standen sie auf dem Bahnsteig, zwei Weiße, die aus der Menge herausragten, erlebten, wie sich der Bahnsteig immer mehr füllte, und warteten auf die Ankunft ihres Zuges.

Der sogenannte Iceland Express von Trivandrum nach Bangalore war für sechzehn Uhr fünf angekündigt und fuhr pünktlich ein. Sie suchten ihren Waggon und ihre Plätze und wunderten sich, dass niemand drängelte, sondern alle um sie herum sehr gelassen blieben, Geschäftsleute, Alleinreisende, Familien, Ältere und Kinder. Sie verstauten ihr Gepäck und setzten sich. Matt überließ Tom wieder den Fensterplatz, beugte sich jetzt aber zu ihm herüber, um beim Anfahren des Zuges dem Treiben auf dem Bahnsteig zuzusehen. Verkäufer liefen am Zug entlang und boten Tee an, Obst, kleine Kuchen und Tüten mit gerösteten Erdnüssen. Tom beobachtete das alles fasziniert und kaufte zwei Bananen und eine Mango.

Der Zug gewann an Fahrt und Matt lehnte sich zurück. Es roch nach Wärme, ein wenig nach Schweiß und nach den Lebensmitteln, die um ihn herum ausgepackt wurden, nach Curry und Ingwertee. Die Sitze waren gepolstert, bequemer als er gedacht hatte, auch wenn man an einigen Stellen den Schaumstoff durch den roten Lederbezug kommen sah. Der Abstand zur Reihe ihnen gegenüber war gerade so groß, dass er mit seinen Knien nicht an die Bank stieß.

Alle drei Plätze waren besetzt. Am Fenster saß ein junger Mann, der ein Kind auf dem Schoß hielt und damit beschäftigt war, den Kleinen zu beruhigen. Er fiel durch seinen Turban auf, unter dem eine Strähne schwarzen glänzenden Haares herausragte, die ihm immer wieder in die Stirn fiel. Statt eines Hemdes trug er eine Kurta und Matt bemerkte wieder einmal, dass diese weit geschnittene Tunika, die locker fiel und bis zum Knie reichte, bequem aussah und gleichzeitig elegant. Sein dichter Bart war sehr gepflegt, seine Haut dunkel, aber seine Augen ungewöhnlich hell für einen Inder.

Auch der Kleine trug eine Kopfbedeckung, die aber mehr wie eine Mütze als wie ein Turban wirkte. Er war vielleicht fünf Jahre alt, saß aber erstaunlich ruhig da, fast wie ein Baby. Matt dachte, dass der junge Mann wohl ein Sikh sein müsse, aber er war sich nicht sicher, ob das stimmte und ob er genug wusste, um jemanden an der Art seiner Kopfbedeckung und anderen Äußerlichkeiten einer Glaubensrichtung zuordnen zu können.

Zum Gang hin saß eine ältere Frau mit einer großen Brille, sie las in einem Buch, das sie sich sehr dicht vors Gesicht hielt, den Schal ihres pinkfarbenen Saris hatte sie über den Kopf gelegt wie einen Schleier, sodass man sie kaum sah. Matt hätte gerne gewusst, was sie las, aber die Buchstaben auf dem Einband waren nur fremde Schriftzeichen für ihn.

Der Dritte, der den Platz in der Mitte der Sitzbank belegte, grüßte sie jetzt freundlich. Überrascht stellten Matt und Tom fest, dass er drei Becher Tee gekauft hatte und jedem von ihnen einen überreichte. Sie bedankten sich, ehrlich erfreut, und er stellte sich als Mitul vor. Er trug sein weißes Hemd über der Hose, aber dazu eine Krawatte. Matt konnte sich nicht erinnern, wann er schon einmal einen Inder mit diesem Accessoire gesehen hatte, und auf dieser Zugfahrt, bei der Wärme in ihrem Waggon, wirkte es in seinen Augen besonders unpassend. Aber Mitul machte insgesamt nicht den Eindruck, als habe er eine zwanzigstündige Reise vor sich, sondern als würde er sie gleich in sein Büro bitten und dort mit ihnen über einen Kredit verhandeln oder ihnen ein Schließfach zu einem Tresor verkaufen. Es gab hier keine Klimaanlage und die kleinen Propeller je am Kopfende des Waggons trugen nicht zur Erfrischung bei. Mitul aber sah korrekt aus, schwitzte nicht und auch sein weißes Hemd zeigte keine Falten.

Tom hielt wie Matt den leeren Teebecher in der Hand und sie wussten beide nicht, wohin damit, denn sie konnten keine Mülleimer entdecken. Der junge Mann hatte sie wohl beobachtet und nahm ihnen die Becher ab und auch Mitul reichte ihm seinen Becher, schaute dann aber im nächsten Moment sehr irritiert, als er sah, wie der junge Vater das weiße Plastik zerknüllte und in seiner Tasche verstaute, einem Beutel aus grobem Leinen. Erklärend sagte er an Tom und Matt gewandt: „Abfalleimer gibt es nicht. Sie werden während der Fahrt beobachten, dass die allermeisten der Reisenden ihren Müll einfach aus dem Fenster werfen. Die Schienen entlang liegt eine Spur aus Obstschalen, Plastikbechern, Papier, Getränkedosen und Flaschen und der Geruch von verbranntem Plastik ist unser ständiger Begleiter. So sind wir es gewohnt. Aber wir müssen umdenken, auch Indien muss lernen, anders mit seiner Umwelt umzugehen."

Alle drei bemerkten sie den kritischen Blick von Mitul, übergingen ihn aber. Matt bedankte sich und auch Tom nickte ihm freundlich zu.

Der junge Mann gab seinem Kind kleine Apfelstücke zu essen und trank selbst Wasser aus einer großen Flasche. Tom merkte, dass er Durst hatte, und war froh, auf dem Weg zum Bahnhof noch Wasser, Eistee und Cola gekauft zu haben. Er holte eine der Flaschen aus seinem Rucksack und trank in großen Schlucken.

Matt sagte leise: „Gut, dass du viel trinkst, aber denk dran, dass die Benutzung der Klos ein echtes Abenteuer sein wird." Beim Einsteigen hatten sie gesehen, dass es zwei verschiedene Sorten von Toiletten gab: Hinter der Tür unter der Aufschrift „Western Style" war ein Sitzklo zu sehen gewesen, das allerdings beschädigt wirkte, und hinter der Tür daneben mit der Aufschrift „Indian Style" würde sich dann wohl ein Stehklo verbergen, die Art von Toiletten, wie sie in Indien üblich waren, ein Loch im Boden. Tom ließ Matt in seinen Rucksack schauen und zeigte ihm mit einer Geste, die ausdrückte: „Ich bin auf alles vorbereitet", neben den Flaschen, seinem Tagebuch, dem Reiseführer, einem Sweatshirt, dem dünnen Seidenschlafsack, Kaugummi, mehreren Packungen von Toms geliebtem Trockenobst und einer Taschenlampe auch eine Rolle Klopapier. Matt nickte. Er wusste, sie waren gut ausgerüstet, und trotzdem brachte diese Reise so viel Ungewohntes mit sich.

Mitul wollte offensichtlich gerne mit den beiden Amerikanern ins Gespräch kommen und begann damit, dass er ihnen einige Fragen stellte, wissen wollte, wie sie hießen und woher sie kamen, wie lange sie in Indien zu bleiben planten, wie es ihnen bisher gefallen habe und was das nächste Ziel ihrer Reise sei. Mitul, so erklärte er ihnen, bedeute Freund.

Er sprach fließendes Englisch mit nur leichtem Akzent und auch seine kleinen Kommentare deuteten an, dass er selber gerne reiste und auch schon des Öfteren außerhalb von Indien unterwegs gewesen war. Wieder fiel ihnen auf, dass Inder, wenn sie erzählten, den Kopf leicht hin und her wogen, eine Kopfbewegung, die es in ihrem Kulturkreis so nicht gab. Es war kein zustimmendes Nicken, kein verneinendes Kopfschütteln, sondern eine mehr abwägende, unbestimmte Geste. Tom hatte an sich selbst beobachtet, dass diese Geste, weil er sie nicht gewohnt war, sehr verunsichernd auf ihn wirkte, bis er nach einer Weile bemerkt hatte, dass er sie unbewusst übernahm und seinen Kopf dann selbst auf diese Art bewegte, was ihn noch mehr verwirrte, weil er ja gar nicht genau wusste, was er da tat. Als wären Gesten, die für andere in deiner Umgebung selbstverständlich waren, irgendwann ansteckend.

Matt und Tom beantworteten Mituls interessierte Fragen abwechselnd und dann fragte Tom: „Und Sie? Woher kommen Sie? Und wohin sind Sie unterwegs?“

Mitul antwortete: „Ich komme gerade aus Trivandrum, ich bin am selben Bahnhof eingestiegen wie Sie und reise ebenfalls wie Sie bis nach Bangalore. Dort werde ich über das Wochenende meine Familie besuchen und Sonntagnacht werde ich wieder zurückreisen. So mache ich es jede Woche.“

Ihre nächste Frage stellten Matt und Tom beide gleichzeitig und Mitul sah sie kurz irritiert an, unentschlossen, ob er zuerst auf Matts Frage nach seiner Familie oder auf Toms nach seiner Arbeit antworten sollte, als Matt schon ausdrückte, dass er seinem Sohn den Vorrang lassen würde und ja ebenfalls interessiert daran sei, was Mitul arbeitete. Er erzählte, dass er als Biologe in einem Forschungszentrum arbeitete und sich in weitestem Sinne mit Umweltschutz befasste.

Tom wollte es genauer wissen, Mitul hatte mit nur wenigen Worten sein Interesse geweckt. Mitul erzählte bereitwillig: „In meiner Abteilung beschäftigen wir uns mit dem Umgang mit den natürlichen Ressourcen der Erde, zum Beispiel mit den ökologischen Folgen der Gewinnung von Sand bei der Aushebung von Flüssen. Vielleicht hatten sie Gelegenheit, in Kerala zu beobachten, wie die

Sandtaucher arbeiten. In den letzten Jahren sind die Flüsse auf diese Art sehr viel tiefer geworden, was natürlich Auswirkungen auf Lebewesen und Pflanzen im Wasser und am umliegenden Ufer und Land hat."

Eine neue Spur von Selbstsicherheit legte sich in Mituls Stimme, als er sagte: „In Trivandrum ist der Sitz der Universität von Kerala und du findest hier eine der größten technischen Hochschulen des Landes. Außerdem gibt es neben unserem Forschungszentrum auch noch das ‚Vikram Sarabhai Space Centre', das Teil der indischen Raumfahrtbehörde ist. Hier arbeiten fast sechstausend Angestellte."

Tom war beeindruckt. Matt aber wandte sich immer mehr seinen eigenen Gedanken zu. Vielleicht war er ja zu kritisch, aber Mitul erschien ihm allmählich zu selbstgefällig. Vielleicht sollte er als Amerikaner so nicht urteilen und überhaupt als Gast in einem anderen Land nicht so vorschnell bewerten, aber er merkte, dass er kein Interesse aufbringen konnte, Mitul weiter zuzuhören. Der allerdings hatte in Tom jemanden gefunden, der, anders als sein Vater, immer sehr gern zuhörte. Begeistert zählte Mitul jetzt auf, welche weiteren bedeutenden Einrichtungen in Trivandrum zu finden seien, die ihn offensichtlich alle mit Stolz erfüllten: das Zentrum für Biotechnologie, bei dem er beinah selbst einen Arbeitsplatz bekommen hätte, das Tropische Forschungsinstitut, das Institut für Technologie, eine Einrichtung zur Untersuchung von Bodenproben und noch einige andere mehr.

Matt sah, dass der junge Mann am Fenster eingeschlafen war, genau wie das Kind auf seinem Schoß. Er fragte sich, wie man bei dem Lärm, den der Zug machte, schlafen konnte und wie sie die Nacht überstehen würden. Die Rollgeräusche der Räder waren das eine, aber dazu kam eine Mischung aus dem Klappern der Türen und Fenster, dem Quietschen der Sitze und den vielen Stimmen um sie herum, die eine Lärmkulisse bildete, die ihn nach der ruhigen Woche auf dem Fluss empfindlich störte. Neidisch sah er, dass auch die ältere Frau hinter ihrem Buch immer wieder einnickte.

Tom und Mitul waren ins Gespräch vertieft und sie hatten wohl akzeptiert, dass er sich ausgeklinkt hatte und seinen eigenen Gedanken nachhing. Deshalb bat Tom Matt jetzt, den Platz mit ihm zu tauschen, und Matt willigte gerne ein, froh über die Abwechslung, die der Blick aus dem Fenster ihm bot.

Mitul sagte an Matt gewandt: „In Trivandrum werden gerne Witze über diesen Zug erzählt, weil er Iceland Express heißt, obwohl er stickig und langsam ist. Ich hoffe, Sie können die Fahrt trotzdem ein wenig genießen. Möchten Sie einen Kaffee trinken?"

Bevor Matt einwilligen oder ablehnen konnte, war Mitul bereits aufgestanden und lief den Gang hinunter, verschwand durch die Tür in den nächsten Waggon und kam nach ein paar Minuten mit einem Becher Kaffee wieder, den er Matt strahlend überreichte. Dankbar nahm Matt den Kaffee entgegen, Mitul aber winkte ab und wandte sich wieder Tom zu.

Die beiden saßen sich jetzt gegenüber und Matt hörte mit einem Ohr, dass Tom eine Menge Fragen stellte und Mitul antwortete: „Ja, es gibt eine ganze Abteilung, die sich mit den Gezeiten, den Küsten und Flussmündungen beschäftigt. Der Tsunami hat uns alle erschüttert und viele neue Fragen aufgeworfen."

Eine Weile schwiegen sie, dann fragte Tom weiter: „Ich interessiere mich für das Planen von Infrastrukturen. Ich denke, dass die Weltstädte, egal auf welchem Kontinent, eine große Herausforderung sind. Ich würde sie gerne verändern. Denn sie locken die Menschen an, sie versprechen Arbeit und Umsatz, aber sie haben alle zu viele Hochhäuser, wachsende Slums, leiden unter Smog und es gibt zu wenig Grün und zu wenig frisches Wasser."

Mitul bestätigte zu Toms Freude, dass es in dem Institut, wo er arbeitete, auch eine Abteilung für Humangeografie gab, die sich unter anderem auch mit Städteplanung beschäftigte, und hakte nach, was genau ihn an diesem breiten Thema reizte. Tom fragte, ob er eine Geschichte erzählen dürfe, und Mitul lachte überrascht auf: „Ich würde mich freuen, eine Geschichte zu hören. Ich bin ja froh, einen jungen Mann wie dich auf meiner Reise getroffen zu haben, der mich so gut unterhält."

Tom begann: „Ein Lehrer von mir hat sie mir erzählt. Seine Frau ist Brasilianerin, die Geschichte ist aus ihrer Heimat und sie ist wirklich passiert.

Brasilien hat vierzehn Millionenstädte. Allen voran São Paulo mit neunzehn Millionen Einwohnern, Rio mit elf und eine etwas kleinere, aber immer noch beeindruckend: Curitiba mit drei Millionen. Der Bürgermeister von Curitiba hatte einen Traum." Tom unterbrach sich selbst und erklärte: „Seit ich davon gehört habe, ist es irgendwie auch zu meinem Traum geworden, und als ich in den letzten Tagen mit der Autorikscha durch die Stadt fuhr, ist er noch einmal so richtig lebendig geworden für mich."

Tom sprach jetzt mit Leidenschaft und Matt freute sich insgeheim über diese Begeisterung. Tom erzählte: „Dieser Bürgermeister also wollte die Stadt echt verändern. Er ließ Bäume und Blumen pflanzen und viele neue Straßenlaternen aufstellen, doppelt so viele wie vorher. Er ließ den Verkehr um die Stadt herumlenken und setzte neue Busse ein. In Curitiba werden fünfundzwanzig Prozent weniger Benzin verbraucht als in den anderen Großstädten Brasiliens. Stellen Sie sich das mal vor."

Mitul hörte geduldig zu, aber er schien sich nicht sicher, ob er die Begeisterung des jungen Amerikaners teilte. Tom jedoch merkte seinem Gesprächspartner diese Veränderung nicht an und sprach ungebremst weiter: „Es wurden eine Menge neuer kleiner Häuser gebaut und sogar Spielplätze angelegt. Aber dann", Tom machte eine Pause und merkte, dass längst nicht mehr nur Mitul zuhörte, sondern eine Reihe anderer Leute um ihn herum sich ihm und seiner Geschichte zugewandt hatten und jetzt warteten, was denn eines Tages passiert sei. Er erzählte es ihnen: „Es gab Gegenwind von einflussreichen Leuten aus der Politik, aus der Wirtschaft. Sie mochten diese Veränderungen nicht, die der Bürgermeister eingeführt hatte, sie hatten andere Vorstellungen und wünschten sich zum Beispiel, dass die Innenstadt eine moderne Autobahn bekäme.

Ich weiß noch", sagte Tom jetzt etwas atemlos, „wie mein Lehrer davon erzählte und ich es nicht glauben wollte. Wer sollte denn dagegen sein, dass eine Stadt aufblüht, grün wird? Nein, die Autobahn sollte gebaut werden. Alles wurde geplant. Bulldozer, Planierraupen rückten an, sollten Bäume ausreißen und die Straße verbreitern."

Tom machte eine Pause. Matt wusste, dass er es genoss, diesen Teil der Geschichte zu erzählen. Tom sah sich um und fragte: „Wissen Sie, was passierte?" Und er sah Mitul an: „Können Sie es ahnen? Ich werde es Ihnen verraten: Am Morgen, als die Bulldozer loslegen wollten, konnten sie nicht über die Straße fahren. Und warum nicht? Weil auf der einspurigen Straße Kinder saßen. Kinder mit ihren Erzieherinnen, Lehrern, Müttern und Vätern. Aber nicht zwanzig oder hundert, sondern mehrere Hunderte aus allen Kindergärten der Stadt."

Die alte Frau schlug die Hände zusammen. Tom lachte. Er sah die Überraschung auf den Gesichtern. „Ja, die Kinder hatten alle ein großes Blatt Papier vor sich liegen und malten. Manche malten auch direkt auf die Steine. Sie malten Bäume und Schaukeln und Blumen. Und tatsächlich, die Bulldozer zogen ab."

Die alte Dame begann plötzlich zu klatschen, sodass auch einige andere applaudierten, Mitul, der junge Vater, die sechs Reisenden neben ihnen ebenfalls und noch einige andere, die sich zu ihnen umgedreht hatten. „Gut erzählt!", sagte die Frau an Tom gewandt. Und sie fragte nach: „Stimmt die Geschichte denn auch wirklich?"

„Ja", sagte Tom. „Curitiba ist eine aufblühende Stadt. Sie wächst schnell, aber sie gilt als Modell für eine gelungene Verkehrs- und Umweltpolitik, sie hat große Grünflächen und bessere Luft als viele andere Großstädte. Ja, die Geschichte ist wahr."

Tom strahlte über sein ganzes Gesicht und ein ganzer Waggon schien sein Lachen zu erwidern und sich für die Unterhaltung mit einer Geschichte zu bedanken, bevor sich dann wieder alle ihren eigenen Gesprächen, Gedanken, Beobachtungen überließen. Matt fragte sich, warum in einem amerikanischen Zug jeder für sich reiste, anonym, und so eine Art von Gemeinschaftserlebnis, das Teilen von Tee und Geschichten, wohl nur schwer zustande käme. Aber dann gestand er sich ein, dass er gar nicht wusste, ob seine These überhaupt der Wahrheit entsprach oder er wieder ein weiteres Vorurteil pflegte, da er selbst zu Hause so gut wie nie mit der Bahn reiste. Wenn er an den Flughafen oder an die Wartesäle bei Gericht dachte, hatte er Bilder vor Augen von Anwälten und Geschäftsleuten, die ein Laptop vor sich und ein Handy am Ohr jeder für sich in ihrer eigenen Welt funktionierten. Die Vorstellung, dass einer von ihnen ihm Tee anbieten würde, oder auch umgekehrt, war überaus merkwürdig.

Tom und Mitul waren bereits wieder in ihr Gespräch vertieft und Matt hörte seinen Sohn über die Pläne für sein Studium und seine berufliche Zukunft sprechen und Mitul damit anspornen, weiter über die Forschungsarbeit in seinem Zentrum zu sprechen.

Matt wurde erst wieder hellhörig, als Mitul erzählte: „Die Qualität von Wasser zu erhalten oder zu verbessern, ist ein anderes großes Thema für uns. Verschmutztes Wasser führt gerade bei Kindern zu schweren Infektionen und Durchfall, Malaria und Cholera gehören immer noch zu den häufigsten Todesursachen in sogenannten Entwicklungsländern. Tja. Außerdem entwickeln wir Ideen zur Bewässerung. In unserem Zentrum arbeitet ein ganzes Team von Ingenieuren und anderen Fachleuten daran, die Möglichkeiten von neuen Talsperren und Systemen der Wasserverteilung zu erforschen. Indien ist ja sehr fortschrittlich was den Bau von Talsperren angeht."

Mit einem sachten Schubs in die Seite bedeutete Tom seinem Vater, sich doch wieder in das Gespräch einzubringen. Matt zögerte, sah Mitul offen an und sagte: „Ich habe davon gelesen. Die Staudämme an der Narmada zum Beispiel entsprechen allerneustem technischen Standard. Aber in Amerika liest man auch, dass die ökologischen Konsequenzen eine Katastrophe sind, vor allem langfristig, und die Folgen für die Landbevölkerung, die für den Bau der Talsperren umgesiedelt werden muss, echte Not bedeuten. Aber hatten Sie nicht gesagt, dass der Umweltschutz Ihr Spezialgebiet ist? Dann wissen Sie ja viel besser als ich, was ich meine."

Matt merkte, dass er nicht wirklich einschätzen konnte, woran er bei Mitul war. Dessen Haltung war jetzt angespannt und das Lächeln auf seinem Gesicht wirkte angestrengt.

Als spüre es die Unruhe, begann das Kind neben ihm leise zu weinen, und die kleinen Finger seiner rechten Hand krabbelten unter den Stoff, der seine Haare bedeckte. Matt dachte, dass er sicher schwitzte. Der Vater fuhr seinem Sohn mit der Hand über die Stirn und erlaubte ihm, an seinem Daumen zu lutschen. Mitul sagte: „Sie scheinen sehr einseitig informiert zu sein. Das ist sehr bedauerlich. Ich wusste ja, dass es Aktivisten gibt, die mit ihrer Propaganda unser Land schlechtmachen, aber dass diese falschen Informationen bis nach Amerika reichen, hätte ich nicht gedacht."

Matt fragte nach: „Das hört sich an, als würden die sogenannten Aktivisten gezielt Lügen verbreiten und die Wahrheit sähe ganz anders aus?"

Man konnte förmlich sehen, wie Mitul überlegte, ob er die Diskussion fortsetzen oder lieber den Rückzug antreten sollte. Er entschied sich dann wohl, das Gespräch an dieser Stelle nicht einfach abzubrechen, sondern seine Position zu erläutern, als wäge er ab, ob er den Amerikaner gewinnen könnte oder ihm wenigstens ein paar Bedenken mitgeben, die seine eigene Position hinterfragen würden.

„Sehen Sie", sagte er werbend, „Trivandrum ist der beste Beweis dafür, dass Indien sich in den letzten Jahren sehr verändert hat. Unsere Leistungen in Forschung und Technologie zeigen, dass wir auf dem richtigen Weg sind. Wir sind eine Atommacht, wir haben Spezialisten in der Softwareindustrie und in der Raumfahrt, was alles zeigt, was für eine erfolgreiche Nation wir sind."

Matt sagte leise, aber mit Überzeugung: „Die Definition von Erfolg ist nicht so einfach. Wir schaffen es, Menschen zum Mond zu schicken, die das überleben, aber gleichzeitig leben Menschen auf der Erde und überleben das nicht. Was ist Erfolg? Wer bestimmt das? Wer entscheidet, ob Indien erfolgreich ist? Die Regierung oder die Opposition? Die Armen oder die Aktivisten? Sie? Ich? Der Blick auf die IT-Branche oder ein Besuch in den Slums?"

Lächelnd, ein bisschen herablassend, lenkte Mitul ein: „Sicherlich gibt es noch eine ganze Reihe von Problemen. Sie werden nicht denken, dass ich nicht darum weiß, dass wir im Bereich der Armutsbekämpfung noch einiges vor uns haben. Alles, was ich sagen will, ist, dass Indien sich seinen Problemen stellt. Die Staudämme brauchen wir für unsere rasante wirtschaftliche Entwicklung. Und die wird vielen in Indien zugutekommen."

Aber Matt gab sich nicht zufrieden: „Ich frage Sie wirklich, wer bestimmt, was Erfolg ist? Wer entscheidet über Kosten und Nutzen? Ich habe gelesen, dass zum Beispiel der Bau des Bargi-Damms zehnmal mehr gekostet hat als veranschlagt. Das sind doch gigantische Summen Geld! Wenn es sich wenigstens gerechnet hätte, aber statt der geplanten 450.000 Hektar Land, die bewässert werden sollten, sind es bis heute, lange Jahre nach seiner Fertigstellung, nur 26.000 Hektar."

Mitul schüttelte den Kopf. „Ich weiß nicht, woher Sie diese Zahlen haben, aber ich kann mir nicht vorstellen, dass sie stimmen. Die Staudämme mögen viel Geld kosten, aber wir sind bereit, diese Summen zu investieren, sie garantieren unsere Zukunft."

Matt schüttelte jetzt ebenfalls den Kopf: „Ich verstehe Sie nicht. Sie sind doch im Bereich des Umweltschutzes engagiert. Und Sie sind Inder." Er verspürte keine Angriffslust, das Gespräch hatte jeden unterhaltenden Charakter verloren. Es war ihm ernst. „Diese Großprojekte – ihre ökologischen und sozialen Kosten sind unfassbar. Es werden ja nicht nur Bäume unter Wasser gesetzt, sondern ganze Wälder mit allem, was an Artenvielfalt in ihnen zu Hause ist. Oder ich habe mehrere Artikel gelesen, die allein beschreiben, dass unzählige Fischsorten für immer verloren gegangen sind. An das Trauma der Menschen aus den vertriebenen Dörfern darf ich gar nicht denken. So eine Erfahrung kann mit Geld niemals aufgewogen werden. Ich selbst habe mein Leben lang Angst vor Wasser gehabt, die Vorstellung, ach." Matt brach seinen Gedanken mitten im Satz mit einer wegwerfenden Handbewegung ab.

Tom sah erwartungsvoll von Matt zu Mitul und wartete gespannt, wie es weitergehen würde. Er hatte die Mango in die Hand genommen und warf sie vor lauter Aufregung von einer Hand in die andere, um sich ein wenig abzulenken.

Mitul räusperte sich, beugte sich nach vorne und sagte: „In Ordnung. Nehmen wir also einmal an, Sie hätten recht. Schlagen wir uns für einen Moment auf die Seite der Adivasi, dieser armen Einheimischen, deren Zeit sowieso gezählt ist, wenn Sie mich fragen. Und dann nennen Sie mir doch einmal Alternativen zu den großen Staudämmen?“

Matt konnte nicht fassen, wie abfällig Mitul über die Ureinwohner sprach. Nein, es war vor allem die Kälte in seiner Stimme, die ihn erschreckte. Schneidende Kälte, die Menschen abtrennte. Er wünschte, er hätte noch mehr gelesen, würde sich besser auskennen, aber er musste sich eingestehen, dass er zwar bewegt war von Zahlen und Fakten, trotzdem aber einfach kein Fachmann war. Er versuchte trotzdem eine Antwort: „Ich weiß, dass einige Experten auf lokales Wassermanagement setzen und zum Beispiel das Sammeln von Regenwasser als nachhaltige Möglichkeit ansehen, mit dem Mangel umzugehen.“

Mitul kicherte: „Das hört sich an wie eine Methode aus dem letzten Jahrhundert.“

Matt fühlte sich provoziert und erwiderte: „Derzeit gehen in Indien fünfzig Prozent des Stroms bei der Übertragung verloren. *Das* hört sich für mich wie ein Phänomen aus dem letzten Jahrhundert an. Fortschrittlich wäre es, den Stromverlust mindestens auf zwanzig Prozent zu reduzieren. Damit wären dann einige der geplanten Dämme nämlich auch vollkommen überflüssig.“

Die ältere Dame gab hinter ihrem Buch ein kurzes Lachen von sich. Überrascht sahen alle in ihre Richtung, aber es kamen keine weiteren Äußerungen von ihr. Mitul schwieg einen Moment. Er war wütend und das Lachen der Alten neben sich, das sich wie Unterstützung für den Amerikaner anhörte, brachte ihn erst recht in Rage. Er bellte: „Um vielleicht auch einmal eine Zahl ins Spiel zu bringen, möchte ich Sie darauf hinweisen, dass in Ihrem Land der tägliche Wasserverbrauch bei fast vierhundert Litern liegt im Gegensatz zu Indien, wo ein Mensch im Durchschnitt mit fünfundzwanzig Litern auskommt. Besonders peinlich", setzte er spöttisch hinzu, „dass ein großer Teil Ihrer Verschwendung für die Toilettenspülung draufgeht. Und Sie machen mir Vorwürfe, weil wir Wasser sichern wollen? Wir könnten auch noch über Ihren Energieverbrauch sprechen, wie viel Strom Sie vergeuden und wie Sie insgesamt mit Ihrem rücksichtslosen Lebensstil Ressourcen auffressen."

Matt wunderte sich über die merkwürdige Wende des Gesprächs und sagte: „Sie sollten aufpassen, wenn Sie verallgemeinern. Ich bin nicht stolz auf den Umgang meines Landes mit seinen Ressourcen, glauben Sie mir."

Mitul unterbrach ihn sofort und warf ein: „Sie tun mir leid, nicht stolz auf Ihr Land sein zu können."

Matt ließ sich nicht irritieren und fuhr fort: „Ich bin aber stolz auf die Bewegungen, die sich für den Schutz der Schöpfung und für die Wahrung der Menschenwürde einsetzen, in meinem Land gibt es sie und hier, in Ihrem, auch. Zum Beispiel die ‚Narmada Bachao Andolan', die seit so vielen Jahren gegen die Dämme im Narmada-Tal kämpfen. Diese Aktivisten verdienen Respekt, finde ich."

Mitul schnaubte verächtlich: „Terroristen."

Auch Matt wurde jetzt kurz lauter: „Jetzt machen Sie aber mal halblang!"

Tom berührte ihn am Arm und er sank zurück in seinen Sitz und sagte ruhiger: „Soweit ich weiß, kämpft diese Bewegung friedlich, gewaltlos und unermüdlich darum, dass die Armen gehört werden. Mit Terrorismus hat das ja wohl nichts zu tun. Der Vergleich ist doch wohl vollkommen unangemessen."

Mitul schien müde zu sein und das Interesse zu verlieren. „Ach, glauben Sie doch, was Sie wollen."

Und damit stand er auf, nahm seine Tasche und sagte: „Ich werde mir für die Nacht einen anderen Platz suchen." Umständlich packte er seine Tasche.

„Trotz unseres kleinen Disputes wünsche ich Ihnen eine gute Reise." An Tom gewandt sagte er: „Dir, junger Mann, rate ich, allmählich erwachsen zu werden und nicht länger an kindische Märchengeschichten zu glauben. Die Bulldozer kommen wieder. Die Staudämme werden gebaut, der Fortschritt ist nicht aufzuhalten. Du scheinst doch ein wacher Kerl zu sein."

Damit ging er. Matt versuchte nicht, ihn aufzuhalten. Er wusste einfach nicht, was er sagen sollte.

Tom sah ihm hinterher und verstand nicht ganz, was er gerade alles gehört und erlebt hatte. Die Aggression war spürbar, Mitul war gegangen, aber seine Worte klangen nach, wirkten weiter. Tom sah zu seinem Vater hinüber und merkte überrascht, dass der mit den Tränen kämpfte. Tom fühlte sich unsicher und spielte immer noch unbewusst mit der Mango. Die alte Dame räusperte sich wieder und forderte ihn jetzt plötzlich auf, ihr die Frucht zu geben.

„Ich werde sie für dich schälen", sagte sie. Tom reichte ihr die Mango und sah ihr zu, wie sie gekonnt und flink die reife Frucht in kleine Stücke zerlegte. Matt wandte sich ihnen jetzt wieder zu und fragte sich, ob die alte Frau, die er suchte, wohl so ähnlich aussah. Für einen Moment durchfuhr ihn der Gedanke, diese hier könne Priya sein, obwohl sie jünger wirkte. Er würde sie ansprechen, nur um sicherzugehen. Aber nicht jetzt. Fürs Erste reichte ihm das Gespräch mit Mitul und die Reise war ja noch lang. Schweigend genossen sie die Mangostücke, boten der alten Frau selbst auch davon an und reichten dem jungen Vater ebenfalls ein paar Stücke.

Ein Mann mit einer großen Thermoskanne kam den Gang entlang und bot Tee an. Diesmal wollte Matt kaufen, aber die alte Dame kam ihm zuvor und erwarb für ihre kleine Gruppe vier Becher Tee. Der Vater nahm ihn gerne entgegen und auch Matt und Tom bedankten sich. Die Frau sagte: „Sie müssen verstehen, dass Sie unsere Gäste sind. Ich fühle mich als Ihre Gastgeberin, weil Sie allein in meinem Land unterwegs sind."

Matt sah sie fragend an: „Sie meinen, ich dürfte Sie nicht zu einem Kaffee einladen?"

Sie grinste. „Nein, das ist wohl nicht möglich. Ich wäre immer schneller, verlassen Sie sich drauf. Sie müssen es gar nicht erst versuchen."

„Aber", widersprach Matt, „es ist unfair, weil wir wahrscheinlich mehr Geld haben."

„Ach", sagte die alte Dame, „mit dem Reichtum – das ist genauso eine Sache wie mit dem Erfolg. Wer bestimmt denn, wann ein Mensch wohlhabend ist, was ihn arm macht und was reich?"

Matt fühlte sich wie eingefangen von seinen eigenen Argumenten und nickte ihr anerkennend zu. Sie verschwand wieder hinter ihrem Buch. Matt sah aus dem Fenster und dachte an Mitul. Er fragte sich, was in ihrem Gespräch falsch gelaufen war.

Das schlafende Kind an seine Brust gelehnt, sagte der junge Mann plötzlich: „Dass er wirklich aufgestanden ist und sich einen anderen Platz gesucht hat, ist irgendwie eine ungebührliche Reaktion. Ich bin nicht dem ganzen Gespräch gefolgt, denn ich war ja nicht Teil davon, und ich bin außerdem sehr müde und muss wohl eingenickt sein, aber was ich gehört habe, hat mich erschüttert, wissen Sie?" Er sprach leise, um sein Kind nicht zu wecken.

Matt zuckte mit den Schultern und fragte vorsichtig: „Und ich? Habe ich mich irgendwie falsch verhalten?"

Der junge Mann beantwortete seine Frage nicht direkt, sondern sagte: „Immer wieder wird von der Kluft zwischen Armen und Reichen gesprochen, die wächst und die so unüberbrückbar scheint. Die Kluft geht durch die Welt, quer durch Nordwesten und Südosten, aber sie geht eben auch durch unser eigenes Land. Ich frage mich, wie es gelingen kann, dass die, die eine Ausbildung machen konnten und die jetzt lesen, forschen, reisen, fremde Sprachen sprechen und Geld verdienen, die anderen nicht vergessen, sondern für sie mitdenken. Manchmal denke ich, wer es geschafft hat, vergisst zu schnell, wo er herkam. Das macht mich auch sehr müde." Wie um seinen Worten Wirkung zu verleihen, musste er gähnen, hielt sich die Hand vor den Mund und musste unwillkürlich lachen. „Verzeihen Sie, bitte. Ich bin wirklich erschöpft."

„Vielleicht", sagte Matt zu ihm, „geht diese Kluft ja als Allererstes auch durch einen selbst hindurch."

Der junge Mann sah ihn fragend an, ehrlich interessiert. Aber bevor Matt weitersprechen konnte, sagte er: „Darf ich mich Ihnen vorstellen? Ich bin Meeta Kaur." Er grinste und sagte: „Meeta, so ähnlich wie Mitul. Meeta ist in meiner Sprache Punjabi nämlich ebenfalls das Wort für Freund. Aber entschuldigen Sie bitte, Sie wollten, glaube ich, etwas über die Kluft im Herzen eines Menschen sagen."

Matt merkte, dass er zögerte, und fragte sich, ob seine Gedanken albern waren oder ob es unangemessen war, sie zu teilen, und dachte dann, dass Meeta sehr sympathisch wirkte und er jetzt doch Lust hatte, auf dieser Bahnfahrt ein weiteres Gespräch zu führen. Aber zunächst sagte er: „Ich bin übrigens Matt, eigentlich Matthew. Das klingt ja auch ein bisschen wie Meeta. Aber mein Name kommt wohl aus einer ganz anderen Region dieser Welt, er bedeutet so viel wie Gottesgeschenk." Sie reichten sich die Hand, Meeta hatte nur die linke frei, weil er mit dem rechten Arm seinen Sohn festhielt.

Matt wusste selbst nicht genau, wo seine Gedanken ihn hingeführt hatten, deshalb sprach er langsam und nachdenklich: „Also. Ein Mensch oder ja vielleicht, wie Sie sagen, ein Herz kennt meistens beides: einen Reichtum an Ideen, Beziehungen und Begabungen und gleichzeitig Bedürftigkeit und Nöte."

„Ja", stimmte Meeta ihm zu. „Jeder ist irgendwie fähig, Fülle und Leere zu empfinden. Und, was vielleicht noch entscheidender ist, beide auch zu schaffen."

An dieser Stelle schaltete Tom sich ein und meinte: „Aber ungleich verteilt sind die Gaben und die Nöte doch. Vielleicht weiß jeder Mensch etwas von diesen unterschiedlichen Erfahrungen, dass er etwas hat, etwas verliert, etwas braucht oder etwas niemals haben wird. Aber wenn ich aus dem Fenster schaue oder an letzte Woche denke, wie ich vom Boot aus die Menschen am Flussufer gesehen habe – dann denke ich, dass ich alles habe, mehr als genug. Ich weiß noch gar nicht, wie ich mit diesen Bildern von Armut und Not umgehen soll."

Meeta nickte zustimmend: „Ja. Und es liegt an dir, was du daraus machst. Es ist in Ordnung, viel zu haben. Aber wirst du es für dich behalten? Wirst du damit geizen? Oder wirst du einsetzen, was du hast, es vervielfältigen und auch andere daran teilhaben lassen?"

Und wieder an Matt gewandt, sagte er: „Sie haben recht, die Kluft geht durch jeden Menschen."

Matt wusste sich verstanden. Immer noch ein wenig unsicher, weil er mit einem völlig Fremden in einem vollen Bahnabteil über sehr persönliche Fragen sprach, war er doch froh, dass es genau zu dieser Art von Begegnungen auf ihrer Reise kam. Wie viel Ehrlichkeit musste er aufbringen, um seinen Fragen auf den Grund zu gehen? Er ahnte: Antworten zu finden, würde bedeuten, etwas zu riskieren, seine Gedanken zur Debatte zu stellen. Anders würde er seinen Ahnungen nicht nachgehen können. Deshalb sagte er: „Ich kenne die Angst, zu kurz zu kommen und zu verlieren, und ich kenne aber, Gott sei Dank, auch das andere, das Erlebnis, beschenkt zu sein und etwas zu geben zu haben."

Meeta warf ein: „Gottesgeschenk, einen wirklich schönen Namen tragen Sie."

Matt berührte diese kurze Bemerkung, als habe er einen Gruß aus einer anderen Welt erhalten, und er hielt kurz inne. Aber dann schickte er den Gedanken an seinen Namen weg, sanft, als wolle er ihn bitten, nur einen Moment zu warten, bis er sich ihm später noch einmal zuwenden würde. Er konzentrierte sich und fragte: „Was meinen Sie, wie überbrückt man die Kluft? Oder, anders gefragt, wie kann der Ideenreichtum die Not beschenken? Wie finden die Gaben ihren Weg dorthin, wo sie gebraucht werden? Wie überwindet ein Mensch seine Angst, das Nachsehen zu haben?"

Meeta legte den Kopf schräg und die Finger seiner rechten Hand, die den Oberkörper seines Kindes hielt, machten ein paar kleine zarte Bewegungen auf dem Arm des Kleinen. Dann sagte er mit einem vorwitzigen Schmunzeln: „Vielleicht sollten wir unsere

Söhne und Kinder so erziehen, dass sie gute Geschichten erzählen. Geschichten, die das Herz füttern. Geschichten wie Ihr Sohn sie vorhin an uns alle hier weitergeschenkt hat. Geschichten, die stärker sind als die Realität der Panzer und Bulldozer. Ganz einfach gesagt: Geschichten der Liebe. Auch wenn das vielleicht zu einfach klingt, zu naiv. Geschichten, die uns überwältigen, weil sie ohne Gewalt auskommen."

Tom ergänzte: „Geschichten, die uns entwaffnen, weil sie keine Waffen benutzen."

Und Meeta fügte hinzu: „Weil sie gar keine Waffen brauchen."

Matt merkte, dass sein Herz schneller schlug. Er musste schlucken und wusste, dass er jetzt zunächst keine weiteren Worte mehr würde finden können, sondern sich nach innen wenden wollte, um dem nachzuspüren, was er soeben gehört und gesagt hatte.

Tom freute sich über Meetas Kommentar zu seiner Geschichte und meinte, wie um etwas zurückzugeben: „Vielleicht sollten Väter und Eltern viel reisen und ihren Kindern die großen Unterschiede in dieser Welt zeigen. Vielleicht lernt man, die Kluft zu überwinden, indem man einfach erst einmal erlebt, dass eine Brücke dich wirklich in eine andere Welt bringt. In einen anderen Stadtteil, ein anderes Land, in andere Verhältnisse. Dir eine neue Sicht auf die Welt beschert."

Meeta lächelte und in seinem Blick lag Anerkennung. „Du bist ein interessanter junger Mann. Ich wünsche mir, dass Sampuran", er deutete auf seinen Sohn, „sich auch so gut entwickelt, dass er wach ist und fragt und sich gute Gedanken macht. Was bedeutet denn der Name Tom?", wollte er wissen und sah abwechselnd von Tom zu Matt, die sich selber fragend ansahen.

Tom gab sich einen Ruck und antwortete: „Ich mag meinen Namen eigentlich sehr, aber die meisten denken bei Thomas an den Zweifler."

Meeta hakte nach: „Was für ein Zweifler?"

Tom erklärte ihm, Thomas hieße eine biblische Figur, ein enger Vertrauter von Jesus, der als skeptisch gelte.

„Aber", sagte Tom, „eigentlich kommt mein Name wohl aus dem Aramäischen und bedeutet Zwilling." Er zuckte die Schultern: „Ich kann mit beidem nicht viel anfangen. Auch wenn es stimmt, dass ich sehr viele Fragen habe. Auf dieser Reise kommen täglich neue dazu. Meine Großmutter hat mir ein Buch geschenkt, in dem ich meine Gedanken festhalten kann, und es ist nach noch nicht einmal drei Wochen schon halb voll."

Meeta sah ihn aufmunternd an: „Was für Fragen sind das?"

Tom antwortete sehr spontan: „Warum tragen Sie einen Turban?" Im selben Moment kam er sich zu forsch vor und entschuldigte sich. „Verzeihung, aber es interessiert mich wirklich." Und er fügte erklärend hinzu: „Nicht eigentlich der Turban, sondern die Frage nach den Religionen, nach der Wahrheit, nach Gerechtigkeit und dem richtigen Lebensstil."

Meeta hatte sich bei Toms Direktheit erst zurückgezogen, signalisierte jetzt aber, dass er gesprächsbereit blieb, zeigte mit seiner ganzen Haltung die Offenheit, auf Tom einzugehen, und erklärte: „Wir Sikhs kleiden uns zunächst einmal, wie es uns gefällt. Wir glauben, dass Gott alle Farben und Formen gleich schön gemacht hat. Viele tragen westliche Kleidung. Sikhs leben inzwischen auf der ganzen Welt verteilt. Andere, wie meine Familie und ich, tragen die Kleider unseres Lebensraumes. In einem Anzug fühle ich mich verkleidet, in einem Kurta aber kann ich mich bewegen wie ein freier Mann.

Aber das hat eigentlich nichts mit meinem Glauben, sondern eher mit meiner Kultur zu tun. Für ein spirituelles Leben spielt es eigentlich keine Rolle, welche Kleidung man trägt. Aber der Mensch ist nicht nur Gott gegenüber verantwortlich, sondern auch seinen Mitmenschen. Deshalb wählen wir den Charakter einer Kleidung sehr bewusst. Sie soll sauber sein und den ganzen Körper bedecken. Es ist nicht verboten, sich schön zu machen, aber noch eine andere Frage leitet uns, und die heißt: Wie wird man eigentlich innen schön? Die Herausforderung, der wir uns widmen, ist, rein zu sein und edel. Das versuchen wir auch mit unserer Kleidung auszudrücken."

„Und der Turban?“, fragte Tom.

„Dass wir unser Haar nicht schneiden, ist selbstverständlich für uns. Wir belassen es so, wie es von Natur aus wächst. Und genau wie wir Kleider für den Körper tragen, tragen wir ein Tuch und bedecken auch den Kopf. Ich trage meine Dastar, so nennen wir den Turban, mit Stolz. Sie ist Teil unserer Tradition und hat etwas Würdevolles für mich.

Besser kann ich es nicht erklären, denn ich merke dir an, dass dir meine Sitten sehr fremd sind. Würdest du eine Dastar tragen, du würdest erleben, wie sie deine ganze Körperhaltung verändert und der Gedanke, dass dein Kopf bedeckt ist, dich aufrichtet. Sampuran ist noch jung und er hat noch nicht gelernt, eine Dastar zu binden. Deshalb trägt er einen Patka, wie eine Art Mütze. Außerdem kann er damit laufen, spielen und Sport treiben wie jedes andere Kind auch, kein Problem.“

„Gibt es viele Sikhs in Indien?“, wollte Tom wissen, „oder welche Religionen sind die stärksten? Mengenmäßig, meine ich.“

„Nun“, sagte Meeta, „wie soll ich das beantworten? Wer sagt, was viel ist? Um mich herum, in meinem Freundeskreis, gibt es natürlich viele Sikhs, weltweit gesehen gibt es zwanzig Millionen. Die meisten davon leben in Indien, in Punjab, ganz oben im Norden. In dieser Gegend ist Sikhi auch entstanden. Na ja, ich könnte das jetzt ausführlich erzählen, aber zurück zu deiner Frage: In den USA leben mittlerweile auch schon über eine Million Sikhs. Hört sich das an, als wären es viele? In Indien sind wir eine Minderheit, die allermeisten Menschen hier, über achtzig Prozent, sind Hindus. Dem Islam gehört mit zehn Prozent der Bevölkerung immerhin die zweitgrößte Gruppe an. Etwas über zwei Prozent sind Christen, etwas unter zwei Prozent wir Sikhs. Nun, du kannst selbst beurteilen, was viel und was wenig ist – und dann entscheiden, welche Bedeutung die Menge der Anhängerschaft überhaupt für dich hat. Es gibt in Indien ja auch noch einige ganz kleine Minderheiten von Buddhisten, Jainas, Bahai und eine jüdische Gemeinde mit nur noch sehr wenigen Mitgliedern.“

„Ja", sagte Tom, „wir haben eine Synagoge in Cochin besucht. Es war sehr spannend. Mein Großvater ist Jude, wissen Sie? Mir ist erst im Gespräch mit dem Rabbi dort und mit meinem Vater richtig bewusst geworden, dass ich jüdische Wurzeln habe. So wie Jesus auch jüdische Wurzeln hat."

Meeta grinste ihn herausfordernd an. „Du vergleichst dich mit Jesus?"

Tom war kurz durcheinander, hielt seinem Blick aber stand und sagte dann: „Ja." Und dann noch einmal: „Ja. Das habe ich mir so angewöhnt. Oder vielleicht müsste ich besser sagen, dass meine Großmutter es uns", er zeigte auf sich und seinen Vater, „angewöhnt hat."

Er dachte an Anne und hatte offenbar eine bestimmte Szene vor Augen und die Erinnerung brachte ihn zum Schmunzeln. Matt musste ebenfalls lächeln, sein Sohn hatte seine Mutter in einem Satz treffend erfasst und gut beschrieben.

Tom erzählte: „Ich weiß noch, wie ich eines Tages aus der Schule nach Hause kam, wo wir über Martin Luther King junior gesprochen hatten. Ich erzählte meiner Großmutter ganz begeistert und zeigte ihr die Bilder in meinem Geschichtsbuch, ich war vielleicht elf Jahre alt. Und ich sagte: ‚Man kann Martin Luther King mit Jesus vergleichen.' Und sie sagte, sehr liebevoll, aber auch auf ihre typische Art, sehr klar und herausfordernd, nur einen kleinen Satz: ‚Vergleich dich selbst mit den beiden.' Ich weiß noch, ich war total überrascht. Das waren zwei bedeutende große Männer und ich war ein kleiner Junge. Ich fragte: ‚Ich soll mich mit Jesus vergleichen?' ‚Ja', sagte sie, ‚unbedingt.' Komisch, ich weiß nicht wie der Nachmittag damals weiterging, aber an diese Begegnung kann ich mich noch gut erinnern."

Meeta sah ihn aufmerksam an. „Und", Tom sprach lachend weiter, „als wir vielleicht drei Jahre später, ja, ich war wohl schon vierzehn, über Gandhi sprachen, passierte etwas ganz Ähnliches. Mein Geschichtslehrer, den ich sehr mochte, sagte so etwas wie, wir sollten Jesus und Gandhi gegenüberstellen. Und in unserer

Klasse wurde sehr lebhaft diskutiert. Ich meine, die meisten sind irgendwie christlich geprägt und meinten, dass Jesus den Vergleich gut aushält. Und ich sagte damals: ‚Besser, man vergleicht sich selbst mit Jesus.' Ich muss wohl sehr überzeugt geklungen haben, weil kurz Ruhe herrschte und dann alle auf mich einredeten und mein Lehrer mir nicht half, sondern nicht lockerließ, bis ich allen erklärt hatte, was ich damit meinte. Meine Großmutter hat echt gelacht, als ich ihr davon erzählte." Abschließend sagte Tom, gedankenverloren und trotzdem ganz da: „Ja, so ist das bei uns zu Hause."

Meeta hatte sehr interessiert zugehört und sagte jetzt: „Im Gegensatz zum christlichen Glauben deiner Großmutter und erst recht zum jüdischen Glauben deines Großvaters ist Sikhi sehr, sehr jung. Der Begründer unserer Einsichten, Guru Nanak, hat im fünfzehnten Jahrhundert gelebt und gelehrt."

Tom ließ sich sofort auf diese Spur des Gesprächs ein und sagte: „Entschuldigen Sie, wenn ich das so offen frage, aber sind Sie eine Sonderrichtung des Hinduismus oder so etwas Ähnliches?"

Angesichts Toms unbeholfener Formulierung war Meeta wieder kurz zusammengezuckt, entschied sich aber ein weiteres Mal, über Toms undiplomatische Art, zu fragen, hinwegzusehen, und antwortete: „Sikhi konzentriert sich darauf, den Menschen in dieser Welt und in dieser Zeit zu helfen, ihr soziales und spirituelles Wesen zu entwickeln. Eigentlich sind wir damit keine klassische Religion, sondern man müsste uns eigentlich als eine Lebenseinstellung bezeichnen. In keinem Fall allerdings, auch wenn es diese Auffassung immer wieder gibt, sind wir eine hinduistische Abspaltung oder Sekte und genauso wenig sind wir eine Mischung aus Hinduismus und Islam, wie man es auch immer wieder behauptet."

„Verzeihen Sie bitte, mir fehlen die richtigen Worte, um irgendwie angemessen auszudrücken, was ich wissen möchte, und ich gebe zu, dass ich bisher kaum etwas über Sikhi wusste." Unbekümmert fragte Tom weiter: „Man hört immer wieder von den Konflikten der verschiedenen Religionen in Indien. Was denken Sie darüber?"

Matt hielt innerlich die Luft an und dachte, dass Tom sich zwar im Nachhinein entschuldigen mochte, aber trotzdem jedes Mal wieder sehr direkte Fragen stellte, und er hatte großen Respekt vor Meeta, der diese großen und gleichzeitig auch durchaus intimen Fragen trotzdem so geduldig beantwortete. Diese Frage nach den Auseinandersetzungen der Religionen aber erschien ihm besonders heikel und er musste sich eingestehen, dass er sie selber gerne gestellt hätte und gespannt auf die Antwort war. Aber bevor sie die zu hören bekamen, wachte der Kleine auf.

Sampuran öffnete die Augen und sah seinen Vater an. Er räkelte sich und rieb sich mit seinen kleinen Händen durch sein Gesicht. „Ich habe Durst", sagte er. Meeta reichte ihm die Flasche mit Wasser und half ihm, in kleinen Schlucken zu trinken. Sampuran trank, bis er genug hatte, und begann mit seiner rechten Hand in dem Bart seines Vaters zu kraulen. Dann sah er neugierig zu Tom und dann zu Matt. Mit dem Zeigefinger zeigte er ein paar Mal auf sich selbst, tippte sich spielerisch auf die Brust und sagte: „Sampuran! Sampuran!" Tom tat es ihm gleich, deutete auf sich selbst und sagte: „Tom!" Sampuran zeigte jetzt von sich weg auf Tom und wiederholte dabei mehrmals dessen Namen und lachte ein glucksendes Lachen. Er sah verträumt vor sich hin und begann zu singen, eine kleine Melodie, ein Lied aus drei Worten: „Sampuran sieht Tom." Dabei schaute er immer wieder zu Tom herüber, der von dem Kleinen total hingerissen war und gar nicht mehr von ihm wegsehen wollte.

Matt beobachtete ihn ebenfalls und dachte, dass der Junge für sein Alter sehr ruhig sei, als Meeta sagte: „Sampuran hat bei seiner Geburt zu wenig Sauerstoff bekommen, deshalb hat er seine ganz eigene Weise, zu leben. Man könnte sagen, er ist langsamer als andere Kinder. Aber für mich ist er Sampuran, vollkommen.

Manche Leute, auch einige unserer Freunde, verstehen nicht, dass wir ihm diesen Namen gegeben haben, weil er in ihren Augen alles andere als perfekt ist, aber für uns, für meine Frau und mich, ist er einfach großartig. Er zeigt mir mit seinem Tempo und seiner Art die Welt von einer neuen Seite."

Sampuran summte immer noch leise vor sich hin und spazierte mit Zeige- und Mittelfinger den Oberkörper seines Vaters entlang, hinauf und wieder von vorne, vom Bauch bis zum Hals. Meeta ließ ihn gewähren. Dann machte er ihnen einen Vorschlag: „Wollen wir die schwere Frage nach den Spannungen zwischen den Religionen nicht beim Abendessen besprechen? Wir haben jetzt kurz nach acht und werden in etwa zwanzig Minuten in Ernakulam ankommen, dort hat der Zug eine Viertelstunde Aufenthalt, genug Zeit, um sich etwas zu essen zu kaufen."

Tom und Matt merkten, dass sie tatsächlich Hunger hatten und dass um sie herum wie auf ein geheimes Kommando hin alle angefangen hatten, ihren Proviant auszupacken. Abendessenszeit. Also stimmten sie gerne zu. Als sie etwas später in den Bahnhof einfuhren, kamen sofort eine Reihe Händler an die Fenster des Zuges und boten Essen an.

„Warten wir doch einen Moment", sagte Meeta, „gleich kommt sicher jemand zu uns in den Wagen, der Chappatis oder etwas Ähnliches verkauft, und ein anderer bringt Tee. Aber wir sitzen in einem der letzten Waggons, da dauert es immer etwas länger."

Tom holte aus seinem Rucksack eine Packung getrockneter Apfelringe und sagte: „Wie wäre es mit einer kleinen Vorspeise?" Er bot sie reihum an und alle bedienten sich. Auch Sampuran griff nach einem Apfelring und probierte ihn vorsichtig. „Danke, lecker, Tom", sagte er und alle mussten schmunzeln. In diesem Moment kam Unruhe auf und alle sahen in Richtung Boden. Tom zuckte kurz zusammen, dachte, dass dort ein Tier auf sie zukäme, aber dann sah er einen Mann, der auf einem Rollbrett den Gang entlangkam, vor sich eine große Thermoskanne. Tom verschlug es den Atem. Der Mann hatte keine Beine, nur zwei Stumpen, um die er weiße Lappen gebunden hatte, die aber inzwischen grau und verdreckt waren.

Irritiert sah Tom zu seinem Vater hinüber, der seinem Blick standhielt und ihm, weil er nicht auswich, das Gefühl von Sicherheit gab. Fast jeder im Abteil kaufte einen Becher Tee bei dem

Mann. Einen Augenblick später kam ein Verkäufer mit einem Bauchladen und bot kleine Päckchen mit eingewickeltem Essen an. Tom und Matt hätten nicht sagen können, wonach es genau roch, aber es war indisch, so viel war sicher. Meeta und die alte Dame kauften, und Tom und Matt versuchten noch, sich einzumischen, merkten aber, dass sie tatsächlich keine Chance gegen die indische Gastfreundschaft hatten. Ein paar Minuten später, nach einigem Hin und Her, Bezahlen, Diskutieren mit dem Verkäufer, einigen Zurufen, Fragen und Gelächter in ihrem Abteil, dem sie nicht folgen konnten, herrschte auf einmal Ruhe. Alle saßen da, ein Päckchen auf dem Schoß, wickelten es aus und begannen zu essen. Etwas unsicher beobachteten Matt und Tom, wie die anderen mit den Fingern der rechten Hand jeweils einen Happen der kleinen Teigfladen in die scharfe Sauce tauchten und dann in den Mund schoben, und machten es ihnen nach. Es schmeckte köstlich.

Die alte Dame nickte ihnen zu und sagte dann laut, dass es gut zu hören war, etwas, das Matt und Tom nicht verstanden, das aber alle anderen in ihrer Umgebung zum Lachen brachte. Man sah sie an. „Sollen sie ihren Spaß an uns haben", sagte Matt zu Tom, „wahrscheinlich lachen sie, weil man uns ansieht, wie gerne wir Messer und Gabel hätten."

Tom lachte kurz auf: „Oh ja. Mit den Fingern essen, noch dazu in einem fahrenden Zug, wenn ich mich selbst sehen würde, müsste ich sicher auch lachen. Obwohl – ich kann zu Hause im Bus auch Pommes essen, aber irgendwie ist das was anderes." Und dann sagte er ernster: „Dad, ich finde das alles hier total aufregend. Schockierend, herausfordernd, wunderbar, das alles. Wie wohl die Nacht wird?"

Matt meinte: „Als ich einmal in Nicaragua mit dem Nachtzug unterwegs war, sind wir für über zwei Stunden auf offener Strecke stehen geblieben. Niemand wusste, was los war, und um mich nicht zu beunruhigen, wollte mir keiner sagen, was sie vermuteten. Ich hatte wirklich Angst. Aber dann ging es irgendwann weiter und am

Ende bin ich wohlbehalten angekommen. Komisch, ich habe seit Jahren nicht mehr daran gedacht. Sag mir, wenn du irgendetwas brauchst oder wenn es dir zu viel wird, versprochen?"

„Ja", sagte Tom, „versprochen. Aber es ist nicht zu viel, es ist nur aufregend."

„Ja", stimmte Matt zu. „Menschen sind doch wohl das Spannendste, was man als Mensch kennenlernen kann, oder?"

„Ja, da hast du wirklich recht, Dad."

Sie hatten ihre Portion wieder einmal ganz aufgegessen. Meeta nahm ihnen das Papier ab, knüllte es zusammen und verstaute es wie die Teebecher in seinem Leinenbeutel. Matt und Tom gingen zur Toilette, um sich die Hände zu waschen.

Als sie wiederkamen, hatte Sampuran angefangen zu weinen. Meeta fragte: „Bitte, würdest du ihn wohl einen Moment lang halten? Dann hole ich sein Schlafzeug." Er stand auf und Sampuran merkte, dass sein Vater ihn zu Tom herüberreichen wollte, und krallte sich an seinem Vater fest. Der redete mit ihm, beruhigte ihn und versuchte es dann noch einmal. Diesmal ließ sich Sampuran zwar etwas widerwillig, aber trotzdem auf Toms Schoß setzen. Er hätte selber darauf kommen können, was Sampuran an Tom am spannendsten fand: Seine blonden unbedeckten Haare mussten auf den Kleinen so eigenartig wirken, dass er unwillkürlich die Hände danach ausstreckte und begann, Toms Haare durcheinanderzuwuscheln. Er sah ihn neugierig an und streichelte dann mit ruhigen Handbewegungen Tom den Pony in die Stirn.

„Dad, was macht er da?", fragte Tom unsicher lachend.

Matt sagte: „Bleib locker. Er sorgt für einen interessanten Style. Deine Freunde würden dir sicher empfehlen, mal dringend wieder Haargel zu benutzen."

Tom lachte Sampuran an, der ihm zuzwinkerte und glücklich zu sein schien, und er fragte sich, wie es wäre, wenn er seine Haare nicht schneiden und einen solchen Turban tragen würde.

Meeta hatte auf der obersten Pritsche neben einem Koffer eine Decke und ein buntes Kissen ausgebreitet. Er nahm Sampuran auf seine Arme und legte ihn schlafen. Der Kleine winkte mit seiner linken Hand wie zum Abschied und nahm dann den Daumen in den Mund. „Er wird innerhalb weniger Minuten eingeschlafen sein", meinte Meeta und setzte sich wieder auf seinen Platz.

Um sie herum wurden jetzt an mehreren Stellen Taschen verpackt, Laken oder Decken hervorgeholt, die Sitze und die Pritschen über ihren Köpfen ausgezogen. Hier und da hörten sie, wie ein Schlaflied für ein Kind gesungen wurde.

„Sind Sie müde?", fragte Meeta. „Dann können wir uns morgen früh weiter unterhalten." Matt und Tom sahen sich fragend an und Tom meinte: „Ich bin noch nicht müde und ich glaube, mein Vater wird, so wie ich ihn kenne, sowieso nicht gut schlafen können. Also reden wir noch ein bisschen." Und dann fügte er höflich und fragend hinzu: „Wenn Sie nicht zu müde sind." Meeta erwiderte: „Das ist der erste Moment dieses Tages, an dem ich keine kleine schwitzende Wärmflasche auf meinem Schoß sitzen habe. Und das werde ich jetzt erst einmal genießen."

Er streckte sich und sagte: „Ich war zwanzig, als ich Vater wurde. Kaum älter als du heute, hm?"

Er sah Tom an, der nickte und nur kurz erwiderte: „Ja, ich bin achtzehn", und Meeta dann weitersprechen ließ.

„Ich fühlte mich vollkommen überfordert. Schon die Schwangerschaft war sehr kompliziert und die Geburt unglaublich anstrengend, meine Frau wäre fast dabei gestorben. Als klar wurde, dass Sampuran nicht ganz gesund ist, war ich kurz davor, zu verzweifeln. Aber mittlerweile hat sich meine Sicht sehr verändert. Sampuran ist mein kleiner Lehrer, mein einfacher Blick auf die Welt, mein langsames Ertasten der Wirklichkeit. Er hinterfragt mich und sein Lachen, seine kleinen Lieder bringen mich fast um, so sehr berühren sie mich." Und dann sagte er: „Es tut mir gut, Sie beide zu sehen. Weil Sie als Vater und Sohn miteinander unterwegs sind. Sie sind doch Vater und Sohn, oder?"

Beide nickten heftig. Um einen Scherz zu machen und um an ihre anderen Gespräche anzuknüpfen, sagte Tom: „Mit dem Kindsein ist das so eine Sache wie mit dem Erfolg und mit dem Reichtum. Wer bestimmt, wer hier wirklich erwachsen ist und wer noch unreif?“ Alle lachten ihn an.

Neben ihnen wurden jetzt zwei Kinder bettfertig gemacht und wie Sampuran auf den obersten Pritschen zum Schlafen hingelegt, damit die Erwachsenen noch eine Weile sitzen und weiterreden konnten. Eine Mutter begann, ein Schlaflied zu singen, und ein paar andere fielen mit ein. Die alte Dame sang ebenfalls mit, leise, aber doch inbrünstig. Dann sagte sie: „Lasst den Jungen singen! Herr Tom, bitte, singen Sie uns einmal ein amerikanisches Lied vor.“

Sie kicherte und auch Meeta musste grinsen und sagte aufmunternd: „Komm, du würdest uns allen eine wirklich große Freude machen.“ Tom wandte sich hilfesuchend an seinen Vater: „Dad, meinen die das ernst? Was soll ich denn singen?“ Matt sah ihn belustigt an und sagte: „Ich wusste nicht, dass du überhaupt singen kannst.“ Tom gab einen kleinen Ruf der Entrüstung von sich und boxte ihn kurz in die Seite. Matt begann, ernsthaft zu überlegen, und sagte: „Denk an deine Großmutter. Sie hat dir doch oft Gutenachtlieder gesungen.“

Tom versuchte, sich zu erinnern, und empfand den Gedanken, ein Lied zu singen, ein Schlaflied aus seiner Kindheit, das gute Wünsche für die Nacht weiterschenkte, auf einmal als etwas sehr Kostbares. Hätten seine Freunde ihn gesehen – sie hätten vermutlich gelacht. Auch wusste er, dass ihm die Situation eigentlich peinlich sein könnte. Aber hier, in diesem Zug, mit diesen Menschen, war es auf einmal passend. Es war so etwas wie eine Ehre, etwas sehr Besonderes. Nach einem Moment begann er leise zu singen, mit etwas brüchiger Stimme, aber in der Erinnerung an Anne und an zu Hause und im Bewusstsein, wo er sich befand, auf einmal selber voller Andacht:

Segensreiche Nacht.
Die Engel singen.

Denn das Licht des Himmels kam zur Welt, liegt in seinem Bett, in einer Krippe.
Seine Mutter gibt ihm einen Kuss und singt ihm ein Schlaflied.
Segensreiche Nacht.

Vielleicht war es Toms Art, die alle berührte, die Ernsthaftigkeit eines so jungen Mannes, die etwas Feierliches ausstrahlte, aber es war jetzt still in ihrem Waggon. Die alte Frau strahlte ihn an und nickte wieder zustimmend. Meeta sagte nur ganz schlicht: „Danke." Und Matt wusste nicht, was er sagen oder tun oder empfinden sollte.

Er war innerlich aufgewühlt. Das alte Lied hatte seine Mutter auch schon für ihn gesungen. Und das Bild von Maria, die das Jesuskind auf die Stirn küsst, so wie seine Mutter ihn, hatte ihn als Kind in die Nacht begleitet. Er wusste, dass Anne ihm mit ihren Geschichten, Liedern und Bildern vor allem eins vermittelt hatte: Vertrauen. In diesem Moment war er unendlich dankbar für das, was sie ihm damit geschenkt hatte. Er sah Tom von der Seite an und fragte sich, was mit seinem Sohn los war. Er saß in einem indischen Zug und unterhielt die Leute, indem er erzählte und sang.

Er sah zu Meeta und der erwiderte seinen Blick und sagte: „Sie können stolz auf ihn sein. Darf ich fragen, ob Sie noch mehr Kinder haben?"

„Nein", sagte Matt, „er ist unser einziges. Aus verschiedenen Gründen. Und Sampuran?"

Meeta antwortete: „Auch. Unser einziges. Der einzige Sohn, so viel weiß ich zumindest, spielt in Ihrem Glauben eine wichtige Rolle, hm?"

„Oh", sagte Matt überrascht, „ja, da haben Sie recht."

„Und", fragte Meeta weiter und sah dabei bewusst Tom an, „wollen wir noch weiter über spirituelle Fragen sprechen?" Tom wagte es, zu nicken. Meeta sagte: „Aber es waren gar nicht die spirituellen Fragen, die dich zunächst interessierten, sondern die politischen, oder? Du hast nach Konflikten gefragt, nicht nach Glaubensinhalten."

„Ja", gab Tom zu, „das stimmt. Ich würde gerne wissen, wie die verschiedenen Religionen in diesem Land zusammenleben und wodurch die Konflikte ausgelöst werden, von denen wir immer wieder hören. Ich würde gerne besser durchschauen können, worum es eigentlich geht. Aber denken Sie nicht, dass meine Fragen damit erschöpft sind, ich habe noch eine ganze Reihe anderer Themen. Also, wenn Sie Geduld haben, können wir die ganze Nacht lang reden."

Matt dachte, dass die beiden sehr forsch miteinander umgingen, sich aber wohl auch zu mögen schienen. Er kam sich plötzlich alt vor und merkte, dass er bei der Art, wie die Jüngeren miteinander umgingen und sprachen, nicht mitkam, aus irgendeinem Grund vielleicht auch nicht mitwollte.

Meeta sagte: „Du lässt echt nicht locker. Ich mag Menschen, die den Fragen auf den Grund gehen. Man sollte immer so lange suchen, bis man gefunden hat, was einen wirklich überzeugt. Also, ich versuche dir einen kleinen Überblick zu verschaffen, ja?"

Tom nickte begeistert, setzte die Ellbogen auf seine Knie, stützte sein Kinn auf seine zusammengefalteten Hände und sah Meeta aufmerksam an. „Man könnte sehr wohlwollend auf das Thema sehen und sagen, dass es den Menschen in Indien insgesamt gut gelingt, friedlich miteinander auszukommen. Eigentlich gibt es verhältnismäßig wenig Konflikte, gemessen an der Größe des Landes, der Menge der Menschen, der fundamentalen Unterschiede der Religionen und der enormen sozialen Probleme. Es wäre nicht vollkommen falsch, das so zu beschreiben. Wenn es auch keine Bemerkung in den Abendnachrichten wert ist.

Aber auch das andere ist leider wahr, es gibt Spannungen und es kommt immer wieder zu massiven Ausschreitungen. Bei der Teilung Indiens und dann später beim Bangladesch-Krieg kam es zwischen Hindus und Muslimen zu krassen Übergriffen. Und die Spannungen zwischen den Anhängern dieser beiden Glaubensrichtungen brechen immer mal wieder aus."

Meeta redete jetzt schneller: „Diese Unruhen werden geschürt:

vor allem durch den wachsenden Hindutva, den Hindu-Nationalismus." Er wurde wieder ruhiger und erklärte: „Dabei ist die Trennung von Religion und Staat eigentlich in unserer Verfassung verankert. Aber so seit Ende der Achtziger haben sich immer häufiger die zu Wort gemeldet, die sich Indien als reinen Hindustaat wünschen. Auch einige einflussreiche Politikerinnen und Politiker denken so.

Vielleicht denkst du, dass das keine praktischen Konsequenzen hat, aber das stimmt nicht. In einigen Bundesstaaten sind sogar neue Gesetze erlassen worden, die es zum Beispiel den Christen verbieten, zu taufen. Wer trotzdem tauft, muss mit einer Geldstrafe oder sogar Gefängnis rechnen." Meeta schüttelte den Kopf. „Das Ganze führt zu einer Atmosphäre von Angst und Kontrolle und angesichts einer so großen Hindu-Mehrheit fühlen sich die Minderheiten schnell bedroht und in die Ecke gedrängt.

Zwischen Hindus und Muslimen ist die Lage so richtig explodiert, als extremistische Hindus die Babri-Moschee zerstört haben. Da prallten religiöse Überzeugungen aufeinander. Denn dort, wo die Moschee stand, soll angeblich mal ein Hindu-Tempel gewesen sein, der den Geburtsort Ramas anzeigt." Als Tom fragend schaute, erklärte Meeta: „Rama ist im Hinduismus eine der Inkarnationen von Vishnu, einem der Hindu-Götter." Tom gab sich mit dieser Erklärung fürs Erste zufrieden, auch wenn er nicht alles verstand.

Meeta erzählte weiter: „Das war Anfang der Neunziger und du bist wohl noch zu jung, um dich daran erinnern zu können. Auch ich weiß das alles nur aus dem Geschichtsunterricht und weil man bei uns zu Hause viel über diese Probleme redet. Aber vielleicht hast du die Bilder vor Augen, wie in Gujarat Hindu-Aktivisten in einem Zug verbrannt wurden und wie dann die Gewalt eskalierte, sodass zweitausend Menschen umkamen, vor allem Muslime. Oder wie vor einiger Zeit am Vortag eines hinduistischen Feiertages drei Bomben auf Neu-Delhis Marktplätzen explodierten. Oder die schrecklichen Bilder der Anschlagserie in den Vorortzügen von Bombay, als zur selben Zeit sieben Bomben explodierten."

Er machte eine kurze Pause. Und sagte wie zum Abschluss: „Und ein Konflikt, der im Hintergrund immer mitschwingt, ist der Kaschmir-Konflikt, davon hast du sicher auch gehört."

Tom nickte und sah kurz zu seinem Vater hinüber, der auch sehr aufmerksam zuhörte und ihm zunickte.

„Mittlerweile", sagte Meeta, „hat dieser Konflikt an die dreißigtausend Menschen das Leben gekostet hat, Zivilbevölkerung, Kinder, Eltern, Großeltern."

Tom fragte: „Und die anderen Religionen?"

Meeta nickte: „Ja. Die Anhänger meines Glaubens sind leider auch immer mal wieder beteiligt an Auseinandersetzungen. Es gibt einige Fanatiker, die einen unabhängigen Sikh-Staat fordern.

Amritsar, das ist eine Stadt in Punjab, im Norden von Indien, ist das spirituelle Zentrum des Sikhismus und hier steht der Goldene Tempel, unser höchstes Heiligtum. Im Juni 1984 versteckte sich der militante Anführer der Sikhs im Goldenen Tempel und Indira Gandhi, die damalige Premierministerin, ließ das Heiligtum von der indischen Armee stürmen. Die Aktion wurde von ganz vielen unterschiedlichen Menschen und Gruppen, in Indien und im Ausland, als total unangemessen empfunden, als unnötig gewaltsam. Ja, und eine der Folgen war, dass bei den Unruhen insgesamt dreitausend Sikh umkamen. Und dass Indira Gandhi ermordet wurde."

Tom erschrak bei der Vorstellung kurz. Und Meeta sagte: „Um es noch schlimmer zu machen – sie wurde von ihren Leibwächtern ermordet. Von Sikh-Leibwächtern."

Tom sagte: „Was für ein Chaos. Was für Geschichten. Eine Aktion ergibt die nächste. Egal, wer angefangen hat, einer muss aufhören, sonst wird es immer so weitergehen."

Meeta nickte. „Ja, was wir brauchen, ist eine echte Unterbrechung. Und dann eine Neuordnung der Verhältnisse, Gerechtigkeit. Dann wird auch Versöhnung möglich sein. Ein langer Weg. Den längst nicht alle gehen wollen."

Matt warf ein: „Als Nelson Mandela zum Präsidenten gewählt worden war, 1994, habe ich mir den Luxus gegönnt und bin nur für eine Woche nach Südafrika geflogen. Nur, um an dem Tag seiner Vereidigung in Pretoria mit dabei zu sein und nach langen Jahren von Anti-Apartheidskampf mit dem freien südafrikanischen Volk zu feiern. Es war einer der größten Tage meines Lebens. Es gibt eben doch Beispiele, wie es gelingen kann. Auch wenn der Weg, wie du sagst, sehr mühsam ist und viel kostet."

Tom hing noch einem anderen Gedanken nach und überlegte jetzt laut: „Amritsar, der Name eurer heiligen Stadt, kommt mir so bekannt vor."

Meeta nickte anerkennend: „Ja. Du hast gut aufgepasst in der Schule."

Matt mischte sich ein: „Ich glaube, er hat seinen Reiseführer gelesen."

Tom meinte ungeduldig: „Ist doch jetzt auch egal, aber ich habe nicht behalten, wofür Amritsar bekannt ist."

Meeta sagte knapp: „Für ein Massaker."

Tom stieß einen lauten überraschten Seufzer aus. „Oh, Mann. Was für ein Massaker?"

Meeta sagte mit nüchterner Stimme: „Damals, 1919, traf es Sikhs, Muslime, Christen, Hindus gleichermaßen. Sie demonstrierten für die Unabhängigkeit Indiens. Englische Soldaten schossen. Bis heute ist umstritten, wie viele hundert Menschen genau getötet und verletzt wurden. Weltweit wurde das Massaker einmütig verurteilt. In Indien stachelte es den Zorn auf die Besatzer an. Und gab der Unabhängigkeitsbewegung weiteren Auftrieb."

„Jetzt erinnere ich mich", sagte Tom, „von wegen Schule oder Reiseführer, das Massaker wird in Attenboroughs Gandhi-Film erzählt. Ein großartiger Film, kennen Sie ihn?"

Meeta nickte. „Ja, du hast recht", stimmte Matt ihm zu, „ich kann mich jetzt auch erinnern."

„Ja", sagte Meeta mit Würde in der Stimme, „Gandhi." Und dann fügte er nachdenklich hinzu: „Aber auch er wurde umgebracht."

Matt meinte: „Wie Martin Luther King."

Und Tom ergänzte: „Wie Jesus." Und dann sagte er leise: „Man würde doch niemals sagen, dass sie umsonst gestorben sind, oder? Das wäre doch ein zynischer Satz, der einfach nicht wahr ist."

Sie sahen einander an, jeder blickte ein paar Mal hin und her, vom einen zum anderen. Bis Meeta die Stille unterbrach und meinte: „Versuchen wir, ein wenig zu schlafen."

Matt gab ihm recht. Nur Tom war ein wenig enttäuscht. Er fühlte sich nicht müde und die vielen Informationen hatten wieder einmal mehr neue Fragen aufgeworfen als Antworten gegeben. Gleichzeitig merkte er, dass er einer Spur folgte. Und er vielleicht doch schon mehr wusste, als gedacht.

Als er etwas später auf seiner Pritsche lag, in seinen dünnen Schlafsack gehüllt, den Kopf bequem auf sein Sweatshirt gebettet, holte er, auch wenn es umständlich war und er dabei beinah von seiner Bank gefallen wäre, doch noch einmal Tagebuch, Kugelschreiber und Taschenlampe aus seinem Rucksack. In der nächsten Stunde schrieb er alles auf, was ihm durch den Kopf ging und auf dem Herzen lag. Zum Schluss machte er noch eine kleine Notiz, die ihm besonders dringend schien: Mail an Großmutter schreiben. Schon in Cochin hatten sie eigentlich ein Internetcafé aufsuchen und nach Hause schreiben wollen. Wenn sie in Bangalore ankamen, wollte er unbedingt einen Gruß nach Hause schicken. Er gähnte und merkte, dass er jetzt doch müde war. Er sah auf seine Uhr. Es war zehn vor zwei. Gerade fuhr der Zug in den Bahnhof von Tiruppur ein. Pünktlich. Das hätte er nicht gedacht, musste er zugeben. Er hatte vielmehr vermutet, die indische Bahn würde Verspätung haben. Wieder bei einem Vorurteil ertappt, dachte er. Nur wenige Reisende verließen den Zug. Über ihm lag der kleine Sampuran, unter ihm sein Vater. Gegenüber lag auf der unteren Pritsche die alte Frau und ihm direkt gegenüber, in der Mitte der Wand, lag Meeta. Er hatte sich gerade ausgestreckt und die Hände auf der Brust gefaltet wie ein Toter. Der Zug fuhr durch die Nacht. Tom schloss die Augen. Einem inneren Impuls folgend, faltete er seine Hände und flüsterte leise: „Gott. Ich bin hier." Dann schlief er ein.

Am Morgen war Matt von Sampurans Weinen wach geworden, hatte Meeta zugenickt, der den Kleinen zu sich holte, und dann miterlebt, wie die Welt um ihn herum ganz allmählich wach wurde. Irgendwann war er aufgestanden und zum Klo gegangen, das nach mittlerweile mehr als fünfzehn Stunden Fahrt entsetzlich stank. Notdürftig hatte er sich gewaschen und die Zähne geputzt, war auf dem Weg zurück zu seinem Platz von vielen Gesichtern angelächelt worden und sah jetzt auf das Gesicht seines schlafenden Sohnes. Er dachte, dass die gemeinsame Zeit auf dem Boot sie verändert hatte und sie sich nähergekommen waren, dass er gestern aber immer wieder ein Gefühl des Abschieds empfunden hatte, weil er merkte, wie selbstständig Tom war und wie sicher er seinen eigenen Weg fand.

Tom blinzelte ihn an: „Guten Morgen. Wow, ich habe doch tatsächlich geschlafen." Er drehte den Kopf hin und her, knetete seinen Nacken und stieg vorsichtig von seiner Pritsche herunter. Matt wunderte sich mal wieder, wie fröhlich Tom schon am frühen Morgen war.

„Guten Morgen, Sampuran!", rief Tom und der Kleine drehte verschämt den Kopf weg und versteckte sich an der Brust seines Vaters. Aber mit der rechten Hand winkte er Tom zu.

Meeta wünschte Tom einen guten Morgen und Tom fragte: „Und? Ihr beiden? Habt ihr die ganze Nacht wach gelegen und gegrübelt?" Matt und Meeta sagten, dass sie beide überraschenderweise tatsächlich recht gut geschlafen hatten.

Die alte Dame kam gerade von der Toilette zurück und grüßte in die Runde. „Wie wäre es mit Frühstück?", fragte sie herzlich. „In Bangarapet werden uns im Bahnhof gleich sicher frische Iglis angeboten. Wie hört sich das an?"

Alle nickten. Sampuran rief: „Juchhu, Iglis", und zeigte auf Tom: „Tom auch Iglis", und dann auf jeden Einzelnen: „Papa Iglis. Mann auch Iglis. Oma auch Iglis." Wenn es nach ihm ginge, würden alle das Gleiche bekommen.

Kurz nach halb acht fuhr der Zug in Bangarapet ein. Als Erstes kam ein Zeitungsverkäufer, der ihnen die druckfrische Tageszeitung anbot. Meeta nahm eine. „Bijli, sadak, pani!" hieß die dick gedruckte Überschrift.

Meeta las für alle vor und übersetzte für Matt und Tom: „Strom, Straßen, Wasser. Ein neues Versprechen der Regierung. Tja, wir werden sehen." Dann kaufte er, wie verabredet, bei einem der Händler, die den Gang entlangkamen, für sie alle Iglis mit Massala, dazu frische Ananas und heißen Kaffee. Tom sagte: „Ein Festessen!", und Matt stimmte zu: „Vielen Dank!"

Die alte Dame war nach dem Frühstück direkt wieder hinter ihrem Buch verschwunden und Matt dachte, dass er sie jetzt bald würde ansprechen müssen, denn schon in knapp zwei Stunden würden sie in Bangalore ankommen. Tom hatte sich wieder ans Fenster gesetzt und hatte im Moment wohl ausnahmsweise keine Lust, sich zu unterhalten.

Matt sprach die Frau an: „Darf ich Sie fragen, was Sie lesen?"

Sie ließ das Buch sinken und sagte: „Ich habe mich schon die ganze Zeit gefragt, mit welcher Frage Sie wohl unser Gespräch eröffnen, falls Sie sich doch noch trauen würden, mich anzusprechen." Sie grinste ihn an. „Eine schöne Frage, nicht besonders originell, aber schön."

Matt musste angesichts ihrer Unverfrorenheit lachen. Sie lachte auch. „Entschuldigen Sie bitte, ich meine es nicht so ernst. Und ich lese ein Buch von Swarna Kumari Devi."

Matt sah sie fragend an. „Ja, ich dachte mir schon, dass Sie die nicht kennen. Aber ihren Bruder, Tagore, kennen Sie sicherlich. Er ist ein sehr bekannter indischer Schriftsteller."

Matt fragte: „Und Literaturnobelpreisträger, richtig?"

Sie nickte: „Ja. Der erste asiatische überhaupt. Ein großer Erzähler, ein Denker. Unsere Nationalhymne Jana Gana Mana besteht aus den ersten fünf Strophen eines Gedichtes von ihm, sodass er uns bis heute immer wieder in Erinnerung gebracht wird."

Matt fragte nach: „Aber Sie mögen mehr die Bücher seiner Schwester?"

Wieder grinste sie und meinte: „Ich interessiere mich sehr für die Gedanken von anderen Frauen, aus rein biografischen Gründen, sie verstehen?“ Wieder lachte sie ihn beherzt an. Er war sich nicht ganz sicher, ob er wirklich verstand, was sie genau meinte, aber er nickte. „Und worum geht es in dem Buch?“, fragte Matt.

Sie legte ihren Kopf schräg und sah ihn forschend an. „Von mir aus können wir gerne weiter über indische Literatur plaudern. Aber wenn Sie mich noch etwas anderes fragen wollen, sollten Sie sich beeilen, denn unsere gemeinsame Reise wird bald zu Ende sein.“ Herausfordernd, aber durchaus freundlich sah sie Matt an. Er war von ihrem selbstbewussten und direkten Auftreten so verwirrt, dass er einen Moment brauchte, um seinen nächsten Gedanken zu formulieren.

„Nun“, sagte er, „der Hauptgrund unserer Reise ist, dass meine Mutter mich gebeten hat, hier eine alte Freundin für sie ausfindig zu machen. 1958 war sie Ende zwanzig, geht also mittlerweile auf die achtzig zu. Wir kennen ihren Vornamen, Priya, und haben ansonsten fast keine Anhaltspunkte, wissen nur, dass ihr Sohn bei einem Kinderhilfswerk gearbeitet hat, sie selber Haushälterin bei einer deutschen Missionarsfamilie war und sie wahrscheinlich irgendwo in Bangalore oder in einer der größeren Städte weiter östlich lebt. Der Kontakt zwischen ihr und meiner Mutter, Anne, ist wohl irgendwann vor Jahren abgebrochen, aber aus irgendeinem Grund wünscht sie sich sehr, dass ich diese Priya treffe.“

Die alte Dame hatte sehr aufmerksam zugehört und Matt merkte, dass sie mitdachte, was er auch an ihrem nächsten Kommentar spürte: „Ich wünschte, ich wäre die alte Frau, die Sie suchen. Aber ich bin gerade erst siebzig geworden. Ich heiße Aruni.“

Sie reichte ihm die Hand und Matt nahm sie gerne entgegen. Sie war jetzt ernster als vorher und machte Matts Problem zu ihrem: „Es ist nicht unmöglich, sie zu finden, und vielleicht nicht so schwer, wie Sie denken. Wissen Sie den Namen des Kinderhilfswerkes?“

„Ja“, sagte Matt, „es ist die Kindernothilfe.“

Aruni lachte über das ganze Gesicht. „Die Kindernothilfe, KNH, wie wir kurz sagen, ist eine bekannte, sehr anerkannte Hilfsorganisation in diesem Land. Sie hat sehr viel Gutes bewirkt und Sie werden auf Ihrer Reise immer wieder Menschen treffen, die von der Unterstützung durch KNH profitiert haben. Meist, weil sie als Patenkinder gefördert wurden. Schon allein ich weiß von einigen Menschen in meiner Umgebung, die sicherlich nicht dort wären, wo sie heute sind, wenn man ihnen als Kindern nicht ermöglicht hätte, zur Schule zu gehen. Suchen Sie das KNH-Büro in Bangalore, die werden Ihnen sicher weiterhelfen können. Außerdem ist KNH eine deutsche Organisation, die haben sicherlich sauber über alles Buch geführt. Und außerdem", sagte sie abschließend, „wie viele deutsche Missionarsfamilien mag es schon gegeben zu haben, die eine Haushälterin namens Priya hatten?" Sie nickte mehrmals bestätigend mit dem Kopf: „Ja, Sie werden sie sicher finden."

Jetzt schaltete sich auch Meeta in ihr Gespräch ein. „Wissen Sie denn schon, wo Sie in Bangalore wohnen werden?"

Tom wurde aufmerksam und wandte sich vom Fenster weg ihnen zu und Matt antwortete: „Wir haben bisher keine Pläne. Die Adresse der KNH-Zentrale haben wir dabei. Wahrscheinlich werden wir zunächst einmal in ein Hotel gehen."

Meeta fragte: „Darf ich Ihnen einen anderen Vorschlag machen? Ich kenne ein geschmackvolles kleines Gästehaus. Es wird von Nonnen geführt und liegt auf dem Gelände eines Klosters, mitten in Bangalore, aber umgeben von einem großartigen Garten. Die Schwestern sind darauf eingestellt, Gäste zu empfangen, und sie würden Ihnen sicher auch mit einigen Kontakten weiterhelfen können. Außerdem werden Sie so Geld sparen und eine weitere indische Erfahrung machen."

Tom sagte: „Ja, Dad, lass uns das machen. Hotels sehen überall auf der Welt gleich aus. Aber wir beide in einem Nonnenkloster, das ist doch mal was anderes!"

Alle schmunzelten bei der Vorstellung, die beiden Amerikaner von einer Gruppe indischer Nonnen umgeben zu sehen. Matt stimmte zu. „Haben Sie vielen Dank, Meeta. Das hört sich nach einer sehr hilfreichen Idee an."

Auch Aruni nickte. „Ja, das klingt wirklich passend. Nonnen sind meistens richtig gut ausgebildet und ausgesprochen gut vernetzt."

Meeta, den schlummernden Sampuran auf dem Schoß, fragte nach etwas zu schreiben und Tom reichte ihm sein Tagebuch und einen Stift. Meeta notierte die Adresse und sagte: „Ich schreibe Ihnen den Namen einer der Schwestern auf. Sie heißt Naraini und wird sich gerne um Sie kümmern."

In diesem Moment wurde der Zug langsamer. Tom lehnte sich aus dem Fenster und sagte: „Wir fahren einen Berg hinauf."

Meeta meinte: „Bangalore liegt fast tausend Meter hoch. Das muss so ein Express-Zug erst einmal schaffen. Wir werden gleich da sein."

Aber Tom interessierte sich noch nicht für die neue Stadt. Die würde noch einen Moment warten müssen, er hatte eine andere Frage und konnte sie nicht mehr zurückhalten: „Ist das Gästehaus bei Sikh-Nonnen in einem Sikh-Orden?" Dieses Mal musste Meeta laut lachen.

„Nein", sagte er, und Sampuran, angesteckt vom Lachen seines Vaters, sagte auch ein paar Mal mit Lachen in der Stimme: „Nein, nein, nein."

„Sie sind Katholikinnen. Ist das in Ordnung für dich?" Toms Stimme klang verteidigend: „Ich habe doch nur gefragt, aus reinem Interesse."

„Schon gut", erwiderte Meeta und dann sagte er fast feierlich: „Ich hoffe, wir sehen uns eines Tages wieder."

„Ja", sagte Tom, „das hoffe ich auch. Wirklich." Der Zug wurde langsamer. „Ich danke Ihnen sehr für die vielen Impulse." Sie standen auf und umarmten sich, Sampuran zwischen ihnen gluckste vor Lachen und wollte Tom auch umarmen. Meeta reichte ihn zu Tom und wieder streichelte Sampuran ihm durch die blonden Haare.

„Mach's gut, Kleiner", sagte Tom. Und Sampurans Antwort klang wieder wie ein Lied, als er sagte: „Ja, gut, gut, gut."

Sie begannen alle, ihre Sachen zusammenzupacken und sich voneinander zu verabschieden. Aruni, Meeta, Sampuran, Matt und Tom und eine ganze Reihe der anderen Mitreisenden. Man wünschte sich Segen, Frieden, eine gute Weiterreise, alles Gute, wünschte, einander wiederzusehen. Eine zwanzigstündige Zugfahrt hatte ihr Ziel erreicht. Sie hatte unerfreulich begonnen mit einem beinahe feindseligen Gespräch und endete jetzt mit dem Abschied von Freunden.

Der Zug fuhr in den Bahnhof ein und die Türen öffneten sich. Man half einander beim Aussteigen und beim Tragen des Gepäcks, sah verschiedene Hände winken. Matt und Tom gingen langsam und wunderten sich, wie schwer es ihnen fiel, sich zu trennen. Dann gingen sie auf die wartenden Taxis zu und nannten dem Fahrer die Adresse des Klosters, gespannt, was sie dort erwarten würde.

Kapitel 22

Müde von ihrer Reise war Kala unendlich dankbar, dass ihre Freundin Premila sie direkt am Bahnhof abgeholt hatte und sie weder warten noch ein Taxi nehmen musste. Im Wagen hatten sie nicht viel gesprochen. Premila hatte Kala nur eine Flasche gekühltes Wasser gereicht und ihr angekündigt, sie erst einmal nach Hause zu fahren, wo sie ein schönes Zimmer und Ruhe erwarteten.

Kala und Premila kannten sich aus der Zeit, als sie beide am CMC in Vellore Medizin studiert hatten. Kala war nach ihrer Ausbildung dort geblieben und hatte in der Kinderklinik mehr und mehr Verantwortung übertragen bekommen. Premila hatte nach ihrem Examen und nach einem kurzen Auslandsaufenthalt in den USA die Leitung eines Krankenhauses übernommen, das zu einem christlichen Ashram gehörte. Gemeinsam mit ihrem Mann wohnte sie hier auf dem Gelände. Die beiden Freundinnen sahen sich viel seltener als früher, aber Premilas Arbeit führte sie immer noch regelmäßig ins CMC und Kala hatte sich angewöhnt, hin und wieder im Ashram, bei Premila und ihrem Mann Eddi, Urlaub zu machen.

Kala entspannte sich allmählich und realisierte, dass sie drei freie Tage vor sich hatte, an denen sie weder reisen noch arbeiten noch Jaya sehen müsste. Sie gestand sich ein, dass sie diese Pause nötig brauchte. Wenn man die sonst so geliebte Arbeit und jemanden wie Jaya nur noch als Anstrengung empfand, war es dringend an der Zeit, auf sich aufzupassen.

Sie fuhren auf das Gelände des Ashrams, passierten ein großes weißes Tor, das an einer Stelle aus den Angeln hing und dringend einen Anstrich gebraucht hätte. Premila bog nach rechts auf einen schmaleren Weg ein und fuhr direkt auf ein niedriges Haus zu, einen Bungalow unter großen alten Bäumen. In der Tür stand Eddi, der wohl das Geräusch des Autos gehört hatte. Er war ein großer Mann, breit gebaut, mit einem freundlichen Gesicht, und er kam jetzt mit einem strahlenden Lachen auf sie zu, um sie zu begrüßen.

Kala hatte ihn anfangs nicht gemocht und das halbe Jahr vor Premilas Hochzeit hatte fast völlige Funkstille zwischen ihnen geherrscht. Kala war kühl gewesen und hatte ihre Freundin am Telefon manches Mal ihre Verstimmung spüren lassen. Zu gegenseitigen Besuchen war es irgendwie nicht gekommen. Bis Premila eines Tages genug hatte und in einem ihrer Gespräche meinte: „Mensch Kala, so kenne ich dich überhaupt nicht. Bist du sauer, weil ich heirate? Bist du enttäuscht von mir, dass ich einen anderen Weg wähle als du? Oder bist du ganz einfach neidisch? Bist du wütend, weil du selber nicht heiratest? Fühlst du dich im Stich gelassen? Oder was ist eigentlich los?“

Und Kala hatte geweint, sich ertappt gefühlt, geschämt und am Ende eingestanden, dass sie sich irgendwie betrogen fühlte, betrogen um das Recht, Premila für sich allein zu haben. Sie waren traurig gewesen und hatten für dieses Gefühl beide keine Lösung gewusst.

Ein paar Tage später hatte Kala sich bei Premila gemeldet und gesagt, ihr sei klar geworden, dass sie Premila ganz verlieren würde, wenn sie sich nicht darum bemühte, Eddi kennenzulernen. Sie hatte entschieden, sich an den Gedanken zu gewöhnen, dass ihre beste Freundin bald Braut würde. Sie hatten lange miteinander geredet und dann ausgemacht, dass Kala sie besuchen würde. Und so war es zu einem ersten Urlaub von Kala bei Premila und Eddi gekommen, dem mittlerweile noch viele weitere gefolgt waren. Die beiden waren ihr Rückzugsort geworden. Eddi, als Sozialarbeiter und Konfliktforscher ein interessantes Gegenüber im Gespräch, hatte Kala schnell für sich gewinnen können. Ihre nächtelangen Diskussionen über den Umgang mit Aids in ihrem Land hatten sie einander nähergebracht. Eddi hatte in Nordirland studiert und wusste immer, sie mit herausfordernden und auch mit einer Menge lustiger Geschichten zu unterhalten. Alle drei aßen sie gerne, luden während Kalas Urlaubstagen oft noch ein paar andere Freunde ein, achteten genau darauf, dass unter ihren Gästen nicht zu viele Mediziner waren, und hatten sich jedes Mal viel zu erzählen.

Und wenn Kala einmal wirklich Pause machen wollte, dann waren ihr Zimmer, die Atmosphäre des Ashrams, die Kirche und das ganze Gelände überaus geeignet, auszusteigen und auf neue Gedanken zu kommen.

Auch diesmal hatte Premila das Gästezimmer wieder besonders schön für Kala hergerichtet. Das Bett war mit rosafarbenen Stoffen bezogen, vor dem Bett, auf dem alten Holzfußboden, lag ein pinkfarbener Flickenteppich und auf dem kleinen Schreibtisch am Fenster stand ein großer Strauß Lilien in derselben Farbe und gab dem ganzen Zimmer etwas natürlich Frisches. Über dem Bett an der Wand hing ein großes Bild, ein Foto, das vier Krankenschwestern zeigte, junge Frauen, die lachend in einer Reihe standen, tänzelnd, alle im weißen Sari und jede mit einer rosafarbenen Rose in der Hand. Kala sah staunend das Bild an. Premila folgte ihrem Blick und meinte: „Ist es nicht schön? Ich musste es einfach für dein Zimmer kaufen." Kala war gerührt und merkte, dass ihr die Tränen kamen.

Sie stellte ihre Tasche ab, setzte sich aufs Bett, hielt sich die Hände vors Gesicht und begann heftig zu weinen.

„Hey, Kala-Schatz, was hast du denn?" Premila setzte sich neben sie und legte den Arm um sie. „Ist es die viele Arbeit? Oder ist es noch etwas anderes?"

Eddi kam zur Tür herein, aber als er sah, was los war, zog er sich wieder zurück. Ein paar Minuten später brachte er ein Tablett mit frischem Orangensaft, süßen Kokoskeksen und einem Päckchen Taschentüchern, setzte es auf dem kleinen Schemel ab und verließ das Zimmer wieder. Premila fragte weiter: „War es frustrierend in Delhi? Haben sie nicht zugehört?"

„Ach“, sagte Kala, nahm ein Taschentuch und putzte sich die Nase, „ich glaube, es ist einfach ein bisschen viel gewesen in letzter Zeit.“

„Erzähl“, forderte Premila sie auf, „ich habe den ganzen Tag lang Zeit.“

Und damit nahmen sie bequem Platz auf dem Bett, lehnten sich an die Wand, stopften sich die kleinen Kissen in den Rücken und Kala begann zu erzählen.

Premila hörte zu, stellte zwischendurch ein paar Fragen, schenkte ihr von dem Saft nach, reichte ihr Kekse und Taschentücher und sagte zwischendurch immer wieder Sätze wie: „Kala-Schatz, du arbeitest zu viel. Was treibt dich bloß an? Du kannst dieses Tempo nicht durchhalten.“ Und: „Pass auf dich auf.“

Kala erzählte von einzelnen Patientinnen und Patienten, meistens von Kindern, von Erfolgen und Niederlagen in der Aidstherapie, von ihren Experimenten im Labor, von Kolleginnen und Kollegen, von Teamgeist, Neid und Unterstützung, von den Umstrukturierungen im Krankenhaus, von amerikanischen Geldgebern und von ihrem Chef, der ihnen gegenüber immer so unterwürfig wirkte, von ihrer Reise nach Delhi und dass sie eigentlich neue Hoffnung für ihren Kampf im Rechtsstreit um Medikamente und Patentrechte bekommen hatte.

Sie erzählte glücklich, dass sie endlich einmal Vandana Shiva getroffen hatte, und Premila nickte anerkennend. Seit langer Zeit schon hatte Kala die Umweltaktivistin einmal treffen wollen, aber bisher war es nie dazu gekommen. Kala hatte Vandana nach Vellore eingeladen und sie würde in zwei Wochen im CMC eine besondere Vorlesungsreihe mit ihr veranstalten. Zu einem Vortrag würde das CMC auch öffentlich einladen und Kala hoffte, dass durch diese und einige ähnliche Aktionen das Interesse und die Aufmerksamkeit für ihre Anliegen wachsen würden.

Kala legte eine Pause ein und sagte: „Meine Arbeit macht mir Spaß. Sie ist manchmal traurig, wenn man nicht helfen kann, wenn man hilflos zusehen muss, dass ein Leben nach unserem Empfinden zu früh zu Ende geht. Und hin und wieder packt einen die Wut, weil man so hilflos ist im Streit für die Rechte der Armen. Aber insgesamt tue ich das, was ich immer tun wollte. Du weißt ja selbst", sie sah Premila direkt an, „wie unsere Arbeit ist. Irgendwie wird man nie fertig. Und wenn man gegen Feierabend das Gefühl hat, es gibt an diesem Tag keinen Grund zu feiern, arbeitet man manchmal lieber weiter."

Premila nickte. „Ja, ich weiß, was du meinst. Aber ist das alles? Ich meine, versteh mich nicht falsch, das ist eine ganze Menge und es reicht aus, um in Tränen auszubrechen. Aber es gibt neben der ganzen Anstrengung ja auch Erfolge, Fortschritte, Grund zu Hoffnung. Du bist schon oft müde hier angekommen und warst urlaubsreif. Diesmal aber wirkst du noch mal anders. Nicht so melancholisch wie sonst, aber irgendwie sehr angespannt."

Kala sah gedankenverloren aus dem Fenster und dann auf die Wand ihr gegenüber. Plötzlich fragte sie: „Wo ist denn das Kreuz, das immer an der Wand hing?"

Premila folgte ihrem Blick. „Ach das", sagte sie, „ich habe es weggetan."

„Weggetan?", fragte Kala irritiert.

Premila sagte schnell: „Ich kann es gerne für dich wieder hinhängen." Kala schwieg, erwiderte nichts. Sie holte tief Luft, sah wieder aus dem Fenster, versuchte sich zu konzentrieren, wischte den Gedanken an das Kreuz fürs Erste weg und sah dann zu Premila.

Einen weiteren Moment lang überlegte sie, wie sie weitererzählen sollte, und sagte dann langsam: „Neulich habe ich die Kinder eines kleinen Waisenheims untersucht. Zwei von ihnen sind HIV-positiv. Diese Krankheit bringt mich manchmal nachts um den Schlaf. Ich verbiete mir inzwischen, die Statistiken zu lesen, sie haben Macht, mir meine Energie zu entziehen. Vor einigen Wochen haben sie in den Nachrichten gemeldet, dass Indien jetzt Afrika überholt hat, was die Zahl der Infizierten angeht. Wir haben Afrika überholt, was für eine Nachricht! Wir liegen jetzt im Wettbewerb weiter vorne. Im Wettbewerb mit dem Tod. Entschuldige, ich werde sonst nicht so schnell zynisch, aber das hier ist wirklich bitter."

Premila nickte wieder. „Eddi könnte dir eine Menge Geschichten zu dem Thema erzählen. Sein Aids-Aufklärungsprogramm wird eigentlich von allen Seiten behindert; die Regierung, die Schulen, die Kranken selbst, die Angehörigen, eigentlich will keiner richtig mitmachen. Es ist wirklich schwierig und auch er ist manchmal kurz davor, aufzugeben."

Sie schwiegen eine Weile.

Kala setzte sich aufrecht hin und schlug vor, zu Eddi zu gehen. „Er wartet sicher schon auf uns und wundert sich, was wir hier so lange besprechen. Ich bin neugierig, was seine Aids-Initiativen angeht. Er soll erzählen, es wird doch sicherlich nicht alles frustrierend sein, sondern viel Inspiration drinstecken für mich." Sie rückte von der Wand weg und setzte sich auf die Bettkante.

Premila berührte kurz ihren Arm und meinte: „Sicher? Eddi sitzt an seinem Laptop oder liest, er hört seine Musik, ihm geht es gut. Er hat wirklich Verständnis, mach dir um ihn keine Sorgen." Sie lachte: „Vergiss nicht, mein Mann hat Konfliktforschung studiert. Ich kann dir sagen – das ist manchmal ganz schön anstrengend, wenn wir uns streiten und er seine Deeskalationsideen an mir ausprobiert."

Kala schmunzelte: „Oh ja, das kann ich mir vorstellen. Na ja, als Ärztin kennt man ja ein paar Tricks, um sich notfalls zu wehren, hm?" Sie sah ihre Freundin an und dann sagte sie, leiser jetzt: „Das Kinderheim. Das mit den zwei HIV-Kindern."

Premila nickte. „Ja? Was ist damit?"

Kala sagte langsam. „Es ist etwas Besonderes."

„So?", fragte Premila.

„Ja, es ist ein echtes Zuhause."

„Okay", sagte Premila. „Und?"

Kala sagte vorsichtig, tastend: „Ich glaube, diese außergewöhnliche Atmosphäre wird sehr von dem Direktor geprägt."

Wieder nickte Premila, fragte sich aber, was Kala ihr eigentlich gerade sagen wollte. Um sie zu ermutigen, weiterzusprechen, sagte sie einfach: „Okay, das Kinderheim ist ein besonderer Ort und hat einen besonderen Direktor. Und weiter?"

Sie sah Kala an und die wich ihrem Blick aus.

„Nein!", sagte Premila und begriff in diesem Moment. „Das kann nicht wahr sein! Du hast dich verliebt! Ich fasse es nicht. Es gibt ihn tatsächlich, den Mann, der dich knacken kann, lösen, gewinnen." Ihre Stimme bekam einen helleren Ton, fast ein wenig schrill, als sie ihre schnellen Fragen auf Kala herabprasseln ließ: „Erzähl mir von ihm. Wo hast du ihn kennengelernt? Was für ein Typ ist er? Was arbeitet er? Wie alt ist er? Wie sieht er aus? Los!" Sie boxte Kala auf den Oberschenkel und sagte ungeduldig: „Du kommst hier an und erzählst mir Alltagsgeschichten aus dem Krankenhaus und verschweigst mir das Beste. Los! Erzähl schon! Was glaubt er, wofür lebt er, wer ist er?" Und dann machte sie eine kurze Pause: „Und: Interessiert er sich auch für dich?"

Kala sagte lahm: „Wer sagt denn überhaupt, dass ich mich für ihn interessiere?"

„Kala-Schatz", sagte Premila lachend, „guck mal kurz in den Spiegel. Du weichst meinem Blick aus, damit ich nicht sehe, wie deine Augen glänzen. Los, erzähl schon, oder ich werde es aus dir rauskitzeln." Sie tat so, als würde sie aufstehen, aber Kala hielt sie fest.

„Premi, jetzt mal langsam. Ich bin so verwirrt. Ich fühle mich wie zwanzig, dabei bin ich doppelt so alt. Das ist mir zu aufregend, ich kenne mich nicht aus mit der Liebe. Ich habe wie eine Nonne gelebt, solange ich denken kann. Vielleicht kann ich gar nicht lieben, nicht so jedenfalls. Ich habe doch über die Jahre gar nichts vermisst. Das Ganze ist nichts für mich, es verwirrt mich nur."

Premila lachte laut auf: „Jetzt hör sich einer diesen Unsinn an. Kala, du spinnst ja. Und sprich nicht so weinerlich, als wäre ein Unglück passiert. Du bist verliebt, das ist doch großartig! Ich bin so stolz auf dich. Du hast es zugelassen, dich zu verlieben. Herzlichen Glückwunsch!"

Lachend nahmen sich die beiden jetzt kurz in die Arme. Kala schüttelte den Kopf. „Ich erkenne mich selbst nicht wieder. Ich träume mich zu ihm, ich führe den ganzen Tag lang Selbstgespräche. Als wäre er in der Nähe, als wäre er schon mein Gegenüber. Neulich kam eine Praktikantin ins Labor und fragte, mit wem ich reden würde. Ich hatte mit ihm gesprochen, obwohl er gar nicht da war. Ich male mir aus, was er sagen würde. Ich überlege, was er braucht, was ich ihm überhaupt zu geben hätte. Premi, er ist ein wunderbarer Mensch. Bei dem Gedanken, ihn lieben zu dürfen, wird mir ganz anders. Dann fühle ich mich überwältigt. Ich weiß nicht, was ich sagen soll."

Vorsichtig fragte Premila: „Und geht es ihm genauso?"

„Ich weiß es doch nicht", sagte Kala etwas unwirsch. „Mach dir mal kurz klar, wo wir leben! Wir sind hier nicht in einem Film, sondern im wahren Indien. Ehen werden bei uns arrangiert. Eltern, die ich bitten könnte, das für mich zu tun, habe ich nicht. Und eine Liebesheirat, einfach so, zwischen zwei alten Waisenkindern? Meinst du, das ist auch nur irgendwie eine kleine Spur realistisch?"

Premila sagte: „Ach, Kala-Schatz. Wir haben dort studiert, wo der Geist von Ida Scudder weht. Sie ist doch immer unser Vorbild gewesen, diese Frau, die mit diesem Geist der Freiheit über so viele Traditionen und Grenzen hinweggegangen ist. Du gehst jeden Morgen an ihrem Bild vorbei, wenn du die Klinik betrittst. Und du hast schon so vieles in deinem Leben getan, was man dir nie zugetraut hätte. Und was vor allem du selbst dir nie zugetraut hättest, hm? Gib nicht sofort auf. Lass uns in Ruhe darüber nachdenken. Ach", sie bekam wieder ihren leichten Tonfall und kicherte, „ich würde ihn zu gerne kennenlernen. Wie heißt er überhaupt?"

„Jaya", sagte Kala. „Er heißt Jaya. Er ist Lehrer und Sozialarbeiter und irgendwie so eine Art spiritueller Leiter, vielleicht auch so etwas wie ein Pastor. Ich weiß es gar nicht so genau, ich kenne ihn noch nicht wirklich lange. Wir sind uns vor ein paar Wochen auf dem Flur im Krankenhaus begegnet, ganz zufällig, und sind irgendwie miteinander ins Gespräch gekommen. Ich habe gemerkt, dass er mich interessant findet, in dem Sinne, dass er wirklich wissen wollte, wer ich wohl bin. Er fragte mich, was ich denke, was mich motiviert." Leiser sagte sie: „Und ich war frech zu ihm, du kennst mich ja."

Premila rollte mit den Augen: „Oh ja, ich kann es mir vorstellen – Kala glüht innen mit einem brennenden Herzen und tut nach außen hin ganz cool. Dieser Jaya kann einem ein bisschen leidtun."

Kala widersprach: „Ich glaube, er mag sogar das Freche an mir. Jedenfalls zieht er sich nicht zurück, wenn ich sage, was ich weiß und was ich will. Was ihn ziemlich einmalig macht."

Premila nickte anerkennend: „Wenn das wahr wäre und er deine Stärke und deinen Willen nicht nur zulassen kann, sondern sogar schätzt, ich glaube, dann muss ich ihn wirklich unbedingt kennenlernen."

„Ich auch", sagte Kala schüchtern. „Ich will ihn kennenlernen. Er zieht mich an, ich will ihn entdecken, ich suche ihn den ganzen Tag lang, als würde meine Seele die Fühler ausstrecken nach ihm. Ich habe ihn jetzt ein paar Mal im Kinderheim besucht. Wir haben uns unterhalten, Tee getrunken. Und neulich haben wir zusammen gebetet. Das war wunderschön, ich kann dir gar nicht sagen, wie schön."

Premila war jetzt wirklich bewegt. „Mensch Kala, was für ein Glück. Ich weiß, wie wichtig dir das ist. Wenn er deine Gotteskontemplation versteht, dann hast du vielleicht wirklich den Hauptgewinn gefunden."

Sie sahen sich an. Kala nickte. Sie presste die Lippen aufeinander und sah aus, als wolle sie dringend verhindern, dass sie gleich schrie oder lachte oder weinte oder eine Mischung aus all dem. Sie rieb sich die Stirn und die Schläfen. „Ich habe dich überrascht, hm?"

Premila nickte. „Das kann man wohl sagen. Ich rechne immer mit irgendeiner neuen Verrücktheit, wenn ich dich sehe. Aber dass du dich verliebst – nun, das macht dich eigentlich erfrischend normal. Wie ist er? Ist er sanft?"

Kala nickte: „Ja, sogar das. Überhaupt kein bisschen aggressiv.

Stark und entschlossen, ein echter Leiter, aber sanft. Ja, alle wichtigen Kriterien erfüllt." Sie musste lachen. „Du weißt, was bedeutend ist für mich, hm?"

Premila nickte. „Meine Kriterien wären ein bisschen anders, aber ja, ich ahne wohl, was dir wichtig ist."

Kala sagte zurückhaltend: „Er ist ein Dieb." Und dann lächelte sie.

Premila schaute verwirrt: „Wie bitte?"

„Ja", wiederholte Kala, „er ist ein Dieb. Er hat sich in mein Leben geschlichen und nimmt heimlich meine Grübeleien mit, meine Sorgen um die Zukunft, meine dummen Komplexe. Er ist ein Dieb. Seit ich ihn kenne, wache ich jeden Morgen auf und denke, dass mir jemand meine Schwermütigkeit geklaut hat. So fühlt es sich an. Wie eine ungeahnte Leichtigkeit."

Premila sagte: „Das hört sich richtig gut an."

Kala atmete einmal tief durch und sagte dann: „Wollen wir ein bisschen spazieren gehen? Die Sonne steht schon tiefer und es ist nicht mehr zu heiß. Was meinst du?"

„Ja, lass uns gehen. Wir können später weiterreden. Ich wollte dir sowieso das Gelände zeigen. Vieles hat sich verändert." Mit einem Seufzer sagte sie: „Und noch mehr wird sich ändern müssen."

Sie gingen aus dem Haus und schlugen den Weg am Gebäude mit den Behandlungszimmern vorbei ein, Richtung Kirche.

Kala sagte: „Du hast dich einer großen Herausforderung gestellt, als du diese Stelle hier angenommen hast. In Vellore redet man über dich als die Ärztin, die den einst so berühmten Ashram rettet."

Premila zuckte mit den Schultern. „Du weißt, wie das ist – in dieser seltsamen Mischung aus selbstbewusst, ängstlich und tapfer gehe ich meinen Weg. Die Gebäude und die gesamte Einrichtung waren in einem maroden Zustand, du erinnerst dich. Neulich erst habe ich ein Vogelnest in einem Waschbecken entdeckt. Du glaubst nicht, was ich alles entscheiden muss. Gestern haben wir beschlossen, die alte Apotheke auch wieder aufzubauen. Jetzt müssen alle Schränke und jede Schublade und die Theke neu gestrichen werden. Wenn mehr Geld da wäre, würde man eigentlich alles neu bauen lassen, aber das geht nicht.

Ich suche Unterstützung und Bestätigung, ich werbe jeden Tag um Verbündete. Inzwischen ist immerhin ein Drittel der Zimmer wieder beziehbar, aber sogar die Dorfbewohner gehen inzwischen in das teure Krankenhaus in der Stadt, weil sie kein Vertrauen in unsere Arbeit hier haben. Es ist total traurig. Man nimmt ihnen viel Geld ab, verschreibt ihnen teilweise unnötige Medikamente, aber sie haben den Eindruck, sie seien bei echten Spezialisten gewesen. Ich mache jeden zweiten Tag Besuche in den Dörfern, bin Hebamme und Ärztin in einem. Sie sind dankbar, dass ich zu ihnen komme, aber wenn ich sage, dass ich sie im Ashram besser behandeln kann, lehnen die meisten ab."

Premila machte eine Pause. Dann sagte sie: „Letzte Woche bin ich in meinem Büro eingeschlafen und Eddi hat mich geweckt. Er hatte sich Sorgen gemacht, weil ich nicht nach Hause gekommen war. Ach, ich frage mich, ob ich das Richtige tue und ob es gelingen kann. Ich brauche dringend mehr Geld, um das hier wiederherzustellen, aber viele der alten Unterstützer haben sich in den letzten Jahren zurückgezogen. Manchmal denke ich, es wäre leichter, etwas Neues anzufangen, als etwas Altes wieder aufzubauen. Ich gehe eigentlich jeden Tag spazieren und während ich hier über das Gelände schlendere", sie zeigte mit ihrer Hand, den Arm weit ausgestreckt, von dem Weg vor sich bis zum Waldrand links und weiter nach rechts bis zum Eingangstor, „dann fühle ich mich total überfordert und doch gleichzeitig auch beschenkt. Wenn ich nur die Herausforderung sehe, könnte ich heulen, und mir ist oft genug danach, es hinzuschmeißen. Aber immer, wenn ich es als Geschenk sehe, kann ich wieder die vielen Möglichkeiten sehen, die ich mit dieser Aufgabe hier habe."

Kala fragte: „Wer unterstützt dich? Gibt es inzwischen ein Team?"

Premila nickte: „Ja. Ja, es gibt ein kleines Team. Ich habe großen Respekt vor jedem Einzelnen. Sie leisten alle unglaublich viel. Aber die meisten sind sehr jung, sie sind hoch motiviert, müssen aber noch viel lernen. Es fehlen mir Fachkräfte mit Erfahrung. Einer der Ärzte ist sehr kompetent, aber wir werden nie erleben, dass er eine Überstunde macht. Sein letzter Arbeitgeber hat ihn offensichtlich so ausgebeutet, dass er jetzt ins andere Extrem gefallen ist. Höre ich mich an wie jemand, der man es nie recht machen kann?"

Kala meinte: „Ich kenne das Dilemma. Und gibt es irgendjemanden, der dir fachlich gewachsen ist und der oder die gleichzeitig deine Lebenseinstellung teilt?"

Premila schüttelte den Kopf und antwortete: „Ich habe Eddi. Er hinterfragt mich und ermutigt mich. Er steht hinter dem Projekt und glaubt an mich und er schützt mich davor, dass meine Arbeit mein einziger Lebensinhalt wird. Außerdem bring er mich zum Lachen, das ist großartig."

Kala sagte ernst: „Du weißt, ich war immer schon der Überzeugung, dass du diese Aufgabe hier nicht dir allein verdankst. Nicht nur deiner Begabung oder deiner Disziplin. Sondern ich habe immer gesagt, dass du eigentlich einem Ruf gefolgt bist. Und deshalb bist du nicht allein, auch nicht allein verantwortlich. Verstehst du, was ich meine?"

Premila zögerte. „Ich ahne es höchstens. Du weißt, dass ich nicht so an diesen Ruf glaube oder es zumindest nicht so nennen würde. Obwohl", sie hielt kurz inne, „je länger ich hier bin, kann ich sagen, dass ich manche Begegnungen und Gelegenheiten nicht mehr für Zufälle halte. Macht das Sinn?" Kala strahlte sie an: „Sehr viel Sinn."

Premila wehrte sich ein wenig: „Nicht so schnell, Kala." Und sie fuhr fort: „Ich kann mich noch gut daran erinnern, wie wir nächtelang darüber gesprochen und um unsere Lebensberufung gerungen haben. Wie wir wirklich finden wollten, was zu uns passt, was stimmig ist. Und ich weiß es sehr zu schätzen, dass du dabei immer darauf vertraut hast, dass unsere Wege irgendwie vorbereitet und begleitet würden. Vielleicht hast du es für uns beide mit geglaubt. Ach, sieh mal, wie passend, wir sind schon an der Kirche."

Sie waren weit gegangen und standen jetzt vor dem Eingangstor, das den Weg zu einem tempelartigen Gebäude eröffnete. Kala sagte: „Immer, wenn ich hierhin komme, staune ich. Was für ein einmaliger Bau. Das Ganze sieht von Weitem tatsächlich ganz genauso aus wie ein Hindutempel. Und doch ist es eine Kirche. Aber das entdeckt man wirklich erst, wenn man näher kommt und genauer hinsieht."

Kala sah zu den filigranen Steinfiguren hoch, die den Turm über dem Eingangstor verzierten. Sie kniff die Augen zusammen, um besser sehen zu können.

Premila lachte: „Weißt du, dass du jedes Mal dasselbe sagst, wenn wir hierhin kommen?"

Kala erwiderte etwas gekränkt: „Na, du hast die Kirche ja jeden Tag. Wenn du sie auch nicht nutzt. Aber für mich ist sie etwas Besonderes." Sie zeigte mit der rechten Hand in Richtung des Turms. „Guck mal, eine Frau unter einer Palme, siehst du? Auf der Mitte der Mauer, links, unter der Spitze. Bei meinem letzten Besuch habe ich mich gefragt, wer damit dargestellt werden sollte, aber es ist mir nicht eingefallen. Weil ich die Palme nämlich damals noch für irgendeinen beliebigen Baum hielt. Aber dann habe ich die heilige Debora entdeckt."

Premila fragte nur ganz knapp: „Und wer ist das?" Kala ließ sich von ihrem Tonfall nicht beirren, sondern sagte begeistert: „Eine Richterin aus der jüdischen Bibel. Sie saß unter einer Palme und hat dort Recht gesprochen. Eine weise Stimme, eine Anwältin für Gerechtigkeit. Die Palme, ihr Symbol, eine Markierung am Weg." In anderem Tonfall, ruhiger jetzt, sagte sie: „Es macht mich gerade sehr froh, sie zu sehen, und erinnert mich daran, dass ich dringend eine Anwältin bräuchte. Vielleicht nehme ich die steinerne Debora als gutes Zeichen, dass ich bald die passende finde."

Entrüstet sagte Premila: „Kala, du sprichst in Rätseln. Was redest du da von Zeichen und wofür brauchst du eine Anwältin?"

Kala sah sie an: „In dem ganzen Streit um Medikamente, Generika und Patente komme ich als Ärztin immer wieder an meine

Grenzen. Weil es am Ende um rechtliche Fragen geht. Na ja, das kann heute warten. Hast du was dagegen, wenn wir kurz in die Kirche hineingehen?"

Spitz sagte Premila: „Wenn du mit jemandem in eine Kirche gehst, der sie sonst nicht richtig für sich nutzt."

Kala sah Premila alarmiert an: „Entschuldige, bitte. Ich wollte dich mit dieser Bemerkung nicht treffen. Das war unbedacht von mir." Aber sie konnte ihre Worte nicht mehr zurücknehmen, die Stimmung zwischen ihnen war angespannt.

Premila ging durch das Tor voran und ließ Kala hinter sich zurück. Auf halbem Weg blieb sie stehen und drehte sich um und sagte aufgebracht: „Vielleicht hast du ja recht und ich sollte die Kirche mehr nutzen. Aber du redest so selbstverständlich vom Beten, vom Suchen deiner Seele, von Zeichen und Palmen und von einem Ruf, ach." Sie machte eine wegwerfende Handbewegung. „In Zukunft wirst du noch verrückter werden, weil dich dieser Jaya wahrscheinlich versteht, besser als ich das jemals konnte. Wo ihr ja sogar schon zusammen gebetet habt."

Kala war ebenfalls stehen geblieben und sah ihre Freundin irritiert an, sie wusste nicht, ob sie wütend oder erschrocken sein sollte, und fragte: „Spinnst du jetzt? Was hab ich getan, dass dich so ärgert?" Und heftiger fügte sie hinzu: „Aber lass Jaya aus dem Spiel, er hat nichts damit zu tun, er ist wirklich weit weg. Und er ist mir heilig, okay?"

Jede für sich gingen sie in die Kirche. Das breite Dach wurde von dicken Säulen getragen und hatte keine Wände. Die niedrigen Stufen zwischen den Säulen luden ein, Platz zu nehmen. Dem Altar an der Stirn der Kirche sah man an, dass er der Witterung ausgesetzt war. Premila setzte sich auf eine der Stufen. Kala blieb stehen und wusste nicht, wohin mit sich. Der Wind ging durch den offenen Raum, der, obwohl ohne Mauern, doch beschützend wirkte und sie abschirmte von allem um sie herum.

Kala unternahm einen ersten Versuch, sich Premila zu nähern. „Soll ich Eddi holen, damit er uns in Konfliktlösung berät?" Premila konnte nicht anders, als zu schmunzeln, zuckte aber, statt etwas zu sagen, nur mit den Schultern. Kala setzte sich, mit etwas Abstand, neben sie auf die Stufe.

„Premi, was ich gesagt habe, tut mir leid. Wir sind unterschiedlich, das wussten wir doch schon immer. Aber trotzdem sind wir Freundinnen."

Premila sah sie an. Überrascht nahm Kala wahr, dass sie Tränen in den Augen hatte. Premila sagte leise: „Ich bin auch dünnhäutig."

Kala nickte.

Premila sagte: „Ich beneide dich, weil du im Zentrum bist, im CMC, in der Forschung."

Kala erwiderte: „Ich beneide dich auch. Du bist frei, du hast einen ganzen Bereich, den du nach deinen Vorstellungen gestalten kannst. Und, wo wir schon beim Neid sind, du hast Eddi."

„Ja", sagte Premila, „aber du hast diese Kraft, diese andere Dimension, deine Nonnenpower, deinen Glauben. Um den beneide ich dich auch."

Kala seufzte. „Ja, den würde ich gegen nichts mehr eintauschen, da hast du recht. Aber", sagte sie, jetzt allmählich wieder etwas entspannter, „diese Kirche, die hätte ich gerne."

Premila sah sich um und sagte: „Stell dich nicht so an, das CMC hat eine wunderschöne Kapelle!"

„Ja", lachte Kala, „eine, in der jeden Tag amerikanische Touristen sitzen."

Premila kicherte: „Du Ärmste."

Kala fragte: „Noch etwas?"

„Ja", sagte Premila, „ich hätte auch gerne Vandana Shiva als Referentin bei mir. Aber dafür ist hier zu wenig los und ich fühle mich langweilig und abgeschnitten vom pulsierenden Leben."

Kala schüttelte den Kopf. „Komm einfach, wenn sie bei uns in Vellore ist. Wir können mittags zu dritt essen gehen." In ihrem albernen Tonfall sagte sie: „Ich bin groß, ich kann schon teilen." Und fragte dann ernsthaft: „Was sagst du? Wirst du vorbeikommen?"

Premila nickte, auch wieder fröhlicher jetzt, und sagte: „In Ordnung, ja, ich werde darüber nachdenken, danke für die Einladung." Und dann fragte sie: „Und bei dir noch was?"

Kala überlegte kurz und fragte: „Warum hast du das Kreuz weggetan?"

Premila merkte, wie ein kleiner Schauer über ihren Rücken lief, und auch Kala bemerkte es. Dann erklärte Premila: „Bei der Aidskampagne tauchte vor ein paar Wochen ein Prediger auf. Einer dieser Typen, die nicht zuhören, die für alles eine schnelle Erklärung haben, die dir ständig erzählen, Jesus sei die Antwort, obwohl du noch keine einzige Frage gestellt hast."

Kala nickte, sie wusste, wovon ihre Freundin sprach, und hatte selber sofort konkrete Leute vor Augen. Empört von der Erinnerung, erzählte Premila weiter: „Er mischte sich in Eddis Vortrag ein, so richtig unhöflich, aber sehr geschickt, und sprach voller Überzeugung davon, dass Aids eine Strafe Gottes sei, für den heidnischen Götzenglauben, für das ganze sexuelle Fehlverhalten, eine Heimsuchung, ein Kreuz, das Indien tragen müsse, um erlöst zu werden. Ich kann seine Thesen nicht ganz genau wiedergeben, aber als ich nach Hause kam, habe ich vor lauter Wut das Kreuz von der Wand genommen. Die Leute, die einfachen Menschen aus den Dörfern, waren total verwirrt. Eddi war zornig, weil die ganze Kampagne ohnehin schon so viel Kraft gekostet hatte, und ich habe den ganzen Tag gebraucht, um ihn so weit aufzumuntern, dass er nicht aufgibt. Ich wollte es nicht für immer weghängen, aber in dem Moment bin ich einfach meinem Impuls gefolgt. Ich weiß, dass das nicht fair ist gegenüber Menschen wie dir."

Kala sagte leise: „Es ist nicht fair gegenüber Jesus."

„Das Kreuz abzuhängen?"

„Nein. In seinem Namen zu behaupten, Indien müsse mit Aids ein Kreuz tragen, um erlöst zu werden. Mir wird ganz übel, wenn ich so was höre."

Premila sagte: „Ich bin froh, dass du das sagst."

Es war dunkler geworden und der Wind frischer. Die beiden

rückten näher aneinander. Eine Weile schwiegen sie beide. Jede ging ihren Gedanken nach. Ein Vogel flog einmal quer durch die Kirche und sie schreckten kurz auf. Sie fragten sich gegenseitig, ob jetzt alles klar sei, geklärt und aus dem Weg geräumt. Von etwas weiter weg hörte man Musik. „Aha“, sagte Premila, „U2 in voller Lautstärke. Eddi hat diese Musik aus Nordirland mitgebracht. Komm, gehen wir. Gute Lieder, ein warmes Essen und ein paar Witze von Eddi werden uns jetzt sicher guttun.“

Kala wäre gerne noch einen Moment allein für sich in der Kirche geblieben, aber dann dachte sie, dass die Nähe zu ihrer Freundin in diesem Moment vielleicht tatsächlich wichtiger wäre, und stimmte zu: „Gehen wir.“

Nebeneinander gingen sie zurück zum Bungalow.

Kapitel 23

Der Unwille darüber, dass sie an der falschen Adresse gelandet waren, hatte sich schnell aufgelöst, als man sie herzlich begrüßte und ihnen anbot, wenn sie schon einmal da seien, eine Führung mit ihnen zu machen und ihnen das Projekt zu zeigen. Sie hatten die Einladung gerne angenommen, ohne zu wissen, was genau sie erwartete.

„Esther!" Die Frau am Empfang rief nach hinten in ihr Büro nach einer Kollegin, die sofort angelaufen kam und fröhlich sagte: „Hallo. Ich bin Esther. Ich zeige Ihnen das Gelände." Und erklärend hatte sie gesagt: „Das ist mein Job hier, Besuchern unser kleines Zentrum vorzustellen. Sie sind nicht die Ersten, die statt im Büro der Kindernothilfe in der Stadt hier in einem ihrer Projekte landen. Irgendwie kommt es häufiger zu Verwechslungen, wir haben uns daran gewöhnt und entschieden, etwas daraus zu machen und den Leuten, die zufällig hier landen, die praktische Seite der Arbeit vorzustellen. Wenn Sie mögen. Natürlich können wir Ihnen auch sofort ein Taxi bestellen, das Sie in die Stadt bringt." Beide hatten energisch abgelehnt, denn sie waren inzwischen neugierig, was so eine engagierte Person wie Esther ihnen wohl zeigen würde.

Gemeinsam mit ihr machten sie sich auf den Weg, das schön angelegte Gelände zu erkunden und sich von Esther die Initiative erklären zu lassen: „Sechzig Waisenkinder leben in diesem neu angelegten Zentrum. Nicht irgendwelche Waisen, sondern ausschließlich Aidswaisen, die hier von Sozialarbeitern und Erzieherinnen und einer großen Gruppe ehrenamtlicher Pflegemütter betreut werden.

Sie gingen über den grünen Rasen, sahen einen Basketballkorb und ein paar Kinder, die um einen riesengroßen Globus herumstanden und mit ihren Fingern auf die Kontinente zeigten.

Das beklemmende Gefühl, das die Erwähnung von Aids bei ihnen ausgelöst hatte, wurde unterbrochen von dem Lachen der Kinder. „Hier ist unsere Turnhalle", sagte Esther. „Die meisten indischen Kinder tanzen sehr gerne, wussten Sie das? Sie haben ein unglaublich beeindruckendes Rhythmusgefühl. Außerdem können sie bei uns lernen, Gitarre zu spielen, oder Gesangsunterricht bekommen und vieles andere mehr. Kommen Sie, ich zeige Ihnen einen der Kreativräume."

Sie betraten eins der kleinen Gebäude. Die Wände waren sonnengelb gestrichen und die Flure mit gelbem Linoleum belegt, auf dem bunte Spuren von nackten Kinderfüßen abgedruckt waren. Alles hier sendete Signale von Lebensfreude aus. Ester blieb vor einer Tür stehen, klopfte an und wartete, bis man sie hereinbat, dann öffnete sie dir Tür und ließ die beiden Besucher vorgehen. Um einen niedrigen großen Tisch saßen etwa zwanzig Kinder und malten mit Wasserfarben ein gemeinsames Bild, ein riesiges buntes Plakat.

„Hallo", sagten Tom und Matt und die Kinder sahen zu ihnen und grüßten sie, winkten, lachten sie an.

„Guck Mal", riefen einige, „was wir malen!" Die beiden Frauen, die die Kinder betreuten, begrüßten Matt und Tom und eine von ihnen sagte: „Sie sind sehr stolz auf ihr Werk und wir finden auch, dass es inzwischen sehr gelungen aussieht. Die Idee ist, das Thema Aids von den betroffenen Kindern selbst zum Thema machen zu lassen, es sie selbst ausmalen zu lassen."

In der Mitte des Plakats stand geschrieben: „Bei Aids steht alles auf dem Spiel", und jetzt malten die Kinder spielende Kinder rund um den mahnenden Satz. Matt und Tom waren beeindruckt und bewegt von der besonderen Mischung aus Ernst und spielerischer Freiheit. Esther lud sie ein, weiterzugehen. Man winkte zum Abschied.

Vor dem Gebäude zeigte Esther auf ein weiteres Haus, das aus der Landschaft der Bungalows herausragte. „Das dort drüben ist unsere Klinik. Eine Reihe von Ärzten behandelt die Kinder dort mit der antiretroviralen Therapie. Sie kann die Kinder nicht heilen, aber ihr Leben verlängern. Immerhin. Dank dieser Behandlung haben die Kinder die Chance, erwachsen zu werden – trotz ihrer Krankheit. Es ist nicht so einfach, denn es gibt eigentlich keine Medikamente, die geeignet sind für die Behandlung von Kindern, und unsere Ärzte müssen die Präparate an die Bedürfnisse der Kleinen anpassen. Dass das so gut gelingt, ist für mich immer ein kleines Wunder. Während das große Wunder, ein Impfstoff gegen das HI-Virus, leider noch auf sich warten lässt."

Matt sah sie an. Ihre letzte Bemerkung hatte müde geklungen, aber nicht so, als hätte sie die Hoffnung aufgegeben. Esther erklärte ihnen: „Ohne die Unterstützung der Kindernothilfe könnte keines, kein einziges, dieser Kinder behandelt werden, denn diese Art von Betreuung und medizinischer Versorgung ist für Menschen in Armut einfach unbezahlbar."

Matt und Tom gingen neben ihr her, ließen zu, dass man ihnen eine neue Welt eröffnete, sie mit hineinnahm in ein Thema, das ihnen bisher noch nie nah gekommen war. Aids war theoretisch, schlimm, tödlich, unberechenbar, weit weg. Hier wurde das Ausmaß der Krankheit deutlich und gleichzeitig, und das war das Starke, wurde der Not etwas entgegengesetzt, echte Hilfe. Sie hatten ein nächstes Gebäude erreicht und Esther sagte nur: „Das hier sind die Wohnräume, Schlaf- und Badezimmer. Daneben, das Haus mit den großen Fenstern, ist der Speisesaal mit der angrenzenden Küche."

„Und eine Schule?", fragte Tom. „Wie werden die Kinder unterrichtet?"

„Ja", sagte Esther, „was du ansprichst, ist sehr wichtig. Ausbildung bedeutet Zukunft, etwas lernen zu dürfen, ist das Wichtigste, was wir Kindern mitgeben können; außer unserer Zuneigung. Wir sind sehr froh, dass es uns gelungen ist, für alle Kinder im schulfähigen Alter, einige sind ja noch jünger, eine passende Schule zu finden. Wir unterhalten keine eigene, sondern arbeiten mit den Schulen in der Umgebung zusammen. Das ist auch ein Wunder für mich, denn viele Schulen wollen keine aidskranken Kinder aufnehmen. Aber alle unsere Kinder hier sind irgendwo untergekommen.

Die größte Herausforderung ist immer noch, dass die Menschen so wenig wissen über diese Krankheit Aids. Deshalb schützen sie sich am liebsten dadurch, dass sie die Infizierten ausgrenzen. Das ist einfach. Ich selber bin Soziologin an der Universität hier in Bangalore, ich habe gerade ein Forschungssemester und arbeite an dem Thema der Stigmatisierung. Mich interessiert die Frage, ab wann ein Auffälligkeitsmerkmal dazu führt, dass Einzelne oder eine ganze Gruppe abgewertet und zu einer sozialen Randgruppe gemacht werden. Und wie man diesen Prozess der Abwertung und Ausgrenzung eventuell wieder rückgängig machen kann. Ich frage mich, ob die HIV-Infizierten Ressourcen haben, ganz eigene Stärken, die sie in eine Gesellschaft einbringen könnten, sodass diese sie wieder akzeptiert."

„Und", fragte Matt interessiert, „kommen Sie weiter mit Ihren Fragen? Haben Sie schon eine Spur entdeckt?"

Esther lächelte ihn an, atmete einmal tief durch: „Es ist nicht so einfach. Denn Aids ist ein Tabu, man spricht nicht darüber. Dabei würde sprechen helfen. Wer besser informiert ist, verliert ja auch eigene Ängste. Das erlebe ich immer wieder. Jemand, der sich einmal geöffnet oder mit den Kindern hier gearbeitet hat, ihre Geschichten gehört und ein bisschen verstanden hat, was das Virus eigentlich bedeutet, der ist freier. Deshalb erarbeiten wir ja auch immer wieder neue Kampagnen. Am liebsten, indem wir die Kinder selber mit einbeziehen. Wie Sie es eben erlebt haben. Das Plakat wird sicher manchen wachrütteln."

Sie waren wieder am Eingang angekommen und die Frau, die hinter der Empfangstheke stand, winkte ihnen zu. „Lissy ist selbst betroffen", sagte Esther und zeigte nach drinnen. „Sie ist bei einer

Bluttransfusion infiziert worden und nachdem sie erst total lebensmüde war, hat sie sich noch einmal so richtig aufgerafft und ist aktiv geworden. Für mich ist sie so was wie ein Engel." Sie sah noch einmal hinüber zu Lissy und sagte dann: „Ich werde Ihnen ein Taxi rufen, das Sie in die Innenstadt zum Büro von KNH fährt. Von hier aus sind es etwa zehn Minuten. Vielen Dank für Ihr Interesse, dass Sie sich so spontan darauf eingelassen haben, unser Zentrum ein bisschen kennenzulernen. Wissen Sie, wir machen diese Führungen nicht, damit Sie uns anschließend Geld spenden. Auch wenn wir uns natürlich freuen, wenn Sie unsere Arbeit unterstützen würden oder uns weiterempfehlen und andere auf uns aufmerksam machen. Wir machen das, um das Tabu-Spiel zu unterbrechen, um zu informieren. Danke, dass Sie mitgemacht haben!"

Matt meinte: „Danke für Ihre Offenheit, für Ihre Arbeit und Ihre Art, andere teilhaben zu lassen."

Und Tom sagte: „Ja, wirklich, das ist sehr beeindruckend. Wir haben mal wieder was Neues gesehen, etwas gelernt."

„Ja", sagte Matt, „das nennt man Horizonterweiterung."

Esther lachte: „Ja, und deshalb reist man doch, nicht wahr?"

Offenbar hatte Lissy bereits ein Taxi für sie bestellt, denn jetzt fuhr ein Wagen vor. Sie verabschiedeten sich voneinander, winkten Lissy zu und ließen sich in die Stadt bringen.

In dem großen luftigen Büro im zwölften Stock herrschte ein Kommen und Gehen. Menschen unterschiedlichster Herkunft, jüngere und ältere, beantworteten die Telefone, tippten auf ihre Tastaturen, liefen über die Gänge, trugen große Ordner vor sich her, diskutierten miteinander. Einer von ihnen brachte ihnen jetzt Kaffee und Wasser auf einem großen Tablett. Er war vielleicht zwanzig, war klein und rund und hatte ein breites, charmantes Lachen im Gesicht. Sein weißes T-Shirt spannte über seinem Bauch, aber er trug den Greenpeace-Schriftzug „save the wales" offensichtlich mit Stolz.

„Hallo erst mal. Ich bin Claudio, aus Italien, einer der Praktikanten hier. Bei den anderen bekommen Sie entweder Kaffee oder

Wasser, bei mir bekommen Sie beides und vom Kaffee den leckersten. Prego."

Er lachte sie an und sagte in gespielt offiziellem Ton: „Willkommen bei der Kindernothilfe. Was kann ich für Sie tun?" Matt und Tom hatten sich überlegt, dass sie nicht lange drum herumreden wollten, sondern ihr Anliegen direkt vortragen würden. Sie hatten nicht gewusst, was genau sie erwarten konnten von einer Hilfsorganisation, die wirklich andere Probleme hatte, als sich der kleinen Privatangelegenheiten zweier Amerikaner anzunehmen. Wenn man ihnen also nicht helfen wollte oder es nicht konnte, würden sie weiterziehen und es irgendwie anders versuchen.

Matt sah sich um und sagte: „Ihr wirkt alle zusammen sehr fröhlich hier."

„Ja", Claudio strahlte, „es macht Spaß, mit so vielen Menschen aus der ganzen Welt in einem Team zu arbeiten. Sehen Sie mal: Das da ist Shannika aus China, daneben am Kopierer steht Timothy aus Ghana, in der Sitzecke dort drüben, das sind Frau Mattai, eine indische Schriftstellerin, und irgendeine Musikerin aus Deutschland, die beiden unterstützen eine unserer neusten Initiativen für Mädchen und sie gehen gleich auf Foto-Session. Da drüben steht Liz, eine Inderin, die stellvertretende Büroleiterin, die beiden an der Landkarte da drüben sind Peter aus Schottland und Hermann aus Deutschland, der Ältere hinter dem Schreibtisch dort ist Kumar, der Büroleiter, er ist auch Inder, und die jetzt gerade an uns vorbeigeht ist Mary, seine Tochter. Ciao, Mary!", rief er und sie winkte zurück: „Ciao, Claudio."

An sie gewandt, sagte er: „Sie müssen sich die Namen nicht merken, keine Sorge, das war nur, um Ihnen einen kleinen Eindruck zu geben, mit wem Sie es zu tun haben. Haben Sie es eilig?"

Ohne ihre Antwort abzuwarten, erzählte Claudio voller Begeisterung weiter: „Eine ganze Reihe der Leute hier sind selber als Kinder von der KNH unterstützt worden. Das Gefühl, etwas zurückgeben zu wollen, hat sie hierhin gebracht, und sie sind hoch motiviert. Andere, Australier, Europäer, Amis, engagieren sich, weil sie irgendwie etwas Sinnvolles tun wollen, sich für Kinder und ihre Rechte einsetzen. So wie ich zum Beispiel. Aber jetzt zu Ihnen. Was hat Sie hierher gebracht?"

Claudio nahm selber einen großen Schluck aus einer Kaffeetasse. „Ich liebe Indien, aber der Kaffee ist doch eine echte Katastrophe, oder? Deshalb habe ich mir diesmal, es ist mein zweiter Besuch hier, eine echte Espressomaschine mitgebracht. Schmeckt man, hm?"

Matt fragte sich gerade, ob er jemals dazu kommen würde, die Fragen, die Claudio stellte, wirklich zu beantworten, oder ob dieser einfach immer weiterreden und sie unterhalten würde, als er merkte, dass er ihn jetzt tatsächlich ansah und darauf wartete, dass Matt oder Tom etwas sagten.

Matt stellte sie beide kurz vor und sagte dann: „Wir suchen eine Inderin, um die achtzig Jahre alt, die Ende der Fünfziger Haushälterin bei einem der Leiter der KNH war."

Claudio sah ihn neugierig an: „Ich würde ja gerne die ganze Geschichte hören, die dahintersteckt und warum Sie sie finden wollen, aber dafür haben wir wohl alle keine Zeit gerade." Sie sahen sich freundlich und offen an und Matt meinte: „Vielleicht wird ja eines Tages ein Buch über diese Geschichte geschrieben, dann schicke ich Ihnen ein Exemplar."

„Einverstanden, grazie", sagte Claudio. „Solange auch der gute italienische Kaffee erwähnt wird, den ich Ihnen gekocht habe."

Matt grinste: „Ja, der ist wirklich sehr lecker. Ganz eindeutig der beste Kaffee, den wir bisher auf dieser Reise getrunken haben."

Claudio wurde jetzt geschäftsmäßiger: „In welcher Stadt hat diese Haushälterin denn gelebt? Oder noch besser wäre, Sie wüssten den Namen des KNH-Leiters oder wenigstens seine Nationalität. Wobei, in den Jahren damals wird es sich wohl um einen Deutschen gehandelt haben."

Matt nickte: „Ich glaube, die Stadt, in der sie lebten, war Madras, Chennai. Und der KNH-Leiter hieß Lüder Lürs."

Claudio stand auf und sagte: „Einen Augenblick, bitte. Der Name kommt mir auf jeden Fall bekannt vor. Ich werde Ihre Angaben in den Computer eingeben und dann wird entweder etwas passieren oder nicht. Ich bin gleich wieder da."

Matt und Tom sahen sich an. „Der Kaffee ist wirklich gut", sagte Matt. „Hier", Tom reichte ihm seine Tasse, „du kannst meine auch noch gerne haben. Ich habe mich an die süße dünne indische Variante gewöhnt, dieser hier schlägt mir auf den Magen." Glücklich trank Matt die zweite Tasse leer, Tom hielt sich an Wasser. Sie sahen, wie Claudio mit dem Büroleiter sprach, ein paar Mal nickte und dann hinter einer Tür verschwand. Sie sahen sich um.

„Es ist wirklich cool hier", sagte Tom. „Hier würde ich mich auch wohlfühlen."

Matt nickte: „Ja, ein blonder Ami fehlt ihnen noch." Claudio kam zurück und winkte mit einem Blatt Papier in der Hand. „Prego. Ich habe etwas für Sie. Volltreffer! Eine Frau namens Priya hat damals bei Lüder Lürs gearbeitet. Eins ihrer Kinder, Jaya, hat später hier in diesem KNH-Büro gearbeitet. Lüder Lürs war so etwas wie sein Mentor. Kumar kann sich noch an ihn erinnern."

Sie sahen zu dem Mann am Schreibtisch hinüber, der ihnen vorhin als Büroleiter vorgestellt worden war, er nickte ihnen mit Telefon am Ohr zu.

„Kumar möchte gleich noch eben selbst mit Ihnen sprechen, er ist aber gerade noch beschäftigt. Jedenfalls hat dieser Jaya eigentlich recht lange hier gearbeitet und dann plötzlich gekündigt. Eine kleine Notiz sagt, dass er wohl ein eigenes Kinderhilfswerk gründen wollte. In Bangalore ist er nicht, das wüssten wir. Eine Spur könnte Vellore sein, meinte Kumar gerade, weil es dort eine sehr erfolgreiche kleine Initiative gibt, die mit ähnlichen Methoden arbeitet wie wir. Mehr kann ich Ihnen jetzt gerade nicht sagen. Ich könnte aber dafür sorgen, dass Sie mit Lüder Lürs in Verbindung kommen, er steht ganz sicher noch in Kontakt mit diesem Jaya. Vielleicht lassen Sie mir Ihre E-Mail-Adresse hier und ich gebe Ihnen meine. Über Mail sind Sie ja auch in Indien fast überall zu erreichen."

Er überreichte ihnen seine Visitenkarte. Tom schrieb die Adresse von Matt auf einen Zettel und reichte ihm den. Claudio stand vor ihnen, warf seine Hände leicht in die Luft und sagte: „Viel Glück. Schreiben Sie eine kurze Nachricht an mich, wenn Sie noch irgendwelche Hilfe brauchen oder auch dann, wenn Sie diese Priya gefunden haben. Ich wünsche Ihnen, dass es klappt. Eine gute Reise. Buon viaggio. Da kommt Kumar, um noch kurz mit Ihnen zu sprechen. Ich bin dann weg. Arrivederci." Und damit ging er.

Matt und Tom sahen sich an: „Das ging schnell."

Tom meinte: „Der Typ war effektiv."

Kumar verbeugte sich kurz vor ihnen: „Willkommen. Ich sehe, der junge Mann hat Ihnen helfen können? Das freut mich. Ich kann mich noch an Jaya erinnern, ein sehr beeindruckender Mensch, sehr großzügig, sehr konzentriert, sehr klug. Wenn Sie ihn finden, grüßen Sie ihn von mir. Viel Glück. Warten Sie, ich gebe Ihnen ein Magazin mit den Adressen unserer Büros und Projekte mit. Wer weiß, wofür es gut ist."

Er begleitete sie zum Aufzug. „Alles Gute." Er schüttelte ihnen die Hand und winkte ihnen im Weggehen noch einmal zu. Sie fanden sich im Aufzug wieder, der sie kurz danach unten ausspuckte. Kumar hatte für sie auf die Erdgeschoss-Taste gedrückt.

Vor der Tür sahen sie sich an, beide etwas verwirrt. „Vielleicht war unser Leben in den letzten Wochen so langsam, dass uns das jetzt einfach zu schnell war, hm?"

Matt nickte. „Ja, unser Leben in den letzten Tagen war ein Abenteuer, aber gleichzeitig habe ich es als eine sehr besinnliche Zeit empfunden."

Sie schlenderten die Straße entlang. „Guck mal, Pizza Hut. Komm, Dad, wir machen eine Lagebesprechung bei einer Pizza." Und in dem breiten charmanten Tonfall von Claudio sagte er:

„Prego, die habe ich extra aus Italien mitgebracht."

Sie mussten beide lachen.

Als sie ein paar Minuten später in dem klimatisierten Restaurant vor der bunten, laminierten Pizzakarte saßen mit mehr als dreißig Pizzasorten zur Auswahl, merkten sie, dass sie sich hier nicht wohlfühlten. Sie sahen sich an und Matt machte eine fragende Kopfbewegung Richtung Tür und Tom nickte ihm grinsend zu. Der Kellner, der gerade kam, um ihre Bestellung aufzunehmen, sah ihnen erstaunt hinterher, wie sie das Restaurant verließen.

Sie einigten sich, die Straße entlang weiterzugehen und nach einem anderen Restaurant zu suchen, das ihnen gefiel, und liefen vorbei an einer Menge Läden, einige mit Marken, die sie auch von zu Hause kannten. Bangalore, die Stadt auf der Höhe, mit den vielen Parks, bekannt für ihr mildes Klima, lud dazu ein, dass moderne Unternehmen aus aller Welt sich hier niederließen. Und weil hier außerdem Indiens berühmtes Entwicklungszentrum für Computersoftware angesiedelt war, nannte man die Stadt inzwischen auch das indische „Silicon Valley".

Rechts in einer Nebenstraße entdeckte Tom ein Restaurant mit dem Namen Oase. „Komm, lass uns da mal gucken."

Unter ein paar großen Palmen und im Schatten anderer Häuser luden einfache kleine Holztische dazu ein, Platz zu nehmen. Frischer Fisch war auf einer Tafel angekündigt. Sie setzten sich, bestellten beide Fisch Tikka und als dann das Essen vor ihnen stand, serviert auf einem großen grünen Blatt, waren sie sich einig, dass sie die richtige Wahl getroffen hatten. Sie genossen den Fisch in der scharfen dunkelroten Sauce, aßen eine riesige Portion Reis und tranken Cola.

Bei diesem Essen machten sie dann ihre weiteren Pläne. Sie würden sich noch einen freien Tag in ihrem Gästehaus gönnen und dann übermorgen weiterreisen. Chennai, Pondicherry und Vellore, die drei Städte an der Ostküste des Südens, hatten sie für mögliche Reiseziele gehalten. Wegen des Tipps von Claudio, dass in Vellore ein innovatives Kinderhilfsprojekt entstanden sei, das vielleicht mit Jaya in Verbindung stand, würde diese Stadt ihre erste Wahl sein. Wenn sie Jaya und Priya dort nicht fanden, würden sie weitersehen.

„Ich schlage vor, dass wir nach Chennai fliegen und dann von dort aus den Zug oder den Bus nehmen. Was meinst du?", fragte Matt, der in Toms Reiseführer geblättert hatte. „Wollen wir mit dem Bus nach Koyambedu fahren oder mit dem Zug nach Katpadi? Beides dauert von Chennai aus drei Stunden und beides bringt uns so nah an Vellore heran wie möglich."

Tom entschied, sie würden den Bus nehmen, um eine weitere neue Erfahrung auf ihre Erlebnisliste setzen zu können. Also beschlossen sie, dass Tom in ein Internetcafé gehen würde, das sie ganz in der Nähe gesehen hatten, um endlich an Anne zu schreiben, und Matt die Flugtickets nach Chennai und zwei Fahrkarten von Chennai nach Vellore buchen würde. In zwei Stunden würden sie sich wieder hier treffen und dann zu ihrem Gästehaus zurückgehen. Matt war nicht ganz wohl bei dem Gedanken, Tom allein zu lassen, aber nachdem er die vielen jungen Praktikanten im KNH-Büro gesehen hatte, waren diese zwei Stunden vielleicht eine gute Übung, um sich darauf einzustellen, dass sein Sohn allmählich erwachsen war und bald sowieso allein durch die Welt reisen würde. Tom war in Gedanken schon ganz bei der Mail an seine Großmutter. Er blätterte in seinem Tagebuch und markierte die Stellen, die er auf keinen Fall unerwähnt lassen wollte.

Sie tranken ihre Gläser aus und zahlten. Auf der Hauptstraße trennten sie sich. Matt boxte Tom kurz auf den Arm und sagte: „Pass auf dich auf. Und grüß Anne von mir!"

„Buch mir einen Fensterplatz", sagte Tom. Dann gingen sie, der eine nach links, der andere nach rechts, weiter.

Kapitel 24

Als er ihre Stimme am Telefon gehört hatte, war er sofort wieder hellwach gewesen. Es war spät und er musste über seinen Büchern eingeschlafen sein, aber das Klingeln hatte ihn geweckt und die Aussicht, mit ihr zu sprechen, war so wirkungsvoll wie ein starker Kaffee. Oh ja, hatte er wieder einmal gedacht, ganz erstaunlich, was diese Frau alles in mir weckt.

„Hallo, Jaya“, hatte sie ganz einfach gesagt.

„Hallo, Kala. Wie schön, Sie zu hören. Ich hatte schon gedacht, Sie würden sich nie wieder melden.“

Kala hatte sich gefreut, denn was er sagte, klang ja, als habe er sie vermisst, und sie hatte ihm erklärt, dass sie auf dem Rückweg von Delhi noch eine Freundin besucht und ein paar Tage Urlaub gemacht hatte.

„Oh“, hatte Jaya gesagt, „das ist gut. Ich freue mich, dass Sie einmal nicht arbeiten mussten, das hat Ihnen hoffentlich gutgetan.“ Und dann hatte er den schlichten Satz angefügt: „Aber jetzt sind Sie ja wieder da.“

„Ja“, hatte Kala geantwortet und dann forsch gefragt: „Jaya? Warum siezt du mich? Hast du vergessen, dass wir schon einen Schritt weiter waren?“

Jaya war kurz verwirrt gewesen, denn „einen Schritt weiter“, das hörte sich für ihn danach an, als würden noch ganz andere, noch weitere Schritte folgen. Und so meinte er nur, dass er es natürlich nicht vergessen habe. „Ich war nur so überrascht, Sie zu hören, dich zu hören, meine ich.“

Sie hatten dann beide einen Moment geschwiegen. Am Ende war es Kala gewesen, die wieder das Wort ergriffen hatte.

„Hast du etwas erreicht in Bezug auf Vishnus Familie? Du erinnerst dich, wir wollten die Angehörigen von dem Jungen besuchen, der so krank ist."

„Ja", hatte Jaya geantwortet und ihr mitgeteilt, dass sie jederzeit hinfahren könnten. Sein Vorschlag, gleich morgen zu fahren, war vielleicht etwas zu schnell gekommen und Kala hatte kurz gezögert.

„Morgen schon?", hatte sie gefragt. Und Jaya hatte sofort eingelenkt: „Oder übermorgen, oder wann du willst."

Aber da hatte sie widersprochen: „Nein, morgen klingt eigentlich gut. Großartig. Fahren wir abends hin?"

„Ja", hatte Jaya gesagt und war erleichtert gewesen und gleichzeitig aufgeregt. „Abends, das ist sicher das Beste, da werden sie auf jeden Fall zu Hause sein."

Erfreut hatte Kala erwidert: „Ich werde um acht Uhr bei dir sein. Bis morgen."

Und Jaya hatte sich ebenfalls verabschiedet: „Bis morgen, Kala."

Und dann hatten sie beide aufgelegt.

Ihr Gespräch war beendet gewesen und doch von ihnen beiden in Gedanken weitergeführt worden, in ihrer Fantasie und bis in die Nacht, in ihre Träume hinein. Kala formulierte es für sich: Ihre Seele hatte ihre Fühler in seine Richtung ausgestreckt.

Jetzt standen sie sich gegenüber, gaben sich die Hand und sagten beide Hallo, Jaya leise, sehr charmant, Kala lauter, ganz beherzt.

Einem plötzlichen Impuls nachgebend, kam Kala einen Schritt näher, dicht neben Jaya, und berührte mit ihrer rechten Wange kurz seine. Sie brauchte seine Nähe jetzt, nur für einen Moment. Dann löste sie sich von ihm und ging, ohne ihn anzusehen, ins Haus. Jaya blieb unbeholfen stehen, wo er stand. Noch nie hatte eine Frau gewagt, sich ihm so zu nähern. War es nur seine Erziehung und die Tradition, die ihn so zurückhaltend machten? Oder, fragte er sich jetzt, war es eine innere Abwehr, die ganz ursprünglich aus seinem eigenen Wollen kam?

Kala hatte sich unaufgefordert an den kleinen Tisch unter dem Ventilator gesetzt und wartete, dass Jaya zu ihr kommen würde. Er wird es nicht wagen, dachte sie auf einmal. Er hat alle wichtigen Entscheidungen seines Lebens bereits getroffen, ohne mich. Ich würde sein Leben durcheinanderbringen, und das wird er nicht riskieren. Und ging es ihr selbst nicht eigentlich genauso?

Jaya drehte sich um und setzte sich zu ihr an den Tisch. Er schenkte ihr ein Glas Wasser ein, wich ihrem Blick aus und sagte: „Cendil, der Fahrer, wird gleich hier sein und wir können losfahren. Was denkst du, sollen wir Vishnu mitnehmen?"

Kala sah ihn an. Seine dunklen Augen wirkten traurig. Sie rief sich innerlich dazu auf, nicht alles auf sich zu beziehen. Er war traurig, weil er an Vishnu und dessen Familie dachte. Sei nicht so egozentrisch, sagte sie sich. Sie fragte zurück: „Weiß er, was mit ihm los ist?"

„Ja", sagte Jaya, „ich habe es ihm gestern gesagt."

„Und wie hat er reagiert?"

Jaya rieb sich die Augen und sah dann zur Decke. Er holte tief Luft und sagte: „Er war sehr still. Erst dachte ich, er habe es nicht verstanden, aber dann fragte er nach seinen Geschwistern und begann zu weinen. Ich habe ihn auf meinen Schoß genommen und wir haben einfach so dagesessen, in meinem Büro, über zwei Stunden. Gestern Abend. Ich habe ihn im Arm gehalten und habe auch geweint."

Sie sah, dass ihm wieder die Tränen kamen, und meinte: „Lass ihn uns mitnehmen. Es ist eine Gelegenheit für ihn, seine Geschwister zu sehen, und er würde nicht verstehen, wenn wir den Weg ohne ihn machten."

„Du hast recht", stimmte Jaya zu. „Warte einen Moment, bitte, die Jungen sind gerade beim Abendessen, ich werde ihn holen."

Damit stand er auf und ging auf die große Flügeltür am Ende der Eingangshalle zu, hinter der sie den Esssaal vermutete.

Schon einen Moment später kam er mit Vishnu gemeinsam zurück. Sie wusste, dass der Junge neun Jahre alt war und in der

Schule recht gute Noten schrieb. Er begrüßte sie und reichte ihr die Hand: „Hallo, Frau Doktor." Er hob an, um mehr zu sagen, vielleicht etwas zu fragen, entschied sich dann aber, zu schweigen, und sah sie nur an. Kala lächelte und hoffte, dass ihr Blick ihn beruhigte.

Was hatte er wohl wissen wollen? Bin ich sehr krank? Muss ich sterben? Wie ist das passiert und was passiert jetzt mit mir? Diese Fragen standen zwischen ihnen und sie überlegte, wie sie die unausgesprochenen Sätze ansprechen und was sie seinen Ängsten entgegenbringen könnte.

Das Hupen vor dem Tor holte sie aus ihren Gedanken zurück. Gemeinsam gingen sie nach draußen. Cendil parkte gerade, stieg aus, grüßte sie kurz und öffnete ihnen die Tür, damit sie einsteigen konnten. Kala nahm als Erste Platz, Vishnu setzte sich neben sie und Jaya kam als Letzter. Er schlug die Tür zu, gab Cendil ein paar Anweisungen und sie fuhren los.

Vishnu saß zwischen ihnen und sah von einem zum anderen, aber sowohl Kala als auch Jaya sahen von ihm weg aus dem Fenster. Es war dunkel, sie fuhren durch die Straßen von Vellore und würden die Stadt in wenigen Minuten hinter sich gelassen haben, um auf der Landstraße in Richtung der Dörfer zu fahren. Sie schwiegen und hingen alle für sich ihren eigenen Gedanken nach.

Jaya hätte Kala gerne gesagt, dass er froh war, dass sie da war. Dass er sich gestern Abend zu allein gefühlt hatte. Dass er sich gewünscht hatte, sie wäre da, um ihn zu unterstützen, als er Vishnu sagen musste, wie es um ihn stand. Dass er die Traurigkeit fast nicht ertragen konnte und nicht wusste, wie man das, was sich wie ein schweres Herz anfühlte, in Worte fasste. Er hätte sie gerne angerufen, hatte sich aber nicht getraut, und als sie schließlich angerufen hatte, hatte er sich immer noch nicht getraut. Am schlimmsten aber war das Gefühl, dass er vielleicht nie wieder Leichtigkeit erleben würde, und diese Angst, merkte er, führte dazu, dass er sich als eine Zumutung für andere empfand. Ja, dachte er, ich wäre ihr zu viel.

Der Junge, dachte Kala plötzlich, unser Schweigen muss ja total beängstigend auf ihn wirken. Sie wandte sich vom Fenster weg, vermied, in Jayas Richtung zu sehen, und sagte, an Vishnu gerichtet: „Magst du mir von deiner Schwester und deinem Bruder erzählen, Vishnu?"

Er sah sie an, sichtlich erleichtert, dass man mit ihm sprach, und sagte: „Ja. Gerne." Und er erzählte: „Sie heißen Davesh und Sarada. Mein Bruder, er ist groß. Und er ist fast doppelt so alt wie ich. Sechzehn. Er kann sehr schnell laufen. Und er trifft einen Ball sehr genau. Wenn er früher mit mir gespielt hat, war das immer toll."

„Was arbeitet er?"

„Er ist Kuli", sagte Vishnu nur.

Was hatte sie so blöd gefragt, schimpfte Kala innerlich. Keins der Kinder hatte zur Schule gehen können, da war es das Wahrscheinlichste, dass er als Kuli, als Tagelöhner arbeitete. Er würde jeden Tag das arbeiten, was anfiel, froh, wenn man ihn anheuerte. Vielleicht in einem der Steinbrüche, in dem Granitblöcke abgebaut wurden. Arbeit unter schweren Bedingungen. Der rosafarbene Granit, so hatte sie neulich erst gelesen, war im Nahen Osten und in Europa sehr beliebt. Viele der Steinbrüche waren nicht einmal registriert und die Kulis arbeiteten für geringsten Lohn. Davesh bekam vielleicht dreißig Rupien am Tag. Wer würde in den Ländern mit starker Währung für sechzig Cent oder einen halben Dollar am Tag arbeiten?

Vishnu sagte: „Er hat immer schon dort gearbeitet, seitdem er zwölf ist, glaube ich."

Tja, dachte Kala, Kinderarbeit in Steinbrüchen war laut indischem Gesetz zwar verboten und man musste eigentlich sechzehn sein, aber wer würde das überprüfen? Und wer würde sich daran halten? „Und was kannst du mir über deine Schwester erzählen?", fragte Kala.

„Sarada ist leise. Man merkt manchmal gar nicht, dass sie da ist."

Kala hatte sofort ein Bild von einem eingeschüchterten Mädchen vor Augen. „Und arbeitet sie auch als Kuli?", fragte sie.

„Nein." Vishnu schüttelte den Kopf. „Sie ist zu Hause. Sie passt auf die Hütte auf und sie kocht. Das hat sie immer schon getan."

Kala nickte.

Sie überlegte, wie sie Vishnu auf den Tod seiner Eltern ansprechen könnte, und fragte ihn: „Und wie lange lebst du jetzt schon nicht mehr bei ihnen?"

Vishnu antwortete: „Seit drei Jahren. Seit wir allein sind. Seit meine Eltern tot sind." Sein Kopf senkte sich, sodass er aussah wie eine vertrocknete Blume. Kala legte ihren Arm auf die Rücklehne. Vishnu verstand das Zeichen und rückte näher an sie heran und lehnte sich an sie. Sie legte ihren Arm um ihn. Vishnu fragte: „Frau Doktor, sind meine Eltern an dem Virus gestorben?"

Kala atmete langsam ein und aus und sagte dann: „Du weißt, deine Eltern waren beide erst Mitte dreißig, als sie so kurz hintereinander starben. Sie haben keinen Arzt aufgesucht, sodass wir letztendlich nicht wissen, was genau zu ihrem Tod geführt hat. Aber einiges deutet darauf hin, dass sie das Virus hatten, ja."

Vishnu stellte eine Frage, die aber mehr wie eine Feststellung wirkte: „Und die Krankheit ist sehr schlimm ansteckend."

„Ja", sagte Kala, „sehr ansteckend".

„Wird Davesh dann auch so jung sterben? Dann hat er ja jetzt schon die Hälfte seines Lebens hinter sich. Ist es so?"

Kala wusste nicht, was sie sagen sollte. Es berührte sie tief, dass Vishnu zuerst nach seinem Bruder fragte. „Ich weiß es nicht", sagte sie. Und wiederholte noch einmal: „Ehrlich, ich weiß es nicht."

Vishnu rückte noch ein bisschen näher. Kala ließ es gerne zu und hielt ihn fest.

Sie fragte sich, ob es wirklich eine gute Idee gewesen war, den Jungen mitzunehmen, und ob er es schaffen würde, seine Geschwister zu sehen, von denen er wusste, dass sie wahrscheinlich schwer krank waren. Sie fragte sich, wie die Begegnung sich überhaupt abspielen würde. „Und, wagte sie zu fragen, was ist das für ein Gefühl, nach Hause zu kommen?"

Vishnu lächelte. „Ich bin sicher, sie werden sich freuen, mich zu sehen. Sie sind stolz auf mich, weil ich lesen lerne und schreiben. Sarada und Davesh sind nie zur Schule gegangen. Sie sind froh, dass einer von uns lernen kann." Leiser sagte er: „Ich bin auch sehr, sehr froh. Wenn Jaya nicht gewesen wäre, ich weiß nicht ...:" Vishnu beendete seinen Satz nicht, wenigstens nicht laut.

„Wir sind gleich da", sagte Jaya. Vishnu löste sich von Kalas Arm und sah aus dem Fenster. Jaya war bereits ein paar Mal hier zu Besuch gewesen, aber er bat jetzt Vishnu, Cendil zu sagen, wo er genau halten solle, und der Kleine erklärte es dem Fahrer. Es war dunkel, eine Straßenbeleuchtung gab es hier nicht, aus den Hütten selbst drang kaum Licht nach draußen, andere Autos waren nur wenige unterwegs. Cendil parkte den Wagen am Straßenrand. Jaya öffnete die Tür und sie stiegen aus.

Vishnu ging vor und führte sie einen Weg entlang zu einer der Hütten, die, durch einen tiefen Graben von der Straße getrennt, in einer Reihe eng aneinandergebaut dastanden. Aus dem Graben stiegen faulige Gerüche auf. Kala hielt sich die Hand vor die Nase und zwang sich, durch den Mund zu atmen. Sie holte umständlich ihren Schal aus ihrer Tasche und legte ihn sich so um den Kopf, dass Mund und Nase dahinter verborgen waren.

Vishnu war stehen geblieben, als sich eine der Hütten öffnete. Eine junge Frau trat aus der Tür und schaute neugierig, wer da gekommen war. Sie erkannte Vishnu nicht und die fremden Menschen machten ihr offenbar Angst. Vishnu sagte: „Hallo, ich bin es, Vishnu."

Da erfasste sie anhand seiner Stimme, wer da war, und rief: „Vishnu. Wie schön, dich zu sehen." Sie kam auf ihn zu. Von ihrem Rufen angelockt, öffneten sich jetzt auch einige andere Türen und auch die von Vishnus Geschwistern. Davesh blieb einen Moment auf der Schwelle der ärmlichen Behausung stehen und kam dann auf sie zu. Er grüßte in die Runde, kniete sich hin und nahm seinen kleinen Bruder wortlos in den Arm. Eine Weile blieben sie eng aneinandergedrückt so sitzen. Kala konnte den Anblick nicht aushalten und drehte sich ein wenig weg. Warum war sie denn so dünnhäutig? Sie hatte doch jeden Tag mit Krankheit und Tod zu tun? Und auch mit Kindern, mit Aidsinfizierten, mit Familien.

Jaya sagte: „Entschuldige, Davesh, dass wir so einfach vorbeikommen, ohne Voranmeldung. Dürfen wir für einen Moment hereinkommen?"

Davesh erhob sich und sagte: „Selbstverständlich. Kommen Sie. Gibt es ein Problem? Fehlt es an Geld? Können Sie Vishnu nicht mehr halten? Oder hat er irgendetwas angestellt? Hat er nicht gut gelernt? Vishnu, sag mir, was los ist. Warum kommst du mitten in der Woche vorbei? Was ist denn los?" Er war unsicher. Niemand beantwortete seine Fragen.

Davesh betrat sein Zuhause und die anderen folgten ihm. Die Hütte war niedrig, klein und dunkel. Sie standen dicht gedrängt in dem Raum, der die Küche war. Vor einer Feuerstelle kniete ein junges Mädchen. „Sarada, wir haben Besuch", sagte Davesh leise. Sie stand auf und sah überrascht zu Vishnu und den anderen, die versuchten, Platz zu finden in ihrem Haus. Mit einer Hand wies sie nach links und bedeutete ihnen, weiterzugehen, in das zweite Zimmer hinein. Sie sagte nichts.

Kala fühlte, wie die Enge der Hütte und die stickige Luft sie in die Klemme nahmen, und zwang sich, ruhig und gleichmäßig zu atmen. Für Gerüche war sie schon immer besonders anfällig gewesen. Sie sah Sarada an und konnte fast nicht fassen, wie ärmlich und schwach das Mädchen wirkte. Das Kleid, das sie trug, sah aus, als wäre es mehrere Nummern zu groß. Ihre Lippen waren aufgeplatzt und ihre hohen Wangenknochen stachen aus ihrem Gesicht hervor. Ihre dünnen Arme, die aus dem Kleid herauslugten, wirkten zerbrechlich. Ihre Haare sahen stumpf aus und dünn. Aber das Schlimmste waren ihre Augen. Zwei tiefe dunkle Teiche, auf deren Grund nur Schmerz und Not zu liegen schienen. Kala zwang sich, wegzusehen und ebenfalls in das zweite kleine Zimmer zu treten.

Es gab keine Möbel, keinen Tisch, kein Bett, keinen einzigen Stuhl. In einer Ecke stand ein Bild der Göttin Shiva, ein buntes billiges Plastikbild, davor eine Kerze, die aber im Moment nicht angezündet war. Davesh rollte zwei dünne Strohmatten aus, das waren ihre Betten und ihre Stühle, und bat sie, darauf Platz zu nehmen. Dann lief er aus der Hütte und man hörte, wie er draußen nach jemandem rief. Einen Moment später kam er mit einem weißen Plastikstuhl wieder und forderte Jaya auf, nicht auf dem Boden sitzen zu bleiben, sondern sich auf den Stuhl zu setzen. Jaya wehrte das Angebot ab und forderte Kala auf, den Stuhl zu nehmen. Nach einigem Hin und Her, bei dem es aussah, als würden sie am Ende wieder alle auf dem Boden sitzen, nahm Kala das Angebot an und saß jetzt, wie ein Ehrengast, etwas höher als die anderen.

Jaya sagte noch einmal: „Entschuldige, Davesh, dass wir ohne Voranmeldung und so spät am Abend vorbeikommen."

Davesh sah ihn an und meinte: „Wie hätten Sie sich denn anmelden sollen? Sehen Sie hier irgendwo ein Telefon? Oder einen Briefkasten? Oder vielleicht einen Computer?" Davesh klang aggressiv und gleichzeitig müde. Die Hütte hatte keinen Strom und das einzige Licht kam vom Feuer in der Küche und von einer kleinen Öllampe, die im einzigen Fenster stand. Sein Gesicht sah verschwitzt aus und angespannt. „Verzeihung", sagte er, „ich bin furchtbar müde."

Plötzlich stand Sarada im Raum. Sie hielt einen Topf in der Hand und zwei Becher und bot ihnen Tee an.

Ängstlich sah Vishnu seinen Bruder an: „Was ist denn mit ihr? Sie ist ja noch stiller als sonst. Sie wirkt ja …", er hielt inne und schluckte und sagte dann: „Sie wirkt krank."

Davesh seufzte. „Ich weiß es nicht. Sie spricht wenig. Ich weiß nicht, was mit ihr ist." Jaya dachte: Was konnte man erwarten von einem Mädchen, das ihr Leben lang in dieser dunklen Hütte gelebt hat und den ganzen Tag nichts anderes machte, als auf ein paar Habseligkeiten aufzupassen, etwas zu essen zu kochen und die Hütte in Ordnung zu halten? Sie konnte kein Buch lesen, das sie ablenken würde, niemand sang Lieder mit ihr oder erzählte ihr Geschichten. Sie hatte keinen Fernseher, der neue Bilder zu ihr brächte. Sie war nie gereist, sie ging nicht spazieren, sie traf nur wenige andere Menschen. Sie war ein Kind, dreizehn Jahre alt, aber sie hatte keine Kindheit.

Scheu stand sie da und wartete, dass man ihr den Tee abnahm. Es war nicht Durst, der sie das Angebot annehmen ließ, oder Appetit. Aber sie wollten nicht unhöflich sein, wussten, dass sie annehmen mussten, was man ihnen gab. Einfach, um etwas von ihnen entgegenzunehmen. Um ihnen nicht das Gefühl zu geben, sie hätten gar nichts. Jaya stand auf, nahm einen Becher für sich und gab den anderen Kala und fragte: „Wie geht es dir, Sarada? Du weißt doch, wer ich bin, oder?"

Sie nickte und sagte: „Es geht mir gut. Danke. Warum sind Sie hier?"

Jaya gab Cendil ein Zeichen und der überreichte dem jungen Mädchen einige Bananen und Mangos, eine Tüte mit Reis und einen kleinen Korb mit Tomaten und Zwiebeln. Saradas Gesicht strahlte kurz auf, sie nahm die Sachen entgegen, bedankte sich und verschwand damit in der Küche.

Davesh sagte: „Vielen Dank. Sie sind gut zu uns, Jaya. Aber Sie haben doch den ganzen Weg aus der Stadt nicht gemacht, um uns etwas zu essen zu bringen, oder?"

Jaya ärgerte sich, dass er keinen Plan im Kopf hatte, keine Vorstellung davon, wie man dieses Gespräch gut führen könnte. Er wusste, dass einige seiner Kollegen dafür waren, aidsinfizierten Kindern nichts von ihrem Schicksal zu sagen, weil man sowieso nichts für sie tun könne und die Gesellschaft sie immer ausschließen würde. Er hatte dem immer widersprochen. Wenn man in einer Gemeinschaft lebte, die zutiefst an Gnade, an Zugänglichkeit glaubte, dann musste es möglich sein, dass niemand zum Außenseiter, zum Kastenlosen oder Unberührbaren gemacht wurde und dass auch Aidsinfizierte dazugehören konnten.

Aber das war die Theorie, seine innerste Überzeugung. Hier war eine reale Situation, der er sich nicht gewachsen fühlte. Er fragte sich, warum er nicht mit Kala besprochen hatte, wie sie eigentlich vorgehen wollten. Aber er kannte auch die Antwort. Weil er nach ihrer flüchtigen Berührung nicht in der Lage gewesen war, so mit ihr zu sprechen, wie es richtig gewesen wäre. Weil er nicht reagiert hatte auf ihre sanfte Einladung, ihr nah zu sein. Weil er neben seiner Aufgabe, ein Kinderhilfswerk zu leiten und deswegen unter anderem mit drei jungen Menschen über Aids sprechen musste, auch noch ein Mensch war, ein Mann, der merkte, wie er von einer Frau geliebt und begehrt wurde. Weil ihn die verwirrenden Gefühle und Bilder in seinem Kopf an seine Grenzen brachten. Deshalb hatte er neuerdings den Eindruck, mit seinem gesamten Leben vollkommen überfordert zu sein und keiner seiner Rollen gerecht zu werden.

Kala fragte sich, was Jaya gerade dachte und ob er wohl von ihr erwartete, dass sie das Wort ergriff, als Vishnu sie aus dieser komplizierten Situation befreite und sagte: „Wir sind zu viert hier. Das waren wir noch nie vorher, nicht wahr? Cendil ist der Fahrer, Jaya kennt ihr schon und das“, er zeigt auf Kala, „ist eine Ärztin aus dem großen Krankenhaus in Vellore.“ Er machte eine Pause und sah von seinem Bruder zu seiner Schwester, zu Kala und zu Jaya, dann wieder zu Davesh.

„Sie hat mich untersucht. Dabei hat sie etwas gefunden, in meinem Blut, ein schlimmes Virus, eine Krankheit. Sage ich es so richtig, Frau Doktor?“

Kala nickte. Sie bewunderte Vishnu, entschied aber, dass er weit mehr als genug geleistet hatte und jetzt die Erwachsenen gefordert waren. Ruhig erklärte sie Davesh und Sarada: „Wir mussten feststellen, dass Vishnu HIV-positiv ist.“

Sarada reagierte nicht. Sie stand nur da und sah Kala an. Die dünnen Arme verschränkt, die Augen halb geschlossen, als würde sie dahindämmern. Davesh sah zu Jaya und fragte: „Aids?“

Kala sagte: „Nicht das Vollbild Aids, sondern eine HIV-Infektion. Das bedeutet noch nicht, dass die Krankheit ausgebrochen ist, aber …“

Davesh ließ sie nicht ausreden und sagte, wieder an Jaya gewandt: „Aber wie hat er sich anstecken können? Ich meine, er lebt in einem Kinderheim, wie konnte das denn passieren?“

Kala fragte sich, ob es richtig war, dass sie antwortete, oder ob es sinnlos war, weil Davesh sie anscheinend nicht als Gesprächspartnerin akzeptierte. Davesh sagte, lauter jetzt: „Wo steckt dieses Virus? In Blut und Sperma, oder?“

Kala sagte ruhig: „Körperflüssigkeiten, ja. Und das Virus kann bei der Geburt und durch die Muttermilch übertragen werden.“

Einen Moment lang sagte niemand etwas. Sarada hockte jetzt da, klein und zusammengekauert, wo sie gestanden hatte, die Arme eng um sich geschlungen und weinte. „Mama“, sagte sie leise. „Mama.“ Vishnu stand auf und ging zu seiner Schwester. Er kniete sich neben sie und gab ihr ein Taschentuch.

„Nicht weinen, Sarada.“ Sie sah ihn an, aber ihr Blick ging ins Leere, als wären sie alle gar nicht anwesend.

„Jaya“, sagte Davesh, „was bedeutet das alles? Sagen Sie ihr, sie darf hier nicht einfach so auftauchen und so schreckliche Dinge behaupten.“

Jaya legte seine Hand auf Daveshs Schulter und sagte: „Sie will helfen. Sie ist eine Freundin und sie will helfen.“

Davesh schüttelte die Hand weg und sagte: „Was meint sie denn? Will sie sagen, dass wir eine Aids-Familie sind? Wissen Sie nicht, was das bedeutet? Alle werden sich von uns zurückziehen. Ich werde nur noch sehr schwer Arbeit bekommen, wenn sich das herumspricht. Unsere Nachbarn werden uns wie die Unberührbaren behandeln.“ Wütend und traurig sah er Jaya an.

„Wer ist sie? Wie kann sie solche bösen Sachen über uns sagen? Behauptet sie, dass meine Mutter, unsere Eltern an Aids gestorben sind? Will sie sagen, dass meine Mutter uns die Krankheit vererbt hat? Übertragen? Mit ihrer Muttermilch? Will sie sagen, dass wir vielleicht alle krank sind? Was will sie von uns? Warum tut sie uns das an? Ist nicht so schon alles schwer genug?“

Jaya sah Kala an und in seinem Blick lag die Bitte, sich nicht entmutigen zu lassen, weiterzumachen, ihn nicht im Stich zu lassen. Dann wandte er sich Davesh zu und nickte nur. Davesh zuckte zusammen, blinzelte mit den Augen, schüttelte den Kopf und sah jetzt ein erstes Mal zu Kala, als würde er sie neu wahrnehmen.

Kala, dankbar dafür, dass Davesh sie endlich ansah, sagte: „Ich möchte dich bitten, dir helfen zu lassen, dich untersuchen zu lassen. Und auch dafür zu sorgen, dass Sarada sich untersuchen lässt.“ Davesh nickte langsam. Sie merkte, er verstand jetzt. „Wir sollen nach Vellore kommen, in Ihr Krankenhaus?“

Kala nickte.

„Und dann? Wie würden wir mit dem Ergebnis umgehen? Gibt es irgendetwas, das man tun kann, um die Krankheit zu heilen?“

Kala erklärte ihm, was sie ihm anbieten konnte, und hoffte, dass er darauf eingehen würde: „Aids ist behandelbar, aber nicht heilbar. Aber es gibt eine Therapie, wir nennen sie ART, die den Ausbruch der Krankheit verzögert, bedeutsam verzögert. Die Pharmaindustrie stellt zwar bislang keine ART-Medikamente für Kinder her, aber unsere Ärztinnen und Ärzte können die herkömmlichen Medikamente den Bedürfnissen von Kindern anpassen.“

„Ist es teuer?“, fragte Davesh. „Sie wissen, wir haben kein Geld. Keine Ersparnisse, nur das, was Sie hier sehen.“

Kala dachte: Er stellt gute, sachliche Fragen, setzt sich damit auseinander, welche Möglichkeiten er hat. Man merkte, er war in seinem Leben schon oft mit schlimmen Nachrichten konfrontiert worden, hatte so früh lernen müssen, zurechtzukommen. Sie antwortete ihm: „Das CMC, das Krankenhaus in Vellore, oder auch Kinderheime und eine ganze Reihe von Hilfsorganisationen finanzieren diese Behandlungen und verschiedene Therapieplätze. Sie werden von Spendengeldern aus der ganzen Welt bezahlt.“

Davesh nickte. „Ich bin froh für Vishnu und Sarada. Aber was ist mit mir? Ich bin schon siebzehn.“

Kala runzelte die Stirn. „Ja, es wird schwerer, einen Therapieplatz für dich zu finden. Aber ich denke an ein Projekt, in dem ganze Familien aufgenommen und behandelt werden. Ich verspreche dir, mich darum zu kümmern, dass ihr zusammenbleiben könnt.“

Davesh nickte wieder, mehrmals, und man sah ihm an, dass er überlegte, dann stellte er eine nächste Frage: „Und ab wann sprechen Sie nicht mehr von HIV-infiziert, sondern von Aids?“

Kala sah den Jungen an, ein Kuli ohne Schulausbildung, geschult und geprüft von seinen siebzehn Jahren, sehr wach, seine Fragen direkt, einfach, geradeaus, praktisch. Sie fühlte sich herausgefordert, sie so verständlich zu beantworten, dass er folgen konnte. Sie sagte: „Die Diagnose Aids wird gestellt, wenn bei einem HIV-positiven Patienten bestimmte Erkrankungen festgestellt werden, Infektionen, die für einen gesunden Menschen, mit intaktem Immunsystem, meistens harmlos sind. Durch das Virus kommt es zu einer Immunschwäche und der Körper kann sich nicht mehr gegen Krankheitserreger wehren, auch nicht gegen die harmlosen.

Deine Frage ist gut, denn es muss ja irgendein Maß geben, ab wann man sagt, dass die Krankheit ausgebrochen ist. Dafür messen wir die Menge der sogenannten T-Helfer-Zellen. Das ist alles sehr kompliziert. Stell dir einfach vor, die T-Zellen sind eine Gruppe von Blutzellen, die für die Immunabwehr verantwortlich sind, Wachpersonal. Weiße Blutkörperchen, die eine Art Reizempfänger an ihrer Oberfläche haben, mit denen reagieren und die Feinde des Körpers, die Antigene, erkennen können. Wenn nicht mehr genug dieser T-Zellen im Blut sind, wird es kritisch. Also, man könnte sagen, wir sprechen von Aids, wenn das T-Zellen-Niveau unter eine bestimmte Grenze gefallen ist. Macht das Sinn?“

Davesh nickte. „Danke. Sie haben es eigentlich ganz gut erklärt. Ich stelle mir den Körper wie einen großen Steinbruch vor, in dem jeder an seinem Platz arbeitet. Und wenn die, die am Eingang Wache stehen, einschlafen oder zu schlapp sind, die T-Zellen, und jede Menge Fremde einfach so reinkommen würden, wie Krankheitserreger, die die Arbeit stören, und sie würden dann auf den Gerüsten rumlaufen oder Seile durchtrennen oder Müll liegen lassen, dann würde es Chaos geben. Und das Virus macht die T-Wachen schlapp. So schlapp, dass sogar ein kleines, harmloses Kind, das nur ein bisschen Unsinn machen will, an ihnen vorbeikommt. Und wenn nur noch eine bestimmte Zahl Wachleute übrig sind, bricht das Ganze zusammen und man kann nicht mehr arbeiten. So ähnlich, ja?“

Kala musste lächeln. „Ja“, sagte sie. Es war ihm gelungen, ihre in seine Welt zu übersetzen.

„Glauben Sie, man wird irgendwann ein Mittel finden, um die Krankheit zu heilen?“

Kala seufzte. „Ob ich das glaube? Ich hoffe es. Inständig. Und ich hoffe, dass es bald passiert. Und ich hoffe, dass auch ein Kontinent wie Afrika und unser Land Indien dann davon profitieren können. Aber die jahrzehntelange Suche nach einem Impfstoff gegen das HI-Virus war bisher vergeblich.“

„Und“, fragte Davesh und sah kurz hinüber zu Sarada, „werden Sie selbst die Untersuchung machen?“

Kala überlegte kurz. „Wenn das wichtig ist, kann ich dafür sorgen, dass ich selbst euch untersuche, ja.“ Sie hatte seinen Blick bemerkt und sagte: „Wenn du glaubst, dass es das für Sarada leichter macht, ja, auf jeden Fall.“

Davesh nickte: „Dann bin ich einverstanden. Aber ich weiß nicht, ob sie mitmacht. Neulich hatte sie einen Insektenstich, der sich schlimm entzündete. Ich wollte ihn mir ansehen und vielleicht einen Lappen mit Wasser darauflegen oder bei einer Nachbarin ein paar Niemblätter leihen. Aber sie ließ mich ihr nicht helfen, sie war fast hysterisch. Ich weiß nicht, ob sie mitkommen wird. Sie verlässt diese Hütte nicht. Sie hockt hier. Ich weiß nicht, was sie den ganzen Tag über tut, während ich arbeite. Ich weiß eigentlich nichts über sie.“ Er zupfte an der Strohmatte, an einer Ecke, wo die Halme überstanden. „Seit dem Tod unserer Eltern ist sie immer scheuer geworden. Früher hat sie manchmal gelacht oder getanzt, aber das hat sie schon sehr lange nicht mehr getan.“

Kala fragte vorsichtig: „Hat sie sich äußerlich verändert oder sah sie immer so aus wie heute?“

Davesh sah wieder zu Sarada und sagte leise: „Sie sieht erbärmlich aus, nicht wahr?“

Kala mochte das weder verneinen noch bestätigen. Ein Gedanke, mehr ein Verdacht, eine Vermutung, war ihr gekommen und sie fragte noch einmal nach: „Bekommt sie Besuch?“

Davesh zuckte die Schultern. „Ich weiß es nicht. Ich bin ja nicht hier. Vielleicht eine Nachbarin, aber sie erzählt mir nichts davon. Ich gehe morgens sehr früh los, damit ich eine Arbeit bekomme, als Kuli. Sie macht mir vorher mein Frühstück, kocht Reis. Wenn ich abends wiederkomme, gibt sie mir etwas zu essen. Ich sorge für die Vorräte, ich bringe alles mit. Sie weigert sich, einkaufen zu gehen."

„Davesh", sagte Kala jetzt sehr ernst, „ist es möglich, dass sie Besuch bekommt, den sie nicht möchte?"

Davesh sah sie irritiert an. „Was meinen Sie denn damit?", fragte er.

Kala sagte: „Ein junges Mädchen, immer allein, ängstlich und nicht in der Lage, sich zu wehren, ist ein einfaches Opfer."

Davesh sah sie erschrocken an, er verstand, was sie mit ihrer Andeutung sagen wollte, sein Gesicht spiegelte, dass er verstand, dass es eine Erklärung war, die ihn überzeugte und entsetzte. Er sprang auf und rannte aus der Hütte. Alle schnellten ebenfalls erschrocken hoch. Von draußen hörten sie, wie Davesh sich übergab. Das Würgen drang zu ihnen und Kala merkte, wie es ihr selbst den Magen umdrehte. An Cendil gewandt, sagte sie: „Kannst du Wasser aus dem Auto holen, bitte?" Zu Jaya sagte sie: „Geh du zu ihm und sprich mit ihm. Ich versuche, mit Sarada zu reden. Einverstanden?" Er nickte. „Und", sagte sie, „nimmst du bitte auch den Kleinen mit?"

Er nickte noch einmal und die Männer verließen die Hütte.

Kala war mit Sarada allein.

Als sie etwa eine Stunde später aus der Hütte trat, brauchte sie einen Moment, um Jaya, Cendil und die Jungen in der Dunkelheit zu finden, entdeckte sie dann aber in der Nähe des Autos. Alle sahen sie mit großen Augen an.

„Sie schläft jetzt", sagte Kala. „Am liebsten hätte ich sie jetzt sofort mitgenommen, das wollte sie nicht. Aber sie hat zugestimmt, sich morgen abholen zu lassen. Vielleicht haben wir bis dahin noch nicht alle Formalitäten geklärt und noch keinen Platz für euch gefunden, aber wir werden eine Übergangslösung finden. Hier kann sie jedenfalls nicht bleiben. Man muss sie schützen." Alle nickten. Keiner wagte es, mehr zu fragen. „Einverstanden, Davesh?"

Der junge Mann nickte. „Ja, ja sicher. Jaya hat uns angeboten, vorübergehend in eins der Gästezimmer im Kinderheim zu ziehen. Ich weiß nicht, was ich sagen soll. Wie ich Ihnen danken kann. Ich war wütend, weil ich Sie nicht kannte und weil Sie so schreckliche Nachrichten für uns hatten, die ich einfach nicht hören wollte. Ich bin immer noch ganz durcheinander. Tut mir leid."

Kala schüttelte den Kopf und gab ihm die Hand: „Shalom, Davesh. Wir sehen uns morgen. Ich habe große Achtung vor dir, du hast schon unglaublich viel geleistet in deinem Leben."

Davesh beugte sich zu Vishnu hinunter und sie hielten sich für einen Moment in den Armen. Cendil öffnete die Autotür und nahm den Fahrersitz ein. Sie verabschiedeten sich voneinander und stiegen ein. Sie winkten ein letztes Mal und fuhren los.

Kala sagte: „Und, Vishnu? Was denkst du?" Sie wusste nicht, womit sie genau gerechnet hatte, mit erneuten Tränen vielleicht oder mit Dankbarkeit, dass seine Geschwister jetzt auch in einem Hilfsprojekt unterkämen. Aber Vishnu reagierte anders. Er erzählte von einem seiner Geburtstage: „Ich weiß noch, wie es war, als ich an meinem sechsten Geburtstag morgens wach wurde. Meine Mutter gab mir einen Kuss. Mein Vater auch. Wir bekamen keine Geschenke so wie andere Kinder oder wie jetzt im Heim. Aber ich bekam eine Schüssel Pudding. Ich glaube, Gries mit Zucker und Milch, Rosinen und Nüssen. Dieser Pudding roch ganz wunderbar. Meine Mutter forderte mich auf, zu essen. Sie saßen alle um mich herum und ich sollte essen. Ich sah sie an und wusste, dass sie alle auch gerne diesen leckeren Pudding haben würden. Sarada, Davesh, Mama, mein Vater. Und da konnte ich ihn nicht essen. ‚Iss jetzt', sagte meine Mutter. Ich nahm einen Löffel, aber er schmeckte wie aufgelöste Pappe, nach nichts, und ich verschluckte mich. Ich sagte: ‚Bitte, lass ihn uns teilen.' ‚Aber er ist für dich', widersprach meine Mutter, ‚er ist dein Geschenk. Wir haben sonst nichts für dich.' Ich sagte: ‚Ich mag ihn nicht. Ich will ihn nicht allein essen.' Da habe ich die Schüssel an Davesh gereicht, er nahm einen Löffel und reichte sie weiter an Sarada, die reichte sie weiter an meinen Vater, der reichte sie an Mama. Jeder nahm einen Löffel. Ich auch. Es schmeckte köstlich. Wir gaben die Schüssel herum, bis sie leer war. Das war ein schönes Geburtstagsgeschenk. Jaya? Weißt du, sonst denke ich immer daran, wenn wir in der Kirche das heilige Abendmahl feiern und uns den Teller mit Brot reichen. Aber heute Abend musste ich auch daran denken. Danke, dass wir hingefahren sind. Ich habe das Gefühl, dass alles irgendwie gut wird." Und dann sagte er, auf einmal wieder viel jünger: „Ich bin müde."

Kala sah ihn an: „Oh ja, du musst sehr müde sein, versuch zu schlafen." Vishnu legte sich hin, die Beine angezogen, wie ein Baby zusammengerollt, seinen Kopf auf Kalas Schoß, und war innerhalb weniger Minuten eingeschlafen.

Leise sagte Jaya: „Aids ist behandelbar? Stimmt das wirklich?"

Kala war froh, dass Jaya mit ihr sprach, das Gespräch eröffnete, auch wenn die sachliche Frage sie leicht ankratzte. Merkte er nicht, wie das Gespräch mit Sarada sie mitgenommen hatte? Würde er sie das allein tragen lassen? Sie antwortete: „Ein HIV-infizierter Mensch kann so behandelt werden, dass sein Immunsystem sich erholt. Aids ist von einer tödlichen zu einer chronischen Krankheit geworden. Wenn man einen HIV-infizierten Menschen richtig behandelt, ist er vor Aids geschützt. Eine bestimmte Kombination, ein Mix, der sich bewährt hat, aus antiretroviralen Medikamenten, verzeih, ich weiß kein einfacheres Wort dafür, macht es möglich. Die Präparate haben natürlich Nebenwirkungen und die Patienten reagieren unterschiedlich gut darauf, aber man kann ein recht normales Leben führen. Zumindest unter der Bedingung, dass man im richtigen Teil dieser Welt lebt. Denn die Medikamente sind teuer und diese ausreichende Versorgung können wir hier leider nicht garantieren, deshalb sterben in unserem Land und in Afrika die Menschen weiterhin an Aids. So sieht es aus."

„Du willst sagen, dass Aids behandelbar ist, wenn die Behandlung bezahlbar ist?"

„Ja", sagte Kala. „So nüchtern muss man es wohl sehen."

Jaya sagte bitter: „Wer es sich leisten kann, kann sich Aids leisten."

Kala sah ihn an, sanft: „Bitte, werd nicht zynisch. Das hilft nicht."

Er atmete tief durch. „Ja, du hast recht. Verzeih bitte." In anderem, nüchternem Ton fragte er: „Und warum ist es überhaupt so schwer, einen passenden Impfstoff zu finden?"

Kala überlegte wieder, wie sie es erklären sollte, und sagte: „Das HI-Virus mutiert schnell und daran scheitert die Forschung bisher. Gerade hatte man ein Mittel entdeckt, das die Bildung von schützenden Antikörpern gegen ein bestimmtes Oberflächenprotein fördert, man hat es an Affen erfolgreich getestet, aber da hat das HI-Virus die Struktur seines Oberflächenproteins schon wieder verändert. Es ist sehr frustrierend." Auch um sich selbst zu ermutigen, sagte sie, jetzt wieder in ihrem kühneren Tonfall: „Aber es wird ja weitergeforscht. Wir dürfen nicht aufgeben."

Sie ließen die Worte wirken. Kala streichelte über Vishnus Kopf. Man hörte den Kleinen atmen und das Geräusch beruhigte sie. Er streckte sich und drehte sich auf den Rücken, den Kopf immer noch auf Kalas Bein gelehnt, die Beine jetzt weit von sich gestreckt auf Jayas Beinen und den Daumen im Mund. Er sah friedlich aus.

„Kala?", sagte Jaya.

„Ja?", erwiderte sie.

„Ich komme mir so dumm vor."

„Warum denn?", fragte sie irritiert.

„Weil ich nichts gesagt habe, weil ich so passiv war."

Sie ließ den Abend an sich vorbeiziehen und dachte, dass es stimmte, dass er still gewesen war und den Hauptteil der Unterhaltung ihr überlassen hatte. Aber sie merkte, dass sie ihn dafür schätzte, weil er akzeptieren konnte, dass sie sich besser auskannte als er. Deshalb sagte sie: „Das war mein Part. Ich habe diese Situationen einfach schon öfter erlebt."

„Ach ja?", fragte er und kam sich jetzt noch hilfloser vor. Er hatte sie für sehr zurückhaltend, ja vielleicht fast ein wenig prüde gehalten. Aber wenn diese Berührung gar nichts Besonderes für sie gewesen war, dann sollte er sich jetzt wohl besser zurückziehen. Was hatte er sich eingebildet? Kala sah ihn an, mit blitzenden Augen jetzt: „Ja, was denkst du denn? Was glaubst du, was ich im Krankenhaus erlebe und was ich dort jeden Tag tue? Ich bin Ärztin, schon vergessen? Da kommt man mit Menschen und ihren größten Nöten in Berührung. Es gehört zu meinem Job, ihnen in diesen Situationen nah zu sein."

„Klar", sagte Jaya. „Das verstehe ich."

„Das verstehst du?", fragte sie schrill zurück.

„Psst, sei nicht so laut, du weckst ja den Kleinen auf", ermahnte Jaya sie. „Ja, ich verstehe jetzt, dass du ein Mensch bist, eine Frau, die anderen Menschen nah ist. Du redest mit ihnen, untersuchst sie, tröstest sie, erklärst ihnen etwas, du legst deine Hand auf ihre, nimmst sie in den Arm, vielleicht berührst du auch ihre Wange oder was weiß ich denn. Das alles ist normal für dich, es bedeutet nicht so viel, es gehört zu deinem Beruf. Klar, du berührst die Menschen."

Kala sah ihn an, schüttelte den Kopf, zuckte die Schultern. Was war denn mit ihm los? Sie fragte: „Jaya, was redest du da? Wir haben zusammen eine Familie besucht, Waisenkinder, ich habe mein Bestes getan, um ihnen zu helfen und Hilfe anzubieten. Habe ich mich irgendwie falsch verhalten in deinen Augen?"

„Heute Abend?", fragte er. „Bei Sarada und Davesh? Nein, du warst großartig." Er sagte es voller Überzeugung. Kala war jetzt vollkommen durcheinander.

„Worüber reden wir denn gerade, wenn nicht über heute Abend?"

„Oh", sagte Jaya, der jetzt ihr Missverständnis begriff. Er musste lachen und tat so, als würde er husten. Aber sie merkte es.

„Hör mal, das kannst du mit mir nicht machen. Sag mir jetzt, was los ist!"

Er merkte, dass sie langsam wirklich zornig wurde. Er wagte es trotzdem, sie anzusehen. Sie funkelte ihn an. Wie er sie liebte. Der Gedanke war ihm plötzlich gekommen und war eine Offenbarung für ihn. Er wollte nicht, dass sie jemals wieder ging. Wie eine warme Welle spülte diese Gewissheit durch seinen Kopf, sein Herz und durch seinen ganzen Körper. Er wollte nie mehr ohne sie sein. Wie froh er über diese Entdeckung war, wie erleichtert, die Zweifel, die er vorhin zu Hause noch empfunden hatte, waren weg. Er hätte weinen können, aber damit hätte er sie jetzt wohl vollends verwirrt. Im Moment musste er erst einmal ihr Missverständnis beilegen.

Umständlich machte er ihr klar, dass er nicht über den Abend bei Vishnus Geschwistern sprach, wo er zugegebenermaßen auch sehr passiv gewesen war, sondern über den Moment ihrer Begegnung zu Hause, als sie sich begrüßten und sie seine Wange berührt hatte.

„Ach", sagte Kala nur. In Gedanken wiederholte sie ihr Gespräch, in dem sie gerade einige Minuten lang völlig aneinander vorbeigeredet hatten. Sie wusste nicht, ob sie lachen oder weinen sollte. Sie wusste überhaupt nicht, was sie denken und fühlen sollte. Und auch nicht, was sie jetzt tun oder sagen könnte.

Vishnu lag zwischen ihnen, aber Jaya legte seine Hand ruhig flach auf den Oberkörper des schlafenden Kindes. Er spürte den Herzschlag und merkte, wie sein eigenes Herz schlug. Kala nahm die Geste aus den Augenwinkeln wahr. Sie zögerte einen Augenblick, aber eigentlich wusste sie, was sie wollte. Sie legte ihre Hand auf Jayas. Der drehte seine Handfläche zu ihr, öffnete seine Hand für sie, schloss sie wieder und hielt ihre Hand fest. So saßen sie da, schweigend und ohne sich anzusehen.

Nach einer Weile meinte Jaya: „Kannst du mich mal ansehen, nur einen kleinen Moment?"

Sie wandte kurz den Kopf zu ihm, um dann aber wieder sofort geradeaus zu blicken. „Ich finde es schön, dass wir beide in dieselbe Richtung sehen", meinte sie leise, in einer Mischung aus Trotz und Sehnsucht. Und dann: „Mehr ertrage ich gerade nicht. Ist das in Ordnung?"

„Sehr in Ordnung", sagte Jaya. Er hatte sich nicht geirrt, sie war doch zurückhaltend. Sie würden behutsam miteinander sein müssen und er freute sich darauf. Außerdem nahm er wahr, dass sie jetzt lächelte.

„Du hast doch nicht wirklich geglaubt, dass ich meinen Patienten diese Art von Nähe schenke, oder?" Sie sah ihn an, das Funkeln jetzt eine Mischung aus Unsicherheit und ihrem frechen Charme.

Jaya sagte langsam: „Ich gebe zu, dass ich kurz sehr irritiert war."

Sie schmunzelte. „Was meinst du, ob wir lernen können, uns ohne Missverständnisse zu verständigen?"

Jaya lachte sie an: „Ich lerne viel von dir und ich werde noch sehr viel von dir lernen, versprochen. Auch Dinge, von denen ich nicht dachte, dass man sie überhaupt lernen kann."

Sie wollte jetzt nicht wissen, woran er genau dachte, und beließ es dabei. „Eine schöne Antwort", sagte sie. „Ich will auch lernen. Aber du bist ja Lehrer und wirst es mir leichtmachen, hm?"

„Und du bist meine Eins", flüsterte er. Sie konnte ihn nicht länger ansehen und sah wieder weg.

„Danke für dich", flüsterte sie.

Cendil fuhr vorsichtig, als sie jetzt die Landstraße hinter sich ließen und in die Stadt kamen. Gleich waren sie da. Sunda öffnete das Tor für sie, sie bogen auf das Gelände des Kinderheims ein. Jaya löste seine Hand von ihrer, öffnete die Tür und stieg aus. Er beugte sich zu ihr in den Wagen.

„Bis morgen, ja?"

„Wann?", fragte sie zurück.

„Immer", sagte er. „Jederzeit. Wann du willst. Wann es möglich ist."

„Ich habe diese Woche Frühschicht, also komme ich abends zu dir. In Ordnung? Morgen, Donnerstag, nicht wahr? Du weißt, dass am Freitagnachmittag Vandana Shiva bei uns im CMC ist und einen Vortrag hält?"

Jaya sagte, dass er eine Einladung bekommen habe, aber leider andere Termine wahrnehmen müsste. „Aber wir sehen uns morgen."

„Ja“, sagte Kala, „ich freue mich.“ Sie sahen sich an und nickten. Er nahm Vishnu auf den Arm und hob ihn aus dem Wagen. Er wollte schon gehen, da beugte er sich noch einmal in den Wagen und sagte: „Wirst du mir morgen auch von Sarada erzählen?“

Sie nickte, erleichtert darüber, dass er es noch von sich aus ansprach: „Ja. Ich bin froh, wenn ich mit jemandem darüber sprechen kann, mit dir.“

Er ging. Auf dem Weg zum Haus drehte er sich noch einmal um und winkte ihr zu. Sie winkte zurück. Dann bat sie Cendil, loszufahren und sie zum Campus des CMC zu bringen, wo ihre kleine Wohnung war.

Was für ein Tag, dachte sie. Im Leben lag alles so dicht beieinander. Tod und Leben, Schmerz, Glück, Einsamkeit und Liebe, Gewalt und Zärtlichkeit, Zweifel, Weisung, Menschliches und Göttliches. Sie sah aus dem Fenster. Die meisten Menschen schliefen. Die, die schlafen konnten. Ihr Blick ging zum Himmel, der heute Abend klar war, ein typisch indischer Nachthimmel, voller Sterne. „Danke für dich“, flüsterte sie noch einmal, diesmal an den Himmel gerichtet. Sie freute sich auf ihr Bett.

Kapitel 25

Im Speisesaal saßen die Nonnen auf der einen Seite des Raumes und die Gäste ihnen gegenüber auf der anderen. Verstohlene Blicke wanderten zwischen ihnen hin und her, in beide Richtungen. Matt und Tom waren zurück aus der Stadt genau pünktlich zum Abendessen wieder auf dem Gelände des Klosters angekommen. Eine Glocke gab das Signal, sich zu versammeln. Sie hatten Platz genommen unter den etwa zwanzig anderen Gästen, die meisten von ihnen Inder und einige darunter an ihrer Kleidung eindeutig als Priester zu erkennen.

Wo sind wir hier bloß gelandet, fragte sich Matt und musste dabei vor allem über sich selber lachen. Er dachte an Meeta, dem sie es verdankten, dass sie hier waren.

Einige der Schwestern servierten das Essen, in Butter gebratene Nudeln mit Gemüse, dazu frisches Nan und kleine Hühnchenteile. Große Kannen mit kaltem Wasser wurden ebenfalls gebracht. Tom nahm nur etwas Nan.

„Mein Magen ist seit heute Mittag etwas angeschlagen, ich glaube, ich verzichte heute auf das scharfe Essen und gönne ihm etwas Erholung."

Matt sah ihn besorgt an, aber Tom winkte ab: „Alles halb so schlimm. Lass dir nicht den Appetit verderben."

Matt füllte sich eine große Portion Nudeln auf den Teller.

Tom sah seinen Vater an. Er mochte es, wenn er in der Sonne Sommersprossen bekam, das ließ ihn jünger aussehen. Mein Vater sieht fit aus, dachte er. Schlank, mit nur einem ganz kleinen Bauchansatz, beweglich. Die Haare kurz und vom Schwitzen etwas lockig, blondgrau, die Augen strahlten oft, unter seinem bis zum dritten Knopf geöffneten Hemd sah er die grauen Brusthaare auf der sonnengebräunten Haut.

„Dad, mach mal einen Knopf mehr zu", raunte er ihm zu, „du bist hier unter Nonnen."

Verwirrt sah Matt an sich herunter und tat, was Tom ihm sagte. Weil er mit den Fingern aß, wie alle hier, hinterließ er dabei Fettspuren am Rand seines Hemdes und Tom musste kichern. Sie würden das Hemd waschen, über einen Stuhl in die Sonne hängen und morgen früh wäre es wieder trocken, bei der Wärme hier. Beweglich wirkte sein Vater, dachte Tom. Eben nicht nur äußerlich, sondern er war einfach ein offener Mensch, bereit, etwas Neues zu entdecken, seine Meinung zu ändern. Es war wohl eine große Stärke, man selbst zu sein, Stellung zu beziehen und sich dabei gleichzeitig doch für so irrtumsfähig zu halten, dass man offen dafür blieb, seine Position zu verändern. Diesen Balanceakt auszuhalten, erschien ihm eine der größten Herausforderungen beim Erwachsenwerden zu sein.

In diesem Moment fragte ein Mann mit Rastazöpfen, ob neben ihm noch ein Platz frei sei. Tom bejahte und rückte ein bisschen zur Seite.

„Hi, ich bin Shane", sagte er.

„Hallo, ich bin Tom."

„Amerikaner?"

„Ja, du auch?"

„Ja. Man trifft uns überall auf der Welt an, hm?"

„Ja, eingeladen und uneingeladen."

„Stimmt."

Sie sahen sich lachend an.

Die beiden kamen schnell ins Gespräch miteinander. Shane, etwa fünfzehn Jahre älter als Tom, sah doch sehr jung aus mit seiner Rastafrisur und seinen freakigen Klamotten und er weckte sofort Toms Neugier.

Matt sagte, er würde sich auf die Terrasse setzen, seine Zeitung lesen, die er heute in der Stadt gekauft hatte. Er hatte eine Ausgabe der San Francisco Bay Guardian ergattern können und ein Times Magazine und freute sich aufs Lesen. Tom hatte zu ihm hochgeschaut und ihm zugenickt. Ein Blick voller Wärme. Matt freute sich darüber, wie Tom ihn ansah. Er konnte die Zuneigung spüren. Obwohl es das zweite Mal an diesem Tag war, dass sie getrennte Wege gingen, zum ersten Mal seit Beginn ihrer Reise. Vielleicht, dachte er, waren sie so verbunden, nicht obwohl sie sich trennten, sondern weil sie auch verschiedene Wege gehen konnten.

Shane kam gerade aus Kalkutta zurück, der großen Stadt im Norden, dem großen Elendsviertel. Und auf Toms Frage hin, wie er denn dorthin gekommen sei und was er erlebt habe, hatte Shane ohne Umschweife seine Geschichte erzählt, knapp und ziemlich direkt.

„Meine Reise begann eigentlich schon vor mehr als zehn Jahren. Ja, mein erster Besuch hier liegt jetzt schon echt lange zurück. Meine erste Reise damals wurde ausgelöst von einer Frage, von einer großen Unzufriedenheit, einer Sehnsucht vielleicht auch. Meine Eltern hatten mich christlich erzogen, ich ging zur Kirche, wie man so sagt, ich kannte Christinnen und Christen, aber all diese Menschen hatten so wenig mit Jesus gemeinsam. Das war jedenfalls mein Eindruck. Sie überzeugten mich nicht. Ich fragte mich, ob es irgendeinen Menschen gab, der mich echt an Jesus erinnerte. Und der einzige, der mir einfiel, war Mutter Teresa. Also schrieb ich ihr einen Brief."

Tom lachte: „Du hast einfach so an Mutter Teresa geschrieben?"

„Ja", sagte Shane. „Ich habe zwar keine Antwort bekommen, aber pass auf, wie es weiterging." Shane erzählte, wie er auf ein paar Umwegen und mithilfe einer Reihe sogenannter Zufälle am Ende tatsächlich von Mutter Teresa zu einem Besuch nach Kalkutta eingeladen worden und aufgebrochen war.

„Ich kam an. Auch dort traf ich übrigens Amis. Und Leute aus der ganzen Welt. Die Missionarinnen der Nächstenliebe ziehen die unterschiedlichsten Menschen an. Ich habe in einem Kinderheim mitgearbeitet, dann Sterbende in einem Hospiz begleitet, sie gewaschen, ihnen etwas zu essen gebracht, mit ihnen gebetet. Ich habe ja keine Ahnung, was du über Gott und Religion denkst, was du selber glaubst und was du ganz konkret über Jesus denkst. Aber ich habe Jesus gesucht. Wirklich. Was ich von ihm wusste, hat mich so überzeugt, seine berühmten Sätze von der Liebe, von der Entfeindungsliebe, vom Teilen, von Gnade und Gerechtigkeit.

Aber ich fand keinen, der so lebte, als habe Jesus das alles wirklich ernst gemeint.“ Er schwieg einen Moment, spielte an einer seiner Rastafransen, die ihm ins Gesicht fielen. „Ich weiß nicht, ob du das nachvollziehen kannst oder ob es in deinen Ohren absurd klingt. Aber ich bin um die ganze Welt gereist, um Jesus zu finden. Und irgendwie war meine Spur die richtige für mich. Mutter Teresa, das hatte ich schon vorher oft gelesen, sagte immer, dass uns Jesus in jedem Menschen begegnet. Und so kam es: Die Kinder, die Hungrigen, die Sterbenden in Kalkutta haben ihn mir gezeigt. Das Heilige in jedem Menschen.

Ich hätte den ganzen Tag lachen und weinen können, beides gleichzeitig. Ich dachte, das nennt man Glückseligkeit. So fühlte es sich an. So schwer es war, mit Sterben und Tod umzugehen, Kalkutta liebt das Leben. Diese Entdeckung springt dich an wie ein Kind, das plötzlich auf deinem Arm landet, und du weißt, du wirst, du darfst es nicht fallen lassen.“

Tom sah ihn aufmerksam an und gestand sich ein, dass der Anstoß für seine Reise keineswegs Unruhe gewesen war, dass aber Shanes Erzählung trotzdem etwas in ihm ansprach. Vielleicht mehr so, als läge es nicht obenauf, sondern sei irgendwo in ihm verborgen. Oder so, als träfe er einen Nerv, den er erst in den letzten Wochen wirklich lernte, wahrzunehmen.

Shane fuhr fort: „Dann habe ich in einer Kolonie außerhalb von Kalkutta gearbeitet, wo Leprakranke lebten. Du hast sicher schon zumindest unbewusst bemerkt, dass das Kastensystem alle Bereiche des Lebens hier bestimmt. Die Leprakranken sind unter den Unberührbaren die Ganzunberührbaren, die Outcasts überhaupt. Nur noch zu vergleichen mit den Aidsinfizierten."

„Oh ja", sagte Tom, „wir haben heute Morgen ein Projekt mit Aidswaisen besucht."

Shane meinte: „Erzähl mir davon. Das interessiert mich sehr."

„Gleich, gerne. Aber erzähl du erst mal weiter", bat Tom ihn.

Ein weiterer junger Mann, Mitte zwanzig, setzte sich zu ihnen. „Darf ich?", fragte er. Und als beide nickten, nahm er Platz. Er trug eine dunkelrote indische Tunika, die seinen Bauch versteckte, und eine lustige Brille. Seine dünnen braunen Haare fielen ihm in die Stirn und er warf immer wieder den Kopf nach hinten, um die Haarsträhne loszuwerden. Er wirkte sehr europäisch auf Tom, auch wenn er nicht hätte sagen können, warum genau.

Sicher merkte er, dass Shane mitten in seiner Erzählung war, wollte nicht unhöflich sein und sie unterbrechen und er würde sich ihnen gleich vorstellen. Wie sagte Matt immer? Menschen kennenzulernen, gehörte mit zum Spannendsten, was ein Mensch erleben kann.

„Also", sagte Shane, „ich landete damals in dieser Leprakolonie. Vor einigen Jahren hatte man Mutter Teresa und den Missionarinnen der Nächstenliebe ein Stück Land außerhalb von Kalkutta gegeben, das als unfruchtbar galt. Jetzt lebten hier einhundertfünfzig Familien, die Gemüse anbauten und Getreide und füreinander sorgten. Ach, das alles ist so lange her, über zehn Jahre, inzwischen ist Teresa gestorben, ich war damals Anfang zwanzig, so alt wie du, hm?" Er sah Tom fragend an.

Tom nickte. „Ich bin achtzehn. Deine Fragen kann ich ganz gut nachvollziehen. Obwohl – meine Großmutter, die mir in Glaubensdingen wohl am meisten beigebracht hat, ist ein echtes Vorbild für mich. Glaubwürdig. Das hat sicher geholfen. Und wie ist es bei dir weitergegangen? Bis du für immer in Indien geblieben?"

„Oh nein", lachte Shane. „Ich lebe in den USA. Meistens jedenfalls. Bis vor Kurzem habe ich für einige Monate mit einem Friedensteam im Irak gearbeitet. Na ja, noch so ein großes Thema.

Nach Indien komme ich regelmäßig, um mich inspirieren zu lassen. Inzwischen habe ich eine ganze Reihe Freunde hier, die über das ganze Land verteilt leben, auch wenn ich sie fast alle ursprünglich in Kalkutta kennengelernt habe.

Der Abschied aus Kalkutta ist mir damals total schwergefallen. Ich dachte, dass es zu Hause schrecklich werden würde. Mutter Teresa war mir mit der Zeit gar nicht mehr so wichtig, aber die anderen alle, ich wusste, ich würde sie vermissen. Und ich hatte keine Vorstellung davon, was ich tun sollte, wie es weitergehen könnte mit meinem Leben. Und da sagte Teresa zum Abschied zu mir: Finde dein Kalkutta! Das war ihre Hausaufgabe an mich." Er schwieg einen Moment. Tom horchte dem Satz nach. Finde dein Kalkutta. Große Herausforderung, dachte er.

„Ich hatte schon auf dem Rückflug das Gefühl, dass ich meine Spur finde. Lepra ist ja eine Krankheit, bei der die Nerven absterben und die Betroffenen verlieren das Gefühl für Kälte, Wärme und auch Schmerz. Ich dachte damals, als ich auf dem Weg nach Hause Zeitung las, mich in den Warteräumen am Flughafen umsah, dass wir im Westen von dieser Krankheit infiziert sind, bildlich gesprochen. Wir haben das Gefühl verloren für das, was richtig ist und falsch, für gerecht und ungerecht, für arm und reich. Das Gefühl für heilig, für unsere Grenzen und für die der anderen. Heute denke ich: Kalkutta ist überall. Und die Herausforderung ist immer, nicht unempfindlich zu werden in dieser Welt, sondern sich berühren zu lassen. Nicht hart zu werden, sondern zugänglich zu bleiben. Grenzen zu verstehen. Ganz praktisch, Liebe zu verschenken.

Ich lebe in den USA, in einer Kommunität, einer Art freiem Orden, und jeden Tag sind bei uns Kinder aus der Nachbarschaft zu Besuch. Freunde, Asylbewerber, Leute mit allen möglichen Berufen, sehr erfolgreiche und ganz andere, Arbeitslose, Alleinerziehende, Künstler, lachen, weinen, arbeiten, teilen, sitzen alle um einen Tisch. Und auf einmal gibt es mitten in dieser Welt, mitten in den Kalkuttas dieser Welt, ein Zuhause."

Tom sagte: „Ja, das war das Überzeugende an dem Projekt, das mein Vater und ich uns am Morgen angesehen haben. Dass es ein Zuhause war. Du hast recht, das ist es. Man hört diese Fakten und liest die Zahlen, und auf einmal wird eine Statistik lebendig. Du siehst sechzig Kinder und alle sind Aidswaisen. Aber jetzt haben sie wieder einen Ort, an dem sie sein können, wo sie hingehören, wo sie sicher sind. Es war wirklich bewegend, das zu sehen. Ich versuche, mir vorzustellen, wie so eine Entwicklung zustande kommt. In Städten wie hier in Bangalore breitet sich Aids wohl total schnell aus. Erst mal ist das Leben in der Stadt verhältnismäßig teuer und es ist schwer, ein Auskommen zu finden, den Lebensunterhalt zu bestreiten. Fast automatisch nimmt die Zwangsprostitution zu. Was für ein Wort“, Tom schüttelte den Kopf. „Diese Welt kann so ekelhaft sein. Ich kann das gar nicht fassen, vielleicht bin ich einfach noch zu jung oder zu behütet aufgewachsen, aber dass Kinder zum Sex gezwungen werden, ist zu viel für mich.“

Shane ergänzte: „Und dass sie angesteckt werden, bei ungeschütztem Sex, trotz aller Aufklärung, aller Kampagnen.“ Er schüttelte den Kopf. „Schwer zu verstehen.“

Tom sagte: „Die Rotlichtviertel wachsen, in allen Städten der Welt. Ach, die Städte, die haben es mir irgendwie angetan, aber das ist auch ein anderes Thema. Esther, die Frau, die uns das Zentrum vorgestellt hat, sagte, es grenze an ein Wunder, dass sie für alle Kinder des Zentrums einen Schulplatz finden konnten.“

Der junge Mann, der sich zu ihnen gesetzt hatte, holte eine neongrüne Thermoskanne aus seinem Rucksack und sagte: „Möchte jemand etwas trinken?“ Sie nickten beide. „Ich bin übrigens Daniel.“

Shane und Tom stellten sich vor. Sie tranken, schwarzen Tee mit Ingwer, Zitrone und Zucker.

„Lecker, das Zeug“, sagte Shane. „Danke.“ Er sah von einem zum anderen. „Und jetzt, wo ihr meine Geschichte kennt, darf ich fragen, wohin ihr beiden unterwegs seid?“

Daniel sah sie beide an und begann: „Ich komme aus Deutschland, habe gerade einen ziemlichen Jetlag, weil ich die Nacht über im Flugzeug saß. Heute Nacht schlafe ich hier im Gästehaus und morgen früh werde ich mit ein paar Freunden, die mich am Flughafen abgeholt haben, weiter nach Vellore fahren. Zurzeit ist mir vor allem warm und ich bin müde. Aber ich bin auch sehr gespannt, was ich alles erleben werde. Deine Geschichte, Shane, ist meiner nicht ganz unähnlich."

„Du fährst nach Vellore?", fragte Tom. „Da fahren wir auch hin. Aber wir nehmen den Flieger und dann den Bus. Ich mache mit meinem Vater zusammen eine Reise." Um den bisherigen Gesprächsfaden wieder aufzugreifen, fügte er hinzu: „Ich überlege, Humangeografie zu studieren, Stadtplanung, um ganz genau zu sein. Ich möchte die Metropolen verändern. Diese Idee bestätigt sich, seit wir unterwegs sind, fast jeden Tag. Und hier in Bangalore heute auf jeden Fall auch wieder."

Shane nickte ihm ermutigend zu: „Coole Idee. Lass dich nicht beirren, es hört sich an, als hättest du dein Kalkutta gefunden. Beneidenswert, in deinem Alter!"

Eine der Schwestern betrat den Speisesaal und kam zu ihnen an den Tisch. Sie waren die Einzigen, die noch hier saßen, alle anderen Gäste waren gegangen.

„Wer von euch ist Tom?", fragte sie mit einer Stimme, die tiefer klang als erwartet. Sie wirkte sehr jung und die hellblaue Nonnentracht und das weiße Häubchen bildeten einen bemerkenswerten Kontrast zu ihren dunklen Haaren und ihrer braunen Haut. Ein Piercing, ein funkelnder kleiner Stein auf ihrem einen Nasenflügel, verlieh ihr etwas Aufregendes. Sie trug zwar ihr Nonnenkleid, das wie eine Uniform wirkte, aber gleichzeitig fiel sie durch dieses kleine Detail aus der Reihe. Man dachte unwillkürlich, dass sie etwas Besonderes an sich hatte. Ihre großen Augen strahlten in die Runde. Jeder von ihnen wäre in diesem Moment gerne Tom gewesen.

Tom sagte: „Ich. Ich bin Tom."

„Hallo, ich bin Naraini. Meeta hat euch zu mir geschickt."

Tom erinnerte sich jetzt. Ja, ihr Reisefreund hatte von einer Nonne erzählt, die sich um sie kümmern würde. Aber er hatte nicht erwähnt, wie jung und wie hübsch sie war. Tom spürte, wie er rot wurde. Bei dem Wort Nonne hatte er ein anderes Bild vor Augen gehabt. Naraini meinte: „Meeta hat mir nicht gesagt, wie jung du bist. Darf ich mich zu euch setzen?"

Daniel rückte zur Seite und sie nahm Platz. „Braucht ihr irgendetwas? Wasser, Tee, Obst?"

Sie schüttelten alle drei den Kopf und versicherten, dass ihnen nichts fehlte. Daniel fragte: „Können wir das Neonlicht ausmachen? Es zieht die Motten an und außerdem ist es so ungemütlich. Hast du vielleicht eine Kerze für uns?"

Naraini nickte, ging kurz weg und kam mit zwei dicken Stumpenkerzen wieder. Am Eingang machte sie das Licht aus und kam mit den Kerzen zu ihrem Tisch.

Interessiert sah sie Tom an. „Du hast also meinen Bruder kennengelernt. Was für einen Eindruck hattest du von ihm?"

„Deinen Bruder?", fragte Tom überrascht. „Meeta ist dein Bruder?"

„Ja", sagte sie lachend. „Entdeckst du die Ähnlichkeit nicht?"

Wieder stieg Tom die Röte ins Gesicht und er hoffte, dass es bei seiner sonnengebräunten Haut und dem gedämpften Licht nicht so auffiel. „Nun, ihr tragt beide eine ausgefallene Kopfbedeckung", sagte er und bereute den Satz im selben Moment, wo er ihn ausgesprochen hatte. Sowohl die Dastar von Meeta als auch das Häubchen auf Narainis Kopf hatten ja irgendwie mit ihrem Glauben zu tun, mit innersten Überzeugungen.

Naraini sah ihn weiterhin an: „Meeta sagte mir am Telefon schon, dass du eine ziemlich direkte Art hast. Aber er sagte auch, dass er dich sympathisch fand. Das kann ich nach dieser ersten trampeligen Bemerkung von dir eigentlich nicht behaupten." Die drei jungen Männer tauschten verstohlen betroffene Blicke aus. Nun wollte niemand mehr in Toms Haut stecken.

Sie sah ihn immer noch offen an, mit klugen Augen: „Zweite Chance?"

Tom sagte: „Danke!", und fügte lächelnd hinzu: „Ich entdecke die Ähnlichkeit zwischen dir und deinem Bruder schon." Alle atmeten erleichtert auf, weil die Stimmung sich wohl wieder entspannen konnte. „Es tut mir leid", sagte Tom, „ich scheine gerade, was religiöse Fragen angeht, manchmal sehr ungeschickt zu sein. Dabei bin ich wirklich interessiert. Ich möchte verstehen. Jetzt zum Beispiel frage ich mich, wie es sein kann, dass dein Bruder Sikh ist und du eine katholische Nonne, aber ich weiß nicht, wie man diese Frage stellt, ohne – wie du sagst – trampelig zu wirken?"

Naraini legte den Kopf schräg und kniff ein Auge zu, als wolle sie ihn aus einer anderen Perspektive betrachten oder ein inneres Foto von ihm festhalten.

Sie antwortete bedächtig und ihre tiefe klare Stimme klang fast so, als würde sie singen: „Ich glaube, dass Religion nicht vererbt wird. Als würde deine Familie für dich bestimmen, was du glaubst. Sondern jeder Mensch muss eine eigene Entscheidung treffen und die heiligen Fragen für sich selbst beantworten. Ich bin in eine Familie hineingeboren worden, die mir ihre Tradition mitgegeben hat, und so erleben es ja die meisten Kinder. Eltern und eine Sippe drum herum und die Gesellschaft, in der du aufwächst, vermitteln uns ihre Werte, was richtig ist und was bedeutsam, was selbstverständlich ist und was vernachlässigt werden kann. Und dann stellt man eines Tages fest, dass man auch zu diesen Themen eine ganz eigene persönliche Position finden muss. Auch finden darf. Man hat das Recht dazu, niemand darf diese Entscheidung für dich treffen. Die großen Fragen nach Gott und der Ewigkeit, nach dem Tod, nach Vergebung, nach Gerechtigkeit, Geboten, Sinn musst du selber klären. Andere helfen dir dabei. Aber es ist *deine* Suche, *du* suchst, hoffentlich so lange, bis du findest, was dich wirklich überzeugt. So jedenfalls habe ich es erlebt. Ich schätze sehr, was meine Eltern mir mitgegeben haben, aber es war nicht meins."

„Und wie haben sie reagiert?", fragte Tom. Naraini sah ihn an. Merkte er, dass seine Frage sehr persönlich war? Obwohl – wie hätte sie selber ihren Weg finden können, wenn sich ihr nicht andere Menschen genau für diese Art von Fragen geöffnet hätten? Also sagte sie: „Es gab Streit, es gab Tränen, es gab Abschied. Meeta ist derjenige, der noch am meisten Kontakt zu mir hat. Meine Eltern verstehen mich nicht, sind enttäuscht und zornig. Vielleicht auch, weil es ihren Freunden gegenüber ein schlechtes Licht auf sie wirft, dass sie ihre Tochter nicht unter Kontrolle haben. Aber das ist eigentlich eine Unterstellung, noch dazu eine gemeine, und ich sollte so etwas besser nicht sagen. Das alles liegt ja noch nicht so lange zurück, noch keine zwei Jahre, und ich hoffe einfach, dass wir uns auf Dauer wieder näherkommen."

Sie sah an ihnen vorbei aus dem Fenster und schien für einen Moment weit weg zu sein, vielleicht zu Hause bei ihrer Familie. Dann sagte sie: „Wirklich zerrüttet ist die Beziehung zu meiner Schwester. Sikh achten sehr auf die Gleichberechtigung zwischen Mann und Frau und sie versteht nicht, wie ich eine Hierarchie wie die der katholischen Kirche akzeptieren kann." Naraini japste kurz nach Luft. „Als wenn ich mich jemals anpassen könnte! Das Komplizierte ist, dass ich ihre Anfragen und ihre Kritik gut verstehen kann, sie zum größten Teil sogar teile. Eine ganze Reihe der Schwestern hier tut das, auch wenn euch das vielleicht erstaunt."

Sie schüttelten alle den Kopf. Erstaunlich, da waren sie sich wohl einig, hätten sie gefunden, wenn im Gegenteil diese beeindruckende junge Frau einer Institution wie der Kirche hörig gewesen wäre.

Naraini sagte: „Meine Beziehung zu Jesus ist viel bedeutender als meine Beziehung zur Kirche. Theoretisch und erst recht praktisch in meinem Alltag. Ich meine, ich nenne Jesus meinen Herrn. Glaubt mir, das ist ein krasser Satz. Alt, aber nicht antiquiert, kein bisschen überholt. Für mich ist es ein Satz, der Freiheit bedeutet." Sie hatte ihre Faust geballt. „Freiheit von allen anderen Herren und Herrschaftsansprüchen. Auch von meiner Familie, auch vom Papst, auch von unserer Regierung." Die Faust sah schmerzhaft aus. Gegen wen war sie geballt? Gegen ihre Schwester? Die Kirche? Die Hindu-Partei? Gegen alle, die sie bevormunden wollten und einschränken?

„Es ist irgendwie ein zutiefst persönlicher und gleichzeitig ein so politischer Satz. Und ich glaube, dieses Bekenntnis oder vielmehr die Erfahrung, die dahintersteckt, hat mir die Angst genommen, hat mir die Kraft gegeben, so autark und so glücklich meinen Weg zu gehen. In Verbundenheit mit anderen, hier im Orden und überhaupt mit Menschen, die mir begegnen. Aber unabhängig."

Sie setzte sich aufrecht hin, drückte die Schultern durch, die gerade beim Erzählen nach vorne gesunken waren. „Manchmal, das kennt ihr doch sicher auch alle, muss man seiner Überzeugung folgen und kann sich nicht aufhalten lassen, hm?"

Shane nickte zustimmend, seine ganze Haltung und sein Blick drückten Unterstützung aus. Daniel sah Naraini ebenfalls sehr bejahend an und auch in seinem Blick lag Anerkennung für die junge Frau. Tom zögerte. Nicht, weil er ihr nicht glaubte, sie wirkte sehr gewinnend. Aber er hatte eine Menge Fragen und die hingen eben genau mit dem zusammen, was sie ausstrahlte. Was hatte sie so überzeugt? Was hatte sie nur so gewonnen?

Shane fragte: „Und was tun die Nonnen dieses Ordens hier? Haben sie außer dem Gästehaus noch eine andere Aufgabe, der sie sich verschrieben haben?" Narainis Gesicht veränderte sich. Als sei ein Schatten daraufgefallen. Ihre Augen wirkten auf einmal tiefer und ihre Stimme nicht mehr so singend, sondern nüchterner.

„Es gibt eine ganze Reihe von Projekten. Ich selber komme gerade aus Pondicherry zurück. Erst seit einem Monat bin ich wieder hier. Ihr wisst ja sicher, eine Tsunami-Welle hatte die Küste dort überflutet. Meterhohe Wellen, total überraschend. Siebentausend Menschen sind dabei umgekommen. Es hatte die Fischerdörfer getroffen. Man könnte sagen, wer nicht starb, wurde obdachlos. Viele Kinder wurden zu Waisen. Ich habe jetzt monatelang dort gearbeitet. Ach, manchmal denke ich, dass ich die schrecklichen Bilder nie loswerde. Am Tag kann ich mich ablenken und engagieren, aber nachts holen mich die Eindrücke ein und ich sehe Leichen vor mir, die an mein Bett gespült werden."

Sie räusperte sich, damit ihre Stimme wieder an Kraft gewinnen konnte, und erzählte weiter: „Unser Orden hat ein Projekt in Pondicherry initiiert, das sich vor allem um Wasserversorgung kümmerte. Weil es nach der Katastrophe kein sauberes Trinkwasser gab, drohten Seuchen auszubrechen und Krankheiten. Besonders anfällig dafür mal wieder die Kinder. Ich war Teil eines Krisenstabes, der für die Koordination der Hilfe vor Ort verantwortlich war. Eigentlich bin ich Psychologin, aber meine Hauptbeschäftigung war die Organisation von Nahrungsmitteln, Medikamenten, Decken, Kleidung, Kochtöpfen und Wasserbehältern."

Tom sah Naraini an, sein Respekt für sie war mit jedem Wort gewachsen, das sie gesagt hatte, und er merkte, dass es den anderen beiden genauso ging.

Shane sagte: „Du hast viel erlebt. Ich verstehe, dass man bestimmte Bilder nicht vergessen kann. Man muss jetzt mit ihnen leben. Sie sind wie eine Verpflichtung."

Tom merkte, dass Shane sehr recht hatte mit dem, was er sagte. Er hatte nicht darüber nachgedacht, dass die Eindrücke dieser Reise, die Kinder, die Armut, die Geschichten, sich von jetzt an in seine Lebensgeschichte einmischen würden, wie eine Stimme mit Mitspracherecht.

Shane fragte Naraini: „Also, was hast du jetzt vor? Wirst du zurück in die Tsunami-Region gehen? Oder wirst du etwas ganz anderes tun?"

„Ich weiß es noch nicht genau. Die Schwestern hier haben gerade ein HIV-Projekt gestartet, das die Gründung von Selbsthilfegruppen unterstützt."

Die drei forderten sie mit ihren Blicken auf, mehr zu erzählen. Etwas widerwillig erklärte Naraini: „Da treffen sich Frauen, Mütter, die von ihren Ehemännern infiziert wurden. Sie unterstützen sich gegenseitig. Sie überlegen, wie sie ihren Lebensunterhalt erwirtschaften können, kleine Ideen, die sie gemeinsam vielleicht verwirklichen können. Und die Gruppe an sich macht es leichter, mit der Ausgrenzung umzugehen, die sie ansonsten oft erfahren."

Daniel meinte: „Das hört sich doch nach einem guten Projekt an, warum klingst du so zurückhaltend?"

Naraini nickte. „Ich möchte lieber wieder nach Pondicherry.

Dort würde ich in einem Trauma-Zentrum für Kinder arbeiten. Das interessiert mich."

Sie merkte, dass die anderen mehr von ihr hören wollten, wusste aber nicht, was von ihren Gedanken sie mit ihnen teilen wollte. Sie waren drei junge Männer, die weiterreisten. Sie aber würde bleiben, in diesem Orden, in diesem Land. Und obwohl alles stimmte, was sie vorhin gesagt hatte, gab es doch große ungeklärte Fragen, die sie inzwischen nicht mehr nur piekten, sondern richtig quälten. Vielleicht tat es gut, es einfach zu erzählen, mit ihnen zu teilen? Sie gab sich einen Ruck.

Die anderen hatten den Atem angehalten, weil sie spürten, dass etwas in ihre arbeitete. Naraini meinte langsam: „Meine Schwester hat mir einen Zeitungsartikel geschickt, eine Reportage, in der die BBC im Jahr 2003 aufdeckte, dass Priester, Nonnen und katholische Sozialarbeiter auf direkte Weisung des Vatikans in Entwicklungsländern verbreiten, Kondome böten keinen Schutz vor Aids." Sie schüttelte den Kopf. „Sie behaupten, das Virus könne jederzeit durch den Latex schlüpfen, weil es hundertmal kleiner sei als die Poren im Material."

Shane, Daniel und Tom sahen sie an, auf ihren Gesichtern Überraschung und Protest. „Wartet, es wird noch krasser", sagte Naraini. „Der Erzbischof von Nairobi zum Beispiel machte sogar die Verwendung von Kondomen für die schnelle Ausbreitung von Aids verantwortlich. Kann man es fassen? Dazu muss man wissen, dass in Kenia nach offiziellen Schätzungen zwanzig Prozent der Bevölkerung mit HIV infiziert sind. Versteht ihr? Ich kann nicht in einem Aids-Projekt arbeiten. Es würde auf jeden Fall irgendwann zu Konflikten kommen." Wieder hatte sich ihre Haltung verändert, die Schultern waren zusammengesunken, nach vorne, sie sah aus wie ein müder Vogel, der die Flügel hängen ließ.

Shane meinte: „Vertrackte Situation. Du könntest schnell an einen Punkt kommen, wo du mal wieder keine Kompromisse machen willst." Sie sah auf.

Daniel sagte: „Okay, du könntest in das Trauma-Zentrum nach

Pondicherry gehen, dann vermeidest du bestimmte Auseinandersetzungen, aber du weißt auch, dass du damit eigentlich fliehst." Tom warf ein: „Fliehen ist doch nichts Verbotenes. Wenn ein Löwe hinter dir her ist, ist es das Schlauste, was du tun kannst."

Daniel sah ihn etwas irritiert an, aber Naraini meinte: „Guter Punkt, Tom. Aber was ist denn in meinem Fall der Löwe? Die Angst vor Streit, die Angst, meine zweite Familie vielleicht am Ende auch verlassen zu müssen? Diesen Ängsten sollte ich mich besser stellen, oder?"

„Ja", sagte Tom, „Daniel hat recht, fliehen wäre dumm, du musst den Löwen besiegen oder wenigstens verjagen."

„Ja", meinte Daniel, „den Löwen in die Flucht schlagen. Alle Achtung, Naraini, Nonne sein ist echt nicht so einfach."

Und Shane ergänzte: „Die Freiheit, von der du vorhin erzählt hast – du wirst sie brauchen. Du wirst es noch mal durchbuchstabieren müssen, was es heißt, dass es am Ende nur eine Autorität für dich gibt. Aber halt durch." Die anderen nickten.

„Halt durch. Walk on", sagte Daniel. Sie setzte sich wieder gerade hin, wirkte zerbrechlich, fast wackelig, aber sie sah ihnen einem nach dem anderen in die Augen, nickte und sagte: „Danke."

Daniel stand auf und sagte, er werde noch nach seinen Freunden sehen und sich dann wohl bald schlafen legen. Er wünschte ihnen alles Gute und dankte ihnen dafür, dass sie ihre Geschichten mit ihm geteilt hatten und ihre Fragen. Sie verabschiedeten sich von ihm. „Gute Nacht, Daniel!", riefen ihm die drei so unterschiedlichen jungen Leute hinterher. Schade, dachte Tom, wir haben gar nicht erfahren, was er eigentlich in Indien tut und warum er nach Vellore fährt. Aber vielleicht, wer weiß, werde ich ihn dort ja sogar zufällig wiedersehen.

Als auch Shane ein paar Minuten später ging, waren Tom und Naraini nach einem Moment des Schweigens, in dem sich beide wohl erst dazu entschließen mussten, das Gespräch zu zweit weiter fortzuführen, noch in dem Saal sitzen geblieben. Naraini hatte eine Kanne mit frischem Wasser geholt und sie hatten weitererzählt.

Tom hatte viele Fragen gestellt, über Indien, das Kastensystem, Sikhi und das Christentum und das Leben im Orden. Naraini hatte noch einmal nach ihrem Bruder gefragt und sich dann im Laufe des späten Abends auch noch von Anne, Amy und Matt erzählen lassen. Sie hatten ein paar Ähnlichkeiten entdeckt, viel gelacht und gemerkt, dass sie auf einer Wellenlänge sendeten. Aber es hatte auch einige Momente gegeben, in denen sie merkten, wie fremd sie einander waren und wie weit ihre Vorstellungen auseinandergingen.

Für Tom hatte diese Erfahrung sicherlich darin gegipfelt, als sie ziemlich zum Ende ihres Gesprächs über die Idee der Ehelosigkeit sprachen. „Vergiss nicht“, hatte Naraini irgendwann gesagt, „dass ich freiwillig so lebe. Niemand hat mich dazu gezwungen. Es war meine eigene Entscheidung, auf einen Ehemann und Kinder zu verzichten. Und akzeptier einfach, dass es sich meistens nicht wie ein Verzichten anfühlt, sondern ich die Freiheit, die ich dadurch habe, nicht nur sehr schätze, sondern sie auch brauche, um meinen Weg gehen zu können.“

„Was für einen Weg?“, hatte Tom gefragt. Naraini hatte ihn angesehen und sehr ruhig gesagt: „Meinen Weg zu den Menschen, dorthin, wo sich meine tiefste Leidenschaft und die größte Not der Welt immer wieder treffen.“

„Und wieso kannst du ihn nur allein gehen?“

„Ich bin nicht allein, Tom“, war alles, was Naraini dazu sagte.

Er war mit einer Mischung aus Faszination und Verwirrung von ihr weggegangen. „Vielleicht sehen wir uns mal wieder“, hatte Naraini zum Abschied gesagt. Tom merkte, dass er sie mochte, und spürte auch, dass es ihr mit ihm genauso ging. Aber soweit er es verstanden hatte, würde es keinen Sinn machen, diesen Gedanken weiterzuverfolgen. Sie gehörte einem anderen. Sie hatte ihren Bräutigam gefunden und er merkte, dass sie ihn gegen nichts und niemand eintauschen würde. Er schüttelte den Kopf. Was auch immer er heute in sein Tagebuch schriebe, dieser Abend mit Shane und Naraini und irgendwie auch mit Daniel war mal wieder etwas Besonderes gewesen. Ziemlich viel Religion. Aber was hatte er erwartet, er war ja in einem Kloster gelandet. Er ging in Richtung seines Zimmers und hoffte, dass sein Vater noch wach war.

Aber Matt war schon eingeschlafen. Die Zeitung auf seinem Bauch, lag er ausgestreckt auf dem Bett. Über ihm ruderte der Ventilator. Tom faltete die Zeitung zusammen und legte sie weg, zog sich leise aus und duschte sich in dem kleinen Bad kalt ab. Dann legte er sich auf sein Bett. Unter dem Licht der kleinen Taschenlampe hielt er ein paar kurze Sätze in seinem Buch fest, kleine Momentaufnahmen, wie Schnappschüsse, die ihn später an die Erlebnisse dieses Tages erinnern würden. Er dachte an Esther und an Lissy, an die Kinder, die ihr Plakat malten, musste schmunzeln, als er sich Claudios rundes Gesicht vor Augen rief, dachte an Shane, Daniel, Mutter Teresa und Naraini. Dann schlief er ein.

In der Nacht träumte er von Naraini, die an sein Fenster klopfte. Aber als er es öffnete, war da ein großer grüner Park, menschenleer, und trotzdem rief eine Stimme unermüdlich seinen Namen.

Kapitel 26

Aufgeregt kam Ganesh durch die Tür gelaufen. Schon im Flur rief er laut nach Jaya. Er war völlig außer Atem, denn er war den ganzen Weg zum Kinderheim so schnell gelaufen, wie er konnte.

„Jaya, du musst sofort kommen. Priya. Irgendetwas stimmt nicht mit ihr.“ Alarmiert von der Panik in seiner Stimme, kam Jaya die Treppe hinuntergelaufen, rannte aus der Tür, sprang auf seinen Roller, bedeutete Ganesh, hinten aufzusteigen, und fuhr los. Während der Fahrt stellte er keine Fragen, drehte sich nicht nach Ganesh um, sondern konzentrierte sich darauf, möglichst schnell ihr Zuhause zu erreichen. Als sie in ihre Straße einbogen, sprang Ganesh von seinem Sitz, lief vor und öffnete das Tor. Jaya ließ den Roller fallen und rannte ins Haus. Laut rief er: „Ma? Wo bist du? Ma?“ Aber er bekam keine Antwort.

Kapitel 27

Anne kam langsam die Treppe herunter. Vierundzwanzig Stufen. Sie wusste nicht, ob Amy da sein würde und wenn ja, ob sie allein wäre. Sie wusste auch nicht, wie sie sich in dem ein oder anderen Fall ihr gegenüber verhalten sollte. Was sie allerdings wusste, war, dass es ihr überhaupt nicht egal war, was unter ihrem Dach passierte. Allerdings würde sie sich nicht in die Ehe von Amy und Matt einmischen. Und so würden sich manche Dinge wohl erst dann klären, wenn ihr Sohn wieder zu Hause war. Er und Tom fehlten ihr sehr.

Sie öffnete die Tür. Amy saß an ihrem Platz, die Zeitung vor sich, die Kaffeetasse in der Hand. Anne sah sich um.

„Ich bin allein, keine Sorge", sagte Amy. Ihr Ton klang genervt. Na, das fängt ja gut an, dachte Anne und sagte: „Guten Morgen, Amy."

Amy sah sie an und schüttelte den Kopf. Immer sanft, auch wenn sie innerlich wütet, die alte Anne. Den Gedanken laut auszusprechen, verkniff sie sich.

Anne setzte Teewasser auf, holte eine ihrer Lieblingstassen aus dem Schrank und goss sich Tee auf. Sie wusste, sie würde es nicht schaffen, gleichgültig zu klingen, aber sie versuchte, ihrer Stimme so etwas wie einen neutralen Ton zu geben, nicht distanziert, aber auch nicht anbiedernd, als sie fragte: „Kannst du mir bitte einen Gefallen tun?"

Amy sah von ihrer Zeitung auf, überrascht, abwartend, was jetzt kommen würde. „Ich möchte sehen, ob ich eine E-Mail bekommen habe. Könntest du mir dabei vielleicht helfen? Ich kenne mich mit dem Computer nicht aus, weiß nicht, wie ich an mein Postfach herankomme, habe einfach keine Ahnung von dem Ganzen."

Amy sah sie an. Ihr diesen Gefallen nicht zu tun, würde Anne so sehr kränken, dass sie unmöglich ablehnen konnte, ihr zu helfen, wenn sie nicht wollte, dass es zum totalen Bruch zwischen ihnen kam. Anne sah ihr an, dass sie abwog, was sie sich leisten konnte. Dann sagte sie: „Klar. Später gerne." Und dann lächelte sie sie an. Eine typische Antwort für Amy, dachte Anne. Sie hatte es mal wieder geschafft. Sie würde helfen, weil alles andere eine Beleidigung gewesen wäre. Aber sie würde entscheiden, wann es ihr passte. Später war ein weiter Begriff. Anne nahm ihre Tasse und ging. In der Tür sagte sie: „Danke, das ist lieb von dir. Bis später dann." Aus den Augenwinkeln nahm sie wahr, dass Amy eine Grimasse zog.

Überrascht hörte sie schon etwa eine Stunde später Schritte auf der Treppe und dann, wie es an ihrer Tür klopfte. Sie rief Amy herein. „Hier bin ich, lass uns an Matts Computer gehen." Sie gingen in Matts Arbeitszimmer und während der Computer hochfuhr, sagte Amy: „Ich will keinen Streit, okay? Was ich mit Matt klären muss, werde ich mit ihm klären."

Anne nickte. „Vermisst du ihn denn?"

Amy kaute auf ihrer Unterlippe, dann sagte sie nach einer Weile: „Ich liebe ihn. Ob du mir das glaubst oder nicht. Vielleicht wird es Zeit, dass du endlich akzeptierst, dass ich ihn auf meine Art liebe, nicht auf deine. Meine Liebe zu Matt ist sehr groß. Du hast kein Recht, diese Liebe zu beurteilen oder über sie zu richten. Ich vergleiche mich nicht mehr mit dir, ich frage nicht mehr, ob du dich besser mit ihm verstehst oder ihm mehr bedeutest oder ihn mehr unterstützt. Deine Liebe zu ihm ist nicht größer, sie ist anders. So sehe ich das. Und jetzt ist der Computer so weit. Kennst du dein Passwort?"

„Ja", sagte Anne, „ich buchstabiere es dir." Langsam sagte sie: „a m y i s t b l o e d."

Amy tippte auf die Tatstatur und begriff erst einen Moment

später, was sie da schrieb. Sie wirbelte zu Anne herum und sah sie aufgebracht an. Anne aber lachte über das ganze Gesicht. „Entschuldige, das war nur ein Witz. Der Humor einer alten Frau." Sie zuckte die Schultern und grinste immer noch. Amy wusste nicht, was sie sagen sollte, mitlachen, sich ärgern, das Ganze wegwischen? Ihre Schwiegermutter konnte wirklich sehr eigenartig sein. Sie schüttelte den Kopf und sagte nur: „Okay, und wie heißt jetzt das richtige Passwort?"

Anne musste immer noch kichern und sagte glucksend: „Nimm mich nicht so ernst, bitte. Du liebst ihn, es tut mir gut, das zu hören. Ehrlich. Komm, lach mal über dich selber." Dann buchstabierte sie: „p r i y a."

Amy entspannte sich etwas, gab die Zeichen ein, rief die Mails ab und öffnete Annes Mailbox. „Du hast einige neue Mails, die meisten wohl Junkmails, aber hier, hier ist eine von Tom, eine ziemlich aktuelle, wie es aussieht. Soll ich sie dir ausdrucken oder möchtest du sie hier am Bildschirm lesen?"

„Nein, druck sie mir bitte aus. Danke."

Einen Moment später reichte Amy ihr das Blatt. In diesem Moment lag so viel Sehnsucht auf ihrem Gesicht, dass Anne sagte: „Möchtest du mitlesen?"

Amy nahm die Einladung ohne zu zögern an und so saßen die beiden nebeneinander über Toms Mail gebeugt und lasen, was er schrieb:

> Betreff: Indien ist großartig.
> Liebe Großmutter, ich sende dir Grüße aus Indien. Zurzeit, heute und morgen, sind wir in Bangalore. Ich habe endlich ein Internetcafé gefunden, um dir zu schreiben. Ich hoffe, es geht dir gut und zu Hause läuft alles rund. Es ist vollkommen in Ordnung, wenn du uns vermisst, du fehlst uns nämlich auch. Dad ist großartig, wir verstehen uns richtig gut. Was ich dir unbedingt erzählen muss, ist, dass wir in einer Synagoge waren und Dad ein bisschen was von Großvater erzählt

hat. Bitte, erzähl mir mehr von ihm, wenn wir wieder zu Hause sind. Ich habe eine Menge Fragen. Dieses Land bringt einen dazu, sich mit Religion auseinanderzusetzen. Aber du hast gute Vorarbeit geleistet. ;-) Das ist ein Augenzwinkern, nur falls du das Zeichen nicht kennst. Ich hoffe, du hast den Computer überhaupt anbekommen?!

Das Essen ist sehr scharf, aber sehr lecker. Ich bin gesund, nur falls du dir Sorgen machst. Auch mit der Hitze komme ich gut klar. Wir haben eine ganz fantastische Bootsfahrt in den Backwaters gemacht und ich habe die Welt von einer ganz anderen Seite aus gesehen. Wir sind 20 Stunden mit dem Zug gefahren und wir haben auch im Zug übernachtet. Die Reise kam mir überhaupt nicht lang vor, sie war sehr unterhaltsam. Ich habe einen Sikh und dessen Sohn kennengelernt. Er ist behindert, der Sohn, und ein ganz wunderbares Kind. Heute Nacht schlafen wir in einem Kloster, in einem richtigen katholischen Nonnenkloster, lustig nicht? Und morgen fliegen wir weiter nach Chennai. Es ist alles sehr aufregend und ich genieße bisher jede Minute. Im Zug habe ich dein Gutenachtlied vorgesungen. Kannst du dir das vorstellen? Ich finde die Vorstellung immer noch ziemlich krass. Aber dieses Land bringt einen wohl auch dazu, dass man über seine Grenzen hinausgeht.

Die Staudämme im Norden werden wir später besuchen, wir haben beschlossen, zuerst deinen Auftrag zu erfüllen, deshalb reisen wir von Chennai aus nach Vellore weiter. Heute Morgen haben wir ein Zentrum für Aidswaisen besucht. Das war sehr beeindruckend. Es ist echt peinlich, wie wenig ich über manche Probleme Bescheid weiß. Ich frage mich, ob zurzeit Nachrichten aus Indien in unseren Sendungen laufen, auf CNN oder so, und ob du irgendetwas mitbekommst von Unruhen oder den Angelegenheiten hier. Ob du ins Internet gehst, wenn wir nicht da sind? Ach, ich muss dir unbedingt noch erzählen, dass ich inzwischen tatsächlich eine Idee hatte, was ich studieren könnte: Humangeografie, mit Schwerpunkt Städteplanung. Dein Enkel wird die Metropolen dieser Welt verändern. Bin gespannt, was du dazu sagst.

Sag Mam einen lieben Gruß von mir. Ich schicke ihr auch noch eben eine Mail. „Segensreiche Nacht!“, Großmutter. Oder „Segensreichen Tag!“, falls du gerade Morgen hast!
Dein Tom

PS: Danke für das Tagebuch. Am Anfang konnte ich ja nicht so viel damit anfangen, das ist dir sicher nicht entgangen ;-) aber jetzt bin ich ehrlich froh, dass ich es habe. T.

Anne ließ das Blatt sinken. „Es scheint ihnen wirklich gut zu gehen. Er klingt sehr begeistert.“

Amy stimmte zu: „Ganz wie wir ihn kennen. Immer wach. Er macht sich viele Gedanken, beobachtet alles ganz genau und lässt sich in seinem Grundvertrauen nicht erschüttern.“

Die beiden sahen sich an. „Danke“, sagte Anne, „dass du mir geholfen hast.“

„Schon okay“, erwiderte Amy. „Danke, dass ich mitlesen durfte.“ Sie wandte sich wieder dem Computer zu. „Dann werd ich jetzt mal meine Mails checken, hm? Ich werde das gleich hier tun, das ist einfacher.“

„Ja, tu das. Ich werde eine Runde spazieren gehen. Bis später.“ Amy hob kurz die Hand, winkte. Dann war Anne weg.

Sie stieg in ihr Auto und fuhr weg aus ihrem Viertel, ein Stück die Autobahn entlang, Richtung Küste. Sie überlegte kurz, nach San Francisco zu fahren, verwarf den Gedanken aber schnell wieder. Morgen vielleicht, dachte sie. Heute wird ein Spaziergang am Strand genau das Richtige sein. Sie fuhr mit offenen Fenstern, legte eine ihrer Lieblings-CDs von Melissa Etheridge ein, drehte die Musik auf und sang lauthals mit: „All is said and done, when you find the one.“

Sie parkte, holte ein paar Laufschuhe aus dem Kofferraum und tauschte sie gegen ihre Sandalen und ging dorthin, wo sie sich immer hinwandte, wenn sie sich nach Ruhe sehnte und ihre Gedanken ordnen wollte: den Strand entlang, den Ozean neben sich, bis zu einer kleinen Klippe. Hier kletterte sie die dicken Felsen hinauf und setzte sich.

Ihr Blick ging über das Meer. Irgendwo da drüben, durch Wasser und Land getrennt oder verbunden, je nachdem, wie man die Welt wahrnahm, aber in jedem Fall weit weg, waren Matt und Tom, waren hoffentlich auch Priya und Jaya und die Menschen, die zu ihnen gehörten.

Ihre Gedanken gingen mit den Wellen. Mit jedem Schwung weiter zurück. Zu den Clubs von Manhattan, den vielen Diskussionen damals in der Hipster-Zeit. Sie war nach Indien gegangen, weil sie auf der Suche war. Und durch die ganzen Jahre waren es die Ideen, die sie von dort mitgebracht hatte, die sich am Ende gehalten hatten. Ihre Umwege und Irrwege, die Faszination der östlichen Religionen, Joshua, der Existentialismus, die schöne Welt der Literatur, später die Psychoanalyse, ihr politisches Engagement, ihre Erfolge, ihre liberalen Freunde aus der Stadt, das alles zusammen ergab das bunte Bild ihres Lebens. Man hätte das Recht, sich zu irren, Thesen aufzustellen, auch gewagte Thesen, sich auszuprobieren. Was jetzt am Ende geblieben war oder was, so empfand sie es, allem den Glanz verlieh, waren die Ideen, der Glaube, die Überzeugungen, die sie damals aus Indien mitgebracht hatte. Die Impulse von Priya, Worte, Gebete. Der tiefe Eindruck, den das Bild von der Mutter mit dem Jesuskind auf dem Schoß bei ihnen beiden hinterlassen hatte. Nichts hatte ihr Leben mehr geprägt, das wusste sie. Sie begann leise zu singen: „Segensreiche Nacht“ – sie schmunzelte. Ihr Enkel saß in einem indischen Zug und sang das Lied, das sie einst von einer alten Inderin gelernt hatte, um es einmal ihrem Kind vorsingen zu können. Sie hatte wohl doch etwas richtig gemacht. Die kleinen Mosaiksteine ihres Lebens fügten sich allmählich in ein Ganzes.

Sie hatte Joshuas Gesicht vor Augen. Kurz wandte sie sich nach links, als würde er jetzt neben ihr sitzen. „Dein Sohn und dein Enkel sind erwachsen geworden", flüsterte sie, obwohl sie niemand hören konnte. Sie blickte wieder aufs Meer, sprach aber weiter. „Und Priyas Kinder sind auch erwachsen. Ich würde zu gerne wissen, was aus dem kleinen Jaya geworden ist. Dein Sohn ist Anwalt wie du, ein guter. Die Ungerechtigkeit dieser Welt macht ihm zu schaffen und er tut, was er kann. Auch wenn ihm das nicht reicht, weil er nie sieht, was er schon alles geschafft hat, sondern immer die Lücken wahrnimmt. Er ist so oft angeeckt, aber er kann kämpfen. Er ist stark, für die Schwachen mit. Dein Enkel will ein Städteplaner werden, um Metropolen zu verändern. Ich ahne, dass er dabei nicht zuerst an New York und San Francisco denkt, unsere beiden Städte, hm? Er wird nicht das letzte Mal so weit weg gereist sein, das ahne ich schon." Sie schluckte.

„Und ich?" Sie sah wieder nach links, zu ihrem unsichtbaren Gesprächspartner. „Habe ich mein Versprechen gehalten, das ich damals gegeben habe?" Sie sah aufs Meer, die Wellen nahmen die Gedanken mit. Sie dachte wieder einmal, dass sie so am liebsten betete. Hier am Meer, mit Jesus neben sich, der das Gesicht von Joshua hatte.

Kapitel 28

Ihr erster Gedanke war: Es ist unerträglich heiß hier! Wesentlich wärmer als in Bangalore, stickiger, versmogter. Ihr Taxi hatte sie von Koyambedu, wo der Bus hielt, in die Innenstadt von Vellore zum CMC gebracht. Naraini hatte ihnen zum Abschluss den Tipp gegeben, dass das große Krankenhaus wohl der Ort sei, an dem man eine Menge Leute treffen konnte, die einem weiterhelfen würden. Insbesondere, wenn man andere NGOs suchte und Kontakte zu Hilfswerken, und auch ein Gästezimmer würden sie dort sicher finden. Sie standen an der überfüllten Straße, Autos, Karren, Kühe, unzählig viele Menschen, Kinder, Bettler belagerten den Fahrweg, an ein Vorwärtskommen war fast nicht zu denken.

An einer Hauswand hing ein riesiges auffälliges Plakat, das einen Inder in Businesskleidung zeigte, ganz das moderne Indien, mit Handy am Ohr und elegantem Flachbildschirm vor sich. Ungefähr auf selber Höhe sah man das Emblem des CMC, eine Mutter mit Kind, ganz schlicht, wie nur mit einigen Federstrichen gezeichnet. Ganze Welten prallten aufeinander. Sie betraten die Klinik.

Hier war es kühler. Vorbei an einem Bild von Ida Scudder, der Gründerin, wie sie lasen, gingen sie in die Eingangshalle und sahen direkt vor sich die Tür zur Kapelle. Der Ort zog sie an, lockte sie, denn sie wussten sonst nicht, wohin. Vor der Tür zogen sie ihre Sandalen aus, wie die Menge der anderen Schuhe es ihnen signalisierte. Sie betraten den Andachtsraum und spürten augenblicklich, wie gut ihnen die Stille tat nach der Hektik mit Flug, Bus und Taxifahrt.

Sie setzten sich in eine der hintersten Bankreihen und atmeten langsam durch. Dann fragte Tom: „Glaubst du, wir finden sie?"

Matt sah sich um, sah die Hinterköpfe der betenden Menschen und sagte: „Ich weiß es nicht. Lass es uns versuchen. Lass uns einen Plan machen, hm? Wir nehmen uns diese nächsten Tage Zeit und suchen eine Spur. Lass uns mit Leuten sprechen. Ich meine, die Inder sind so gastfrei, so offen. Vielleicht weiß jemand etwas. Was denkst du?" Matt sah seinen Sohn an.

Der sagte: „Einverstanden. Wir versuchen es. Wir erkunden die Klinik, sprechen einfach Leute an." Er lachte: „Zu Hause würde das nicht gelingen, da würde man uns wahrscheinlich nach einer Weile verhaften. Aber hier? Wenn Großmutter nicht so viel daran liegen würde, wäre es ein Spiel, einfach ein spaßiges Abenteuer."

Matt nickte: „Ja, aber so ist es irgendwie bedeutend, wir können nicht einfach aufgeben, wir haben es noch nicht wirklich ausreichend versucht."

Tom sah nach vorne zum Altar und Matt folge seinem Blick. „Vielleicht", sagte Tom nachdenklich, „ist das Ganze nicht nur wichtig, sondern irgendwie heilig. So fühlt es sich an und so denke ich es auch. Wohl weil mir der Wunsch von Großmutter so heilig ist."

Bewegt von diesem Gedanken und inspiriert von den betenden Menschen um sie herum und von der Andacht in der Kapelle schlossen sie beide für einen Moment die Augen. Dann standen sie auf und waren sofort wieder Teil der Hektik.

In der Halle blieben sie vor der großen Tafel stehen, die den Weg zu den einzelnen Abteilungen der Klinik wies. „Wir könnten es in der Kinderklinik versuchen, was meinst du? Wir suchen doch wahrscheinlich nach einem Kinderprojekt, oder?"

Aber als sie sich jetzt ausmalten, wie sie auf einem Krankenhausflur, umgeben von Kranken oder auch Sterbenden, ihre Frage vortrugen, verließ sie der Mut. Plötzlich fühlten sie sich vollkommen fehl am Platz.

„Was tun wir hier eigentlich?", fragte Tom. „Wie soll das gehen?

Am Ende sind wir nur zwei amerikanische Touristen, die einen merkwürdigen Wunsch haben, eine vage Spur verfolgen. Es hört sich so verrückt an."

Matt sagte: „Denk an Anne. Wie du eben selber gesagt hast." Dann sagte er bestimmt: „Pass auf. Ich gehe den offiziellen Weg, lasse mich erst einmal am Empfang beraten, stelle mich bei der Klinikleitung vor, versuche jemanden in dem Büro für Öffentlichkeitsarbeit zu sprechen und organisiere uns als Allererstes einmal ein Zimmer für die Nacht. Komm, gib mir schon mal deinen Rucksack. Dann siehst du auch gleich viel weniger wie ein Tourist aus, hm? Und du", mit einem suchenden Blick sah er auf die Tafel und die Wegweiser, „du gehst in die Cafeteria und versuchst, mit ein paar Leuten zu sprechen, fragst dich mal so durch, unterhältst dich ein bisschen. Wie hört sich das an?"

Tom nickte: „In Ordnung. Aber in spätestens zwei Stunden treffen wir uns wieder hier, ja?"

Matt nickte ihm aufmunternd zu. Schon im Gehen sagte er: „Wir können auch zusammenbleiben."

Tom zog die Stirn zusammen. „Nein, dein Plan ist ganz gut. Bis später. Ich geh dann mal Kaffee trinken." Er hob lässig die Hand. Jetzt, mein lieber Sohn, siehst du aber nach außen lässiger aus als du dich innerlich gerade fühlst, dachte Matt.

Um sie herum lief Personal über die Flure, jemand schob drei alte Rollstühle vor sich her wie Einkaufswagen, Angehörige kamen zu Besuch, mit Blumen auf dem Arm, Kindern an der Hand, vor der Klinik hielt gerade ein Krankenwagen und schob eine Bahre in die Halle und dann zu den Aufzügen. Matt und Tom nickten einander zu. „Los. Versuchen wir es. Bis später." Und damit gingen sie, Tom in Richtung Cafeteria, Matt, beladen mit zwei Rucksäcken, zunächst einmal zum Empfang.

„Was machst du denn hier? Ich dachte, wir wollten uns erst heute Abend treffen. Warum kommst du in die Klinik und platzt mitten am Tag in meine Arbeit hinein? Du weißt doch, dass ich viel zu tun habe. Ich habe keine Zeit für Besuch, ich habe ja gerade nicht einmal Pause.“ Kala merkte, wie irritiert sie war, Jaya hier zu sehen, und wie sehr es sie störte, dass er sie, ohne sich anzumelden, ja, ohne um Erlaubnis zu bitten, so einfach in ihrer Welt aufsuchte. Als hätte er eine Schwelle übertreten in einen Raum, in den man ohne anzuklopfen nicht eindringen durfte.

Sie sah ihn an und sah jetzt genauer hin. „Verzeih“, sagte sie, „du kommst nicht einfach so, nicht wahr? Es ist etwas passiert.“ Sie rügte sich innerlich für ihren Zorn, ausgelöst von ihrem manchmal übergroßen Bedürfnis, dass man ihre Grenzen akzeptierte. „Verzeih“, sagte sie noch einmal und kam einen Schritt näher. Fragend sah sie ihn an. Endlich, dachte er. Warum musste sie ihm denn plötzlich das Gefühl geben, sich vor ihm schützen zu müssen? Als würde er jemals ohne guten Grund hier auftauchen. Er sagte ruhig: „Meine Mutter, Priya. Wir haben sie vorhin hier eingeliefert. Sie wird gerade untersucht. Sie haben sie mitgenommen, von mir weggeschoben.“

Kala sah ihn erschrocken an. „Das tut mir leid. Was ist mit ihr? Was ist passiert? Ist es schlimm? Wo liegt sie? Du hast nichts davon gesagt, dass sie krank ist. Ist es das Herz? Wie alt ist sie genau?“

„Warum stellst du mir so viele Fragen? Und warum redest du so viel?“, fragte er. „Warum nimmst du mich nicht einfach kurz in den Arm? Das würde mir helfen.“ Überrascht sah sie ihn an, kam noch einen Schritt auf ihn zu und umarmte ihn, vorsichtig, sanft und etwas ungelenk.

„Ich dachte, du magst diese Art von Nähe nicht.“

Jaya hielt sie leicht von sich und sah sie forschend an. „Du hast mir gerade aber auch nicht das Gefühl vermittelt, als würdest du dich über meine Nähe freuen.“ Sie sahen sich in die Augen, ein bisschen beschämt, und mussten dann aber lachen.

„Komm“, Kala löste sich von ihm, „lass uns zu Priya gehen.“ Einer Kollegin rief sie zu, sie sei kurz weg, in der Notaufnahme.

Im Aufzug dachte Jaya: Vielleicht wird es am Ende darauf hinauslaufen, dass wir gute Freunde werden, die beide weiter ihre

Grenzen für sich wahren dürfen. Und Kala sagte sich: Eigentlich bin ich eine Nonne und er ist im Grunde seines Herzens ein Priester. Aber ich bin froh, dass er da ist, und ich gehe gerne und ganz selbstverständlich mit zu seiner Mutter. Was auch immer das bedeutet.

Priyas Bett stand auf dem Gang des Flurs der Notaufnahme und Jaya sah sie sofort, als er aus dem Aufzug kam. Als sie näher kamen, winkte Priya ihm zu und richtete sich auf. Anders als erwartet lag sie nicht im, sondern auf dem Bett, trug ihre eigene Kleidung, einen himmelblauen Sari, und lächelte ihn an. In der Hand hielt sie ein paar Papiere. „Gehen wir?", fragte sie.

Jaya sah sie überrascht an. „Ja, darfst du denn überhaupt schon gehen?" Priya nickte energisch. „Es gibt keinen Grund, auch nur einen Moment länger hierzubleiben. Bring mich bitte nach Hause. Sie haben mich untersucht und gesagt, dass alles in Ordnung ist. Ich soll aber mehr trinken." Sie sah ihn mit großen Augen an.

Er schüttelte den Kopf. „Ma, ich habe mir Sorgen gemacht." Seine Stimme klang fast vorwurfsvoll. „Du hast bewusstlos auf dem Boden gelegen. Ich dachte, du hättest einen Schlaganfall oder einen Herzinfarkt."

Priya sah ihn an: „Hatte ich aber nicht." Sie strahlte ihn an. „Freu dich! Ich war ein bisschen benommen, merkte, wie alles langsamer wurde und ich nicht mehr genau wusste, wo ich war. Mehr weiß ich nicht. Der freundliche Arzt hat mir gesagt, ich solle mehr trinken und nicht in der direkten Sonne sitzen. Und", sie sah ihn jetzt sehr zufrieden und munter an, „er hat mir gesagt, dass ich für mein Alter ausgesprochen fit sei. Und", wiederholte sie sehr bestimmt, „es gibt also keinen Grund, noch einen Moment länger hierzubleiben. Gehen wir?"

Erst jetzt nahm sie richtig wahr, dass neben Jaya eine Ärztin stand. „Sagen Sie ihm, dass ich gehen kann", meinte sie und reichte Kala ihr Krankenblatt. Kala faltete es auseinander. Dabei fiel eine Postkarte auf den Boden. Kala hob sie schnell auf und konnte nicht anders, als sich das Bild anzusehen. Sie blickte zu Priya: „Eine sehr schöne Ikone, das innige Bild von Mutter und Kind, sehr beeindruckend", sie sah von Priya zu Jaya und überlegte kurz, wie die alte Frau wohl als junge Mutter mit ihrem Sohn auf dem Arm ausgesehen hatte und dass sie durchaus Ähnlichkeiten mit dieser schwarzen schönen Maria gehabt haben könnte.

Jaya erklärte: „Ich dachte, sie müsste vielleicht länger bleiben, und ich wollte, dass sie irgendetwas aus ihrem Zimmer mitnimmt. Dieses Bild hat, solange ich denken kann, immer über ihrem Bett gehangen."

Priya dachte, dass das nicht ganz stimmte, aber sie interessierte sich in diesem Moment mehr für die Ärztin und fragte: „Sind Sie gekommen, um mich doch noch einmal zu untersuchen?"

„Nein, nein", sagte Kala abwesend, las die Notizen und nickte Jaya zu. „Alles in Ordnung. Wirklich nur eine kleine Kreislaufschwäche." Dann reichte sie Priya die Hand. „Darf ich mich vorstellen? Ich bin Doktor Kala Ranjini." Sie gab ihr das Krankenblatt und die Postkarte zurück. „Ich bin Kinderärztin hier im CMC."

Priya sah sie belustigt an. „Kinderärztin? Bin ich dafür nicht schon ein paar Jahre zu alt?"

„Nein", sagte Kala verwirrt, „ich bin in diesem Fall nicht die behandelnde Ärztin. Ich bin …", sie kam ins Stottern. „Ich bin einfach gerade zufällig hier."

Jaya erklärte: „Sie ist die Ärztin, die die Jungen im Heim untersucht hat, du erinnerst dich?"

„Aha", bemerkte Priya und sah von ihr zu Jaya. „Schön, Sie kennenzulernen, wo sie schon mal ganz zufällig so hier sind. Ich bin Priya. Nun", sie legte sich zurück auf das Bett, „vielleicht habe ich mich getäuscht und es gibt doch noch Gründe, einen Moment länger hierzubleiben." Sie lächelte ihr berühmtes Lächeln und sagte: „Jaya, sag mir einfach Bescheid, wann wir gehen können. Ich verspreche, ich renne nicht weg."

Wieder einmal ganz unsicher standen sie beide sich gegenüber. „Also dann", sagte Kala, „die werden mich oben schon vermissen. Danke, dass du mir Bescheid gesagt hast. Bis dann, Jaya. Auf Wiedersehen, Priya." Kala lief den Gang hinunter zum Aufzug. Sie drehte sich nicht noch einmal um. Jaya fragte sich, ob es wohl bei ihrer Verabredung für den Abend bliebe oder ob ihr Treffen hier ihre Pläne oder sogar alles verändert hatte? Laut sagte er zu Priya: „Dann lass uns gehen. Ich bin froh, dass du gesund bist und auch mit deinem Herzen alles in Ordnung ist." Er half ihr aufzustehen. Auf dem Weg zum Aufzug sagte sie: „Und bei dir? Ist mit dir und deinem Herzen alles in Ordnung?" Sie schmunzelte. Jaya seufzte nur: „Was willst du mir sagen, Ma?"

„Nichts", sagte sie. „Ich bin eine alte Frau, ich bin altmodisch, ich bin deine Mutter und ich muss mehr trinken. Aber ich bin nicht blind, nicht wahr?" Sie waren im Erdgeschoss angekommen und traten vor die Klinik. Jaya rief ein Taxi. Priya sah ihn an: „Ist es nicht wunderbar, dass ich das alles noch miterleben darf?", fragte sie und ihr fröhlicher Ton steckte ihn jetzt doch langsam an.

„Ja, Ma", sagte er, „ich bin wirklich froh und ich verspreche, dir später mehr von Kala zu erzählen, einverstanden?"

Priya strahlte ihn an: „Ach, es gibt sogar etwas zu erzählen, wie aufregend das alles ist. Vor allem für eine Frau in meinem Alter. Pass bloß auf, dass mein Herz das auch wirklich mitmacht."

Jaya schüttelte den Kopf. „Was ist denn los mit dir, du bist ja fast beschwingt?"

Priya sah kurz weg und dann wieder zu ihm hin, plötzlich mit Tränen in den Augen. „Einen Moment lang hatte ich Angst. Ich dachte, es wäre so weit, dass ich gehen muss. Ich war bereit, weißt du? Ich habe gebetet und gesagt, dass ich so dankbar bin, nicht mit einem ewigen Rad der Wiedergeburt zu rechnen. Dass ich vertrauen kann, für immer nach Hause zu kommen. Ja, ich wäre bereit gewesen. Aber jetzt bin ich erleichtert, dass ich noch etwas Zeit bekomme. Halt mich nicht für verrückt, aber ich denke, vielleicht muss noch etwas geschehen, vielleicht macht es Sinn und ich werde noch für irgendetwas gebraucht."

Jaya wollte schon so etwas sagen wie, dass sie doch immer gebraucht werde, sie sah es ihm an, aber sie winkte ab: „Nein, ich meine irgendetwas Besonderes, das noch auf mich wartet."

Sie schaute aus dem Fenster. Jaya sah seine Mutter an, erleichtert, voller Respekt und wegen der letzten Sätze auch neugierig. „Ich nehme dich zur Feier des Tages mit ins Kinderheim", sagte er, „dort ist es kühler und alle werden sich freuen, dich zu sehen." Sie nickte. Das war eine schöne Idee.

Sie hatten sich auf dem Gelände entdeckt, beide gerade unterwegs zu ihrem Treffpunkt. „Wo sind unsere Rucksäcke? Haben wir ein Zimmer? Kann ich gleich duschen?"

Matt freute sich, ihm sagen zu können, dass er alles gut hatte organisieren können. Ihr Zimmer lag im Gästetrakt, wo Leute aus der ganzen Welt wohnten, die zu Besuch, zum Praktikum oder Studium beim CMC waren. Er hatte beim Buchen des Zimmers verabredet, dass sie einige Tage bleiben würden und zu diesem Zeitpunkt leider noch nicht wüssten, wie lange genau. Er hatte auch die Kurzform seiner Geschichte und der Suche erzählt und man hatte ihm Glück gewünscht, aber keine konkrete Hilfe anbieten können.

„Guck mal, Dad, dort drüben ist ein Bankautomat, wir könnten etwas Bargeld gut gebrauchen."

„Ja, sehr gut, du hast recht", sagte Matt und fragte im Gehen: „Hast du etwas erreicht?"

Tom lachte: „Ich habe eine ganze Reihe von Krankengeschichten gehört und eine Menge Kaffee getrunken. Ich hatte den Eindruck, die Leute waren total froh, jemandem von sich erzählen zu können. Einer hat mir seine Geschichte auf – was spricht man hier? – Tamil oder so erzählt und es hat ihn gar nicht gestört, dass ich kein einziges Wort verstanden habe, er war nur dankbar, dass ich ab und zu nickte. Ich muss sagen, dass ich total beeindruckt bin von diesem Krankenhaus-Konzept hier. Manche Patienten, die ganz Armen, müssen nichts bezahlen, sie werden gesponsert. Alle wissen das und wer kann, zahlt. Sehr cool. Aber in Bezug auf unsere Suche bin ich nicht weitergekommen. Kein Stück."

Matt merkte, dass er richtig bekümmert wirkte, und versuchte, ihn aufzumuntern. „Das ist doch erst unser erster Tag hier. Eine kalte Dusche, ein frisches Hemd, eine Cola und ein bisschen Geduld – und wir werden sehen."

Tom nickte: „Dusche, Hemd und Cola – schon mal echt super, dass wir an die drei so leicht rankommen. Aber wo kriege ich Geduld her? Ich weiß gar nicht, wie die Frage heißt, die wir stellen müssen, um die Antwort zu erhalten, die wir uns wünschen. Priya, irgendeine alte Frau. Jaya, irgendein sozialer Typ. In diesem Land leben eine Milliarde Menschen. Ich weiß nicht, ob ich sauer sein soll auf Großmutter, weil sie uns hierhin geschickt hat, oder ob ich mit ihr traurig sein soll, weil wir es nicht schaffen, ihren Wunsch zu erfüllen."

Matt sah ihn ernst an: „Sollen wir weiterreisen? Macht dich das Ganze mürbe? Großmutter würde das verstehen, das weißt du. Wir könnten sie anrufen und fragen, ob sie nicht doch noch einen Tipp für uns hat. Wir können packen und wieder fahren. Diese Stadt ist versmogt. Wir könnten in den Norden an die Narmada fahren oder noch weiter bis nach Delhi, nach Kalkutta. Oder zurück nach Hause. Was denkst du?"

Tom zuckte die Schultern. „Keine Ahnung. Dusche, Hemd und Cola und dann sehen wir weiter."

Als sie die Treppe zum Geldautomaten hochgingen, entdeckten sie, dass direkt nebenan ein Buchladen war. Überrascht sagte Tom: „Ein Geschäft, hier auf dem Gelände. Das interessiert mich ja jetzt doch. Komm, lass uns schnell mal gucken, Dad."

Matt war einverstanden: „Geh du schon vor, ich hole eben Geld und komme gleich nach."

Tom betrat den kleinen Laden. Neben einem langen Regal mit Büchern und Bilderbüchern gab es Kassetten, CDs, Lesezeichen, Grußkarten, Aufkleber, Kugelschreiber. Er wollte sich gerade umschauen, als er direkt an der Wand ihm gegenüber ein Bild sah. Er hatte es schon oft gesehen und es hier zu entdecken, versetzte ihn augenblicklich in Aufregung. Er drehte sich um, rannte aus dem Laden, seinem Vater direkt in die Arme, und sagte: „Komm, das musst du sehen."

Er zog Matt mit sich in das Geschäft und zeigte auf das Bild. „Da, an der Kasse."

Matt sah in die Richtung, in die Tom wies, und sagte: „Das ist doch die Frau vom Flughafen. Erinnerst du dich? Und sie hält hier im CMC einen Vortrag. Warte mal, der Wievielte ist heute? Ja, morgen, Freitagnachmittag. Da gehen wir auf jeden Fall hin." Tom war irritiert und sah dann aber sofort, was sein Vater meinte. Ein Poster mit dem Gesicht von Vandana Shiva lud ein zu einer Vorlesung mit der berühmten Umweltaktivistin.

„Dad", sagte Tom, „meinetwegen, aber ich meinte etwas anderes. Guck doch mal, etwas höher, über der Kasse an der Wand." Matt entdeckte jetzt, was Tom meinte. Er japste kurz nach Luft. „Oh", sagte er nur. Er hatte sein Portemonnaie, nachdem er Geld abgehoben hatte, noch nicht wieder in der Hosentasche verstaut und hielt es noch in der Hand. Es wirkte, als bremste er sich, und er holte die zusammengefaltete Kopie heraus. Er klappte das Blatt auseinander und hielt es zum Vergleich hoch neben das Bild. Es war eindeutig dieselbe Ikone. Grobkörnig vergrößert.

Der Verkäufer, der sie von seinem Platz hinter der Kasse beobachtet hatte, zeigte auf ein wackeliges Gestell mit Postkarten. In einer Reihe entdeckten sie dasselbe Motiv, eine dunkelhäutige Maria mit Kind, Mutter und Sohn, in mehrfacher Ausfertigung.

„Glaubst du an Zeichen?", fragte Matt.

„Seit heute", sagte Tom und lachte: „Dad, ich glaube, wir müssen bleiben. Ich habe irgendwie das Gefühl, wir sind richtig."

Matt kaufte zwei der Postkarten, eine für sich und eine für Tom. Beim Rausgehen sagte er: „Ich habe denselben Eindruck wie du. Dieser Zufall muss nichts bedeuten, aber es könnte sein. Geben wir uns ein paar Tage, hm? Und jetzt zeige ich dir unser Zimmer."

Kapitel 29

Der große Hörsaal war gut besucht. Der Raum, in dem sonst die wichtigsten Vorlesungen stattfanden, bot Platz für ein paar hundert Zuhörende und heute Nachmittag hatten sich neben einer großen Gruppe Studierender auch viele aus dem Lehrkörper und vom Klinikpersonal und sogar einige Gäste von außerhalb einladen lassen. Die Sitzreihen waren nach hinten steigend angeordnet, besonders steil, nach Matts Empfinden, sodass man auf jeden Fall von allen Plätzen eine gute Sicht auf das Rednerpult hatte.

Eine Frau trat an das Mikrofon und hieß sie alle herzlich im Namen der Leitung des CMC willkommen und stellte sich selbst als Doktor Kala Ranjini vor.

„Ich bin sehr froh, dass es uns gelungen ist, eine der bekanntesten Umweltschützerinnen und Bürgerrechtlerinnen unseres Landes für einen Vortrag in unserem Auditorium Maximum zu gewinnen. Bitte begrüßen Sie Vandana Shiva mit einem herzlichen Applaus."

Das Publikum klatschte Beifall. Dann sprach die Ärztin weiter. „Ich möchte Ihnen unsere Referentin kurz vorstellen. Sicherlich wussten Sie schon, dass Frau Shiva Trägerin des Alternativen Nobelpreises ist, der ihr verliehen wurde, weil sie, ich zitiere aus der Laudatio, ‚Frauen und Ökologie im Zentrum des modernen Diskurses um Entwicklungspolitik platziert hat', Zitat-Ende." Wieder applaudierte der ganze Saal.

Premila saß in der ersten Reihe neben der Referentin und war stolz auf ihre Freundin Kala, die den Abend so charmant eröffnete, und hörte selbst gespannt zu. Sie waren, wie verabredet, am Mittag mit Vandana zusammen essen gegangen, hatten es sich gegönnt, dazu nicht einfach in die Cafeteria der Klinik zu gehen, sondern ein kleines Restaurant ausgesucht, in dem man auf einer Dachterrasse hoch über der Stadt schwebte, über dem Lärm, den Abgasen der Lastwagen, Motorräder, Autos, Taxen und Rikschas. Premila lächelte bei dem Gedanken. Wie sie es genossen hatte, einmal für einen Moment über allem zu stehen, weit weg vom sogenannten Boden der Tatsachen. Die Erde hatte einfach oft zu viel Anziehungskraft, aber es gab mehr: Ideen, Visionen, Träume, Hoffnung, die ebenfalls anziehend waren. Das hatte sie im Gespräch mit den beiden anderen Frauen wieder gemerkt. Sie spürte die Kraft, die in ihnen steckte, und hatte sich gefühlt, als habe man ihr wahrhaftig den Rücken gestärkt, den Nacken massiert, der vom stieren Blick auf die Probleme schon ganz steif geworden war und schmerzte.

Ja, sie fühlte sich wieder beweglicher, dafür hatten die beiden inspirierenden Frauen gesorgt. Sie würde heute Abend am Telefon Eddi davon erzählen und wenn sie morgen zurückreiste, würde sie ihre Arbeit und den Ashram wieder besser schultern können.

Kala fuhr fort mit der Vorstellung ihres Gastes: „Frau Shivas Eltern arbeiteten als Bauern und sie selbst hat daher schon sehr früh, in ihrer Kindheit, miterlebt, wie ökonomische und ökologische Faktoren sich auf die Umwelt ihrer direktesten Umgebung auswirkten. Frau Shiva studierte in Kanada und entschied sich aber, statt einer möglichen wissenschaftlichen Karriere im Ausland in ihre Heimat nach Indien zurückzukehren.

Sicher wussten Sie, dass Frau Shiva mit ihren Forschungsergebnissen zum Beispiel die Bevölkerung im Kampf gegen die Rodung großer Waldgebiete leidenschaftlich mit ihrem Fachwissen unterstützte. Aber Sie ahnten vielleicht nicht, dass sie ihr Labor dafür im Kuhstall ihrer Mutter einrichtete.“ Ein Lachen ging durch den Saal.

„Frau Shiva engagiert sich ja seit Langem in der Chipko-Bewegung, einer Initiative von Frauen zum Schutz der Wälder.“

Einige helle Rufe der Begeisterung, ein kleines Johlen ging durch den Raum. Kala sah lachend auf. „Ich sehe, es sind einige Fans hier, herzlich willkommen. Frau Shiva versucht unermüdlich und mit einigem Erfolg, wie ich mich freue, sagen zu können, ihr Wissen zu nutzen, um die Einheimischen, die mit internationalen Wirtschaftsorganisationen und staatlichen Behörden wenig vertraut sind, vor Übervorteilung zu schützen. Den meisten ist sie daher als Globalisierungskritikerin bekannt und ihr berühmter Satz geht um die Welt, ich zitiere unsere Referentin selbst: ‚Manches westliche Unternehmen erinnert mich an einen Arzt, der einen Kaiserschnitt vornimmt und behauptet, er habe auch das Kind gemacht.'"

Die Zuhörerschaft klopfte auf die Pulte als Zeichen des Beifalls. „Neben ihrem sozialen Engagement berät sie unter anderem die Welternährungs-Organisation der Vereinten Nationen." Wieder wurde spontane Zustimmung ausgedrückt durch Klopfen und Applaus. Matt war begeistert. Im Saal herrschte hohe Aufmerksamkeit, die Menschen gingen mit, es würde kein langweiliger Abend werden.

Kala sah ins Publikum. Der Saal war abgedunkelt und ein Strahler warf Licht auf ihr Gesicht. Sie ist ausgesprochen charmant, dachte Matt. Tom hatte sein Tagebuch vor sich auf die Schreibfläche gelegt und versuchte gerade, das Emblem des CMC zu zeichnen.

„Ich denke, ich habe Ihnen ausreichend vor Augen geführt, was für eine kompetente Rednerin wir heute Abend zu Gast haben." Kala schwieg einen Moment und sah wieder auf das Publikum vor sich, sicher ohne, geblendet vom grellen Licht, konkrete Gesichter erkennen zu können. Man erwartete, dass sie weitersprach, aber sie zögerte. Matt wurde ganz aufmerksam und auch Tom hob den Kopf, um zu sehen, was los war.

Kala räusperte sich. „Lassen Sie mich an dieser Stelle allen von Ihnen danken, die sich Tag für Tag mit ganzer Leidenschaft für andere engagieren, anderen Hoffnung schenken, ein Zuhause schaffen, Gesundheit ermöglichen oder Bildung. Allen, die nach dem Motto unserer Klinik leben, das Ida Scudder nach einem Zitat von

Jesus zum Leitmotiv für unsere Arbeit hier machte: ‚Wir sind nicht hier, um uns dienen zu lassen, sondern um zu dienen.'

Ich denke dabei natürlich an Menschen wie Vandana Shiva, die unermüdlich kämpft, schreibt, Überzeugungsarbeit leistet, forscht, Argumente liefert. In einem Land, das es einem nicht immer leichtmacht, gegen den Strom zu schwimmen." Sie holte Luft und der ganze Saal hielt irgendwie mit ihr die Luft an. Matt wusste genug, um sich vorstellen zu können, wie schwer es war, im Gemenge der vielen Interessen von Regierung, Wirtschaft, Bündnissen eigene Akzente zu setzen, Lichtblicke für Minderheiten – oder die Mehrheit der Armen. Indien war eine Demokratie und Amerika ja ebenfalls, aber wie viel Kraft konnte man brauchen, um kleine Ziele für die sogenannten kleinen Leute zu erreichen. Matt fand sich in Kalas Worten wieder:

„Ich denke aber auch an Menschen, die sich in den vielen kleinen Initiativen und Projekten in unserem Land für andere einsetzen. Dieses mutige und beständige Engagement ist überhaupt nicht selbstverständlich, aber wir brauchen es so dringend." Sie sprach leise, dabei selber leidenschaftlich, bewegt und sehr überzeugend. Matt hing an ihren Lippen. Auch Tom war fasziniert. Und dann hörten sie, wie sie ein Beispiel erzählte: „Erst neulich hatte ich eine Begegnung mit einem Mann, der selbst als Halbwaise aufwuchs und unter schwierigsten Bedingungen seinen Weg ging. Mit Unterstützung seiner Mutter und eines Mentors, mithilfe der Kindernothilfe und seiner ausländischen Pateneltern. Sodass er heute selber ein Kinderhilfswerk leitet und mit dem, was er aufgebaut hat und was er tut, im Leben von Hunderten von Menschen einen entscheidenden Unterschied bewirkt. Er selbst hat keine eigenen Kinder, aber lassen Sie es mich so sagen: Sein Leben erzählt von der Schönheit der Liebe von Familie Mensch zu allen ihren Kindern."

Matt saß da wie elektrisiert. Er sah Tom an, dem es genauso ging. „Das ist er", sagte Matt. „Wenn er das nicht ist, dann weiß ich es nicht."

Tom strahlte über das ganze Gesicht und sagte nur: „Dad!" Sie umarmten sich. Die Menschen um sie herum sahen sie fragend an und schienen sich unbekannterweise aber mitzufreuen, als würden sie einfach gerne teilen, dass es offensichtlich irgendeinen Grund zur Freude gab. Dieses Land konnte einen immer wieder beschämen, dachte Matt. Vater und Sohn waren sprachlos, rückten näher aneinander, Schulter an Schulter sahen sie fasziniert zu Kala.

„Wir schätzen uns glücklich, in einem Land mit großen Herausforderungen immer wieder auch erleben zu dürfen, dass es diese Einzelnen gibt. Und jetzt bitte ich Sie um Ihre Aufmerksamkeit für Frau Shiva und freue mich sehr, dass sie zu uns spricht. Lassen Sie mich zum Ablauf noch kurz sagen, dass es heute leider keine Zeit für Rückfragen gibt, da Frau Shiva noch am frühen Abend den Zug nach Delhi nehmen muss. Sie alle sind aber im Anschluss an den Vortrag eingeladen, noch zu bleiben und sich draußen im Park zu unterhalten. So weit dazu. Ich bin überzeugt davon, dass dieser Nachmittag uns inspiriert."

Kala setzte sich, das Publikum applaudierte noch einmal und Vandana Shiva trat ans Pult.

Matt saß jetzt unruhig auf seinem Platz. Er flüsterte Tom zu: „Am liebsten würde ich mir diese Ärztin sofort schnappen, sie aus dem Hörsaal befördern, interviewen, um Namen bitten, ausfragen. Nach der Veranstaltung versuchen wir sofort, sie zu erwischen, ja? Ich kann es kaum abwarten."

Tom nickte eifrig. „Wir haben ihren Namen, sie arbeitet hier, keine Sorge, wir werden auf jeden Fall mit ihr sprechen. Stell dir mal vor, der Mann, von dem sie gerade sprach, ist tatsächlich Jaya."

Sie sahen zu Kala. Von ihrem Platz aus, weiter oben in einer der letzten Reihen, sahen sie, wie sie mit einer anderen Frau neben sich hin und wieder tuschelte. Sie würden sie jetzt nicht mehr aus den Augen lassen. Die Vorstellung, jemanden zu sehen, sprechen zu können, der Jaya kannte und Priya, brachte sie irgendwie durcheinander. Matt gestand sich ein, dass er sich eigentlich schon seit vorgestern von dem Gedanken verabschiedet hatte, den Auftrag seiner Mutter ausführen zu können. Die Postkarte, die Ikone, hatte ihn noch einmal durchhalten lassen, aber erst jetzt war seine Energie neu geweckt worden.

„Ich danke Ihnen herzlich für Ihre Einladung und Ihnen allen, dass Sie heute Abend gekommen sind. Ich danke Kala", sie verbesserte sich, „Doktor Ranjini, für die mehr als freundliche Begrüßung.

Verehrteste, ich bin heute Abend hier, um Sie zu ermutigen. Verbunden damit ist eine Bitte, die ich äußere, wo immer man mich reden lässt: Geben Sie, bitte, nicht auf in Ihrem Einsatz für Gerechtigkeit! Erheben Sie Ihre Stimme für die Stummen. Kämpfen Sie gegen Armut und Ignoranz. Was auch immer Sie tun können, tun Sie es. Sehen Sie nicht weg, sondern sehen Sie genau hin. Lassen Sie nicht zu, dass Ausbeutung und Gewalt das letzte Wort haben. Seien Sie den Kindern Indiens Eltern, Lehrerinnen und Lehrer, Vorbilder, wahre Mitmenschen.

Suchen Sie Verbündete, die Sie unterstützen, vernetzen Sie sich und wagen Sie es, sich auch über traditionelle Grenzen hinweg mit anderen zusammenzutun. Trauen Sie Ihren Fragen. Suchen Sie Antworten, die Sie wirklich überzeugen. Und hören Sie dabei auf die, die am nächsten von dem Problem betroffen sind. Hören Sie nicht auf, eine andere Welt zu träumen. Lassen Sie uns arbeiten, hart arbeiten und den Menschen gegenüber weich bleiben. Vertrauen Sie der Gütekraft. Denken Sie niemals, dass Sie allein sind.

Verehrteste, das waren eine Menge Appelle. Und jetzt erlauben Sie mir, Ihnen Menschen vorzustellen, die mit Ihrem ganzen Leben zeigen, dass diese Appelle beantwortet werden können. Ich möchte Ihnen einige aktuelle Beispiele erzählen, an denen wir uns ein Beispiel nehmen können. Und ich lade Sie ein, sie nicht zu verklären, sondern Ihre eigenen Bemühungen und Visionen durch sie bestärken zu lassen."

Sie legte eine kleine Pause ein. Diese Einleitung hatte ihr dazu gedient, warm zu werden, in Fahrt zu kommen. Jetzt sollte es richtig losgehen.

„Mich ermutigen die Menschen, die seit über zwanzig Jahren gegen das gigantische Staudammprojekt im Narmada-Tal kämpfen.

Ich habe mich selber überzeugt davon: Diese Widerstandsbewegung ist weiterhin aktiv. Lassen Sie nicht zu, dass man uns einredet, es gäbe keinen Protest. Wenn Tausende Menschen im Narmada-Tal für ihre Rechte demonstrieren und diese Proteste in der Öffentlichkeit nicht wahrgenommen werden, ist das kein Problem der Protestbewegung, sondern der Medien!"

Eine ganze Reihe von Leuten reagierte mit Applaus.

Vandana Shiva sprach engagiert, energisch und überzeugend. „Außerdem sind allmählich erste Erfolge der Proteste zu verzeichnen: Die in das Projekt involvierte Bundesstaat-Regierung von Madhya Pradesh ist auf vorsichtige Distanz zu den Staudammplänen gegangen. Aber auch auf internationaler Ebene, die Dämme können ja nur mit ausländischer Beteiligung gebaut werden, zeigen die Proteste ihre Wirkung und Geldgeber haben sich aus dem Projekt zurückgezogen, wegen mangelnder Sozialverträglichkeit!

Der Widerstand geht weiter, auch wenn die indische Regierung sich unbeeindruckt zeigt und ihre ursprünglichen Pläne in voller Dimension durchziehen will. Dass es dabei oft leider nicht bei drohenden Worten bleibt, sondern immer wieder Demonstrierende verhaftet werden, kann die Überzeugungskraft der Protestbewegung nicht bremsen.

Lassen Sie uns auch ein Beispiel nehmen an der Niembaum-Kampagne. Das Niemöl, das indische Bäuerinnen und Bauern seit Jahrhunderten zum Schutz ihrer Ernten und zur Herstellung von Heilmitteln einsetzen, ist zum Objekt des Interesses von westlichen Unternehmen geworden, die nach Bio-Pestiziden suchen. Mittlerweile sind fast siebzig Patente an westliche Firmen vergeben worden. Ich frage Sie: Wie können ausländische Firmen es wagen, Eigentumsrechte auf einen inländischen Baum zu erheben?

Ich denke an dieser Stelle auch an den Widerstand der Reisbauern in Chattisgarh. Die Bäuerinnen und Bauern der Provinz, der Reisschüssel Indiens, wie wir früher gerne sagten, kämpfen gegen einen global agierenden Saatgutkonzern. Auch hier geht es eindeutig um Gen-Diebstahl.

Verehrteste, lassen wir nicht zu, dass unser Erbe, unser Eigentum geplündert wird." Sie wurde jetzt lauter, sprach engagiert: „Wir werden den Diebstahl nicht länger zulassen. Wir werden uns unser Land, unser geistiges Erbe und die Gene seiner Pflanzen nicht wegnehmen lassen von westlichen Multikonzernen", sie wurde ruhiger, „sondern wir werden sie vererben an die Kinder Indiens."

Matt sah sich um. Er nahm die Zustimmung wahr, die sich in Nicken äußerte, immer wieder in spontanem Beifall oder Klopfen, in der gespannten Atmosphäre, die Vandana Shiva erlaubte, weiterzusprechen, noch andere Beispiele zu nennen. Die meisten hatten sich vornübergebeugt und hörten konzentriert zu, einige, meist die Jüngeren, schrieben mit. Auch Tom hielt einzelne Sätze in seinem Tagebuch fest. Er fragte sich, wie lange der Vortrag wohl dauern würde, und war dankbar, dass ihm die Zeit für Rückfragen erspart blieb. Er sah wieder nach vorne, nahm sich vor, besser zuzuhören, und musste schmunzeln, als sie nicht nur Kala, sondern ganz klar das Publikum zum wiederholten Mal mit „Verehrteste" ansprach. Aber dann dachte er: Sie wirkt selber wie ein Mensch, der um seine Würde weiß, und sie würdigt unser Interesse. Sie möchte uns nicht langweilen oder unsere Zeit verschwenden, sie ist tatsächlich gekommen, um uns zu ermutigen, um ihre Zuhörerschaft zu beschenken.

„Verehrteste, ich sage Ihnen ganz ehrlich, dass ich manchmal erschöpft bin, wenn es wieder und wieder zu neuen Interessenkonflikten in unserem Land kommt und abzusehen ist, dass die Armen – Adivasi, Ureinwohner, Daliths, Kastenlose, Kinder, Frauen, Bauern, Analphabeten – diesen Kampf verlieren, weil ihre Interessen nicht vertreten werden. Aber", sie strahlte jetzt wieder, der Schatten von Müdigkeit, der gerade noch auf ihrem Gesicht gelegen hatte und in ihrer Stimme, war wie weggeflogen, „aber ich werde ermutigt, weil an ebenso vielen verschiedenen Stellen der Widerstand wächst.

Ich denke voller Respekt an das Nationale Fischerforum. Wie frustrierend war es, dass Indien den Markt für Großfangschiffe öffnete. Malen Sie sich das Bild vor Augen: Männer können keine Fische mehr fangen, Frauen müssen ihre Marktfische bei den Fabrikschiffen kaufen. Das Nationale Fischerforum kämpft für die Rechte der Fischerfamilien. Für sie geht es ums Überleben, für die, die im Namen des Fortschritts den Reichtum der Welt stehlen, nur um Profit.

Und ein ganz anderes Schiff macht uns in diesen Tagen Sorgen. Mal wieder kreuzt ein Luxus-Liner auf der Suche nach einer letzten Ruhestätte vor der indischen Küste. Das Schiff soll verschrottet werden, an Bord befinden sich zahllose Giftstoffe, wie etwa Asbest. Die Entsorgung ist in Europa, wo es herkommt, aufgrund der vielen Schadstoffe besonders teuer. Es ist absolut unverständlich, dass der gefährliche Schrott in Indien entsorgt werden soll. Aber die Umweltschützer protestieren! Das Abwracken von Giftschiffen in Asien wird nicht mehr akzeptiert! Verehrteste, lassen wir nicht zu, dass die Welt ihren Luxus-Müll bei uns entsorgt!“ Das Publikum reagierte mit lautem Klopfen.

Vandana Shiva nahm einen großen Schluck Wasser aus einem Glas, das extra für sie bereitstand. Matt beobachtete, wie sie Kala einen Blick zuwarf, fragend, und als Kala bestätigend nickte, sprach die Aktivistin weiter:

„Ein letztes Beispiel vielleicht. Kashipur, wie die meisten von Ihnen wissen werden, ist eine der ärmsten Regionen Indiens. Aber in dieser ländlichen Gegend gibt es größere Vorkommen von Bauxit. Das ist der Rohstoff zur Aluminiumherstellung und damit Grundstoff für Dosen, für Flugzeuge und andere Dinge. Die Dorfgemeinschaften der Adivasi und Daliths, die seit jeher unter Diskriminierung und Armut leiden, sollen jetzt dem Bauxitabbau und einem Aluminiumwerk weichen. Was wird passieren?“ Vandana sah den Hörsaal an, hielt die leeren Hände fragend von sich gestreckt. „Erstens werden etwa 60.000 Menschen vertrieben, obdachlos, verjagt, wahrscheinlich in die Städte, wo sie untergehen. Zweitens wird das ökologische System der Region nachhaltig geschädigt. Drittens wird die Fabrik große Mengen der örtlichen Wasserreserven verbrauchen und durch den Energiebedarf den Staudammbau fördern. Und damit noch weitere Vertreibungen vorantreiben. Womit ich wieder bei meinem ersten Beispiel, dem Widerstand gegen die Narmada-Staudämme, angekommen bin. Auch in Kashipur organisiert sich aber der Widerstand. Er braucht unsere Unterstützung. Die Medien berichten nicht über diese Themen. Erst als vor einiger Zeit bei Protesten drei Menschen von der Polizei erschossen wurden", ein Raunen ging durch den Saal, „ja, erschossen, Verehrteste, erregte der Protest Aufmerksamkeit. Mit dem Erfolg, dass sich jetzt immerhin ein europäisches Unternehmen aus dem Projekt zurückgezogen hat.

Indien verändert sich. Wir müssen wachsam sein, dass es sich zum Besseren verändert, nicht nur für einige, sondern für so viele wie eben möglich. Unter Ihnen heute Nachmittag hier sind eine ganze Reihe von Menschen, die das Privileg haben und hatten, studieren zu dürfen. Nutzen Sie Ihr Wissen, es gehört Ihnen nicht allein, sondern ist Ihnen anvertraut, nur geliehen. Dienen statt sich dienen zu lassen. Setzen Sie Ihre Kompetenz, Ihre Kontakte und Ihre Visionskraft immer auch für andere ein. In Indien ist das Gesicht der Armut oft dunkel, oft sehr jung, oft weiblich, oft versteckt. Aber wir sind eine Demokratie. Und jede und jeder von uns hat eine Stimme!"

Was für eine Person, dachte Matt. Ihre Haut war von einem schönen gleichmäßigen Braun und wirkte auffallend eben. Sie war rundlich, wirkte dabei aber stark. Ihre Haare waren zu einem praktischen Knoten hochgesteckt und ihr Kleid, ein türkisfarbener Sari, ließen Matt an Wellen und Strand denken. Schon am Flughafen damals hatte sie Funken von Begehren in ihm ausgelöst. Und er hatte in ihr einen Mensch erkannt, der leuchtet. Anders konnte er es nicht sagen. Sagte man nicht, die Liebe sei wie Feuer? Wie sehr wünschte er dieser Frau, dass auch die Wassermassen hinter den Staudämmen ihre flammende Energie niemals auslöschen würden.

Vandana Shiva hielt inne. Dann sprach sie weiter, wieder jedoch ohne auf ihr Konzept zu sehen. Sie zeigte auf Kala. „Auch Doktor

Ranjini ist übrigens ein Beispiel für jemanden, der das Glück hatte, eine der besten Ausbildungen unseres Landes zu genießen und dieses Glück jetzt teilt, vervielfältigt.

Ich glaube, ihr allergrößter Wunsch, ihr Herzensgebet ist, dass endlich ein Impfstoff gegen das HI-Virus gefunden wird. Und ich würde ihr sehr gönnen, wenn es in Indien, hier im CMC, entwickelt würde." Sie lächelte ermutigend. „Bis dahin gilt ihr Engagement unter anderem dem Kampf um preiswerte Medikamente. Wie Sie wissen, ist Indien einer der größten Hersteller von Generika, erschwinglichen Nachahmerprodukten. Die Gesetzesänderung zum Patentrecht, die leider Gottes nicht verhindert werden konnte, bedeutet, dass der Zugang zu lebensnotwendigen Medikamenten in ärmeren Ländern in Zukunft erschwert werden wird.

Das spielt insbesondere bei der Behandlung von Aids eine große Rolle. Und damit bin ich bei meinem allerletzten Punkt angekommen.

Bitte", sie wurde jetzt sehr ernst, „lassen Sie uns zusammenstehen im Kampf gegen Aids. Ich werde Sie nicht mit den aktuellen Zahlen ermüden, ich möchte Sie auch bei diesem Thema so gut es geht ermutigen. Dass es möglich ist, das HIV erfolgreich zu bekämpfen, zeigt das Beispiel Uganda. Im Jahr 1992 lag die Menge der HIV-infizierten Schwangeren dort bei fast dreißig Prozent und konnte bis zum Jahr 2000 auf zehn Prozent gesenkt werden, mit anhaltendem Erfolg. Der Grund für diese Leistung ist verschiedenen Initiativen zu verdanken: Landesweit wurde zum Beispiel Sexualkundeunterricht eingeführt und es gab groß angelegte Kampagnen zur Steigerung der Akzeptanz von Kondomen, um nur einige zu nennen. Vor allem anderen aber begründet sich der Erfolg darin", sie wurde jetzt wieder lauter und sagte die nächsten Worte langsamer und sehr deutlich, „dass es den uneingeschränkten politischen Willen gab, die Krankheit aktiv zu bekämpfen!" Sie machte Pause und der Applaus tat ihr sichtlich gut.

„Ich danke Ihnen für Ihre Aufmerksamkeit. Ich hoffe, dass Sie meine Bitten hören konnten. Ich danke dem CMC für die Einladung, insbesondere Doktor Ranjini für alle Vorbereitungen und Absprachen. Ich wünsche Ihnen, ja uns allen für unser Engagement immer wieder heilige Kraft." Sie nickte und verbeugte sich leicht. „Vielen Dank."

Und damit setzte sie sich wieder auf ihren Platz in der ersten Reihe. Zu reden hatte sie offensichtlich Kraft gekostet, gleichzeitig sah man ihr an, wie dankbar sie dafür war, dass sie ihre Anliegen hatte teilen können.

Kala trat an das Mikrofon. „Vielen Dank an Vandana Shiva. Und danke an Sie alle für Ihr Kommen. Sie sind herzlich eingeladen, noch auf unserem Campus zu bleiben, das ein oder andere Gespräch zu führen, dabei etwas Kühles zu trinken. Vielen Dank an dieser Stelle an die Studierenden, die heute den ganzen Vormittag lang Orangen für uns alle ausgepresst haben." Lachen und Klopfen belohnten den Einsatz der Jüngeren. „Ich wünsche Ihnen noch einen guten Abend und würde mich freuen, wenn wir Sie bei einem unserer nächsten Hochschulvorträge in dieser Reihe wieder hier begrüßen dürften. Auf Wiedersehen." Das Publikum honorierte die gesamte Veranstaltung mit anhaltendem Applaus. Erst dann standen die ersten Leute auf und allmählich kam Unruhe in den Saal.

Matt kam plötzlich der Gedanke, dass Kala ihren Gast vielleicht selbst zum Zug bringen würde und deshalb gleich weg wäre. Tom grinste ihn an: „Dad, entspann dich, bitte. Ich bin ja auch aufgeregt, aber wenn du so konzentriert guckst und die Lippen zusammenbeißt, bekommt sie Angst vor dir." Er lachte, boxte ihn ein paar Mal auf den Oberarm, aber Matt schien gar nicht zu hören, was er sagte. Kopfschüttelnd lief Tom hinter ihm her durch das Durcheinander im Hörsaal.

Premila beobachtete den großen Weißen, der aus den Gästen herausragte, wie er zielsicher von der obersten Stufe des großen Hörsaals herunter auf sie zukam, mitten durch die Menge. Sie schmunzelte, er wirkte wie ein Vogel, der sich in die Lücken eines Baumes stürzt und zwischen den Ästen und Zweigen ungefährdet seinen Weg findet. Sie sah zu Vandana, die rechts neben ihr stand, auf der anderen Seite beschützt von Kala, und jetzt Hände schüttelte, Fragen beantwortete, Komplimente entgegennahm. Sie sah sich wieder um. Der Weiße ist nicht allein, dachte Premila, er hat einen Jungen dabei, der sein Sohn sein könnte. Jetzt merkte sie, dass er gar nicht zu Vandana sah, sondern Kala im Blick hatte.

Matt hatte sich gefragt, ob sie besser bis morgen warten sollten, um die Ärztin anzusprechen. Sicher würde sie heute sehr beschäftigt sein und eingenommen von ihrem Gast. Aber dann hatte ihn die Unruhe angetrieben und er war die Treppen hinuntergelaufen. Während er darauf wartete, zu ihr vorgelassen zu werden, merkte er, wie in ihm wieder Zweifel aufstiegen. In Indien würde es unzählig viele Halbwaisen geben, war es nicht albern, damit zu rechnen, dass an diesem Abend genau das eine Kind erwähnt worden war, das er suchte? Hatte er richtig gehört, gerechnet, gedacht? Oder hatte er nur hören wollen, dass er am Ziel war, weil er es sich so sehr wünschte?

Premila verlor ihn für einen Moment aus dem Blick. Wo war er? Was hatte er vor? War der fliegende Vogel müde oder versuchte er einen Trick? Da entdeckte sie sein Gesicht. Er war jetzt so nah, dass er sie hören würde. „Kann ich Ihnen helfen?“, fragte sie.

Matt sah sie überrascht an. „Meinen Sie mich?“ Er zögerte, hob an zu sprechen, ließ es wieder und sagte dann in einem zweiten Anlauf vorsichtig, langsam: „Ich würde gerne mit der Ärztin sprechen, die den Abend moderiert hat.“ Er nahm seinen Mut zusammen und setzte hinzu: „Es ist wichtig. Zumindest für mich. Und für meinen Sohn.“ Er drehte sich halb nach rechts und deutete auf den Jungen.

Premila sah ihn an. Er wirkte unsicher und etwas in seinen Augen rief danach, Hilfe zu bekommen. Er sagte jetzt schneller, fast hektisch: „Im Vergleich zu Staudämmen, Aids und Gen-Diebstahl ist mein Anliegen eine Lappalie, aber trotzdem. Meinen Sie, ich kann mit Ihr sprechen? Oder soll ich morgen wiederkommen?“

Er war mit Sicherheit Amerikaner. Kala würde es ihm nicht leichtmachen, das ahnte sie jetzt schon. Aber ihr tat er einfach leid.

Weil er so unbeholfen wirkte, gleichzeitig so angespannt, als sei seine Frage wirklich dringend. Premila sah, dass der Hörsaal sich geleert hatte, Vandana war im Gespräch mit zwei jungen Frauen, wahrscheinlich Studentinnen, Kala stand mit einigen ihrer Kollegen zusammen.

Vielleicht war sie ja auch nur naiver, dachte sie, sagte aber: „Kommen Sie zu mir, ich werde sehen, was ich tun kann." Matt kam näher, Tom stand hinter ihm. „Hallo, ich bin Premila Doss." Sie reichte ihnen die Hand. „Sie können Premi zu mir sagen."

„Hi, Mathew Wenders, mein Sohn, Tom. Sagen Sie bitte einfach Matt zu mir." Premila nickte und sah ihn neugierig an.

„Und wer sind Sie, Matt?"

In diesem Moment verabschiedeten sich die beiden Studentinnen und Vandana wandte sich ihnen zu. Sie grüßten sich gegenseitig. „Sie sind mir aufgefallen, dort oben rechts, in der vorletzten Reihe", sie zeigte auf den Platz, wo Matt und Tom gesessen hatten. „Man konnte im Scheinwerferlicht nicht viel sehen, aber Ihre hellen Haare und Gesichter stachen doch hervor. Darf ich fragen, woher Sie kommen?" Aber wieder kam Matt nicht dazu, die Frage zu beantworten. Denn jetzt kam Kala zu ihnen und mahnte: „Lasst uns besser ebenfalls nach draußen gehen. Man wartet sicher schon auf uns und dein Zug geht schon in knapp einer Stunde." Sanfter sagte sie: „Die frische Abendluft wird uns guttun. Und jetzt gleich, gegen sechs, wird die Sonne untergehen." Mit einem Blick streifte sie die beiden Männer und sah sie fragend an, aber wie nebenbei.

„Kommen Sie einfach mit", lud Premila sie ein. Mein Gepäck, rief Vandana, aber Kala zeigte ihr, dass sie den kleinen Koffer schon in der Hand hielt. Und so verließen sie zu fünft den Hörsaal.

Vandana sagte an Matt gewandt nur: „Und?"

Matt fragte sich, was dieses „und" bedeutete. Und was denn? Er antwortete: „Sie haben mich beeindruckt, Sie haben mich bewegt, Sie haben den Zeitungsartikeln, die ich seit Jahren lese, ein Gesicht gegeben. Viele Gesichter. Und dem Widerstand, den ich in mir selber spüre, neue Kraft."

Vandana sah ihn an und sagte: „Ich weiß nicht, wer Sie sind, und wir werden keine Zeit haben, uns näher kennenzulernen, aber ich danke Ihnen sehr für Ihre Worte."

„Nein", sagte Matt, „ich danke Ihnen für Ihre Worte."

Vandana Shiva deutete eine kleine Verbeugung an und flüsterte: „Alles Gute."

„Ja", sagte er, „das wünsche ich Ihnen auch."

Sie traten aus dem Gebäude. Die Abendsonne hatte ein besonderes Licht an den Himmel gemalt. Im Garten rund um das Leergebäude standen kleine Grüppchen von Menschen, die meisten von ihnen hielten einen Becher in der Hand. Margeritenbäume in Tontöpfen zierten die Wege. Nach der Dunkelheit im Hörsaal und den schweren Themen erschien die Leichtigkeit hier draußen fast unwirklich und man brauchte einen Moment, um sich daran zu gewöhnen.

Kaum standen sie oben auf der Treppe, wurde Vandana auch schon von ihnen weggezogen, die Stufen hinunter zu einer Gruppe von gelehrt aussehenden Leuten, die laut miteinander diskutierten. Vandana ließ sich mitnehmen. Kala verschwand in Richtung Parkplatz und rief Premila zu, sie werde sich eben um die Fahrt zum Bahnhof kümmern und wäre gleich wieder zurück.

Matt setzte sich auf die oberste Treppenstufe und massierte sich die Schläfen. Er sah Vandana weggehen und hörte das leise Klingeln ihrer Fußkettchen. Er dachte an ihre erste Begegnung und dass es ihn froh machte, sie tatsächlich noch einmal wiedergesehen zu haben. Er dachte wie auch schon am Flughafen an das Lied, an die zweite Strophe, in der Bono singt: Grace finds beauty in everything. She travels outside of karma. Gnade entdeckt in allem etwas Schönes. Sie bewegt sich außerhalb von Karma, vom Schicksal.

Ja, dachte er, diese Frau zeigte mit ihrem Leben, dass es kein blindes Schicksal gab, in das man einwilligen musste, um am Ende erlöst zu werden. In Gedanken sang er weiter. When she goes to work, you can hear the strings, grace makes beauty out of ugly things, she carries a world on her hips … Grace. Und wenn sie zur

Arbeit geht, kannst du ihr Fußkettchen hören. Sie macht selbst aus hässlichen Dingen Schönes. Sie trägt eine ganze Welt auf ihren Hüften … die Gnade.

Tom stand noch immer da und bestaunte den Himmel. Premila neben ihm fragte leise: „Darf ich erfahren, was du denkst?" Tom sah sie kurz an, dann wieder zurück, den Blick weit ausgestreckt zum Horizont.

„Ich dachte gerade, dass dieses Land wunderschön ist und dass alle diese Menschen, von denen wir heute Abend gehört haben, unter einem Himmel leben. Die Gleichgültigkeit, die Gewalt und die Liebe, alle unter einem Himmel. Und er selber sieht rosa und hellblau aus wie ein unschuldiges Baby. Wie neugeboren am Abend." Er sah sie jetzt bewusst an, zwang sich, aus der Ferne wieder in die Gegenwart zu kommen, freute sich über ihre Nähe. „Ist das hier auch so? Dass man Säuglinge in diese Pastelltöne kleidet?"

Premila schüttelte den Kopf. „Noch nicht, aber auch diese Mode wird wahrscheinlich keinen Halt vor uns machen." Sie zuckte mit den Schultern. „Es gibt schlimmere Importe."

Tom sagte: „Ich glaube, ich verstehe, was Sie sagen, aber ich hatte eigentlich die ganze Zeit das Gefühl, dass Sie Ihre eigene Kultur sehr gut beschützt haben. Sie haben Ihre eigenen Filme, Ihre Musik, Ihr Essen, Ihre Kleidung. Ich habe wenig Hollywood wahrgenommen, wenig Jeans, wenig Fastfood, außer in der Stadt."

„Ja", stimmte Premila zu, „so kann man es als Amerikaner wohl wahrnehmen. Du bist doch Amerikaner, oder?"

„Ja", antwortete Tom, „aus Kalifornien."

Kala kam zurück, blieb unten an der Treppe stehen und bat Premila, sie zu begleiten, um Vandana zu holen, von der sie sich jetzt verabschieden müssten, damit sie noch rechtzeitig ihren Zug erreichte. Premila versprach Tom, zurückzukommen, nahm Vandanas kleinen Koffer und lief zu Kala. Die beiden huschten an den Gästen vorbei, auf der Suche nach Vandana, die sie etwas später im Gespräch mit einer Gruppe Studierender fanden. Matt sah aufmerksam zu, wie sich die drei Frauen ausgesprochen herzlich voneinander verabschiedeten, sich jeweils tief in die Augen sahen, auf die Wange küssten, umarmten. Dann wurde Vandana von einem jungen Mann in Empfang genommen, der sie wohl zum Zug bringen würde. Sie winkte zum Abschied.

Matt sah, wie Premila und Kala diskutierten und dabei zu ihnen hinübersahen. Er stand auf und wartete, was passieren würde, und ging ihnen die Treppe hinunter ein Stückchen entgegen. Premila sah ihre Freundin an: „Hör dir doch erst einmal an, was er überhaupt will. Du musst ihm ja nicht helfen, wenn du nicht willst."

Kala erwiderte: „Ich muss auch nicht mit ihm sprechen."

Premila verdrehte die Augen. Wenn Kala mal jemanden nicht leiden konnte, wurde sie wirklich anstrengend. Der Amerikaner tat ihr leid und sie versuchte noch einmal, ein Wort für ihn einzulegen: „Er wirkt nicht wie ein typischer Ami, wie eins deiner Feindbilder. Kala-Schatz, er hat total höflich gefragt, ob er dich stören dürfe. Jetzt komm schon."

Kala gab nach. „Okay, hören wir uns an, was er zu sagen hat."

Matt hatte sie genau beobachtet und nahm erleichtert wahr, dass sie auf ihn zukamen. Gleichzeitig wurde er jetzt wieder nervös. Er sah sich nach Tom um und winkte ihn zu sich. Im nächsten Moment standen sich die vier gegenüber. Alle stellten sich einander vor und dann sagte Kala kühl: „Machen wir es kurz, wer sind Sie und was kann ich für Sie tun?"

Matt hatte sich einen Text zurechtgelegt, aber der wollte ihm jetzt nicht einfallen. Warum musste sie denn so abweisend sein? Er seufzte. „Tja, wie soll ich es kurz sagen?"

Einem Impuls folgend schlug Premila vor: „Vielleicht kann Tom es sagen?" Alle drei sahen sie erstaunt an, aber sie hatten das Gefühl, dass diese Idee hilfreich sein könnte.

Und so erzählte Tom fast andächtig: „Eine der wichtigsten Personen in meinem Leben ist meine Großmutter." Premila sah Kala an und spürte, dass er sie hatte, schon mit diesem ersten Satz. Sie triumphierte innerlich. Eddi, ich liebe dich und ich werde dich und alle deine Deeskalationsmethoden für immer verehren. Tom fuhr fort: „Anne, so heißt sie, ist alt, in ihrer letzten Lebensphase angekommen. Sie hat mich und meinen Vater um einen Gefallen gebeten und es ist uns sehr wichtig, ihr diesen wahrscheinlich letzten großen Wunsch zu erfüllen. Ich, wir verdanken ihr sehr viel."

Kala sah ihn aufmerksam an. Was habe ich bloß mit dieser Geschichte zu tun, fragte sie sich. Die beiden sind doch an der vollkommen falschen Adresse. Aber sie mochte die Art, wie Tom erzählte, sein Anliegen vortrug, die Worte wählte. Sie dachte: Er hat dieselbe sanfte Entschlossenheit wie ich sie an Jaya so schätze. Aber wie sollte sie ihm helfen?

Ihre Frage wurde mit Toms nächsten Sätzen beantwortet. „Meiner Großmutter liegt viel daran, eine alte Freundin wiederzufinden. Diese Freundin ist Inderin. Etwa achtzig Jahre alt. Eine Mutter. Ihr ältester Sohn heißt Jaya." Mit leiser Verwunderung sah Kala Tom an und dann Matt.

Matt fragte: „Ist das der Mann, von dem sie vorhin erzählt haben? Der Kinderheimleiter? Kennen Sie seine Mutter? Sie heißt Priya. Kennen Sie sie?"

Kala wusste nicht, was sie sagen sollte. Sie nickte. „Ja, tatsächlich! Ich kenne einen Jaya und seine Mutter, eine Priya." Matt und Tom strahlten sie an. Sie musste jetzt unwillkürlich mitlachen. „Was für ein Zufall. Haben Sie ein Foto, eine Adresse, irgendetwas, damit wir feststellen können, ob es wirklich dieselben sind?"

Matt holte sein Portemonnaie aus der Hosentasche und nahm die Kopie der Ikone heraus. „Das hier haben wir", sagte er, „mehr nicht." Er hielt ihr das Blatt hin, sie faltete es auseinander und Tränen schossen ihr in die Augen.

„Ja, das ist sie", sagte Kala leise und sah Matt an. „Sie sind richtig." Ihre Blicke schienen sich ineinander zu verhaken, kamen nicht voneinander los. Es war, als schicke Matt ihr eine Botschaft, und es kam ihr vor, als würde sie ihn kennen und er sie auch. Schon seit langer Zeit oder aus einer anderen Zeit.

Sie sagte: „Ich habe das Bild gestern noch in der Hand gehabt. Es hing ihr Leben lang über Priyas Bett."

„Ja", sagte Matt, „und auch über dem Bett meiner Mutter." Tränen liefen jetzt über seine Wangen. „Sie nannte dieses Bild immer ‚das Seidenkind'".

Tom umarmte seinen Vater. Der drückte ihn an sich und hielt ihn fest in seinem Arm. Kala dachte: Ein beeindruckender Mann. Stark, sanft, entschlossen, fein. Nicht stolz, aber er weiß um seine Würde. Jemand Besonderes.

„Danke für Ihre Hilfe", sagte er zu Premila. „Und für Ihre", an Kala gerichtet. „Ich weiß, Sie haben Wichtigeres zu tun, als zwei Amerikanern zu helfen, und der Nachmittag muss anstrengend für Sie gewesen sein."

„Sie waren großartig", sagte Tom begeistert. „Echt, Sie haben das richtig gut gemacht. Ich hatte eigentlich keine Lust zu kommen, aber nach Ihrer Einleitung war ich hellwach."

Kala musste schmunzeln und bedankte sich für das nette Feedback. Sie sah auf ihre Uhr. „Ich mache Ihnen einen Vorschlag. Ich muss jetzt noch eben hier abschließen und einmal kurz in mein Büro. Dann gehen wir erst mal alle zusammen etwas essen und morgen früh organisieren wir einen Besuch. Jaya ist unterwegs, hat einen Tag voller Termine, sonst wäre er jetzt auch hier gewesen. Priya wird sich hoffentlich ein bisschen Ruhe gönnen, sie war diese Woche im Krankenhaus." Alle sahen sie erschrocken an, aber Kala winkte ab: „Nichts Schlimmes, nur eine kleine Kreislaufschwäche. Ich verspreche, morgen früh direkt Jaya anzurufen. Ist das in Ordnung?"

„Ja", sagte Matt erleichtert. „Ich werde heute Nacht nicht schlafen können, aber es ist vollkommen in Ordnung."

Tom grinste: „Das mit dem Essen hört sich gut an. Und", er stupste seinen Vater in die Seite, „das mit dem Besuch morgen natürlich auch."

„Wo wohnen Sie denn?", fragte Kala.

„In einem der Gästezimmer, unten im CMC."

„Dann sind wir ja fast direkte Nachbarn. Seit wann sind Sie da?"

„Seit drei Tagen."

„Dann haben Sie Jaya und Priya gestern vielleicht schon an sich vorbeigehen sehen. Wie merkwürdig. Aber Sie kennen sie ja nicht. Wir nehmen ein Taxi zum Restaurant“, sagte Kala, „unten an der Straße, gegenüber vom Haupteingang. In fünfzehn Minuten, einverstanden?“ Sie nickten. „Finden Sie den Weg zu Ihrem Zimmer?“

Sie versicherten ihr, dass sie klarkämen, winkten ihr kurz zu und gingen Richtung Krankenhaus.

Kala und Premila gingen, um die Lichter auszumachen und den Hörsaal abzuschließen. „Ach übrigens“, sagte Premila, „ich habe das Kreuz wieder aufgehängt. Und ich muss sagen, ich mag den Gedanken, dass der Sohn vermittelt. Manchmal, wenn Welten aufeinanderprallen, geht es nicht anders, hm?“

Kala sah sie irritiert an, begriff dann und rief: „Du bist frech!“ Und dann sagte sie: „Jetzt mal ehrlich, er ist was Besonderes, oder?“

Premila erwiderte: „Der Sohn ist einmalig.“

„Nein“, meinte Kala, „oder doch, ja, der auch, aber ich meine den Vater. Ich musste die ganze Zeit an Jaya denken.“

Premila sagte: „Musst du nicht sowieso immerzu an ihn denken?“

Kala wehrte sich: „Hör jetzt mal kurz auf mit deinen kleinen Scherzen. Ich meine es ernst. Es ist total verblüffend. Als teilten diese beiden Männer etwas, ohne voneinander zu wissen. Als würde man Matt kennen, wenn man Jaya kennt.“

„Na ja“, sagte Premila, „ihre Mütter kannten sich.“

„Ja“, meinte Kala nachdenklich, „damit hat es sicher zu tun.“

Sie gingen in den Saal. Premila sagte: „Aber ich hätte gerne einen Sohn wie Tom.“

„Du willst Mutter werden?“, fragte Kala begeistert.

„Ja“, sagte Premila, „ich merke, dass ich allmählich wohl dazu bereit bin.“ Und dann fragte sie sehr vorsichtig: „Würdest du dich denn freuen?“

„Klar“, sagte Kala voller Überzeugung und umarmte ihre Freundin kurz. „Wenn schon, denn schon. Ich wollte sagen: Mit Kindern zu leben, ist großartig. Sonst würden wir Erwachsene alle verrückt.“

Noch einmal hakte Premila nach: „Aber es müssen deiner Meinung nach keine eigenen sein, oder?"

Kala blieb stehen, stützte die Hände in ihre Hüften und sah Premila an: „Es müssen nicht, ja, da hast du recht, es gibt eigentlich schon genug Kinder. Aber es dürfen – eigene sein, jedes von ihnen ist ein Wunder. Also hör auf zu grübeln." Neugierig lachend fragte sie: „Bist du schon schwanger?"

„Nein", sagte Premila und musste auch lachen.

„Ruf mich, wenn es so weit ist. Ich komme rüber und verwöhne dich ein paar Tage lang." Sie entschieden, dass das Thema damit fürs Erste erledigt sein konnte.

Als sie keine Stunde später zu viert um einen Tisch saßen und große Teller mit Hühnchen und Reis vor sich stehen hatten, entspannten sich alle allmählich und teilten einander ihre Geschichten mit. Weil Kala Frühschicht hatte und am nächsten Morgen sehr früh aufstehen musste, entschieden sie sich, dass jeder von ihnen nur eine bestimmte Szene aus seinem Leben erzählen sollte, die ihn oder sie gut beschrieb. Sodass man nach dem Abend etwas voneinander wusste, etwas von ihrem wirklichen Wesen.

Premila eröffnete die Runde und erzählte kurz, dass sie Ärztin sei und verheiratet mit Eddi und dann von ihrem ersten Tag im Ashram und wie sie fast verzweifelt war, weil alles so leer wirkte. „Stellt euch vor, ihr betretet ein riesiges Gelände mit Wohnhäusern und einer Kapelle, mit einem Krankenhaus mit Behandlungsräumen und Zimmern. Der Garten ist verwildert, die Farben sind überall abgeblättert, am Zaun, an jeder Tür, ihr geht durch ein Haus und dann durch ein weiteres Haus und lange Flure entlang, aus keinem einzigen Bad steigt der Geruch von Seife, sondern es riecht überall nach Moder. Es ist nicht einfach nur unbewohnt, sondern leer." Dann sagte sie: „Aber jetzt sieht es schon anders aus. Es wird jeden Tag lebendiger."

Als Tom und Matt nachfragten, sprach Premila irgendwann die Einladung aus, sie direkt vor Ort zu besuchen und sich den Ashram selber anzusehen. Kala ermutigte sie. „Tun Sie das, wenn Sie Zeit haben." Vater und Sohn sahen sich an und verständigten sich auf ein Ja. Sie würden ihre Reise so planen, dass sie Premila wiedersähen, und dann auch ihren Mann Eddi kennenlernen.

Premila sagte: „Ich erhebe mein Glas. Schön, euch kennenzulernen!" Sie stießen ihre Gläser aneinander. Für Matt, der sich selbst beobachtete und merkte, wie gut ihm der Abend tat und ihm aber schon wieder die Tränen kamen, klang das Klingen der Gläser wie das Geläut von Glocken, die eine Freundschaft herbeiriefen. Als kündigte sich eine Feier an.

Tom sagte, er wolle als Nächster erzählen, und sagte zunächst in leichtem Ton: „Ich bin achtzehn, habe bisher die Schule besucht, bin noch unverheiratet und habe keine Kinder." Die drei Erwachsenen schmunzelten. Dann änderte sich sein Ton und er sagte ernsthafter: „Ich habe so viele Eindrücke im Kopf, dass ich gar nicht weiß, welche eine Szene ich wählen soll. Diese Reise ist so anders als alles, was ich bisher erlebt habe. Aber in meinem Kopf entsteht allmählich ein Bild. Ich habe immer viel gemalt, gezeichnet. Weite Landschaften und kleine Details, alles. Mancher Lehrer meinte, ich würde Architekt, andere meinten, ich solle fotografieren."

„Ach ja", unterbrach Kala ihn, „ihr habt beide keinen Fotoapparat dabei. Das ist sehr auffällig, man vermisst nahezu etwas. Heutzutage haben doch eigentlich alle diese kleinen Kameras. Ich hätte sehen müssen, dass ihr keine Touristen seid. Tut mir leid."

Matt erklärte: „Tom hält Momentaufnahmen in seinem Buch fest, manchmal malt er auch oder zeichnet. Und von mir habe ich das Gefühl, als seien mein Kopf, mein Herz eine Kamera, die alles festhält. Ich speichere die Bilder ab und kann sie abrufen. Ich liege beim Zahnarzt und denke an den rosafarbenen Himmel von heute Abend. So ist das, deshalb keine Fotos. Obwohl ein Wenders-Namensvetter ein recht bekannter Regisseur ist, ohne Kamera gar nicht zu denken. Wer weiß", sagte er nachdenklich, „vielleicht gibt es da eine Verbindung, der ich mal nachgehen sollte."

Tom sah seinen Vater aufmerksam an. Er dachte: Lass uns das hier erst einmal zu Ende bringen. Diese Geschichte. Wie konnte er schon an die nächste denken? Woher kam denn diese Unruhe? Und dann dachte er sehnsüchtig: Aber wenn es eine neue Reise gibt, dann will ich wieder mit dabei sein. Matt sah ihn an und ahnte in etwa, was Tom dachte. Sie würden heute Nacht in ihrem Zimmer noch zu zweit weiterreden. Jetzt gab Matt seinem Sohn innerlich recht und ermutigte ihn: „Erzähl doch deine Szene weiter!“ Die beiden Frauen nickten und alle sahen Tom interessiert an.

„In meinem Kopf entsteht ein Bild aus drei Elementen: dem Garten meiner Großmutter mit den vielen Blumen, die so gepflanzt wurden, dass zu jeder Jahreszeit etwas blüht, den Großstädten mit Asphalt, Verkehr, Grau, Smog, Enge und Slums und dem Lieblingsplatz von Anne am Meer, einem Fels, auf dem sie sitzt, wenn sie Ruhe braucht. Am Ende entsteht daraus eine Parklandschaft, die die Städte begrünt und mit Farben und frischem Wasser belebt. Und den Felsen von Großmutter baue ich als Skulptur, wie Plätze zum Ausruhen neben jemandem, der dir zuhört. Anne sieht immer so aus, als würde sie mit jemandem reden, sie denkt, man merkt das nicht, aber ich sehe immer ein unsichtbares Gegenüber.“

Tom erzählte und Matt dachte, wie sehr er ihn mochte für die Art, wie er Träumerei und harte Wirklichkeit zusammendachte. Dann rief Tom: „Also, was sagt ihr? Ich werde Städteplaner.“

Premila äußerte ihren Respekt: „Du bist ein achtzehnjähriger Kalifornier, aber irgendwie hast du uns jemanden vorgestellt, der du noch gar nicht bist – und doch, das stimmt nicht, denn es ist schon alles da. Deine Kühnheit beeindruckt mich und dass du dich so sehr in die Zukunft denken kannst, in eine Aufgabe hinein. Du hast es geschafft und vor meinen Augen sind neue Städte entstanden.“ Tom freute sich, blickte etwas verschämt auf den Tisch und bedankte sich dann bei Premila für die Bestätigung.

Kala war nachdenklich. „Diese Skulptur, ein Platz zum Sitzen, neben jemandem, der zuhört – ist das ein Ort zum Beten? Was denkst du?“

Tom sah sie an, wie von ihrer Art von Nachdenklichkeit plötzlich mitberührt. Er stellte sich seinen Entwurf selber noch einmal vor, beschloss, ihn heute Abend noch zu zeichnen, und sagte: „Ich würde es einen Seelen-Ort nennen."

Kala nickte. In der Stille, die sie sich alle für einen Moment gönnten, malte sich jeder diesen Ort für sich vor Augen.

Der Kellner fragte, ob er ihnen noch einen Nachtisch bringen dürfe, und Tom entschied sich für einen Eisbecher, alle anderen winkten ab. Matt bestellte Kaffee.

Dann erzählte Kala ihre Geschichte und beschrieb dazu einen besonderen Moment ihrer Kindheit, als sie als Vierzehnjährige in einem YWCA-Camp war, zusammen mit ein paar hundert anderen Mädchen, alle aus Kinderheimen oder armen Verhältnissen. „Ich fuhr jeden Sommer, seit ich sieben war. Wir hatten so viel Spaß, haben den ganzen Tag lang getanzt, eine Menge Lieder gesungen, Geschichten gehört, gespielt, gelacht, gekocht, gegessen. Ich habe Gitarre spielen gelernt, zumindest ein paar Griffe, die reichten, um mein Lieblingslied zu spielen. Appa umire, amma umire, wie ein Vater ist Gott, wie eine Mutter ist Gott. Ich bin Waise, der YWCA war mein Zuhause, später das CMC.

Aber in jenem Sommer, mein siebtes Camp, kam ich an, mit den anderen Mädchen aus meinem Kinderheim, und ich suchte Sheila. Sie war auch jeden Sommer da. Seit sieben Jahren. Sie wohnte nicht in einem Heim wie ich, sondern bei ihrer Familie und sie war sehr arm. Ich freute mich immer schon, sie wiederzusehen, und der Abschied von ihr war jedes Mal schrecklich. Über das Jahr dachten wir wohl nicht viel aneinander, aber je näher der Sommer kam, umso mehr freute ich mich auf meine Freundin. Aber in diesem Jahr kam sie nicht. Ich suchte sie unter den anderen, dachte, sie spielt, sie versteckt sich und lacht heimlich über mich. Sie würde doch sicher gleich hinter einer Hausecke hervorspringen, in ihrem pinkfarbenen Kleid, bunte Bänder in den langen Zöpfen, ihr Lachen mit den schiefen weißen Zähnen nur für mich. Ich ging zu den Hühnerställen, wo wir beide immer gerne die Küken beobachtet hatten, aber ich fand sie auch da nicht. Ich war total verwirrt, irgendetwas stimmte nicht.

Am Ende fragte ich eine der Betreuerinnen: ‚Wo ist denn Sheila?' Sie kannte mich seit Jahren und wusste sofort, wen ich meinte, und dann sagte sie: ‚Sheila ist tot. Sie ist gestorben.' Ich fragte: ‚Ist sie von einem Bus überfahren worden?' Ich weiß nicht, wie ich darauf kam, in diesem Moment diese Frage zu stellen. Aber man sagte mir, Sheila habe eine Erkältung gehabt. Ich weinte nicht. Ich wurde wütend. Ich kann euch gar nicht sagen, wie zornig ich wurde, weil ich euch sonst erschrecken würde. Ich stellte mir meine Freundin vor, wie eine harmlose Erkältung sie mitnahm, ich träumte, wie Sheila innerlich erfror, weil sie einfach nicht genug Energie hatte, sich zu wehren.

In diesem Sommer, dem Sommer ohne Sheila, schwor ich, Ärztin zu werden. Es war wie ein Gelübde. Ich würde fleißig sein, beste Noten schreiben, mich um ein Stipendium bewerben, ich würde studieren, ich würde forschen, mich wehren und die Abwehrkräfte von anderen steigern, impfen, heilen, Kinderärztin werden." Sie sah in die Runde: „Und so kam es."

Premila, die die Geschichte schon oft gehört hatte, drückte jetzt Kalas Hand, quer über den Tisch, die kurze Berührung einer Freundin.

Tom sah Kala mit großen Augen an, traurig, als spüre er ihrer Trauer nach, dem Verlust, nicht der Wut. Er wiederholte: „Eine Vierzehnjährige stirbt an einer Erkältung." Er schüttelte den Kopf. „Ich fasse es nicht. Das muss doch nicht sein!"

Matt meinte: „Du hast es geschafft, deine Enttäuschung in Energie zu verwandeln. Ich glaube, vielen Menschen gelingt das nicht und sie werden nach so einer Erfahrung bitter. Und wer könnte das nicht verstehen? Aber dir merkt man an, dass deine Stärke sich nicht aus Härte nährt, zumindest heute nicht mehr, vielleicht war es zunächst anders."

Kala sah ihn an. Ob er wusste, wie recht er hatte? Ja, sie spürte, er hatte, anders als Tom, gemerkt, dass die Kraft der Geschichte noch nie in der Wucht der Trauer gelegen hatte, aber inzwischen auch längst nicht mehr in der Heftigkeit ihres Zorns.

„Ja", sagte sie, „ich habe hart daran gearbeitet, weich zu werden, und kämpfe immer wieder darum, weich zu bleiben."

Wie vorhin verhakten sich ihre Blicke ineinander. Premila und Tom merkten, dass sie gerade nicht beteiligt waren, und ließen die beiden miteinander sprechen.

„Deine Stärke ist die Gütekraft. Das ist etwas Großes, ein Geschenk. Ich kenne es selber, das Ringen darum, durchzuhalten. Wenn man auf Dauer nur von Zorn oder Kummer angestachelt wird, hält die Kraft nicht lange oder macht einen selber stachelig, nicht wahr?"

Sie spürten die Gegenseitigkeit, sahen das Verstehen in ihren Augen. Kala dachte: Schade, dass Jaya nicht hier ist. Er müsste ihn hören. Sie schlug vor: „Lass uns morgen mit Jaya auch noch einmal über diesen Punkt reden, ja? Es ist gut, dass wir diese großen Fragen nicht allein beantworten müssen." Matt war sehr einverstanden. Und er konnte es kaum erwarten, Jaya gegenüberzustehen.

„Ach", fragte Tom jetzt Kala, „bist du eigentlich auch verheiratet?"

„Nein", sagte Kala schlicht.

„Abwarten", ergänzte Premila mit einem Augenzwinkern. Ganz flüchtig dachte Matt an Amy. Sie würde heute wieder Dornröschen tanzen. Sie würde wunderschön und anmutig sein. Er merkte, dass die anderen ihn ansahen. Was erwarteten sie denn von ihm?

„Ach", sagte er, „meine Geschichte fehlt ja noch." Er zog die Stirn in Falten. „Eine Szene, die mich beschreibt, das fällt mir schwer. Was soll ich sagen?"

Er überlegte, wo er anfangen sollte. Mit seiner Familie, seinem Beruf? Mit den Interessen, den Ehrenämtern, den Reisen?

Er wagte einen ersten Satz: „Ich kann mich wohl nicht so treffend beschreiben mit dem, was ich habe, obwohl ich viel habe, oder weil ich so viel habe. Ich kann mich besser erklären mit dem, was ich vermisse." Er sprach sehr bedächtig. „Ich sehne mich nach Frieden, auch nach aktivem Frieden, nach Friedfertigkeit. Ich sehne mich nach Gerechtigkeit und nach Gütekraft, Sanftmut. Ich wünsche mir, meine Lebensberufung zu finden, oder vielleicht auch: endlich zu merken, dass ich sie schon längst gefunden habe." Sie merkten ihm an, dass es ihn Überwindung kostete, diese Sätze zu formulieren. Sie sahen ihn an, respektvoll, fast ehrfürchtig, als würden sie in diesem Moment bei einer Geburt zuschauen, würden erleben, wie unter Wehen etwas Neues ans Licht kam.

Mit einem tiefen Seufzer sagte er: „Ganz ehrlich – ich sehne mich auch nach Gott." Er nickte. „Ja, so ist es wohl. Wer ich bin? Ein sehnsüchtig Suchender.

Ich habe eine großartige Mutter, Anne, ein Mensch, der mir Würde und Freiheit geschenkt hat. Und immer ein großzügiges offenes Zuhause. Die mich immer ermutigt hat. Und immer herausgefordert. Ich habe einen wunderbaren Sohn, der mich seit achtzehn Jahren zum Staunen bringt und in den letzten Wochen noch einmal ganz besonders. Ich habe eine Frau, die Tänzerin ist und Choreografin, die ich liebe, aber trotzdem gerade nicht vermisse." Er zuckte die Schultern. „Das ist ein anderes Thema und gehört hier nicht hin. Ich habe einen besten Freund, einen Kollegen, der mit mir arbeitet, mich ergänzt und interessante Fälle mit mir durchkämpft."

Der Kellner brachte Eis und Kaffee und nahm ihre leeren Teller mit. Sie bestellten noch Getränke, Cola und Wasser.

„Ich könnte mich beschreiben, wie ich den neugeborenen Tom in den Armen halte, als Vater, glücklich, überwältigt. Oder wie ich beim Frühstück die Zeitung lese. Ich kann mich fast nicht ohne Zeitung denken, ohne Bücher, ohne das Internet, als wacher Bürger einer Demokratie, interessiert, engagiert. Ich könnte euch erzählen, wie gerne ich koche, nach Rezepten aus der ganzen Welt, mit Schürze am großen Herd, am liebsten für viele Gäste, die um unseren großen Tisch sitzen und viel kalifornischen Rotwein trinken. Oder wie ich als Anwalt kämpfe. Meine Kanzlei, Wenders und Cohen, meine Mandanten, das Gericht sind für mich die Kanäle, die Wege, auf denen ich Begnadigung und Gerechtigkeit leben kann, wohl beides."

Premila warf Kala einen Blick zu und flüsterte: „Die Palmenfrau!" Kala nickte. Der Gedanke war ihr auch in diesem Moment gekommen und rührte sie tief an. Aber sie wandten sich sofort wieder Matt zu, forderten ihn mit ihren Blicken dazu auf, weiterzusprechen.

„Ich könnte erzählen, dass ich oft müde bin, innerlich, dabei aber wach bleibe, denn einzuschlafen wäre das Schlimmste. Ich versuche, zu verstehen. Ich war in Nicaragua, in Israel und Palästina, in Südafrika. Ich liebe es, Menschen kennenzulernen, ihre Kultur, ihre Gewohnheiten, ihr Essen, ihre Geschichten.

Ich bin ein Amerikaner, der sich erlaubt, die Freiheit seines Landes zu nutzen, auch um zu widersprechen oder Gegenentwürfe zu propagieren. Es gibt Dinge, die ich an Amerika liebe, aber ich verstehe nur zu gut, dass wir nicht überall beliebt sind.

Eine Szene, die mich vielleicht beschreibt, ist, wie ich an jenem 11. September vor dem Fernseher saß. Wie fassungslos ich war, wie zutiefst geschockt, wie ich den Schmerz herausschrie und weinte. Und wie ich gleichzeitig merkte, dass alle meine dunkelsten Befürchtungen ans Licht kamen. Die Ahnungen, dass die geballte Wut derer, die Grund haben, Amerika zu hassen, uns irgendwann treffen würde. Das hat sehr wehgetan. Die dreitausend Toten, der Krieg danach, die diffusen Gefühle, die damit verbunden waren, immer noch sind. Die Angst seitdem.

Amerika, das ist Freiheit, wunderschöne große Freiheit. Amerika, das sind auch Hunderttausende, die gegen Atomwaffen demonstrieren oder für die Beendigung des Krieges in Vietnam. Aber Amerika, das ist eben auch das Gegenteil – Militärmacht, Kriege, Waffenlieferungen an Diktaturen und in die ganze Welt, fromme Scheinheiligkeit, eiskalte Wirtschaftsmacht. Sie haben das World Trade Center und das Pentagon angegriffen, die Symbole wirtschaftlicher und militärischer Macht, nicht die Freiheitsstatue."

„Sie hält ihre Fackel in der Hand", sagte Premila. „Das sollte dir Mut machen. Du bist sehr nachdenklich und sehr kritisch, es muss schwer sein, das auszuhalten."

Matt nickte. Schon wieder musste er schlucken, die Tränen zurückhalten.

Tom fragte: „Was habt ihr da gerade über eine Palmenfrau gesagt?"

Kala fragte sich, wie er reagieren würde und ob es der passende Zeitpunkt war, ihn zu bitten, ihr zu helfen. Aber warum nicht? Sie hatte sich auch bewegen lassen, ihm zuzuhören, und hatte es nicht bereut. Allerdings war ihre Bitte weit größer als seine.

Matt sah sie an und fragte: „Was brauchst du?"

Da wusste sie, sie konnte ihn fragen. Wie Jaya machte er es ihr nicht schwer, um etwas zu bitten. Sie beobachtete erstaunt an sich selber, dass sie ihn gerne näher kennenlernen würde. Und das, obwohl er fremd war und sie sich generell eher schwertat, sich so zu öffnen. Sie glaubte ihm, dass er es ernst meinte und seine Suche echt war. Dann erklärte sie: „Ich brauche dringend Hilfe von jemandem, der sich mit Rechtssachen auskennt. In dem ganzen Streit um Generika und Patente. Aber ich weiß nicht, wer und wie ich einen Rechtsbeistand bezahlen soll.

Ihr fragt euch, was das mit einer Palme zu tun hat?" Kala lachte.

„Ja", sagte Tom. „Aber du wirst es uns sicher gleich erklären."

„Nun, in Premilas Ashram steht eine Kirche, die aussieht wie ein Hindu-Tempel, ihr werdet sie ja sehen, wenn ihr sie besucht. Eine der Steinfiguren zeigt eine Frau unter einer Palme. Sie stellt die Richterin Deborah aus der Bibel dar. Um es nicht zu kompliziert zu machen, nur so viel: Für mich war sie irgendwie ein Zeichen dafür, dass ich diese Hilfe, die ich brauche, bald bekommen würde."

„Wann war das?", fragte Matt.

„Es ist noch nicht lange her und ich habe eher an eine Inderin gedacht als an einen Amerikaner, wenn ich ehrlich bin." Alle schmunzelten.

Matt wollte nichts versprechen, was er nicht halten konnte, aber er merkte, dass er innerlich jubilierte, weil seine Reise an dieser Stelle plötzlich einen Sinn ergab, der das Potenzial hatte, ihn zu erfüllen. Der Gedanke, wie Vandana Shiva es am Nachmittag mehrmals gesagt hatte, sein Wissen, seine Kompetenz und seine Kontakte noch einmal für ein wirklich großes Thema zu investieren, machte ihn unendlich froh, schon in diesem Moment, wo doch noch nichts konkret war. Allein die Idee, von jemandem wie Kala an ihrem Engagement beteiligt zu werden, war überwältigend.

Laut sagte er nur vorsichtig: „Ich werde darüber nachdenken, ob und wie ich helfen kann. Vielleicht gibst du mir morgen ein paar Unterlagen und ich schau mir das Ganze mal an?“

Tom wunderte sich und fragte: „Warum so sachte? Ist das nicht genau das, wonach du in den letzten Monaten gesucht hast?“

Matt konnte nicht mehr sagen und er hoffte, dass Kala verstanden hatte. Sie hatte seine behutsamen Worte gehört, aber an seinem Blick sah sie, dass er innerlich schon viel weiter war, als er nach außen zu zeigen bereit war.

Sie tranken ihre Gläser aus. Prosteten sich dabei noch einmal zu und entschieden, den Abend zu beschließen. Sie bezahlten und vor der Tür verabschiedeten sie sich von Premila, versprachen, sich zu melden und sie zu besuchen. Mit Kala würden sie sich am Morgen in ihrem Büro treffen, den Weg zur Kinderklinik würden sie allein finden. Sie wünschten sich alle eine gute Nacht. Dann nahmen sie zwei Rikschas und fuhren damit zurück zum CMC.

Wenig später lagen Matt und Tom in ihrem Zimmer, jeder auf seinem Bett unter einem weißen leichten Laken. Der Propeller an der Decke sorgte für einen erfrischenden Luftzug. Sie lagen im Dunkeln da und konnten beide nicht schlafen.

„Dad?“

„Ja, Tom?“

„Ich bin so froh, so erleichtert.“

„Ja, ich bin auch sehr froh. Sehr dankbar. Vor allem, weil wir auf der Suche nach Priya so viele andere Menschen kennengelernt haben, die unsere Reise allemal wert waren, hm? Und dass wir jetzt zu dem allen sogar noch Priya und Jaya treffen, ist einfach großartig.“ Es war still im Zimmer und man hörte nur das Rudern des Propellers und ein paar Geräusche von draußen.

„Dad? Was ist, wenn er uns nicht leiden kann oder umgekehrt, wir ihn nicht leiden können? Was dann?"

Matt musste lachen. „Ehrlich, das ist doch eine Sorge, die zu nichts führt. Und ein Gedanke, der für keine Begegnung hilfreich ist. Ich meine, ohne zu grundsätzlich zu werden, aber ich denke, du solltest dir lieber angewöhnen, jedem Menschen, wirklich egal wem, mit einem Vorschuss von Vertrauen zu begegnen. Das wird es den anderen, aber auch dir selber leichter machen."

Von Toms Bett hörte er zustimmendes Murmeln. Dann sagte er: „Aber interessant, dass mir dieser Gedanken nie gekommen ist. Ich bin überzeugt davon, dass Priya wundervoll ist und es ein echter Gewinn sein wird, Jaya zu begegnen."

Tom zögerte noch: „Aber Kala zum Beispiel, sie war jetzt ja total nett zu uns, aber zunächst war sie so ablehnend."

„Ja", gab Matt ihm recht. „Und sie hat sicher ihre Gründe, ihre Erfahrungen, warum sie uns gegenüber nicht von Anfang an offen war. Kein Grund, ihr das nachzumachen, hm?"

Tom lachte: „Ja, schon gut, das mit dem Vorschuss-Vertrauen ist gebongt. Gutes Prinzip. Aber was macht dich in Bezug auf Priya und Jaya so sicher?"

Matt antwortete: „Ich glaube, das liegt an Anne. Sie würde uns nicht zu irgendwelchen Leuten schicken, sie weiß, was sie tut."

„Aber", widersprach Tom ein letztes Mal, „Großmutter kennt sie doch gar nicht mehr, es ist doch Jahre her, dass sie hier war, Jahrzehnte, sie weiß doch nicht, wie sich Priya und Jaya vielleicht verändert haben."

„Tja", sagte Matt, „und da bin ich mir inzwischen gar nicht mehr so sicher."

„Was meinst du damit?", fragte Tom irritiert.

Aber Matt sagte nur: „Warten wir es ab, einverstanden? Lass uns jetzt schlafen. Ich wünsch dir eine gute Nacht. Und gute Träume."

„Ja, okay", sagte Tom, der jetzt auch merkte, wie müde er war. „Gute Nacht, Dad."

Das Schlaflied, das Anne ihm als Kind immer gesungen hatte,

war ihm in den letzten Nächten irgendwie zum Begleiter geworden. Ein bisschen musste er über sich selber lachen. Er war ja kein Baby mehr. Aber vielleicht war es eben nicht nur ein Lied für Kinder. Er dachte an Anne und an Amy, an Naraini, an Premila und Kala, an Vandana, an die Menschen, die ihm vor zwei Tagen in der Cafeteria ihre Krankengeschichten erzählt hatten, an den Kellner im Restaurant. Kurz musste er auch an Jonathan junior denken, der Anwalt werden würde wie sein Vater. In Gedanken sang er für sie alle.

Segensreiche Nacht!
Die Engel singen.
Denn das Licht des Himmels kam zur Welt.
Mutter Maria küsst seinen Kopf.

Dann wurde er plötzlich noch einmal wach und fragte: „Dad, ist dir aufgefallen, dass das Schlaflied zu der Ikone passt?“ Aber Matt war wohl schon eingeschlafen.

Ganz in ihrer Nähe, ebenfalls auf dem Gelände des CMC, in einer der kleinen Wohnungen für das Klinikpersonal, saßen Premila und Kala nebeneinander auf Kalas grünem Sofa und unterhielten sich über ihren gemeinsamen Tag. Sie hatten das Mittagessen mit Vandana, ihre Gespräche zu dritt und dann auch ihren Vortrag als sehr bereichernd erlebt und waren beide glücklich, diese beeindruckende Frau zu kennen, von ihren Erfahrungen und ihrer Leidenschaft irgendwie profitieren zu dürfen.

„Es hat mir gutgetan, euch zuzuhören“, sagte Premila, „danke, dass ich dabei sein durfte, ich gehe mit mehr Leichtigkeit und Motivation nach Hause.“

Kala freute sich und schlug vor: „Wir sollten das wiederholen! Vielleicht sogar ganz regelmäßig.“

Premila lachte sie an: „Ich weiß, dass du heute Abend nicht mehr das nächste Treffen für Frauen in Leitungspositionen planen willst. Behalten wir die Idee im Hinterkopf, du bist mit deinen Gedanken woanders, hm?“

Kala nickte. „Ja, du hast natürlich recht. Ich denke an Jaya, an Matt, an Tom."

Premila sagte nachdenklich: „War das nicht alles merkwürdig?", und sah Kala fragend an.

„Weißt du", sagte diese, „dass zwei Amis auf mich treffen, dass ich die Leute kenne, die sie suchen, das ist das eine. Dass sich im Laufe eines Abends herausstellt, dass ein völlig Fremder vielleicht bereit ist, mir als Anwalt zu helfen, ist außerdem bemerkenswert. Aber was mich wirklich erstaunt hat, ist diese Ähnlichkeit zwischen Matt und Jaya. Ehrlich, Premi, du kannst dir das nicht vorstellen. Ich meine, sie sind äußerlich so verschieden, wie man verschiedener gar nicht aussehen kann. Ein hochgewachsener, dünner, blonder Weißer und ein kleiner, kräftiger, sehr dunkelhäutiger Inder. Sie sprechen anders, bewegen sich anders. Aber irgendwas ..."

„Was denn?", wollte Premila wissen.

Kala schüttelte den Kopf. „Irgendwas in ihrer Haltung, ihre innere Einstellung, ihr Blick auf die Welt, auf die Politik und wie sie sich selber reflektieren, ihr Verhältnis zu Kindern oder zu dem einen Kind, ihre Väterlichkeit, so was. Dieses Starke und Sanfte. Keine Ahnung." Sie gähnte. „Morgen sehen wir weiter. Lass uns schlafen gehen. Mein Wecker klingelt um vier." Premila sah erschrocken auf ihre Uhr: „Das ist in vier Stunden!"

Während ihre Freundin zuerst ins Bad ging, bereitete Kala das Schlafsofa für sie vor und dann wünschten sie sich eine gute Nacht. Premila war schnell eingeschlafen. Aber Kala kam in dieser Nacht nicht wirklich zur Ruhe. Ihr Kopf kam ihr vor wie die Hauptstraße in Vellore, ein Chaos aus Menschen, die alle in verschiedene Richtungen wollten und sich doch irgendwie einigen mussten, damit nichts Schlimmeres passierte. Sie grübelte und fiel dann irgendwann doch noch in leichten Schlaf.

Ein paar Straßenecken weiter saß Jaya an Priyas Bett. Nach einem langen Tag, an dem er sich immer wieder gefragt hatte, ob er nicht eigentlich bei seiner Mutter hätte bleiben sollen, statt durch Tamilnadu zu fahren und Termine wahrzunehmen, oder ob er nicht zu der hochkarätigen Veranstaltung im CMC hätte gehen sollen, auch um Kala zu unterstützen, war er jetzt endlich müde zu Hause angekommen. Er hatte an Priyas Zimmertür geklopft und sie damit geweckt. Aber sie hatte ihn trotzdem hereingebeten und war sofort wach gewesen.

Priya hatte ihren Sohn angesehen: „Es geht mir gut. Ich habe es heute langsam angehen lassen. Du musst dir keine Sorgen machen."

Jaya nickte. Sie sagte leise: „Vielleicht müssen wir uns nur alle an den Gedanken gewöhnen, dass ich irgendwann sterben werde, hm? Aber auf was für ein Leben kann ich zurückschauen!"

Sie nahm seine Hand. „Ich bin so beschenkt worden. Besonders mit dir, Jaya." Sie legte sich bequemer hin und sah zur Decke. Jaya sagte sehr spontan: „Ich habe dir keine Enkelkinder geschenkt."

Sie verzog ihr Gesicht, setzte sich auf und schüttelte heftig den Kopf. „Was für ein Blödsinn. Ein ganzes Kinderheim! Und die vielen anderen. Was sind denn ‚eigene Kinder'? Die allermeisten Kinder, die man trifft, sind ja keine eigenen Kinder. Und? Was heißt das?" Sie merkte, dass er sie beschwichtigend ansah. „Sag mir nicht, dass ich mich beruhigen soll. Ich rege mich immer noch auf, wann ich will." Sie lachten sich an. So kannte er sie. Leidenschaftlich. Sie legte sich wieder hin. Ihr Blick ging zu den Bildern über ihrem Bett. Die beiden alten Postkarten, Mutter Teresa und die dunkle Ikone. „Weißt du", sagte sie, „Jesus hatte auch keine eigenen Kinder, hm? Aber er hat doch eine große Familie, nicht wahr? Wie wir."

Jaya lachte sie an: „Ja, danke, Ma. Du hast recht. Entschuldige, dass ich dich geweckt habe."

Sie schloss die Augen. „Schlaf gut, mein liebes Kind."

„Ach", sagte Jaya im Hinausgehen, „wir haben übrigens Post bekommen. Ich lese dir den Brief morgen vor, er wird dich freuen. Gute Nacht."

Leise schloss er Priyas Zimmertür hinter sich und ging auf sein Zimmer.

Kapitel 30

Irgendetwas an ihrem Gespräch war komisch gewesen, dachte Kala, als sie den Hörer des Telefons auflegte. Jaya hatte nicht so reagiert, wie sie es erwartet hatte. Aber vielleicht lag es auch nur daran, dass sie heute so müde war. Auf jeden Fall war Jaya sofort bereit gewesen, die beiden Amerikaner zu begrüßen. Er hatte den Vorschlag gemacht, sie zunächst im Kinderheim zu empfangen und dann später vielleicht mit ihnen nach Hause zu Priya zu fahren. Vielleicht würde er Priya aber auch sowieso zu den Kindern holen, ihm war wohler, wenn sie in seiner Nähe war. „Ich schicke Cendil gleich mit dem Wagen zu euch", sagte Jaya. Und so waren sie verblieben.

Kala freute sich, Matt und Tom gleich mitteilen zu können, dass sie erwartet wurden, und fragte sich jetzt, ob sie eigentlich dabei sein wollte oder nicht. Sie überlegte, ob sie Jaya noch einmal anrufen sollte, um ihn zu fragen, ob er etwas dagegen hätte. Nachdem sie ihre Verabredung neulich verschoben und nur kurz telefoniert hatten, um über Sarada zu sprechen, und er gestern nicht bei dem Vortrag von Vandana gewesen war, würde sie ihn sehr gerne wiedersehen. Aber wollte er sie wohl auch sehen? Was ist das mit uns, fragte sie sich, verbot sich aber, jetzt darüber nachzudenken.

Der schrille Ton der Notrufanlage auf ihrem Schreibtisch riss sie aus ihren Gedanken. Sofort lief sie los in die Notaufnahme, um zu sehen, was los war und ob ihre Hilfe gebraucht wurde. Auf dem Weg wäre sie fast mit Matt und Tom zusammengeprallt und rief ihnen im Vorbeigehen zu, sie mochten doch bitte in ihrem Büro Platz nehmen und auf sie warten.

Ein paar Minuten später war sie wieder da: „Guten Morgen! Falscher Alarm für mich, eine OP, Anästhesistin und Chirurg sind gefragt, sie kümmern sich und ich komme nicht zum Einsatz."

Sie gaben sich die Hand. „Du siehst müde aus", meinte Matt.

„Ja", sagte Kala, „ich habe nicht gut geschlafen. Erst habe ich noch eine ganze Weile mit Premi gesprochen und dann konnte ich nicht wirklich einschlafen. Aber egal, jetzt geht es los. Ich begleite euch zum Parkplatz, dort wartet Cendil auf euch, er wird euch sozusagen im Privattaxi zum Kinderheim bringen."

„Kommst du denn nicht mit?", fragte Tom erstaunt.

„Du musst arbeiten, ist es deswegen?", fragte Matt.

„Ich komme vielleicht später nach." Irgendetwas an ihrem Ton sagte ihnen, dass es keinen Sinn machen würde, weiter nachzufragen oder darum zu werben, sie möge doch bitte jetzt schon mitkommen.

Und so schwiegen sie auf dem Weg zum Aufzug und auf der Fahrt ins Erdgeschoss. Unten angekommen leitete Kala ihre Gäste schnell in Richtung Parkplatz, wo sie Cendil auch schon warten sah. Sie stellte die drei Männer einander vor und sagte: „Ich wünsche euch eine wahrhaft wunderbare Begegnung, einen besonders schönen Tag."

Matt und Tom bedankten sich herzlich und wünschten ihr ebenfalls einen guten Tag, ohne zu viele Notrufe. „Bis später", sagten sie und winkten, als Cendil losfuhr.

„Bis später", rief Kala hinter ihnen her. So schwer es ihr gerade fiel, nicht mitzufahren, so gerne sie Jayas und Matts Gesicht gesehen hätte bei ihrem Treffen, so sehr wusste sie, dass sie die richtige Entscheidung getroffen hatte.

„Bis später", sagte sie noch einmal leise. „Jetzt muss ich meine Arbeit tun." Mit durchgedrückten Schultern ging sie wieder zurück in die Klinik. Vielleicht, falls Jaya sie anrufen und einladen würde, dann könnte sie sich vorstellen, ebenfalls in die Karishma-Straße zu fahren. Aber wenn von ihm nichts in dieser Richtung kam, würde sie sich nicht trauen, einfach bei ihm vor der Tür zu stehen.

Immer, wenn Matt und Tom später gefragt wurden, welches der schönste Tag ihrer Reise gewesen war, antworteten sie einstimmig: der Tag im Pattu-Kinderheim. Schon als sie in die Karishma-Straße einbogen und sahen, wie sich das hellblaue Tor für sie öffnete, spürten sie die Gastfreundschaft und die ungewöhnliche Herzlichkeit. Sie hielten, die Türen wurden ihnen geöffnet, zwanzig Kinder strahlten sie an und begrüßten sie. Sie riefen alle durcheinander, nahmen ihnen die kleinen Rucksäcke ab und trugen sie für sie ins Haus. Eine kleine Kinderhand legte sich jeweils in ihre und sie wurden ins Haus geführt.

Jaya stand im Eingang und begrüßte sie mit offenen Armen. „Herzlich willkommen! Hallo, Matt, hallo, Tom."

Er kannte ihre Namen, nannte sie bei ihren Vornamen, als wären sie alte Bekannte, vertraute Freunde. „Schön, euch zu sehen." Er schüttelte ihnen die Hand und verbeugte sich vor ihnen. „Die Jungen sind aufgeregt, sie freuen sich immer über Besuch und heute ist Samstag, sie müssen nicht zur Schule. Deshalb sind alle besonders ausgeglichen." Er schmunzelte, strich Siddharta, der gerade an ihm vorbeiging, über den Kopf mit den wilden Haarwirbeln. „Kommt rein."

Zwei Jungen brachten Blumengirlanden, aus frischen Orchideen geflochten, und hängten sie Matt und Tom um den Hals. Die wussten nicht ganz, wie ihnen geschah, aber Jaya erklärte ihnen: „Ein schönes altes Ritual zur Ehrung von Gästen. Behaltet sie einen Moment um, dann könnt ihr sie wieder ablegen, der Duft ist betörend."

Sie setzten sich in die Eingangshalle unter den Ventilator, die Jungen brachten ihnen Kaffee, Wasser und Zitronenkuchen mit dickem Zuckerguss. Dann fragte Jaya sie als Allererstes nach ihrer Reise und sie erzählten. Die Kinder standen dicht gedrängt um sie herum und hörten zu. Jaya übersetzte einige Male, wenn er merkte, dass die Jüngeren den englischen Sätzen nicht folgen konnten. Sie berichteten von ihrem Flug, von der Ankunft, von Cochin und den Backwaters, von der Zugfahrt nach Bangalore. Dass die Kinder gespannt zuhörten, spornte sie an, die Reise auszumalen und auch kleine Details zu erwähnen. Besonders die Fahrt auf dem Schiff hatte ihr Interesse geweckt.

Als Tom erzählte, dass sie in einem Nonnenkloster übernachtet hatten, mussten die Jungen kichern, und als er dann bis in alle Einzelheiten beschrieb, wie er das erste Mal mit den Fingern gegessen hatte, mussten sie noch mehr lachen. Matt und Tom nahmen ihre Blumengirlanden ab, sie fühlten sich jetzt allmählich doch eingeschränkt von den großen Gebinden um ihren Hals. Zwei Jungen halfen ihnen sofort und hängten die Blumen sorgfältig über die Klinke einer Tür.

Dann ermutigte Jaya die Kinder, den beiden Gästen ein paar Fragen zu stellen, und die nächste Stunde waren sie damit beschäftigt, ihnen zu erklären, wie sie in Amerika lebten. Einer flitzte los, um eine Weltkarte zu holen, und sie zeigten ihnen, wo Kalifornien lag. Sie erzählten vom Strand und vom Ozean, von Schnee und Skifahren, beschrieben die Golden Gate Bridge, und die Kinder fragten nach und erzählten selber Geschichten, Jaya übersetzte immer wieder, bis am Ende alle durcheinanderredeten und lachten.

Die Kinder holten ihre Schulbücher und -hefte und präsentierten den Gästen, was sie lernten. Einige zeigten Pokale, die sie gewonnen hatten, oder Siegerurkunden.

Nach einer Weile machte Jaya den Vorschlag, die Kinder könnten sich jetzt eine Weile allein beschäftigen. Vielleicht würde Tom später Rugby mit ihnen spielen, hinten im Hof. Als Tom begeistert nickte, erntete er fröhliches Gejohle und am liebsten hätten sie ihn wohl sofort mitgenommen. Aber Jaya bedeutete ihnen, sie jetzt einmal für sich zu lassen.

Was hatten wir eigentlich erwartet, wen hatten wir erwartet, wenn wir über Priya sprachen? Diese Überlegung trafen Matt und Tom später immer wieder. Eine Frau, die wie eine Königin den Raum betritt? Vielleicht, ja. Und tatsächlich, als Priya jetzt durch die Tür kam, von hinten aus der Küche, sodass sie wohl schon eine Weile im Haus war, wurde es kurz still. Da stand sie, eine alte, kleine Frau. Die Kinder riefen ihr ihre Willkommensgrüße zu und Jaya ging zu ihr und geleitete sie zu einem Stuhl zu ihnen an den Tisch. Matt und Tom standen auf, begrüßten sie. Wie klein sie ist, dachte Matt. Sie nahm Platz und lachte in die Runde. Dann blieben ihre Blicke auf Tom und Matt liegen. Warme wache Blicke.

„Aha", sagte sie. Und noch einmal: „Aha." Sie wandte sich an ihren Sohn und sagte etwas auf Tamil zu ihm. Er übersetzte: „Sie meint, sie kann Anne in euch entdecken. Die hellen Haare, eure Augen und ihr seid beide dünn." Priya lachte sie an. Ihr leuchtend roter Sari unterstrich die Energie, die sie mit ihrem ganzen Wesen ausstrahlte.

Jaya schlug vor, jetzt vor dem Essen noch eine kleine Hausbesichtigung zu machen und dann hoch in die zweite Etage zu gehen, dort Tee zu trinken und sich mit Priya zu unterhalten. Matt und Tom folgten ihm und Priya ging an seinem Arm, als er ihnen die Schlafräume zeigte, sein Büro und dann eine Treppe höher die verschiedenen Gästezimmer, die Bibliothek und den Raum, in dem die Kinder ihre Hausaufgaben machten und spielten.

In einem der Gästezimmer lagen große bunte Kissen auf dem Boden und hierhin zogen sie sich jetzt zurück. Sie warteten, bis sie alle bequem Platz genommen hatten, Muthu servierte ihnen Tee, Schwarztee mit Ingwer und Zitrone. Tom überlegte, wo er diese Mischung schon einmal getrunken hatte, und musste an den Deutschen denken, Daniel, den er im Kloster getroffen hatte. Er würde sich später erkundigen, ob man ihn hier kannte.

Priya sah sich Matt und Tom genau an und dann begann sie, zu erzählen. Sie sprach leise und Jaya übersetzte Satz für Satz, was sie sagte: „Anne war sehr hübsch, als ich sie kennenlernte."

Matt und Tom vergaßen sogar das Nicken, so konzentriert blickten sie Priya an. „Sie war mutig, aber als wir entdeckten, dass sie ein Kind erwartete, wurde sie ein bisschen ängstlich. Das konnte ich merken, auch wenn wir keine gemeinsame Sprache sprechen konnten. Wir hatten nur Zeichen, Gesten und ein paar wenige Worte. Manchmal kam Jaya und hat für uns übersetzt, so wie jetzt, aber damals war er noch sehr jung, ein Kind." Sie kicherte und hielt sich die Hand vor den Mund. „Gerade erst in die Schule gekommen, aber eifrig darin, zu lernen, und stolz auf jede Vokabel, die er konnte."

Jaya schmunzelte, während er übersetzte, was seine Mutter über ihn sagte. Seine Bescheidenheit signalisierte ihnen, nicht alles so ernst zu nehmen, was seine Mutter Gutes über ihn sagte. Aber Matt und Tom hatten längst beschlossen, Priya sehr ernst zu nehmen, lange vor diesem Tag.

„Du bist ein Anwalt geworden?", sagte sie in Matts Richtung. Er nickte. „Und ein Vater?" Er nickte wieder. „Du musst siebenundvierzig Jahre alt sein." Er beschloss, nicht immer nur nicken zu können, sondern etwas zu sagen: „Ja, exakt. Meine Mutter hat mir erzählt, dass du eher als sie wusstest, dass sie schwanger ist." Jaya übersetzte für Priya und als sie verstanden hatte, nickte sie lachend.

„Ja", sagte sie, „ja, so war es. Ihr war übel und sie dachte, das liegt an unserem indischen Essen und unserem Wetter, aber es lag an dir." Lachend zeigte sie auf ihn.

Jaya sagte: „Ich glaube, ich muss ein paar Dinge mit euch besprechen, aber das hat auch noch etwas Zeit. Ich würde mir wünschen, dass ihr ein paar Tage bleibt, hier bei uns. Wir haben genug Platz und es wäre eine Ehre, euch zu Gast zu haben. Dann können wir in Ruhe miteinander reden."

Tom fragte: „Können wir Kala einladen, die Doktorin? Ich würde sie so gerne noch mal wiedersehen und wenn wir nicht auf dem Campus übernachten, wird das nicht so einfach passieren." Priya hatte wohl nicht verstanden, was sie sagten, aber bei dem Namen Kala und der Erwähnung ihres Titels war ein Blitzen durch ihr Gesicht gegangen und sie nickte ihrem Sohn zu. „Ja, Kala, lad sie ein, wir wollen sie bei uns haben, sie hat ein freundliches Wesen." Matt beobachtete Jaya, der ganz nüchtern sagte: „Ich rufe sie später an, dann werden wir sehen."

Seine scheinbare Gleichgültigkeit konnte nur ganz schlecht verbergen, dass er bei dem Gedanken an Kala unsicher wurde. Matt fragte sich, ob es dazu käme, dass sie in den kommenden Tagen ein Gespräch von Mann zu Mann führen würden. Und wie ein Inder wohl über seine Gefühle sprach, seine Empfindungen für eine Frau, für eine so bemerkenswerte Person wie Kala, die einen durchaus verunsichern konnte und die offensichtlich imstande war, große Sehnsucht zu wecken und den Hunger, sie hingebungsvoll zu lieben.

„Vielleicht", sagte Jaya jetzt wieder ganz gefasst, „möchtet ihr noch ein paar Fragen stellen, an Priya, bevor ich mit meinen Themen anfange."

Matt hätte so gerne direkt mit ihr gesprochen und ahnte, wie kompliziert es damals für die beiden Frauen gewesen sein musste, sich zu unterhalten. Vielleicht war das der Grund dafür, dass ihre Beziehung irgendwann an Kraft verloren hatte? Trotzdem holte er jetzt die Kopie, das Blatt mit der Ikone, aus seinem Portemonnaie. Nachdem es jetzt schon einige Male auseinandergefaltet worden war, sah es ganz schäbig aus, aber Priya erkannte das Bild sofort und strahlte Matt an. Sie begann, auf Jaya einzureden.

„Weißt du noch, im Krankenhaus, du hast zu der schönen Ärztin gesagt, dass die Postkarte immer über meinem Bett gehangen habe. Aber das stimmt nicht. Eine Zeit lang hatte ich keine eigene dieser Postkarten, weil ich meine Anne mitgegeben hatte. Und dann entdeckte ich sie eines Tages im Buchladen und kaufte mir wieder eine eigene."

Jaya übersetzte und Matt nickte, aber dann fragte er: „Aber was hat es mit dieser Ikone auf sich?"

Priya erklärte, Jaya übersetzte und ergänzte, was er wusste, denn er hatte in jenen ersten Jahren die Briefe von Anne an Priya übersetzt und umgekehrt, damals, als die beiden sich vor allem über die Erziehung ihrer Kinder austauschten, wenn sie sich schrieben.

„Meine Mutter meint, dass sie und deine Mutter eine kleine Idee hatten, Matt." Er übersetzte jetzt wieder wörtlich: „Diese Vorstellung entwickelte sich allmählich und wurde zu einem starken Gedanken, der uns beide beflügelte. Aber du kannst es auch unseren

Spleen nennen. Anne sagte immer, ich sähe aus wie die dunkle Maria, und sie verglich mich mit der Mutter von Jesus. Irgendwann schrieb ich ihr, sie solle sich selbst mit ihr vergleichen." Matt sah zu Tom, der über das ganze Gesicht grinste. Ja, diese Idee kam ihnen irgendwie bekannt vor.

„Soweit kennen wir Anne. Aber warum Seidenkind?", fragte Matt. Priya sah ihm tief in die Augen. „Weil es bei diesem Bild letztlich um das Kind geht. Um das Jesuskind. Du weißt, dass deine Mutter eine große Liebe für diesen Jesus hat, wie ich auch. Es geht nicht um Maria, es ging uns darum, Kinder großzuziehen, unsere eigenen, unsere Söhne, die Kinder Indiens, Amerikas, die Kinder von Familie Mensch."

Matt fragte ungläubig: „Ihr wolltet, dass Jaya und ich Seidenkinder werden?" Er sprach das Wort betont langsam aus. Priya schmunzelte, legte den Kopf schräg und schloss halb die Augen. Dann sagte sie – und betonte dabei ebenfalls jedes Wort sehr bewusst und ließ sich Zeit, damit Bilder vor ihren Augen entstehen konnten –: „Seide, Pattu, voller Glanz, stark, dabei aber fein, fein, dabei aber stark, schützt vor Kälte und vor Wärme, verleiht Würde. Stell dir einen Menschen vor, den man so beschreiben würde." Und sie strich dabei über den Stoff ihres roten Saris.

„Aber", fragte Matt nach, „wie wolltet ihr überprüfen, ob ihr euer Ziel auch erreicht?"

Jetzt lachte sie ihn herausfordernd an. „Wir gaben uns das Versprechen, uns unsere Söhne, wenn sie erwachsen würden, anzusehen."

„Oh", sagte Matt leise und merkte, wie er rot wurde unter ihrem Blick. Auch Jaya war kurz irritiert. Priya sagte ein paar kurze Sätze, die sich wohl an ihn richteten, dann teilte er Matt und Tom mit: „Sie meint, ich müsse dann bald in die USA reisen, damit Anne mich sehen kann."

Die beiden Männer schüttelten den Kopf. Tom wusste nicht mehr, ob er seine Großmutter belächeln oder bewundern sollte.

Es klopfte an der Tür. Vishnu steckte seinen Kopf ins Zimmer, teilte ihnen leise mit, dass das Mittagessen fertig sei, und war im nächsten Moment wieder verschwunden.

Jaya schlug vor, das Gespräch nach dem Essen weiter fortzusetzen, aber dann war es Priya, die noch eine Frage hatte, und sie hielt ihren Sohn zurück. Sie nickte mit dem Kopf in Toms Richtung und sagte: „Er ist der Enkel, nicht wahr?“ Jaya nickte. „Du hast Glück“, sagte sie, „dass du einen Vater hast.“

„Ja“, sagte Tom und sah zu Matt, „großes Glück.“

Priya lächelte zufrieden. „Und“, fragte sie, „deine Eltern haben dich Tom genannt?“

Tom nickte. Worauf wollte sie denn hinaus? Das war jetzt schon das zweite Mal innerhalb kürzester Zeit, dass man ihn nach seinem Namen fragte. Er sagte tastend: „Tom ist der Zweifler, nicht wahr? Sankt Thomas, der eine von den zwölf Schülern von Jesus, der nicht vertraute, sondern Beweise sehen wollte. Ich weiß nicht, ob der Name zu mir passt.“ Fast verteidigend, ein wenig traurig, sagte er: „Vielleicht schon, wenn ich denke, dass ich viele Fragen habe, aber dann auch wieder nicht, weil ich mich ja traue, sie zu stellen.“ Er merkte, dass er nicht der ewige Zweifler sein wollte. Konnte sie das denn spüren?

Priya schien mit seiner Antwort noch nicht zufrieden zu sein, lächelte ihn aber aufmunternd an, wandte sich an Jaya und teilte ihm ihre Gedanken mit. Jaya hörte ihr aufmerksam zu.

Tom fragte sich, ob sie ihm vielleicht tatsächlich etwas sagen konnte, um ihm zu einer neuen Deutung seines Namens zu verhelfen. Das wäre das Schönste. Erwartungsvoll sah er sie an. Matt beobachtete Tom und sah dann zu Priya, er merkte, dass zwischen den beiden etwas passierte, das er nicht verstand, das nicht für ihn war, sondern allein für seinen Sohn bestimmt.

Jaya sagte: „Meine Mutter meint, dass es für sie sehr schön ist, einen jungen Thomas kennenzulernen.“ Tom sah sie an und hörte zu, was Jaya ihm erzählte: „In Kerala, wo ihr beiden schon wart, steht eine Kirche, eine der ältesten der Welt, es gibt dort Ausgrabungen aus dem ersten Jahrhundert. Die Geschichte erzählt, dass sie vom heiligen Thomas gegründet wurde. Er soll Jerusalem etwa im Jahr 40 verlassen haben und ist dann durch den Nahen Osten gereist, durch den Iran, den Irak, Afghanistan und Pakistan, weiter nach Nordindien, bis nach Kerala und nach Chennai, wo er starb.

Auch wenn das bis heute im Westen meistens als Legende abgetan wird, ist die indische christliche Kirche doch älter als die meisten europäischen. Jedenfalls betrachten die alten christlichen Kirchen Indiens Thomas bis heute als ihren spirituellen Gründer und bezeichnen sich als ‚Töchter des heiligen Thomas'. Meine Mutter meint, dass dein Name sicher kein Zufall ist. Und sie hat auch noch erwähnt, dass sie deiner Großmutter unbedingt zutraut, bei deiner Namenswahl ein wenig Einfluss ausgeübt zu haben." Tom sah fragend Matt an, der zunächst die Schultern zuckte, dann aber bejahte, dass das durchaus möglich sein könnte. „Vor allem aber schätzt sie deinen Namen und dass sie dich in ihrer Nähe weiß."

Tom merkte, wie ihm warm wurde. Und dass er sie am liebsten umarmt hätte. Vielleicht würden ihm ein Teil dieser Gedanken und Gefühle fremd bleiben, aber er wusste, die alte Frau hatte, wie auch immer das möglich war, ihm etwas Großes geschenkt – eine Geschichte, eine Deutung, einen Namenszwilling, einen Bruder, der auf seinen Reisen Spuren hinterließ, der beseelt von einer großen Idee unterwegs war.

Er sagte: „Danke, Priya." Und er strahlte über das ganze Gesicht. „Das bedeutet mir sehr viel." Und da zwinkerte die alte Frau ihm zu. Matt gestand sich ein, dass er nicht gewusst hatte, wie wichtig Tom diese Sache mit dem Namen war, aber als er ihn jetzt ansah, so glücklich, da freute er sich aus vollem Herzen mit.

Als sie nach unten in den Speisesaal gingen, kamen die Kinder angelaufen und sofort saß einer der Jungen auf Toms Schultern, zwei andere hingen an seinen Armen.

Einige der älteren Jungen, Harri und Kaleb, servierten und füllten zuerst Matt und Tom und dann den Kindern und Erziehern Reis auf und zur Feier des Tages Lammcurry. Ihre Teller wurden immer wieder nachgefüllt und die Becher auch. Es schmeckte köstlich und auch die Kinder genossen das Essen sichtlich. Zum Nachtisch gab es frische Ananas, sehr süß und reif.

Als Matt und Tom aufstanden, um sich die Hände zu waschen und ihren leeren Teller zum Spülstein zu tragen, kamen Raja und Siddharta angelaufen und nahmen ihnen ihre Teller schnell ab. Immer kommt jemand und hilft dir, dachte Tom. Trägt deinen Rucksack, bringt dir einen Becher, einen Stuhl, trägt deinen Teller. Er merkte, dass es ihm schwerfiel, sich so bedienen zu lassen. Aber dann sah er sich um und stellte fest, dass sich hier alle gegenseitig bedienten. Die Erzieher halfen den Kindern, die Kinder den Erziehern, Jaya rief jemanden und es kamen fünf von ihnen auf einmal angelaufen, er schenkte ihnen ein Zuhause, die Jungen halfen sich gegenseitig, die Älteren den Jüngeren und umgekehrt. Als gäbe es gar nichts Schöneres, als sich gegenseitig zu unterstützen. Als hätten sie das Prinzip der Gastfreundschaft zu ihrem Lieblingsspiel erklärt und als sei dieses Spiel ihr Leben.

Nach dem Essen kündigte Tom an, jetzt mit den Jungen im Hinterhof Rugby zu spielen. Zu Matt sagte er: „Kennst du dieses Gefühl, wenn man sich total erschöpft fühlt, gleichzeitig wie neugeboren, weil man etwas geschafft hat, hinter sich gebracht oder abgeschlossen? So fühle ich mich seit dem Gespräch mit Priya. Und jetzt werde ich Sport machen und freue mich, mich endlich einmal wieder austoben und bewegen zu können." Und damit war er aus der Tür gelaufen nach draußen, wo er von den Jungen mit großem Jubel begrüßt wurde.

Jaya und Matt saßen sich im Büro gegenüber, beide froh, etwas Ruhe zu haben, und Jaya eröffnete das Gespräch: „Ich glaube, ich muss ein paar Dinge mit dir besprechen."

„In Ordnung", sagte Matt, der keine Ahnung hatte, worum es dabei gehen könnte. Und dann ergänzte er: „Es war gar nicht so einfach, euch zu finden. Zwischendurch wollte ich schon aufgeben. Mehr oder weniger zufällig sind wir gestern in dem Vortrag von Vandana Shiva gelandet, und das eigentlich auch nur, weil wir sie auf dem Hinweg am Flughafen getroffen hatten und auf einem Plakat am CMC wiedererkannten. Als Doktor Ranjini dann in ihrer Moderation über dich sprach, musste ich mich zusammenreißen, um sie nicht augenblicklich mit meinen Fragen zu unterbrechen."

Jaya dachte: Kala, was tust du denn? Was machst du nur mit mir? Und fragte: „Sie hat mich erwähnt?"

„Ja", erzählte Matt, „als eins der vielen Beispiele für Engagement und Ausdauer. Und jetzt", sagte er und sah sich um, „sind wir tatsächlich hier. Ich weiß nicht viel über dich, nur ein bisschen was, aus den Erzählungen meiner Mutter."

„Ja", nickte Jaya, „sie ist für mich ein Beispiel von Engagement und Ausdauer."

Matt nickte. „Ja, das könnte man sicher so sagen. Aber was meinst du genau? Was weißt du denn noch von ihr?"

Jaya lächelte ihn an. „Ohne ihre Unterstützung hätte ich damals wohl nicht gewagt, bei der Kindernothilfe zu kündigen und inspiriert von dem, was ich dort über Jahre gelernt hatte, mein eigenes Projekt zu gründen. Aber sie glaubte an mich. Am Anfang hatte ich nur ihre monatliche Spende von fünfzig Dollar. Damit konnte ich beginnen. Es ist im Laufe der Zeit mehr geworden, viel mehr, und unsere Arbeit ist gewachsen. Sie hat das alles immer wohlwollend verfolgt und mich ermutigt, weiter und weiter zu gehen."

Matt sah ihn erstaunt an. „Moment", sagte er, „sie unterstützt euch immer noch?"

„Ja", sagte Jaya, „auf ihre typisch großzügige Art."

Ein Dauerauftrag, dachte Matt und verwarf noch einmal die Ahnung, die ihn gestern Nacht schon kurz beschlichen hatte wie eine Gänsehaut von einem Luftzug. Zur Sicherheit fragte er nach: „Aber ihr steht ja nicht mehr in Kontakt, oder?"

Jaya meinte: „Ich habe sie nie überreden können, mir zu mailen oder zu chatten, sie schreibt lieber Briefe. Zuverlässig, wie ich sie kenne, monatlich wie ihre Spenden."

Matt konnte nicht fassen, was er hörte. „Entschuldige", sagte er, „nur um das zu verstehen, sie hat deine Adresse?"

Jaya lachte: „Sonst würden ihre Briefe hier nicht ankommen, oder?“

Matt schüttelte den Kopf. „Sie weiß, wo ihr wohnt“, sagte er. „Ich verstehe das nicht. Warum hat sie mir denn dann die Adresse nicht einfach gegeben?“

Jaya sah ihn an und meinte dann sehr bedächtig: „Wenn ich an meine Mutter denke, und die beiden sollen ja wohl einige Ähnlichkeiten haben, würde ich in so einem Fall irgendwann entdecken, dass sie wohl wollte, dass ich meinen eigenen Weg finde. Weil das Ziel sich dadurch verändert, auf welche Art ich es erreiche. Nicht wahr? So habt ihr es doch sicher erlebt?“

Matt nickte zerstreut. „Ich kann es trotzdem noch nicht glauben. Gib mir ein bisschen Zeit, ich werde noch eine Weile darüber nachdenken müssen.“ Er setzte sich gerade hin und rang sich durch zu sagen: „Aber trotzdem, ja, was du sagst, klingt stimmig für mich. Weißt du, Anne, sie spricht jetzt manchmal über ihren Tod, sie nennt diese Zeit ihre letzte Lebensphase. Sie bereitet sich vor und sie bereitet auch mich vor. Vielleicht ist es ihr gutes Recht, das auf ihre Art zu tun. Auch wenn es mich sonderbare Wege und schlaflose Nächte kostet.“ Er musste jetzt schmunzeln. Geistesabwesend sagte er: „Diese Idee mit den Seidenkindern, was denkst du darüber?“

Jaya umging eine direkte Antwort und sagte stattdessen: „Tom ist ein feiner Mensch mit einem starken Willen und du hast ihn erzogen. Man merkt, dass er um seine Würde und um die Würde anderer weiß. Er strahlt, er hat Glanz. Ganz sicher hast du als Mensch, als Mann, als Anwalt ihn geprägt. Deine Sicht auf die Welt, deine Fälle, deine Reisen, die Kampagnen, die du unterstützt, das alles.“

Matt sagte, ganz der stolze Vater: „Er möchte neuerdings Städteplaner werden, Städtebegrüner und -bepflanzer besser gesagt.“

„Siehst du“, sagte Jaya, „das meine ich.“

„Ja“, Matt nickte, „vielleicht können wir es nicht über uns selbst sagen, sondern können es besser an unseren Kindern sehen. Auch die Jungen hier im Haus sind selbstbewusst und sanft, großzügig und voller Wärme, dabei aber in allem sehr überzeugend. Kinder, die lebenden Botschaften, die wir einer Zeit übermitteln, an der wir selbst nicht mehr teilhaben werden."

Einem Impuls folgend, sagte er: „Wir könnten Kala fragen, wenn sie heute Abend kommt, was sie meint. Sie wird es beurteilen können."

Jaya wand sich auf seinem Stuhl, als sei ihm ganz ungemütlich zumute. Matt sprach weiter: „Wir werden sie fragen: Sind wir sanft, liebe Kala? Und sind wir auch stark?"

Jaya sah ihn entsetzt an und merkte dann, dass Matt ihn tatsächlich neckte. Der traute sich was. Dass er ihn nicht schonte, tat ihm gut. Ach, die meisten waren sehr höflich zu ihm. Er fing wirklich schon an, Matt zu mögen. Seine Nähe tat ihm gut.

Er rieb sich die Schläfen und sagte: „Ernsthaft, sie raubt mir den Schlaf, diese Frau." Matt sah ihn fragend an und Jaya sprach weiter: „Sie ist einmalig. Bezaubernd, klug, engagiert. Sie betet für mich, dass mein Herz schmilzt, und alles wirkt auf einmal, als sei es aus Wachs, so weich werde ich in ihrer Nähe."

„Puh", sagte Matt, „es hat dich erwischt."

„Aber das geht nicht", widersprach Jaya energisch, „es würde alles durcheinanderbringen, bei mir und bei ihr ja auch. Ich bin dreiundfünfzig Jahre alt!"

„Und?", fragte Matt.

Sie sahen sich an, beide überrascht, dass sie so ehrlich miteinander umgehen konnten. Jaya atmete tief durch. „Du kommst aus einem anderen Land, du verstehst das nicht." Er gab sich einen Ruck: „Aber ich werde sie anrufen und einladen, mindestens deshalb, weil Tom es sich gewünscht hat, und dir zuliebe."

„Jaya", sagte Matt sanft, „sie ist jemand Besonderes, die Richtige für einen Seidensohn", und dann nüchterner: „Aber du hast natürlich recht, ich komme aus einer vollkommen anderen Kultur, vielleicht sollte ich dir wirklich keinen Rat geben."

„Und wie wäre dein Rat, wenn du mir trotzdem einen geben würdest?", fragte Jaya vorsichtig.

Matt lachte: „Lad sie ein. Ruf sie jetzt an."

Jaya, von seiner Unbekümmertheit mitgerissen, ging zum Telefon und wählte. „Kala, hier ist Jaya. Würdest du vielleicht heute Abend zu uns zum Abendessen kommen? Nein, nicht vielleicht meine ich, bestimmt. Ich meine, es ist bestimmt, dass du zu uns kommst. Nein, es ist bestimmt schön, also gut, meine ich." Er rollte mit den Augen, Matt riss sich zusammen, um nicht laut loszuprusten. Eine kleine Pause entstand und Matt hätte zu gerne gewusst, was sie sagte.

„Ja, ich freue mich. Bis gleich." Er legte auf und sagte: „Ist es zum Wahnsinnigwerden? Ich kann keinen ganzen Satz mehr sprechen, so sehr bringt sie mich aus dem Konzept." Dann konnte er nicht anders und strahlte: „Sie wird gleich hier sein. Danke für deine Kühnheit, sie hat mich mitgerissen."

„Glückwunsch, ehrlich", sagte Matt. Und ergänzte: „Ach, nur das noch kurz als Information: Ich werde ihr Anwalt. In Patentfragen." Sie mussten beiden lachen, erleichtert, erwartungsvoll, froh, sich zu haben.

Und sie beschlossen, sich wieder den anderen Themen zuzuwenden, und Matt fragte: „Wie alt ist Priya genau?"

Jaya nickte. „Alt, ja, auch meine Mutter ist alt geworden, wie du gesehen hast. Sie ist schon siebenundsiebzig. Erst heute Nacht noch sprach sie von ihrem Tod. Auch sie bereitet mich vor. Das ist sehr fair, findest du nicht? Und irgendwie auch sehr tapfer. Sie wird mir ein Erbe hinterlassen, in meinem Fall kein Geld, aber so etwas wie einen Auftrag und mein Leben."

„Ja", sagte Matt, „das kenne ich sehr gut. Und am Ende geht es bei Anne zwar um Geld, das sie vererbt, aber doch auch um mehr, um einen Wunsch, etwas weiterzuführen. Oder wie sagst du? Um einen Auftrag. Meine Mutter ist in eine ganze Menge Projekte involviert. Wie du sagst, ist sie eine große Ermutigerin. Sie tut, was sie kann. Das heißt, sie gibt, was sie hat, sie sagt, was sie denkt."

„Ja", Jaya strahlte ihn an, „so ist sie. Das kann ich zwischen jeder Zeile lesen. Gestern habe ich Post von ihr bekommen, einen Brief, in dem sie euch übrigens ankündigt.“ Matt konnte nur den Kopf schütteln. „Und“, sagte Jaya, „eins dieser Projekte, für das ihr Herz schlägt, ist dieses Kinderhilfswerk. Sie hat es mit aufgebaut.“

Matt war sehr gerührt von dem, was Jaya sagte. Nicht nur seine Reise, auch die Reise seiner Mutter, die so viele Jahre zurücklag – lange, alte und neue Wege verbanden sich miteinander. Er empfand es als eine Ehre, dabei sein zu dürfen. Es stimmte, die Art, wie man einen Weg ging, veränderte auch das Ziel, veränderte einen selbst und wie man dort ankam. Und in diesem Moment empfand er es auch als angemessen, dass er sich nicht vom Flughafen aus mit einem Taxi direkt vor die Tür hatte bringen lassen. Seine Mutter war eine kluge Frau. Er würde sie jetzt gerne in den Arm nehmen und ihr danken. Für so vieles.

Jaya sah ihn an, mit dem Blick eines Menschen, der ein Geschenk überreicht, das er sorgfältig ausgewählt hat, und er sagte noch einmal: „Annes Herz schlägt für dieses Kinderhilfswerk. Sie hat es mit aufgebaut.“ Seine Stimme wurde feierlich: „Matt, das alles hier gehört irgendwie auch Anne. Und deshalb gehört es auch dir. So empfinde ich es. Ich freue mich wirklich, dass du da bist. Ich möchte es mit dir teilen. Wie auch immer das aussehen wird.“

Matt kamen die Tränen. Er rieb sich die Augen. Jaya ließ ihn und sagte dann: „Wusstest du, dass es in den Bergen ein Haus gibt, das ‚Anne's Home‘ heißt?“

„Nein“, Matt schnäuzte sich, „das wusste ich nicht. Kann ich es sehen?“

„Ja, sicher, unbedingt, wir sollten gemeinsam hinreisen, irgendwann, übermorgen vielleicht, und dann für einige Tage dort bleiben. Es wird dir ganz sicher gefallen. Und Tom erst – ich habe sehr viele verschiedene Blumen und Bäume dort angepflanzt und einen großen Fischteich gibt es auch.“

Jaya stand auf und Matt tat es ihm gleich. „Ich danke dir“, sagte Matt, „du schenkst mir sehr viel.“ Spontan beugte er sich etwas herunter und umarmte Jaya. „Bruder“, sagte er. Sie sahen sich an. „Bruder“, erwiderte Jaya.

Als sie vor die Tür traten, hatten sich dunkle Wolken am Himmel zusammengebraut und es donnerte in der Ferne. Bald würde der Sommermonsun kommen. Endlich Regen, nach Wochen von Trockenheit. Der Palar würde wieder ein Fluss sein. Der Donner verband sich mit dem Rhythmus der Trommeln. Die Kinder luden ein, mit ihnen zu singen.

Die Namen und ihre Bedeutung

Amy (Lateinisch): geliebt
Anne (Hebräisch): Anmut, Gnade
Aruni (Tamil): Sonnenaufgang
Davesh: eine Hindu-Gottheit
Eddi (Edmond, Altenglisch): Besitz und Schutz
Ida (Althochdeutsch Id): Arbeit, Werk
Jaya: Gewinner/gewonnen
Jonathan (Hebräisch): Jahwe/Gott gibt
Joshua (Hebräisch): Jahwe/Gott rettet
Kala: Kunstfertigkeit, Talent
Karishma: Wunder
Matthew (Griechisch): Gottesgeschenk
Meeta (Punjabi): Freund
Mitul: Freund
Naraini (Punjabi): göttliche Person
Pattu: Seide
Premila: Ehefrau von Arjuna, einer Hindu-Heldengestalt
Priya: geliebt
Raja: Prinz
Rujul: einfach, ehrlich
Sampuran: vollkommen
Sarada: eine Hindu-Gottheit
Shalom (Hebräisch): Friede, umfassendes Glück, Heil
Shanti: Friede
Sundar: schön
Tom (Aramäisch): Zwilling
Vandana: Anbetung
Vimala: rein
Vishnu: eine Hindu-Gottheit

Danksagung

Obwohl die Porträts der Figuren dieser Geschichte, manche Erlebnisse und Reisen frei erfunden sind, liegen ihnen doch wahre Personen, Gegenden, Ereignisse und Erfahrungen zugrunde.

Mein besonderer Dank gilt Jaya für seine Gastfreundschaft im „Pattu Home for Children" in Indien, für seine Bereitschaft, mir seine Lebensgeschichte zu erzählen, und für die großzügige Erlaubnis, sie mit meiner Fantasie ausschmücken zu dürfen.

Ich danke dem Brendow Verlag für alle Unterstützung beim Schreiben, insbesondere Erich Koslowski für die Idee, aus Jayas Biografie einen Roman zu machen, und Anja Brielmann, von deren unerschrockenem Lektorat ich profitieren durfte.

Mein Dank für zahlreiche Informationen, Fakten, Websites geht stellvertretend für andere Hilfsorganisationen an die Kindernothilfe und „Ärzte ohne Grenzen" sowie die „Narmada Bachao Andolan".

Dank gilt meiner Gemeinde in Essen und meiner Hausgemeinschaft und ihren Gästen, die U2-Lieder mit mir singen und meine Suche nach Worten und Geschichten immer wieder verwurzeln und beflügeln.

Danke an Doro, Tim und Torsten, ein großartiges Team, für die Inspiration des Titels und an meine Eltern und Dorothea und Volker, die mir immer wieder den Rücken frei halten.

Ein besonderer Dank geht schließlich an Katharina W. und Nicola, die unermüdlich ihre heiligen Fragen mit mir teilen.

Christina Brudereck

C·S·LEWIS·PREIS

Der Namenspatron

C.S. Lewis ist der wohl bekannteste christliche Autor des 20. Jahrhunderts. In seinen belletristischen Werken wie »Die Perelandra-Trilogie« oder »Die Chroniken von Narnia« gelingt es ihm, in einzigartiger Weise literarische Virtuosität und christliche Glaubensinhalte zu verbinden. Der Brendow Verlag ist von den Erben des großen Gelehrten exklusiv dazu legitimiert, den C.S. Lewis-Preis zu vergeben.

Die Preisidee

Der C. S. Lewis-Preis wird alljährlich für ein Romanprojekt verliehen, das sich in herausragender Weise mit Perspektiven des christlichen Glaubens befasst.

Der Hauptpreis

Ein Stück kreative Lebenszeit: Der Preisträgerin/dem Preisträger stellen wir bis zu 40 Tage lang einen Platz zum Leben und Schreiben auf der Isle of Wight vor der englischen Ärmelkanalküste zur Verfügung. Der Roman wird in der Edition Brendow.Auslese veröffentlicht.

Die Beteiligten

Schirmherr für den Literaturpreis ist Albrecht Fürst zu Castell-Castell. Die Jury setzt sich zusammen aus namhaften Vertretern aus Literatur, Medien, Wissenschaft und Kirche.

Teilnahmebedingungen

Einsendeschluss ist alljährlich der 1. September. Die Preisverleihung findet am 29. November, dem Geburtstag des Namensgebers, statt. Die weiteren Bedingungen zur Teilnahme finden Sie unter www.cslewis-preis.de.

Brendow Auslese